# O Herege

# OBRAS DO AUTOR PUBLICADAS PELA EDITORA RECORD

*1356*
*Azincourt*
*O condenado*
*Stonehenge*
*O forte*
*Tolos e mortais*

**Trilogia** *As Crônicas de Artur*
*O rei do inverno*
*O inimigo de Deus*
*Excalibur*

**Trilogia** *A Busca do Graal*
*O arqueiro*
*O andarilho*
*O herege*

**Série** *As Aventuras de um Soldado nas Guerras Napoleônicas*
*O tigre de Sharpe (Índia, 1799)*
*O triunfo de Sharpe (Índia, setembro de 1803)*
*A fortaleza de Sharpe (Índia, dezembro de 1803)*
*Sharpe em Trafalgar (Espanha, 1805)*
*A presa de Sharpe (Dinamarca, 1807)*
*Os fuzileiros de Sharpe (Espanha, janeiro de 1809)*
*A devastação de Sharpe (Portugal, maio de 1809)*
*A águia de Sharpe (Espanha, julho de 1809)*
*O ouro de Sharpe (Portugal, agosto de 1810)*
*A fuga de Sharpe (Portugal, setembro de 1810)*
*A fúria de Sharpe (Espanha, março de 1811)*
*A batalha de Sharpe (Espanha, maio de 1811)*
*A companhia de Sharpe (Espanha, janeiro a abril de 1812)*
*A espada de Sharpe (Espanha, junho e julho de 1812)*
*O inimigo de Sharpe (Espanha, dezembro de 1812)*

**Série** *Crônicas Saxônicas*
*O último reino*
*O cavaleiro da morte*
*Os senhores do norte*
*A canção da espada*
*Terra em chamas*
*Morte dos reis*
*O guerreiro pagão*
*O trono vazio*
*Guerreiros da tempestade*
*O Portador do Fogo*
*A guerra do lobo*
*A espada dos reis*
*O senhor da guerra*

**Série** *As Crônicas de Starbuck*
*Rebelde*
*Traidor*
*Inimigo*
*Herói*

# BERNARD CORNWELL

# O Herege

Tradução de
LUIZ CARLOS DO NASCIMENTO SILVA

25ª EDIÇÃO

EDITORA RECORD
RIO DE JANEIRO • SÃO PAULO
2024

CIP-Brasil. Catalogação na fonte
Sindicato Nacional dos Editores de Livros, RJ.

C834h    Cornwell, Bernard, 1944-
25ª ed.     O herege / Bernard Cornwell; tradução de Luiz Carlos Nascimento Silva. – 25ª ed. – Rio de Janeiro: Record, 2024.
     392p. : . – (A busca do Graal; 3)

     Tradução de: Heretic
     ISBN 978-85-01-06867-5

     1. Guerra dos Cem Anos, 1339-1453 – Ficção. 2. Graal – Ficção. 3. Romance inglês. I. Silva, Luiz Carlos Nascimento. II. Título. III. Série.

04-1390            CDD – 823
                   CDU – 821.111-3

Título original inglês
HERETIC

Copyright © 2003 by Bernard Cornwell

Capa e projeto gráfico de miolo: Marcelo Martinez

Todos os direitos reservados. Proibida a reprodução, no todo ou em parte, através de quaisquer meios.

Direitos exclusivos de publicação em língua portuguesa para o Brasil adquiridos pela
EDITORA RECORD LTDA.
Rua Argentina, 171 – Rio de Janeiro, RJ – 20921-380 – Tel.: (21) 2585-2000
que se reserva a propriedade literária desta tradução

Impresso no Brasil

ISBN 978-85-01-06867-5

Seja um leitor preferencial Record.
Cadastre-se em www.record.com.br
e receba informações sobre nossos
lançamentos e nossas promoções.

Atendimento e venda direta ao leitor:
sac@record.com.br

O HEREGE
é dedicado a
Dorothy Carroll,
que sabe por quê.

# SUMÁRIO

*Prólogo* CALAIS, 1347 9

PRIMEIRA PARTE O BRINQUEDO DO DIABO 37

SEGUNDA PARTE FUGITIVOS 201

TERCEIRA PARTE A ESCURIDÃO 297

*Epílogo* O GRAAL 385

*Nota Histórica* 389

# Prólogo

## Calais, 1347

A ESTRADA vinha das montanhas ao sul e atravessava os pântanos à beira-mar. Era uma estrada péssima. Uma insistente chuva de verão a deixara como uma faixa de lama pegajosa que endurecia ao secar quando o sol saía, mas era a única estrada que levava das colinas de Sangatte aos portos de Calais e Gravelines. Em Nieulay, uma aldeia sem distinção alguma, ela atravessava o rio Ham numa ponte de pedra. O Ham praticamente não merecia o título de rio. Era um curso de água que escorria pelos charcos infestados de febre, até desaparecer entre os alagadiços da costa. Ele era tão curto, que um homem podia vadeá-lo da fonte até o mar em pouco mais de uma hora, e era tão raso que se podia atravessá-lo na maré baixa sem molhar a cintura. Ele drenava os pântanos onde os bambus eram grossos e garças caçavam rãs por entre o capim, e era alimentado por um labirinto de rios menores onde os aldeões de Nieulay, Hammes e Guîmes armavam suas armadilhas de vime para pegar enguias.

Nieulay e sua ponte de pedra poderiam ter esperado passar a História dormitando, não fosse o fato de a cidade de Calais ficar a apenas um pouco mais de três quilômetros ao norte e, no verão de 1347, um exército de trinta mil ingleses estar sitiando o porto e seu acampamento aglomerar-se entre os imponentes muros da cidade e os pântanos. A estrada que vinha das colinas e atravessava o Ham em Nieulay era a única rota que uma força de resgate francesa poderia usar, e no auge do verão, quando os habitantes de Calais estavam quase morrendo de fome, Filipe de Valois, rei da França, levou seu exército para Sangatte.

Vinte mil franceses alinhavam-se nas colinas, os estandartes abundantes ao vento que soprava do mar. A auriflama, o sagrado galhardete de guerra da França, estava lá. Era uma bandeira comprida, com três caudas pontudas, uma ondulação vermelho-sangue de preciosa seda, e se a bandeira tinha uma cor viva era porque era nova. A antiga auriflama estava na Inglaterra, um troféu apanhado na larga montanha verde entre Wadicourt e Crécy no verão anterior. Mas a nova bandeira era tão sagrada quanto a antiga, e em torno dela tremulavam os estandartes dos grandes senhores da França: os estandartes de Bourbon, de Montmorency e do conde de Armagnac. Bandeiras menos importantes eram vistas entre as nobres, mas todas proclamavam que os maiores guerreiros do reino de Filipe tinham ido combater os ingleses. No entanto, entre eles e o inimigo estavam o rio Ham e a ponte em Nieulay, que era defendida por uma torre de pedra, em volta da qual os ingleses haviam cavado trincheiras, as quais tinham enchido de arqueiros e soldados. Do outro lado daquela força estava o rio, depois os pântanos, e no terreno mais elevado, perto do alto muro de Calais e seu fosso duplo, havia uma cidade improvisada, de casas e tendas, onde vivia o exército inglês. E um exército como nunca se vira na França. O acampamento dos sitiantes era maior do que a própria Calais. Até onde a vista alcançava havia ruas margeadas por lonas, com casas de madeira e cercados para cavalos, e entre eles havia soldados e arqueiros. A auriflama bem que poderia ter ficado enrolada.

— Nós podemos tomar a torre, majestade. — Sir Geoffrey de Charny, soldado valente como qualquer outro no exército de Filipe, fez um gesto para baixo da montanha, no ponto em que a guarnição inglesa de Nieulay estava isolada do lado francês do rio.

— Com que finalidade? — perguntou Filipe.

Ele era um homem fraco, hesitante em combate, mas a pergunta era pertinente. Se a torre caísse e, com isso, a ponte de Nieulay ficasse em seu poder, de que serviria ela? A ponte simplesmente levava a um exército inglês ainda maior, que já se dispunha em ordem de batalha na terra firme à beira do acampamento.

Os cidadãos de Calais, com fome e sem esperança, viram os estandartes franceses na crista sul e responderam pendurando as bandeiras deles em suas defesas. Eles exibiam imagens da Virgem, retratos de S. Denis da França e, no alto da cidadela, a bandeira real azul e amarelo, para dizer a Filipe que seus súditos ainda viviam, ainda lutavam. Mas a brava exibição não conseguia esconder o fato de que tinham ficado sitiados por onze meses. Eles precisavam de ajuda.

— Tome a torre, majestade — insistiu Sir Geoffrey — e depois ataque o outro lado da ponte! Meu bom Cristo, se os malditos nos virem conseguir uma única vitória, poderão perder o ânimo!

Um grunhido de concordância veio dos senhores reunidos.

O rei estava menos otimista. Era verdade que a guarnição de Calais ainda resistia, e que os ingleses praticamente não tinham danificado os muros da cidade, ainda menos encontrado um meio de atravessar os fossos gêmeos. Mas também os franceses não haviam conseguido levar suprimento algum para a cidade sitiada. O povo de lá não precisava de estímulo, precisava de comida. Um jato de fumaça surgiu do outro lado do acampamento e, poucos segundos depois, o som de um canhão ecoou pelos pântanos. O projétil devia ter atingido o muro, mas Filipe estava muito longe para ver o efeito.

— Uma vitória aqui irá estimular a guarnição — insistiu lorde de Montmorency — e implantar o desespero nos corações ingleses.

Mas por que iriam os ingleses perder o ânimo se a torre de Nieulay caísse? Filipe achava que aquilo iria apenas enchê-los de vontade de defender a estrada no lado oposto da ponte, mas também entendia que ele não poderia manter seus cães contidos quando um inimigo odiado estava à vista, e por isso deu a permissão.

— Tomem a torre — disse —, e que Deus lhes conceda a vitória.

O rei permaneceu onde estava enquanto os senhores reuniam homens e se armavam. O vento que vinha do mar trazia um cheiro de sal, mas também um odor de decomposição talvez proveniente de algas que apodreciam nos longos alagadiços que recebiam a maré. Aquilo deixou Filipe melancólico. Seu novo astrólogo recusara-se a atendê-lo durante semanas, alegando estar febril, mas Filipe soubera que ele gozava de boa saúde, o que significava que devia ter visto algum grande desastre nas estrelas e simplesmente receava contar ao rei. Gaivotas gritavam sob as nuvens. Bem lá ao longe, no mar, uma vela desbotada enfunava-se em direção à Inglaterra, enquanto outro navio ancorava ao largo das praias ocupadas pelos ingleses e, em pequenos barcos, transferia homens para terra, a fim de aumentarem as fileiras inimigas. Filipe olhou para trás, para a estrada, e viu um grupo de cerca de quarenta ou cinqüenta cavaleiros ingleses cavalgando em direção à ponte. Ele fez o sinal-da-cruz, rezando para que os cavaleiros fossem encurralados pelo seu ataque. Ele odiava os ingleses. Odiava.

O duque de Bourbon havia delegado a organização do assalto a Sir Geoffrey de Charny e Edouard de Beaujeu, e isso era bom. O rei confiava em que os dois seriam sensatos. Ele não duvidava de que pudessem tomar a torre, embora ainda não soubesse do que aquilo adiantaria; mas achava que era melhor do que deixar seus nobres mais afoitos usarem as lanças numa carga alucinada pela ponte, para sofrerem uma derrota total nos pântanos. Ele sabia que nada lhes traria maior prazer do que um ataque daqueles. Eles pensavam que a guerra era um jogo, e cada derrota os deixava mais ansiosos por jogarem. Tolos, pensou ele, e tornou a fazer o sinal-da-cruz, perguntando-se que funesta profecia o astrólogo estava escondendo dele. O que precisamos, pensou ele, é de um milagre. Algum grande sinal de Deus. Então estremeceu, assustado, porque um timbaleiro acabara de tocar o seu grande timbale. Uma trombeta soou.

A música não pressagiava o avanço. Eram, isso sim, os músicos que faziam o aquecimento, prontos para o ataque. Edouard de Beaujeu estava à direita, onde reunira mais de mil besteiros e outros tantos soldados, e era evidente que ele queria atacar os ingleses por um flanco, enquanto Sir Geoffrey de Charny e pelo menos quinhentos soldados atacavam montanha abaixo, contra as trincheiras dos ingleses. Sir Geoffrey percorria as fileiras mandando, em voz alta, que cavaleiros e soldados desmontassem. Eles obedeceram, relutantes. Acreditavam que a essência da guerra era a carga da cavalaria, mas Sir Geoffrey sabia que cavalos de nada adiantavam contra uma torre de pedra protegida por trincheiras, e por isso insistia em que lutassem a pé.

— Escudos e espadas — gritou —, nada de lanças. A pé! A pé!

Sir Geoffrey aprendera a duras penas que os cavalos eram lamentavalmente vulneráveis às flechas inglesas, enquanto que homens a pé podiam avançar agachados, atrás de escudos compridos. Alguns dos homens de berço nobre recusavam-se a desmontar, mas ele não lhes deu importância. Um número ainda maior de soldados franceses apressava-se para participar da carga.

O pequeno grupo de cavaleiros ingleses tinha atravessado a ponte agora. Parecia que pretendiam cavalgar pela estrada para desafiarem toda a linha de batalha francesa, mas em vez disso detiveram seus cavalos e olharam para a horda agrupada na crista do monte. O rei, observando-os, viu que eram comandados por um grão-senhor. Ele sabia disso devido ao tamanho do pavilhão do homem, enquanto que pelo menos uma dúzia dos outros cavaleiros levava as bandeiras quadradas de galhardetes em suas lanças. Um grupo rico, pensou ele, que valia uma pequena fortuna em resgates. Ele esperava que cavalgassem até a torre e, com isso, ficassem encurralados.

O duque de Bourbon voltou para perto de Filipe com o cavalo a trote. O duque vestia uma armadura que tinha sido raspada com areia, vinagre e arame até ficar branca de tanto brilho. O elmo, ainda pendurado no arção anterior da sela, tinha em cima penas tingidas de azul. Ele se recusara a desmontar de seu corcel, equipado com uma testeira de aço para proteger-lhe o rosto e um caparazão de malha brilhante para proteger-lhe o corpo dos arqueiros ingleses que, sem dúvida, estavam colocando as cordas nos arcos nas trincheiras.

— A auriflama, majestade — disse o duque. Devia ser um pedido, mas de algum modo parecia uma ordem.

— A auriflama? — O rei fingiu não entender.

— Posso ter a honra, majestade, de levá-la na batalha?

O rei suspirou.

— Vocês têm em relação ao inimigo uma superioridade numérica de dez para um — disse ele — e por isso praticamente não precisam da auriflama. Deixe-a aqui. O inimigo já deve tê-la visto.

E o inimigo iria ver o que a auriflama enrolada significava. Ela instruía os franceses a não fazer prisioneiros, a matar todos, embora não houvesse dúvida de que qualquer cavaleiro inglês rico ainda seria capturado em vez de morto, porque um cadáver não rendia resgate. Ainda assim, a bandeira de três tiras, enrolada, deveria incutir o terror nos corações ingleses.

— Ela vai ficar aqui — insistiu o rei.

O duque iniciou um protesto, mas naquele exato momento uma trombeta soou e os besteiros iniciaram a descida. Eles vestiam túnicas verde e vermelho, com o emblema do cálice de Gênova no braço esquerdo, e cada qual era acompanhado por um infante segurando um pavês, um escudo enorme que iria proteger o besteiro enquanto ele recarregava sua desajeitada arma. A uns oitocentos metros de distância, à margem do rio, ingleses corriam da torre para as trincheiras de terra que tinham sido cavadas há tantos meses, que agora estavam cobertas com uma camada espessa de capim e algas.

— Você vai perder a sua batalha — disse o rei para o duque que, esquecendo o estandarte escarlate, girou o seu grande corcel protegido por armadura em direção aos homens de Sir Geoffrey.

— *Montjoie St. Denis!*

O duque soltou o grito de guerra da França e os timbaleiros bateram seus grandes timbales e uma dúzia de trombeteiros clamou seu desafio para os ares. Ouviram-se estalos quando viseiras foram abaixadas. Os besteiros já estavam no sopé da encosta, espalhando-se para a direita a fim de envolver o flanco inglês. Então as primeiras flechas voaram: flechas inglesas, de penas brancas, adejando sobre a terra verde, e o rei, inclinando-se à frente em sua sela, viu que do lado do inimigo os arqueiros eram muito poucos. Em geral, sempre que os malditos ingleses combatiam, seus arqueiros estavam em superioridade numérica em relação a seus cavaleiros e soldados, no mínimo de três para um, mas o posto avançado de Nieulay parecia estar guarnecido, em sua maioria, por soldados.

— Que Deus os acompanhe! — gritou o rei para seus soldados.

Ele fora tomado por um súbito entusiasmo, porque sentia o cheiro da vitória.

As trombetas tornaram a soar, e agora a onda metálica de soldados despejou-se encosta abaixo. Berravam o grito de guerra e o som tinha a concorrência dos tambores, que martelavam as peles de cabra esticadas, e dos trombeteiros que tocavam como se pudessem derrotar os ingleses apenas com o som.

— Deus e São Denis! — gritava o rei.

Os quadrelos agora voavam. Cada dardo curto de ferro era dotado de alhetas de couro, e estas faziam um chiado enquanto riscavam o ar em direção às trincheiras de terra. Centenas de dardos voavam, e depois os genoveses foram para trás dos enormes escudos para manejar as lingüetas que tornavam a curvar os dardos reforçados com aço. Algumas flechas inglesas enfiavam-se nos paveses, mas então os arqueiros voltaram-se para o ataque de Sir Geoffrey. Colocaram flechas com ponta de estilete nas cordas, flechas que tinham na ponta sete ou dez centímetros de haste de aço que podia furar malha como se fosse pano. Eles puxavam e soltavam, puxavam e soltavam, e as flechas penetravam em escudos e nas fileiras cerradas francesas. Um dos homens foi atingido na coxa e cambaleou, e os soldados o cercaram e tornaram a cerrar fileiras. Um arqueiro inglês, de pé para disparar seu arco, foi atingido no ombro por uma seta de besta e sua flecha subiu alucinada.

— *Montjoie St. Denis!*

Os soldados berravam seu desafio enquanto a carga chegava ao terreno plano na base da encosta. As flechas entravam nos escudos com uma força desesperadora, mas os franceses mantinham a formação cerrada, escudo sobrepondo-se a escudo, e os besteiros chegavam mais perto para mirar nos arqueiros ingleses, que eram obrigados a ficar de pé em suas trincheiras para disparar suas armas. Um dardo trespassou um morrião de ferro e perfurou um crânio inglês. O homem caiu para o lado, o sangue escorrendo-lhe pela face. Uma rajada de flechas saiu do alto da torre e os dardos de bestas que respondiam bateram nas pedras enquanto os soldados ingleses, vendo que suas flechas não tinham detido o inimigo, ficaram em pé, espadas desembainhadas, para enfrentar a carga.

— São Jorge! — gritavam eles, e então os atacantes franceses estavam na primeira trincheira e golpeavam os ingleses abaixo deles. Alguns franceses descobriram passagens estreitas que cortavam a trincheira e correram por elas para atacar os defensores pelas costas. Os arqueiros postados nas duas trincheiras mais recuadas tinham alvos fáceis, porém o mesmo acontecia com os besteiros genoveses que saíam de trás de seus paveses para despejar uma chuva de ferro sobre o inimigo. Alguns ingleses, sentindo a matança iminente, estavam deixando suas trincheiras para correr em direção ao Ham. Edouard de Beaujeu, liderando os besteiros, viu os fugitivos e gritou para que os genoveses largassem as bestas e participassem do ataque. Eles sacaram espadas ou machados e lançaram-se em grande quantidade sobre o inimigo.

— Matem! — gritava Edouard de Beaujeu. Ele montava um corcel e, a espada desembainhada, esporeou o animal para que avançasse. — Matem!

Os ingleses a postos na trincheira avançada estavam condenados. Eles lutavam para proteger-se da massa de soldados franceses, mas as espadas, os machados e as lanças desciam com força. Alguns tentaram render-se, mas a auriflama estava erguida e aquilo significava que não deveria haver prisioneiros, de modo que os franceses encharcaram a lama pegajosa do fundo da trincheira com sangue inglês. Os defensores das trincheiras da retaguarda estavam todos correndo agora, mas os poucos cavaleiros franceses, aqueles que eram orgulhosos demais para lutar a pé, forçaram a passagem por entre seus próprios soldados e soltaram o grito de guerra enquanto lançavam seus grandes cavalos contra os fugitivos à margem do rio. Garanhões giravam enquanto espadas cortavam. Um arqueiro perdeu a cabeça na margem do rio que, de repente, ficou vermelho. Um soldado gritou ao ser pisoteado por um corcel, e depois golpeou com uma lança. Um cavaleiro inglês ergueu as mãos, oferecendo uma manopla como sinal de rendição e foi derrubado por trás, a espinha perfurada por uma espada, e depois um outro cavalariano acertou-lhe o rosto com um machado.

— Matem-nos! — berrava o duque de Bourbon, a espada molhada. — Matem-nos! — Ele viu um grupo de arqueiros fugindo em direção à ponte e gritou para seus seguidores: — Comigo! Comigo! *Montjoie St. Denis!*

Os arqueiros, quase trinta, tinham fugido em direção à ponte, mas quando chegaram ao grupo de casas de telhado de bambu à margem do rio, ouviram o tropel e voltaram-se, alarmados. Por um instante, parecia que entrariam em pânico de novo, mas um homem os conteve.

— Atirem nos cavalos, rapazes! — disse ele, e os arqueiros puxaram as cordas, soltaram, e as flechas com penas brancas penetraram nos corcéis. O garanhão do duque de Bourbon cambaleou para o lado quando duas flechas atravessaram sua armadura de malha e couro, e depois caiu enquanto outros dois cavalos eram derrubados, as patas agitando-se no ar. Os outros cavalarianos, por instinto, fizeram meia-volta, procurando alvos mais fáceis. O escudeiro do duque cedeu o cavalo ao seu amo e depois morreu quando uma segunda rajada inglesa chegou chiando da aldeia. O duque, em vez de perder tempo tentando montar no cavalo do escudeiro, afastou-se andando com dificuldade com sua preciosa armadura, que o tinha protegido as flechas. À frente dele, em torno da base da torre de Nieulay, os sobreviventes das trincheiras inglesas haviam formado uma parede de escudos que agora estava cercada por franceses vingativos.

— Nada de prisioneiros! — gritou um cavaleiro francês. — Nada de prisioneiros!

O duque pediu que seus homens o ajudassem a montar.

Dois dos soldados do duque desmontaram para ajudar seu líder a montar o novo cavalo, e naquele exato momento ouviram o troar de patas. Voltaram-se e viram um grupo de cavaleiros ingleses que atacavam, vindo da aldeia.

— Meu bom Jesus!

O duque estava metade na sela e metade fora dela, a espada na bainha, e começou a cair para trás quando os homens que o ajudavam sacaram suas espadas. Que diabo, de onde tinham surgido aqueles ingleses? Então, seus outros soldados, no desespero de proteger o seu senhor, arriaram as viseiras e voltaram-se para enfrentar o desafio. O duque, esparramando-se na turfa, ouviu o estridor de cavaleiros vestindo armaduras.

Os ingleses eram o grupo de homens que o rei francês tinha visto. Eles haviam feito uma parada na aldeia para assistir ao massacre nas trincheiras e estavam para atravessar de volta a ponte quando os homens do duque de Bourbon se aproximaram. Chegaram perto demais: um desafio que não podia ser ignorado. Por isso, o senhor inglês liderou seus cavaleiros numa carga que penetrou no grupo de homens do duque de Bourbon. Os franceses não se haviam preparado para o ataque, e os ingleses investiram com a disposição adequada, joelho tocando joelho, e as longas lanças de freixo, levadas erguidas enquanto atacavam, de repente baixaram para a posição de matar e atravessaram malha e couro. O líder inglês usava um manto azul atravessado por uma tira branca diagonal na qual estavam pintadas três estrelas vermelhas. Leões amarelos ocupavam o campo azul que de repente ficou preto com o sangue inimigo quando ele golpeou com a espada para cima, na axila desprotegida de um soldado francês. O homem tremeu de dor, tentou golpear com a espada, mas então um outro inglês meteu uma maça na sua viseira, que amassou com o golpe e projetou sangue de umas doze rachaduras. Um cavalo jarretado berrou e caiu.

— Fiquem juntos! — gritava para seus homens o inglês com o manto vistoso. — Fiquem juntos!

O cavalo dele empinou, agitando as patas para um francês que fora derrubado da montaria. Aquele homem caiu, elmo e crânio esmagados por uma ferradura, e aí o cavaleiro viu o duque em pé, indefeso, ao lado de um cavalo; reconheceu o valor da armadura do homem, que brilhava, e girou seu cavalo na direção dele. O duque desviou com o escudo o golpe da espada, brandiu a dele, que vibrou contra a armadura da perna do inimigo, e de repente o cavalariano foi embora.

Um outro inglês tinha puxado o cavalo do seu líder para longe. Uma massa de cavaleiros franceses descia a montanha. O rei os mandara na esperança de capturar o senhor inglês e seus homens, e ainda mais franceses, impossibilitados de participar do ataque à torre porque um número demasiado de seus companheiros se reunia para ajudar a matar o que restava da guarnição, agora atacavam a ponte.

— Voltem! — berrou o líder inglês, mas a rua da aldeia e a estreita ponte estavam bloqueadas por fugitivos e ameaçadas por franceses. Ele poderia abrir caminho à força, mas isso significaria matar seus próprios arqueiros e perder alguns de seus cavaleiros no pânico caótico, de modo que, em vez disso, olhou para o outro lado da estrada e viu uma trilha que corria junto ao rio. Pensou que ela poderia levar à praia e, lá, talvez ele pudesse dobrar e seguir para o leste e voltar para as linhas inglesas.

Os cavaleiros ingleses cutucaram forte com as esporas. A trilha era estreita, só dois cavaleiros podiam cavalgar juntos; de um lado estava o rio Ham e, do outro, um trecho de terreno alagadiço, mas a trilha era firme e os ingleses seguiram por ela até alcançar um trecho de terreno mais alto, onde puderam se reunir. Mas não poderiam escapar. O pequeno trecho de terreno mais elevado era quase uma ilha, que só podia ser atingido pela trilha e estava cercado por um atoleiro de junco e lama. Eles estavam encurralados.

Cem cavaleiros franceses estavam prontos para segui-los pela trilha, mas os ingleses tinham desmontado e feito uma parede com os escudos, e a idéia de forçar a passagem por aquela barreira de aço convenceu os franceses a regressar à torre, onde o inimigo era mais vulnerável. Arqueiros ainda disparavam das defesas, mas os besteiros genoveses reagiam, e agora os franceses lançaram-se contra os soldados ingleses formados aos pés da fortificação.

Os franceses atacaram a pé. O terreno estava escorregadio por causa da chuva de verão, e os pés revestidos com cota de malha transformavam-no em lama enquanto os soldados na dianteira berravam seu grito de guerra e atiravam-se contra os ingleses que estavam em inferioridade numérica. Aqueles ingleses tinham colado seus escudos uns nos outros e empurravam-nos para a frente a fim de enfrentar a carga. Houve um entrechoque de aço e madeira, um grito quando uma lâmina enfiou-se por baixo da beira de um escudo e achou carne. Os homens da segunda fileira inglesa, que era a retaguarda deles, brandiram maças e espadas por sobre a cabeça de seus companheiros.

— São Jorge! — ergueu-se um grito. — São Jorge! — E os soldados inclinavam-se à frente a fim de tirar os mortos e os moribundos de seus escudos. — Matem os bastardos!

— Matem-nos! — gritou Sir Geoffrey de Charny em resposta, e os franceses voltaram, aos tropeções devido às cotas de malha e às armaduras, passando pelos feridos e mortos, e dessa vez os escudos ingleses não estavam com as bordas encostadas umas nas outras, e os franceses encontraram brechas. Espadas batiam em armaduras, atravessavam malhas, batiam em elmos. Uns poucos defensores que restavam tentavam fugir para o outro lado do rio, mas os besteiros genoveses os perseguiram, e foi uma simples questão de segurar dentro d'água um homem vestindo uma armadura, até que ele morresse afogado, e depois saquear-lhe o corpo. Uns poucos fugitivos ingleses saíram cambaleantes na outra margem, indo para onde uma linha de combate inglesa formada por arqueiros agrupava-se para repelir qualquer ataque vindo do outro lado do Ham.

Lá na torre, um francês com um machado de batalha golpeava repetidas vezes um inglês, abrindo a ombreira que protegia o ombro direito, cortando a malha que estava por baixo, batendo no homem a ponto de fazê-lo acocorar-se, e ainda assim os golpes continuaram até que o machado tivesse aberto o peito do inimigo e houvesse um esvaziar de costelas brancas entre a carne moída e a armadura cortada. Sangue e lama formavam uma pasta sob os pés. Para cada inglês havia três inimigos, e a porta da torre tinha sido deixada destrancada, para dar aos homens que estavam fora um lugar para o qual pudessem recuar, mas em vez disso foram os franceses que forçaram a entrada. Os últimos defensores que se encontravam fora da torre foram abatidos e mortos, enquanto que lá dentro os atacantes começavam a subir as escadas lutando.

Os degraus voltavam-se para a direita à medida que subiam. Aquilo significava que os defensores podiam usar o braço direito sem problemas, enquanto os atacantes ficavam sempre prejudicados pelo grande pilar central da escada, mas um cavaleiro francês com uma lança curta fez a primeira investida e eviscerou um inglês com a lâmina antes de outro defensor matá-lo com um golpe de espada por cima da cabeça do moribundo. Ali, as viseiras foram erguidas, porque estava escuro na torre e não era possível enxergar com os olhos meio cobertos de aço. Com isso, os ingleses golpeavam olhos franceses. Soldados puxavam os mortos dos degraus, deixando uma trilha de entranhas, e então mais dois homens atacaram escada acima, escorregando em fezes. Aparavam golpes ingleses, enfiavam as espadas em virilhas, e ainda mais franceses entravam pela torre. Um grito horrível encheu o poço da escada e depois outro corpo ensangüentado foi jogado para baixo e para fora do caminho: outros três degraus ficaram livres e os franceses tornaram a avançar subindo.

— *Montjoie St. Denis!*

Um inglês, segurando um martelo de ferreiro, desceu a escada e bateu em elmos franceses, matando um homem ao esmagar-lhe o crânio e fazendo os outros recuarem até que um cavaleiro teve a idéia de agarrar uma besta e avançar sorrateiramente escada acima até conseguir uma visão livre de empecilhos. O dardo atravessou a boca do inglês e ergueu a parte posterior do crânio. Os franceses avançaram de novo, com gritos de ódio e vitória, pisoteando o moribundo com os pés sujos de dejetos e levando suas espadas ao alto da torre. Lá, doze homens tentaram empurrá-los de volta escada abaixo, mas ainda havia mais franceses subindo. Eles forçaram os atacantes que iam à frente contra as espadas dos defensores e os homens que vinham em seguida passaram desajeitados por cima dos moribundos e dos mortos para aniquilar o que restava da guarnição. Todos os homens foram abatidos. Um arqueiro viveu o suficiente para ter os dedos decepados, depois os olhos arrancados, e ainda estava gritando quando foi atirado da torre sobre as espadas que aguardavam lá embaixo.

Os franceses ovacionaram. A torre era uma capela mortuária, mas o estandarte da França iria ser hasteado em suas defesas. As trincheiras tinham-se tornado sepulturas para os ingleses. Homens vitoriosos começaram a tirar as roupas dos mortos à procura de moedas, quando soou uma trombeta.

Ainda havia alguns ingleses no lado francês do rio: cavaleiros encurralados num pedaço de terreno mais firme.

De modo que a matança ainda não acabara.

O *ST. JAMES* ANCOROU ao largo da praia ao sul de Calais e transferiu os passageiros para terra em barcos a remo. Três dos passageiros, todos em cotas de malha, tinham tanta bagagem que pagaram a dois tripulantes do *St. James* para levá-la para as ruas do acampamento inglês, onde eles procuravam o conde de Northampton. Algumas casas tinham dois pavimentos, e sapateiros, armeiros, ferreiros, fruteiros, padeiros e açougueiros tinham, todos, pendurado cartazes nos andares superiores. Havia bordéis e igrejas, tendas de cartomantes e tabernas construídas entre as tendas e as casas. Crianças brincavam nas ruas. Algumas tinham pequenos arcos e atiravam flechas sem ponta contra cachorros irritados. As moradias dos nobres estavam com seus estandartes pendurados no lado de fora e guardas com cotas de malha postados junto às portas. Um cemitério espalhava-se pântanos adentro, as covas úmidas cheias de homens, mulheres e crianças que haviam sucumbido à febre que assolava os pântanos de Calais.

Os três homens acharam a moradia do conde, que era um grande prédio de madeira perto do pavilhão onde tremulava a bandeira real. Dois deles, o mais jovem e o mais velho, ficaram com a bagagem enquanto o terceiro, o mais alto, dirigiu-se a pé até Nieulay. Tinham dito a ele que o conde liderara alguns cavaleiros numa incursão em direção ao exército francês.

— Milhares de bastardos — informara o intendente do conde — sem fazer nada lá em cima, só de dedo no nariz, de modo que sua excelência quer desafiar alguns deles. Ele está ficando entediado. — Olhou para a grande arca de madeira que os dois homens vigiavam. — E o que é que tem aí dentro?

— Meleca — dissera o homem alto. Depois levou ao ombro um longo arco preto, apanhou uma sacola de flechas e saiu.

O nome dele era Thomas. Às vezes, Thomas de Hookton. Outras vezes era Thomas, o Bastardo, e, se quisesse ser muito formal, podia chamar-se Thomas Vexille, embora raramente fizesse isso. Os Vexille eram uma família nobre gascã e Thomas de Hookton era filho ilegítimo de um Vexille fugitivo, que não o deixara nem nobre nem Vexille. E, sem dúvida alguma, nem gascão. Ele era um arqueiro inglês.

Thomas atraía olhares enquanto caminhava pelo acampamento. Ele era alto. Cabelos pretos apareciam sob a borda do elmo de ferro. Era jovem, mas o rosto fora curtido pela guerra. Tinha faces cavadas, vigilantes olhos pretos e um nariz comprido que fora quebrado numa briga e posto no lugar de forma errada. A cota de malha perdera o brilho devido a viagens, e debaixo dela usava uma jaqueta de couro, calções pretos e botas de montaria de cano longo, sem esporas. Uma espada embainhada em couro preto pendia de seu flanco direito, um embornal estava pendurado nas costas e uma sacola branca de flechas no quadril direito. Ele mancava muito de leve, sugerindo que devia ter sido ferido em combate, embora na verdade a contusão tivesse sido provocada por um religioso, em nome de Deus. As cicatrizes daquela tortura estavam escondidas agora, exceto quanto ao dano às mãos, que tinham ficado tortas e encaroçadas, mas ele ainda podia disparar um arco. Ele tinha 23 anos e era um matador.

Ele passou pelos acampamentos dos arqueiros. A maioria tinha troféus pendurados. Ele viu uma couraça de armadura francesa de aço maciço, que havia sido perfurada por uma flecha, pendurada bem alto para alardear o que os arqueiros faziam com cavaleiros. Um outro grupo de tendas exibia uns vinte rabos de cavalo pendurados num poste. Uma cota de malha enferrujada tinha sido enchida de palha, pendurada numa árvore nova e furada por flechas. Para além das tendas ficava uma área pantanosa que fedia a esgoto. Thomas seguiu em frente, observando a disposição de tropas francesas nos planaltos do sul. Eles eram bem numerosos, pensou, muito mais do que os que apareceram para ser massacrados entre Wadicourt e Crécy. Para cada francês morto, pensou, surgiam mais dois. Ele agora via a ponte à sua frente e a pequena aldeia depois dela, e atrás dele chegavam homens vindos do acampamento para formar uma linha de combate e defender a ponte, porque os franceses estavam atacando o pequeno posto avançado inglês na margem mais distante. Thomas os via descendo em grande número pela encosta, e também viu um pequeno grupo de cavaleiros que presumiu serem o conde e seus homens. Atrás dele, o barulho abafado pela distância, um canhão inglês disparou um projétil de pedra contra os castigados muros de Calais. O som rolou por cima dos pântanos e desapareceu, para ser substituído pelo entrechocar de armas vindo das trincheiras inglesas.

Thomas não se apressou. Aquela briga não era dele. Mesmo assim, tirou o arco das costas e encordoou-o, e percebeu como aquele ato se tornara fácil. O arco era velho e estava ficando cansado. A negra vara de teixo,

23

PRÓLOGO

antigamente reta, agora se achava ligeiramente curva. Tinha acompanhado a corda, como diziam os arqueiros, e ele viu que era preciso fazer uma nova arma. Mas reconheceu que o velho arco, que ele pintara de preto e no qual prendera uma placa de prata mostrando um estranho animal segurando um cálice, ainda tinha nele a alma de alguns franceses.

Ele não viu os cavaleiros ingleses investindo contra o flanco do ataque francês, porque os casebres de Nieulay escondiam a breve luta. Viu, sim, a ponte encher-se de fugitivos que atrapalhavam uns aos outros na pressa de escapar da fúria francesa, e por cima da cabeça deles ele viu os cavaleiros seguirem em direção ao mar, na margem mais distante do rio. Ele foi atrás deles pelo lado inglês do rio, saindo da estrada aterrada para saltar de tufo para tufo, às vezes espirrando água ao passar por poças, ou patinhando pela lama que tentava roubar-lhe as botas. E então viu-se à beira do rio e viu a maré cor de lama avançar em remoinho terra adentro, enquanto o mar subia de nível. O vento fedia a sal e decomposição.

E então, ele viu o conde. O conde de Northampton era o senhor de Thomas, o homem a quem ele servia, apesar de a rédea do conde ser frouxa e sua bolsa, generosa. O conde observava os franceses vitoriosos, sabendo que iriam atacá-lo, e um de seus soldados tinha desmontado e tentava encontrar uma trilha firme bastante para permitir que os cavalos com armaduras chegassem ao rio. Outros doze de seus soldados estavam ajoelhados ou em pé fechando a trilha de aproximação dos franceses, prontos para enfrentar uma carga com escudos e espadas. E lá na aldeia, onde a matança da guarnição inglesa terminara, os franceses voltavam-se, sedentos, para os homens encurralados.

Thomas entrou no rio. Manteve o arco elevado, porque uma corda molhada não esticava, e vadeou contra o puxar da maré. A água chegava-lhe na cintura, e depois ele saiu com dificuldade para a margem lamacenta e correu para onde os soldados esperavam para receber os primeiros atacantes franceses. Thomas ajoelhou-se bem junto deles, no pântano; espalhou as flechas na lama e pegou uma.

Uns vinte franceses estavam se aproximando. Doze estavam montados, e os cavaleiros mantinham-se na trilha, mas em seus flancos soldados desmontados patinhavam pelos pântanos e Thomas não se preocupou com eles, porque iriam demorar a chegar em terra firme, e em vez disso começou a disparar contra os cavaleiros montados.

Ele atirava sem pensar. Sem mirar. Aquilo era a sua vida, sua perícia e seu orgulho. Pegar um arco, mais alto do que um homem, feito de teixo, e usá-lo para disparar flechas de freixo, com penas de ganso na extremidade e armadas com ponta de estilete. Como o grande arco era puxado até a orelha, de nada adiantava tentar mirar com o olho. Eram anos de prática que permitiam saber aonde iriam suas flechas, e Thomas as disparava em ritmo alucinado, uma flecha a cada três ou quatro segundos, e as penas brancas cortavam o ar em direção ao outro lado do pântano, e as compridas pontas de aço atravessavam cotas de malha e couro e penetravam em barrigas, peitos e coxas franceses. Elas atingiam o alvo com o som de um machado de açougueiro caindo sobre carne, e faziam com que os cavalarianos parassem. Os dois que lideravam o grupo estavam morrendo, um terceiro estava com uma flecha no alto da coxa, e os homens que vinham atrás não podiam passar pelos feridos que estavam na frente porque a trilha era estreita demais, e por isso Thomas começou a atirar contra os soldados desmontados. A força do impacto de uma flecha era suficiente para jogar um homem para trás. Se um francês erguia um escudo para proteger a parte superior do corpo, Thomas mandava uma flecha nas pernas, e se o arco dele estava velho, ainda era perverso. Thomas estivera navegando mais de uma semana e sentia a dor nos músculos das costas enquanto puxava a corda. Mesmo puxar o arco enfraquecido era o equivalente a levantar do chão um homem adulto, e toda aquela potência era transferida para a flecha. Um cavaleiro tentou avançar pela lama, mas o seu pesado corcel patinhou no terreno encharcado; Thomas escolheu uma flecha para penetrar carne, com uma ponta grossa, que furasse as entranhas e os vasos sanguíneos, e disparou-a a baixa altura, viu o cavalo estremecer, apanhou uma furadora do chão e disparou-a contra um soldado que estava com a viseira levantada. Thomas não olhou para ver se qualquer uma das flechas tinha atingido o alvo, disparou e apanhou outro projétil, depois tornou a disparar, e a corda do arco raspou o braçal de osso que ele usava no pulso esquerdo. Ele nunca se preocupara em proteger o pulso antes, gostando do calor deixado pela corda, mas o dominicano torturara o seu antebraço esquerdo e o deixara encrespado com cicatrizes, de modo que agora a bainha de osso protegia a pele.

O dominicano tinha morrido.

Faltavam seis flechas. Os franceses estavam recuando, mas não vencidos. Gritavam por besteiros e por mais soldados e Thomas, respondendo, pôs na boca os dois dedos que usava para puxar a corda e soltou um assobio estridente. Duas notas, alta e baixa, repetidas três vezes, depois uma pausa e ele tornou a assobiar as duas notas e viu arqueiros que corriam para o rio. Alguns eram os homens que tinham se retirado de Nieulay e outros vinham da linha de combate, porque reconheceram o sinal de que um colega arqueiro precisava de ajuda.

Thomas apanhou as seis flechas e voltou-se para ver que os primeiros dos cavaleiros do conde tinham encontrado uma passagem para o rio e estavam conduzindo seus animais pesadamente protegidos por armaduras pela maré que se agitava. Minutos iriam passar antes que todos eles chegassem ao outro lado, mas arqueiros seguiam patinhando em direção à margem mais distante, agora, e os que estavam mais perto de Nieulay já atiravam contra um grupo de besteiros levado às pressas para a luta inacabada. Mais cavalarianos desciam das colinas de Sangatte, com raiva pelo fato de os cavaleiros ingleses estarem fugindo. Dois deles galoparam para dentro do pântano, onde os cavalos começaram a entrar em pânico no terreno traiçoeiro. Thomas encaixou uma das últimas flechas na corda, e então concluiu que o pântano estava derrotando os dois homens e uma flecha seria supérflua.

Uma voz veio de um ponto logo atrás dele.

— É o Thomas, não é?

— Excelência. — Thomas tirou o elmo, rápido, e voltou-se, ainda de joelhos.

— Você é bom com esse arco, não é? — O conde falava com ironia.

— Prática, excelência.

— Uma mente maldosa ajuda — disse o conde, fazendo um gesto para que Thomas se levantasse.

O conde era um homem de baixa estatura, atarracado, com um rosto castigado pelo tempo, que os arqueiros dele gostavam de dizer que parecia o traseiro de um touro, mas também reconheciam que ele era um lutador, um homem bom e tão resistente quanto qualquer um de seus homens. Ele era amigo do rei, mas também amigo de quem quer que usasse o seu emblema. Não era homem de mandar outros para o combate a menos que os chefiasse, e ele desmontara e retirara o elmo para que a sua retaguarda o reconhecesse e ficasse sabendo que ele partilhava do perigo deles.

— Pensei que você estivesse na Inglaterra — disse a Thomas.

— Eu estava — respondeu ele, agora falando francês, porque sabia que o conde sentia-se mais à vontade naquela língua —, e depois estive na Bretanha.

— E agora está me salvando. — O conde sorriu, revelando os claros onde perdera os dentes. — Acho que você vai querer uma garrafa de cerveja por causa disso, não?

— Tudo isso, excelência?

O conde soltou uma gargalhada.

— Nós bancamos os bobos, não? — Ele observava os franceses que, agora que uma centena ou mais de arqueiros ingleses estavam dispostos em linha na margem do rio, pensavam duas vezes antes de lançar um novo ataque. — Pensamos que poderíamos tentar quarenta deles para uma batalha de honra perto da aldeia, e então metade do exército deles desceu da montanha. Você me traz notícias de Will Skeat?

— Ele morreu, excelência. Morreu no combate em La Roche-Derrien.

O conde vacilou e depois fez o sinal-da-cruz.

— Pobre Will. Deus sabe o quanto eu gostava dele. Nunca houve um soldado melhor. — Olhou para Thomas. — E a outra coisa? Você o trouxe para mim?

Ele se referia ao Graal.

— Eu lhe trago ouro, senhor — disse Thomas —, mas não ele.

O conde deu uma batidinha no braço de Thomas.

— Nós vamos conversar, mas não aqui. — Ele olhou para os homens e ergueu a voz: — Voltem, agora! Voltem!

A retaguarda desmontada, os cavalos já levados para um lugar seguro através da maré que subia, seguiu depressa para o rio e o atravessou. Thomas foi atrás e o conde, a espada desembainhada, foi o último homem a vadear a água que ficava mais profunda. Os franceses, privados da presa valiosa, zombaram da sua retirada.

E o combate daquele dia acabara.

O EXÉRCITO FRANCÊS não permaneceu ali. Eles tinham matado a guarnição de Nieulay, mas até mesmo os mais sanguinários entre eles sabiam que não podiam fazer mais do que aquilo. Havia ingleses demais. Milhares de arqueiros estavam rezando para que os franceses atravessassem o rio e dessem combate a eles, de modo que em vez disso os homens de Filipe retiraram-se marchando, deixando as trincheiras de Nieulay cheias com os mortos e a crista de Sangatte, varrida pelo vento, vazia, e no dia seguinte a cidade de Calais se rendeu. O primeiro instinto do rei Eduardo foi matar todos os habitantes, colocá-los em fila ao lado do fosso e cortar as cabeças de seus corpos macilentos, mas seus grandes senhores protestaram que os franceses iriam fazer o mesmo com qualquer cidade ocupada pelos ingleses que eles capturassem na Gasconha ou em Flandres, e por isso o rei, com relutância, reduziu a exigência a apenas seis vidas.

Seis homens, faces encovadas e vestindo os mantos de penitentes, com laços de forca em volta do pescoço, foram levados da cidade. Eram todos cidadãos importantes, mercadores ou cavaleiros, homens de posses e posição, o tipo de gente que havia desafiado Eduardo da Inglaterra durante onze meses. Eles levavam as chaves das portas da cidade sobre almofadas que depuseram diante do rei, depois prostraram-se em frente à plataforma de madeira onde estavam sentados o rei e a rainha da Inglaterra e os grandes magnatas do reino. Os seis homens pediram por suas vidas, mas Eduardo estava zangado. Eles o tinham desafiado, e por isso o carrasco foi chamado, porém uma vez mais os grandes senhores alegaram que ele estava provocando represálias, e a própria rainha ajoelhou-se diante do marido e pediu que os seis homens fossem poupados. Eduardo resmungou, fez uma pausa enquanto os seis mantinham-se imóveis sob o tablado, e então permitiu que continuassem vivos.

Foram levados alimentos para os cidadãos que estavam famintos, mas nenhum outro sinal de misericórdia foi mostrado. Eles foram expulsos, sem permissão para levar coisa alguma, exceto as roupas que vestiam, e até elas foram revistadas para ter-se a certeza de que nenhuma moeda ou jóia fosse contrabandeada para fora das linhas inglesas. Uma cidade vazia, com casas para oito mil pessoas, com armazéns e lojas e tabernas e cais, e uma cidadela e fossos, pertencia à Inglaterra.

— Uma porta para a França — disse o conde de Northampton, entusiasmado.

Ele ficou com uma casa que pertencera a um dos seis, um homem que agora caminhava pela Picardia com a família como um pedinte. Era uma luxuosa casa de pedra, abaixo da cidadela, com vista para o cais, que, agora, estava lotado de navios ingleses.

— Vamos encher a cidade com gente boa inglesa — disse o conde. — Quer morar aqui, Thomas?

— Não, excelência — disse Thomas.

— Nem eu — admitiu o conde. — Ela não passa de um chiqueiro num pântano. Mesmo assim, é nossa. Pois então, meu jovem Thomas, o que é que você quer?

Era de manhã, três dias depois da rendição da cidade, e a riqueza confiscada de Calais estava sendo distribuída aos vencedores. O conde ficara ainda mais rico do que esperava, porque o grande baú que Thomas trouxera da Bretanha estava cheio de moedas de ouro e prata capturadas no acampamento de Charles de Blois depois da batalha de La Roche-Derrien. Um terço daquilo pertencia ao senhor de Thomas e os homens do conde tinham contado as moedas, separando um terço da cota do conde para o rei.

Thomas havia contado sua história. Disse que, seguindo instruções do conde, ele tinha ido à Inglaterra para investigar o passado de seu falecido pai, à procura de uma pista para o Graal. Não encontrara coisa alguma, exceto um livro no qual seu pai, que era padre, escrevera sobre o Graal, mas o padre Ralph tinha uma inteligência que vagava e sonhos que pareciam verdadeiros, e Thomas nada entendera dos escritos, que foram tirados dele pelo dominicano que o torturou. Mas o livro tinha sido copiado antes de o dominicano roubá-lo e agora, no novo aposento do conde iluminado pela luz do sol, um jovem padre inglês tentava entender a cópia.

— O que quero — disse Thomas ao conde — é chefiar arqueiros.

— Só Deus sabe se haverá algum lugar para onde chefiá-los — respondeu o conde, pesaroso. — O Eduardo fala em atacar Paris, mas isso não vai acontecer. Vai haver uma trégua, Thomas. Iremos jurar amizade eterna, e depois voltar para casa e afiar nossas espadas.

Ouviu-se um estalar de pergaminho quando o padre virou outra página. O padre Ralph escrevera em latim, grego, hebraico e francês, e era evidente que o padre entendia todas. De vez em quando ele fazia uma anotação num pedaço de pergaminho à medida que ia lendo. Barris de cerveja estavam sendo descarregados no cais, com o ribombar dos grandes tonéis parecendo trovoadas. A bandeira do rei da Inglaterra, leopardos e flor-de-lis, tremulava na cidadela capturada acima da francesa, que estava hasteada de cabeça para baixo, em sinal de escárnio. Dois homens, companheiros de Thomas, estavam à entrada do aposento, à espera de que o conde os incluísse.

— Só Deus sabe que tipo de emprego haverá para os arqueiros — prosseguiu o conde —, a menos que seja proteger muros de fortalezas. É isso que você quer?

— Eu só sou bom nisso, excelência. Atirar com um arco. — Thomas falava em francês normando, a língua da aristocracia da Inglaterra e a língua que seu pai lhe ensinara. — E eu tenho dinheiro, excelência.

Ele queria dizer que agora podia recrutar arqueiros, equipá-los com cavalos e levá-los a serviço do conde, que nada custaria ao conde, mas este poderia ficar com a terça parte de tudo que eles saqueassem.

Foi assim que Will Skeat, de origem plebéia, fez o seu nome. O conde gostava de homens assim, lucrava com eles, e fez um gesto afirmativo com a cabeça.

— Mas chefiá-los para onde? — perguntou ele. — Odeio tréguas.

De sua mesa ao lado da janela, o jovem padre interveio.

— O rei preferiria que o Graal fosse encontrado.

— O nome dele é John Buckingham — disse o conde, referindo-se ao padre —, e é camareiro da receita do Tesouro, o que pode não lhe dizer muita coisa, jovem Thomas, mas significa que ele serve ao rei e é provável que venha a ser arcebispo de Canterbury antes de completar trinta anos de idade.

— Dificilmente — disse o padre.

— E é claro que o rei quer que o Graal seja encontrado — falou o conde —, e nós todos queremos. Eu quero ver essa coisa na Abadia de Westminster! Quero que o rei da maldita França rasteje na porcaria dos joelhos para rezar a ele. Quero que peregrinos de toda a cristandade nos tragam ouro. Pelo amor Deus, Thomas, essa porcaria de coisa existe? Seu pai o tinha?

— Não sei, excelência — respondeu Thomas.

— Você não serve para grande coisa — resmungou o conde.

John Buckingham olhou para suas anotações.

— Você tem um primo, Guy Vexille?

— Tenho — disse Thomas.

— E ele está à procura do Graal?

— Ele faz isso procurando por mim — disse Thomas. — E não sei onde o Graal está.

— Mas ele estava procurando pelo Graal antes de saber que você existia — assinalou o jovem padre —, o que me parece que ele tem alguma informação que nos foi negada. Eu aconselharia, excelência, procurarmos esse Guy Vexille.

— Seríamos dois cachorros correndo atrás um do outro — interveio Thomas com amargor.

O conde fez um sinal para que Thomas ficasse calado. O padre voltou a olhar para suas anotações.

— E, por mais opacos que estes escritos sejam — disse ele, em tom de censura — há um fio de luz. Eles parecem confirmar que o Graal esteve em Astarac. Que estava escondido lá.

— E foi roubado de novo! — protestou Thomas.

— Quando se perde algo de valor — perguntou Buckingham, paciente — por onde se começa a busca? No lugar em que o objeto foi visto pela última vez. Onde fica Astarac?

— Na Gasconha — respondeu Thomas —, no feudo de Berat.

— Ah! — exclamou o conde, mas depois calou-se.

— E você foi a Astarac? — perguntou Buckingham. Ele podia ser jovem, mas tinha uma autoridade que provinha de mais alguma coisa do que o cargo junto ao tesoureiro do rei.

— Não.

— Pois então, sugiro que vá — disse o padre — e veja o que pode apurar. E se fizer bastante alarde durante a busca, é bem possível que seu primo vá à sua procura, e você possa encontrá-lo e descobrir o que ele sabe.

O padre sorriu, como que para indicar que tinha resolvido o problema.

Fez-se silêncio, exceto quanto a um dos cães de caça do conde coçando-se a um canto do aposento, e no cais um marinheiro soltou uma torrente de palavrões que poderiam ter feito corar as faces do diabo.

— Não posso capturar o Guy sozinho — protestou Thomas —, e Berat não jurou vassalagem ao nosso rei.

— Oficialmente — observou Buckingham —, Berat jura vassalagem ao conde de Toulouse, que hoje significa ao rei da França. O conde de Berat é, sem dúvida alguma, um inimigo.

— Nenhuma trégua foi assinada até agora — disse o conde, hesitante.

— E eu desconfio que vai levar dias para ser assinada — concordou Buckingham.

O conde olhou para Thomas.

— E você quer arqueiros?

— Eu gostaria de ficar com os homens de Will Skeat, excelência.

— E não há dúvida de que eles irão servi-lo — disse o conde —, mas você não pode comandar soldados, Thomas.

Ele queria dizer que Thomas, sem berço nobre e ainda jovem, poderia ter autoridade para comandar arqueiros, mas soldados, que se consideravam de categoria mais elevada, ficariam ressentidos com a sua liderança. Will Skeat, que nascera em classe mais baixa do que a de Thomas, conseguira, mas Will era muito mais velho e muito mais experiente.

— Eu posso comandar soldados — anunciou um dos dois homens que estavam junto à parede.

Thomas apresentou os dois. O que falara era um homem mais velho, com cicatrizes, sem um olho, resistente como malha. Seu nome era Sir Guillaume d'Evecque, lorde de Evecque, e ele já tivera um feudo na Normandia até que seu rei se voltara contra ele, e agora era um guerreiro sem terras e amigo de Thomas. O outro, mais jovem, também era amigo. Era Robbie Douglas, um escocês que tinha sido preso em Durham no ano anterior.

— Pelos ossos de Cristo — disse o conde quando soube da situação de Robbie —, mas a esta altura você já deve ter conseguido o seu resgate, não?

— Consegui, excelência — admitiu Robbie —, e depois perdi.

— Perdeu!

Robbie baixou os olhos para o chão, de modo que Thomas explicou numa palavra curta.

— Dados.

O conde pareceu enojado, e depois voltou-se outra vez para Sir Guillaume.

— Eu ouvi falar no senhor — disse ele, e aquilo era um cumprimento — e sei que pode liderar soldados, mas a quem o senhor serve?

— A homem nenhum, excelência.

— Neste caso, não pode comandar soldados — disse o conde, mordaz, e ficou esperando.

Sir Guillaume hesitou. Era um homem orgulhoso, tinha 35 anos de idade, experiência em guerras, e uma reputação que começara a ser feita ao lutar contra os ingleses. Mas agora não possuía terra alguma, não tinha um senhor, e como tal era um pouco mais do que um andarilho, e por isso, depois de uma pausa, caminhou até o conde e ajoelhou-se diante dele e ergueu as mãos como se estivesse rezando. O conde envolveu as mãos de Guillaume com as suas.

— Promete servir a mim — perguntou ele —, ser meu vassalo, não servir a mais ninguém?

— Prometo — disse Sir Guillaume, enfático, e o conde ergueu-o e os dois homens beijaram-se nos lábios.

— Eu me sinto honrado — disse o conde, dando uma batida no ombro de Sir Guillaume, depois tornou a voltar-se para Thomas. — Então, você pode levantar uma força adequada. Vai precisar de quanto? Cinqüenta homens? A metade de arqueiros.

— Cinqüenta homens no feudo distante? — disse Thomas. — Eles não vão durar um mês, excelência.

— Mas vão, sim — disse o conde e explicou a sua reação anterior, de surpresa, diante da notícia de que Astarac ficava no condado de Berat. — Há muitos anos, jovem Thomas, antes de você ser desmamado, nós tínhamos uma propriedade na Gasconha. Nós a perdemos, mas nunca a entregamos oficialmente, de modo que há, em Berat, três ou quatro praças fortes sobre as quais eu tenho um direito legítimo.

John Buckingham, lendo as anotações do padre Ralph outra vez, ergueu uma sobrancelha para indicar que o direito, na melhor das hipóteses, era tênue, mas nada disse.

— Vão, e tomem um daqueles castelos — disse o conde —, façam ataques relâmpagos, juntem dinheiro, e homens irão juntar-se a vocês.

— E homens virão contra nós — observou Thomas, com tranqüilidade.

— E Guy Vexille será um deles — disse o conde —, de modo que esta é a sua oportunidade. Aceite-a, Thomas, e saia daqui antes que se faça a trégua.

Thomas hesitou por uns instantes. O que o conde sugeria parecia quase uma loucura. Ele iria levar uma força para o extremo sul do território francês, capturar uma fortaleza, defendê-la, ter a esperança de capturar seu primo, achar Astarac, explorá-la, perseguir o Graal. Só um louco aceitaria uma missão daquelas, mas a alternativa era apodrecer com todos os outros arqueiros desempregados.

— Vou fazer isso, excelência — disse ele.

— Ótimo. Retirem-se, todos vocês! — O conde levou Thomas até a porta, mas assim que Robbie e Sir Guillaume estavam na escada, puxou Thomas de volta para uma conversa em particular. — Não leve o escocês com você — disse o conde.

— Não, excelência? Ele é meu amigo.

— Ele é um maldito de um escocês e eu não confio neles. São todos uns malditos ladrões e mentirosos. Pior do que os porcarias dos franceses. Quem o mantém prisioneiro?

— Lorde Outhwaite.

— E lorde Outhwaite deixou que ele viajasse com você? Estou surpreso. Pouco importa, mande o seu amigo escocês de volta para Outhwaite e deixe-o apodrecer até que a família levante o dinheiro para o resgate. Mas não quero um porcaria de escocês tirando o Graal da Inglaterra. Está entendendo?

— Estou, excelência.

— Ótimo — disse o conde e deu um tapa nas costas de Thomas. — Agora vá, e tenha sucesso.

Vá e morra, era o mais provável. Vá numa missão infrutífera, porque Thomas não acreditava que o Graal existisse. Ele queria que existisse, queria acreditar nas palavras do pai, mas seu pai às vezes era um louco, outras vezes malicioso, e Thomas tinha uma ambição, que era ser um líder tão bom quanto Will Skeat. Ser arqueiro. No entanto, a missão infrutífera lhe dava uma oportunidade de reunir homens, chefiá-los e perseguir o seu sonho. Por isso, iria atrás do Graal e veria o que acontecia.

Ele se dirigiu ao acampamento inglês e bateu num tambor. A paz estava chegando, mas Thomas de Hookton estava reunindo homens e indo à guerra.

# Primeira Parte
## O Brinquedo do Diabo

O CONDE DE BERAT era velho, piedoso e culto. Vivera 65 anos e gostava de jactar-se de que não saíra de seu feudo nos últimos quarenta. Sua fortaleza era o grande castelo de Berat. Ficava num morro de calcário acima da cidade de Berat, que era quase cercada pelo rio Berat, que tornava o condado de Berat tão fértil assim. Havia azeitonas, uvas, peras, ameixas, cevada e mulheres. O conde gostava de todas elas. Casara-se cinco vezes, cada nova mulher mais moça do que a anterior, mas nenhuma lhe proporcionara um filho. Ele nem mesmo implantara um bastardo numa ordenhadora, apesar de, como Deus sabia, não ser por falta de tentativa.

A ausência de filhos convencera o conde de que Deus o amaldiçoara, de modo que em sua idade avançada ele se cercou de padres. A cidade tinha uma catedral e dezoito igrejas, com um bispo, cônegos e padres para enchê-las, e havia uma casa de frades dominicanos ao lado da porta leste. O conde abençoou a cidade com duas novas igrejas e construiu um convento no alto do monte oeste do outro lado do rio e depois dos vinhedos. Ele empregava um capelão e, por um alto preço, comprou um punhado da palha que havia forrado a manjedoura na qual o menino Jesus fora colocado ao nascer. O conde guardou a palha numa caixa de cristal, ouro e pedras preciosas, colocou o relicário no altar da capela do castelo e rezava a ela todos os dias, mas nem mesmo aquele talismã sagrado ajudou. Sua quinta esposa tinha dezessete anos e era rechonchuda e saudável e, como as outras, estéril.

No início, o conde desconfiara de que tinha sido tapeado na compra da palha santa, mas seu capelão lhe garantiu que a relíquia viera do palácio papal em Avignon e mostrou uma carta assinada pelo Santo Padre em pessoa, garantindo que a palha era realmente do leito do menino Jesus. Então, o conde mandou que sua nova esposa fosse examinada por quatro eminentes médicos e aquelas sumidades declararam que a urina dela era clara, suas partes estavam perfeitas e seus apetites eram saudáveis, e assim o conde empregou seus próprios conhecimentos na busca de um herdeiro. Hipócrates escrevera sobre o efeito de quadros sobre a concepção, e por isso o conde mandou que um pintor decorasse as paredes do quarto de sua esposa com retratos da Virgem e do menino; ele comia feijões vermelhos e mantinha seus aposentos aquecidos. Nada funcionava. A culpa não era do conde, disso ele sabia. Ele tinha plantado sementes de cevada em dois vasos e regado uma com a urina da mulher e a outra com a urina dele, e os dois vasos tinham produzido brotos e isso, disseram os médicos, provava que o conde e a condessa eram férteis.

O que significava, concluíra o conde, que ele estava amaldiçoado. Por isso, voltou-se mais avidamente para a religião, porque sabia que não lhe restava muito mais tempo de vida. Aristóteles escreveu que os setenta anos de idade eram o limite da capacidade de um homem, e sendo assim, o conde dispunha de apenas cinco anos para fazer o seu milagre. Então, uma certa manhã de outono, embora na ocasião ele não percebesse, suas preces foram atendidas.

Religiosos vieram de Paris. Três padres e um monge chegaram a Berat, levando uma carta de Louis Bessières, cardeal e arcebispo de Livorno, legado papal junto à corte da França, e a carta era em termos humildes, respeitosos e ameaçadores. Ela solicitava que o irmão Jerome, um jovem monge de impressionante saber, tivesse permissão para examinar os registros de Berat.

"É do nosso conhecimento", escreveu o cardeal num latim elegante, "que o senhor dedica um grande amor a todos os manuscritos, tanto pagãos como cristãos, e por isso rogamos a Vossa Excelência, por amor a Cristo e para promover o Seu reino, que permita que o nosso irmão Jerome examine seus registros de propriedade."

O que era ótimo, tanto quanto se podia entender, porque o conde de Berat possuía realmente uma biblioteca e uma coleção de manuscritos que talvez fosse a mais ampla em toda a Gasconha, se não em todo o sul da cristandade, mas o que a carta não deixava claro era o motivo pelo qual o cardeal arcebispo estava tão interessado nos registros de propriedade do castelo. Quanto à referência a obras pagãs, aquilo era uma ameaça. Recuse este pedido, estava dizendo o cardeal-arcebispo, e soltarei os santos cães dos dominicanos e os inquisidores em seu condado e eles irão descobrir que as obras pagãs estimulam a heresia. Aí, teriam início os julgamentos e as fogueiras, nenhum dos quais iria afetar o conde diretamente, mas seria necessário comprar indulgências, para que sua alma não fosse condenada. A Igreja tinha um apetite de glutão por dinheiro, e todo mundo sabia que o conde de Berat era rico. Por isso, ele não queria ofender o cardeal-arce-bispo, mas queria saber por que Sua Eminência ficara, de repente, interes-sado em Berat.

O que era o motivo pelo qual o conde convocara o padre Roubert, o principal dominicano na cidade de Berat, ao grande salão do castelo, que há muito tempo deixara de ser um lugar de festas mas, em vez disso, estava cercado de estantes nas quais velhos documentos mofavam e preciosos livros manuscritos estavam envoltos em couro oleado.

O padre Roubert tinha apenas 32 anos de idade. Era filho de um curtidor da cidade e subira na hierarquia da Igreja graças à proteção do conde. Era muito alto, muito rigoroso, com cabelos pretos cortados tão curtos, que faziam o conde lembrar-se das escovas de pêlos duros que os armeiros usavam para polir as cotas de malha. Naquela bela manhã, o padre Roubert também estava irritado.

— Eu tenho compromisso em Castillon d'Arbizon amanhã — dis-se ele —, e vou precisar sair daqui dentro de uma hora, se quiser chegar à cidade à luz do dia.

O conde ignorou a rudeza do tom do padre Roubert. O dominicano gostava de tratar o conde como um igual, petulância que o conde tolerava porque achava aquilo divertido.

— O senhor tem compromisso em Castillon d'Arbizon? — perguntou ele, e então se lembrou. — Mas é claro! O senhor vai queimar a beguina, não vai?

— Amanhã de manhã.

— Ela vai ser queimada com ou sem o senhor, padre — disse o conde — e o diabo irá pegar a alma dela, quer o senhor esteja lá para regozijar-se, quer não. — Ele olhou para o padre. — Ou será que é porque o senhor gosta de ver mulheres sendo queimadas?

— Trata-se do meu dever — disse o padre Roubert, resoluto.

— Ah, sim, o seu dever. Claro. Seu dever.

O conde olhou de cenho franzido para o tabuleiro de xadrez em cima da mesa, tentando decidir se devia avançar um peão ou recuar um bispo. Ele era um homem baixo, gordo, com rosto redondo e barba aparada. Costumava usar um gorro de lã na cabeça calva e, mesmo no verão, raramente estava sem um manto forrado de pele. Os dedos estavam eternamente manchados de tinta, de modo que ele parecia mais um escrevente trapalhão do que um governante de um grande domínio.

— Mas você tem um dever para comigo, Roubert — ele censurou o dominicano —, e o dever é este aqui. — Ele entregou ao dominicano a carta do cardeal-arcebispo e ficou olhando enquanto o frade lia o longo documento. — Ele escreve muito bem em latim, não? — disse o conde.

— Ele emprega um secretário que é bem culto — disse o padre Roubert com rispidez, e depois examinou o grande selo vermelho para certificar-se de que o documento era autêntico. — Dizem — o padre agora usava um tom de respeito — que o cardeal Bessières é considerado o possível sucessor do Santo Padre.

— Por isso, não se deve ofendê-lo?

— Nenhum homem da Igreja deve ser ofendido, em momento algum — respondeu o padre Roubert, com firmeza.

— E, com toda certeza, nunca um homem que possa vir a ser papa — concluiu o conde. — Mas o que ele quer?

O padre Roubert foi até uma janela que tinha como proteção uma treliça de chumbo apoiando caixilhos de osso aplanado que deixavam entrar uma luz difusa no aposento, mas impediam a entrada da chuva, de pássaros e de alguns dos ventos frios do inverno. Ele ergueu a treliça da moldura e respirou o ar que, no alto da torre de menagem do castelo, estava maravilhosamente livre do fedor de latrina na cidade mais baixa. Era outono e havia no ar um leve cheiro de uvas prensadas. Roubert gostava daquele cheiro. Ele se voltou de novo para o conde.

— O monge está aqui?

— Num quarto de hóspedes — disse o conde. — Está descansando. Ele é jovem, e está muito nervoso. Curvou-se para mim, com muita propriedade, mas recusou-se a dizer o que o cardeal deseja.

Um grande barulho no pátio lá embaixo fez com que o padre Roubert tornasse a olhar pela janela. Ele teve de se inclinar muito à frente, porque mesmo ali, a doze metros de altura na torre, as paredes ainda tinham metro e meio de espessura. Um cavaleiro vestindo uma armadura completa acabara de atacar o quintana no pátio e sua lança atingiu o escudo de madeira com tanta força, que toda a armação desabou.

— O seu sobrinho está brincando — disse ele enquanto recuava da janela e endireitava o corpo.

— Meu sobrinho e os amigos dele estão treinando — corrigiu o conde.

— Seria melhor ele cuidar da alma — disse o padre Roubert, mal-humorado.

— Ele não tem alma, é soldado.

— Um soldado de torneios — disse o padre com ar zombeteiro.

O conde deu de ombros.

— Não basta ser rico, padre. Um homem também tem de ser forte, e Joscelyn é o meu braço forte. — O conde disse aquilo em tom enérgico, embora na verdade não tivesse certeza de que o sobrinho fosse o melhor herdeiro para Berat, mas se o conde não tinha filhos, o feudo deveria passar para um de seus sobrinhos, e Joscelyn talvez fosse o melhor de uma ninhada má. O que fazia com que fosse importantíssimo ter um herdeiro. — Eu lhe pedi que viesse aqui — disse ele, escolhendo o verbo "pedir" e não "ordenar" — porque você poderia ter alguma informação sobre os interesses de Sua Eminência.

O frade tornou a olhar para a carta do cardeal.

— Registros de propriedades — disse ele.

— Também percebi o termo — disse o conde. Ele se afastou da janela aberta. — Você está provocando uma corrente de ar, padre.

Com relutância, o padre Roubert recolocou a tela de osso. O conde, sabia ele, deduzira pela leitura de seus livros que para um homem ser fértil tinha de estar aquecido, e o frade se perguntou como é que as pessoas nos frios países do norte conseguiam reproduzir-se.

— Então o cardeal não está interessado nos seus livros — disse o dominicano —, mas apenas nos registros do condado!

— É o que parece. Duzentos anos de rolos referentes a impostos? — O conde riu à socapa. — O irmão Jerome vai gostar muito de decifrá-los.

O frade não disse nada durante um certo tempo. O barulho de espadas se entrechocando ecoou da muralha do castelo enquanto o sobrinho do conde e seus companheiros treinavam o uso das armas no pátio. Se lorde Joscelyn herdar isto aqui, pensou o frade, esses livros e pergaminhos serão todos queimados. Ele se aproximou mais da lareira na qual, apesar de não estar frio lá fora, ardia uma grande fogueira, e pensou na jovem que devia ser morta na fogueira na manhã do dia seguinte, em Castillon d'Arbizon. Ela era uma herege, uma criatura má, um brinquedo do diabo, e ele se lembrava da agonia que ela sentira enquanto a torturava para arrancar-lhe a confissão. Ele queria vê-la queimando e ouvir os gritos que anunciariam sua chegada às portas do inferno, e por isso, quanto mais cedo respondesse ao conde, mais cedo poderia partir.

— Você está escondendo alguma coisa, Roubert — instigou-o o conde antes que o frade pudesse falar.

O frade odiava ser chamado pelo seu simples nome de batismo, uma lembrança de que o conde o conhecera quando menino e pagara pelo seu progresso.

— Não estou escondendo nada — protestou ele.

— Então me diga por que um cardeal arcebispo iria mandar um monge a Berat?

O frade virou-se de costas para a lareira.

— Será que preciso lembrá-lo — disse ele — de que o condado de Astarac agora faz parte do seu domínio?

O conde olhou fixo para o padre Roubert, e então percebeu o que o frade dizia.

— Ah, meu Deus, não! — disse o conde. Ele fez o sinal-da-cruz e voltou para a sua cadeira. Olhou para o tabuleiro de xadrez, coçou um ponto que comichava embaixo da boina de lã, e voltou-se para o dominicano. — Não é aquela velha história?

— Têm circulado rumores — disse o padre Roubert, altaneiro. — Houve um membro da nossa ordem, um homem excelente, Bernard de Taillebourg, que morreu este ano na Bretanha. Ele estava à procura de alguma coisa, nunca nos disseram o que era, mas os rumores dizem que ele se uniu a um membro da família Vexille.

— Meu Deus Todo-Poderoso — disse o conde. — Por que você não me disse isso antes?

— O senhor quer que eu o incomode com toda história sem consistência que é contada nas tabernas? — retorquiu o padre Roubert.

O conde não respondeu. Ele estava pensando nos Vexille. Os antigos condes de Astarac. Houve época em que eles tinham sido poderosos, grandes senhores de vastas terras, mas a família envolvera-se com a heresia dos cátaros, e quando a Igreja queimou aquela praga, eliminando-a da terra, a família Vexille fugiu para sua última fortaleza, o castelo de Astarac, e lá tinha sido derrotada. A maioria foi morta, mas alguns conseguiram fugir, chegando até, pelo que o conde sabia, à Inglaterra, enquanto que a Astarac em ruínas, morada de corvos e raposas, tinha sido engolida pelo feudo de Berat e com o castelo em ruínas veio uma história insistente que dizia que os Vexilles derrotados tiveram a posse, durante um certo tempo, dos fabulosos tesouros dos cátaros, e que um dos tesouros era o próprio Santo Graal. E é claro que o motivo pelo qual o padre Roubert não fizera menção das novas histórias era que ele queria achar o Graal antes que qualquer outra pessoa o descobrisse. Ora, o conde lhe perdoaria isso. Ele olhou para o outro lado do amplo aposento.

— Então o cardeal-arcebispo acredita que o Graal será encontrado entre essas coisas? — Ele fez um gesto em direção aos seus livros e documentos.

— Louis Bessières — disse o frade — é um homem ganancioso, um homem violento e um homem ambicioso. Para encontrar o Graal, ele vai virar a Terra de cabeça para baixo.

Então o conde compreendeu. Compreendeu o padrão de sua vida.

— Havia uma história, não? — pensou ele em voz alta — De que aquele que estivesse com o Graal seria amaldiçoado até devolver o cálice a Deus?

— Histórias — disse o padre Roubert, com ar de zombaria.

— E se o Graal estiver aqui, padre, mesmo que se encontre escondido, serei o guardião.

— Se — o dominicano voltou a manifestar desprezo.

— E assim Deus me amaldiçoou — disse o conde, perplexo —, porque sem fazer a mínima idéia disso estou com o Seu tesouro e não dei a ele o devido valor. — Abanou a cabeça. — Ele não me deu um filho porque não dei a Ele o cálice de seu filho. — O conde lançou um olhar surpreendentemente duro ao jovem frade. — Ele existe mesmo, padre?

O padre Roubert hesitou, e fez um relutante aceno com a cabeça.

— É possível.

— Neste caso, é melhor darmos ao monge a permissão para procurar — disse o conde —, mas também temos de fazer tudo para encontrar o que ele procura antes que o ache. Você irá consultar os registros de propriedade, padre Roubert, e passar para o irmão Jerome apenas aqueles que não mencionem tesouros, relíquias ou cálices. Está entendendo?

— Vou procurar obter do meu regente a permissão para realizar essa tarefa — respondeu o padre Roubert, inflexível.

— Você não vai procurar nada, a não ser o Graal! — O conde deu um tapa no braço da cadeira. — Vai começar agora, Roubert, e não vai parar enquanto não tiver lido todos os pergaminhos que estão naquelas estantes. Ou vai preferir que eu expulse de casa sua mãe, seus irmãos e suas irmãs?

O padre Roubert era um homem orgulhoso e empertigou-se, mas não era bobo e, por isso, depois de uma pausa, fez uma mesura.

— Vou consultar os documentos, excelência — disse, humilde.

— Começando agora — insistiu o conde.

— Isso mesmo, excelência — disse o padre Roubert e suspirou porque não iria ver a jovem ser queimada.

— E eu o ajudarei — disse o conde, entusiasmado. Porque nenhum cardeal arcebispo iria tirar de Berat o tesouro mais sagrado da Terra ou do céu. O conde iria encontrá-lo primeiro.


O FRADE DOMINICANO chegou a Castillon d'Arbizon no crepúsculo de outono, justo quando o vigia fechava a porta oeste. Uma fogueira tinha sido acesa num grande braseiro que ficava do lado de dentro do arco da porta, para aquecer os vigias da cidade no que prometia ser a primeira noite fria do ano que terminava. Morcegos esvoaçavam acima dos muros semiconsertados e em volta da torre do alto castelo que coroava a íngreme montanha de Castillon d'Arbizon.

— Deus esteja com o senhor, padre — disse um dos vigias quando fez uma pausa para deixar o frade alto passar pela porta, mas o vigia falou em occitano, sua língua natal, e o frade não falava aquela língua e, por isso, apenas sorriu vagamente e esboçou um sinal-da-cruz antes de erguer as abas de suas vestes pretas e avançar com dificuldade pela rua principal da cidade em direção ao castelo. Mulheres jovens, o trabalho do dia terminado, caminhavam pelas ruas e algumas davam risadinhas, porque o frade era um homem bem-apessoado, apesar de um mancar muito leve. Ele tinha cabelos pretos espessos, rosto de traços firmes e olhos pretos. Uma prostituta o chamou da porta de uma taberna e provocou gargalhadas de homens que bebiam a uma mesa colocada na rua. Um açougueiro molhou a frente de sua loja com um balde de madeira com água, fazendo com que sangue diluído escoasse pela sarjeta, passando pelo frade, enquanto acima dele, de uma janela do último andar onde estava secando a roupa numa vara comprida, uma mulher gritou insultos para uma vizinha. A porta oeste fechou com uma batida forte no fim da rua e a tranca encaixou-se no lugar com um som seco.

O frade não ligou para nada daquilo. Simplesmente subiu para onde a igreja de São Sardos acocorava-se embaixo do pálido baluarte do castelo e, assim que entrou na igreja, ajoelhou-se junto aos degraus do altar, fez o sinal-da-cruz e prostrou-se. Uma mulher vestida de preto, que rezava no altar lateral de Santa Inês, perturbada pela presença malfazeja do frade, também fez o sinal-da-cruz e saiu depressa da igreja. O frade, deitado por inteiro no degrau superior, limitou-se a esperar.

Um sargento municipal, vestindo libré cinza e vermelho de Castillon d'Arbizon, observara o frade subir o morro. Ele percebera que a batina do dominicano era velha e remendada e que o frade era jovem e forte, e por isso o sargento foi procurar um dos cônsules da cidade e aquela autoridade, enfiando sobre os cabelos grisalhos o chapéu guarnecido de pele, mandou que o sargento levasse mais dois homens armados enquanto ele foi buscar o padre Medous e um dos dois livros do padre. O grupo reuniu-se do lado de fora da igreja e o cônsul ordenou que os curiosos aglomerados para ver a agitação se afastassem.

— Não há nada para ver — disse ele, solícito.

Mas havia. Um estranho chegara a Castillon d'Arbizon, e todos os estranhos eram motivo de suspeita, por isso a multidão permaneceu e ficou olhando enquanto o cônsul vestia sua toga oficial, de tecido cinza e vermelho, adornado com pele de lebre, e depois mandou que os três sargentos abrissem a porta da igreja.

O que é que as pessoas esperavam? Que um diabo brotasse da igreja de São Sardos? Será que pensavam que iriam ver um grande animal chamuscado, com asas pretas batendo e uma trilha de fumaça atrás da cauda bifurcada? Em vez disso, o padre e o cônsul e dois dos sargentos entraram, enquanto o terceiro sargento, o bastão que representava o seu cargo mostrando o emblema de Castillon d'Arbizon, que era um gavião levando uma folha de centeio, vigiava a porta. A multidão esperava. A mulher que fugira da igreja disse que o frade estava rezando.

— Mas ele parece mau — acrescentou ela —, parece o diabo. — E, rápida, tornou a fazer o sinal-da-cruz.

Quando o padre, o cônsul e os dois guardas entraram na igreja, o frade ainda estava deitado por inteiro diante do altar, com os braços bem abertos, de modo que seu corpo tinha o formato da cruz. Ele devia ter ouvido as botas com solas pregadas pisando nas pedras irregulares da nave, mas não se mexeu nem falou.

— *Paire?* — chamou o padre de Castillon d'Arbizon, nervoso. Ele falou em occitano e o frade não respondeu. — Padre? — O padre tentou o francês.

— O senhor é dominicano? — O cônsul estava muito impaciente para esperar qualquer resposta à abordagem insegura do padre Medous. — Responda! — Ele também falou em francês, e com rispidez também, como ficava bem nos principais cidadãos de Castillon d'Arbizon. — O senhor é dominicano?

O frade rezou por mais um instante, uniu as mãos acima da cabeça, fez uma rápida pausa e depois levantou-se e voltou-se para os quatro homens.

— Eu vim de muito longe — disse ele, com altivez — e preciso de uma cama, comida e vinho.

O cônsul repetiu a pergunta.

— O senhor é dominicano?

— Sigo a orientação do bendito São Domingos — confirmou o padre. — O vinho não precisa ser bom, a comida, apenas o que os seus membros mais pobres comem, e a cama pode ser de palha.

O cônsul hesitou, porque o frade era alto, evidentemente forte e um pouquinho amedrontador, mas o cônsul, que era um homem rico e devidamente respeitado em Castillon d'Arbizon, empertigou-se todo.

— O senhor é moço — disse, em tom acusador — para ser frade.

— É para a glória de Deus — disse o dominicano, com ar de quem queria encerrar o assunto — homens jovens seguirem a cruz em vez de a espada. Posso dormir num estábulo.

— Qual é o seu nome? — ordenou o cônsul.

— Thomas.

— Um nome inglês! — Havia alarme na voz do cônsul e os dois sargentos reagiram erguendo seus bastões.

— *Tomas*, se o senhor preferir — disse o frade, aparentemente sem se preocupar, enquanto os dois sargentos davam um passo ameaçador em sua direção. — É meu nome de batismo — explicou ele —, e o nome daquele pobre discípulo que duvidou da divindade de Nosso Senhor. Se o senhor não tem esse tipo de dúvidas, eu o invejo e rogo a Deus que me conceda tamanha certeza.

— O senhor é francês? — perguntou o cônsul.

— Sou normando — disse o frade e depois confirmou com a cabeça. — Sou francês, sim. — Ele olhou para o padre. — O senhor fala francês?

— Falo. — O padre parecia nervoso. — Um pouco. Pouquinho.

— Neste caso, posso comer em sua casa esta noite, padre?

O cônsul não quis deixar o padre Medous responder, mas em vez disso instruiu o padre a entregar o livro ao frade. Era um livro muito antigo, com páginas comidas por traças e uma capa preta de couro que o frade desembrulhou.

— O que é que o senhor quer de mim? — perguntou o frade.

— Leia um trecho deste livro. — O cônsul percebera que as mãos do frade estavam cheias de cicatrizes e os dedos, ligeiramente tortos. Danos, refletiu ele, mais próprios a um soldado do que a um padre. — Leia para mim! — insistiu o cônsul.

— O senhor não sabe ler? — perguntou o frade, em tom de troça.

— Se sei ler ou não — disse o cônsul — não é da sua conta. Mas se você sabe ler, jovem, é da nossa conta, porque se você não for padre, não terá condições de ler. Por isso, leia para mim.

O frade deu de ombros, abriu uma página ao acaso e fez uma pausa. As desconfianças do cônsul foram provocadas pela pausa e ele ergueu a mão para fazer um sinal aos sargentos para que se aproximassem, mas de repente o dominicano começou a ler em voz alta. Ele tinha uma voz boa, confiante e possante, e as palavras em latim soavam melodiosas ao ecoarem nas paredes pintadas da igreja. Depois de um instante, o cônsul ergueu a mão para calar o frade e lançou um olhar inquiridor para o padre Medous.

— Então?

— Ele lê bem — disse o padre Medous com voz fraca. O latim do padre não era bom e ele não gostava de admitir que não tinha entendido exatamente todas as palavras que ecoavam, apesar de estar certíssimo de que o dominicano sabia ler.

— Você sabe que livro é esse? — perguntou o cônsul.

— Presumo — disse o frade — que se trata da vida de São Gregório. O trecho, como sem dúvida o senhor reconheceu — havia sarcasmo em sua voz — descreve a peste que atingirá aqueles que desobedecerem ao Senhor seu Deus. — Ele envolveu o livro de capa preta, mole, e estendeu-o para o padre. — É provável que o senhor conheça o livro como *Flores Sanctorum*?

— Exatamente. — O padre recebeu o livro e fez um aceno de cabeça para o cônsul.

Aquela autoridade ainda não estava de todo satisfeita.

— Suas mãos — disse ele. — Como foi que elas se machucaram? E o nariz? Foi quebrado?

— Quando era criança — disse o frade, estendendo as mãos — eu dormia com o gado. Fui pisoteado por um boi. E o meu nariz foi quebrado quando minha mãe me bateu com uma caçarola.

O cônsul entendeu aqueles acidentes comuns à infância e ficou visivelmente tranqüilizado.

— O senhor há de compreender, padre — disse ele ao frade —, que temos de ser cautelosos com os visitantes.

— Cautelosos com os padres de Deus? — perguntou o dominicano, mordaz.

— Tínhamos que ter certeza — explicou o cônsul. — Chegou uma mensagem de Auch dizendo que os ingleses estão por aí, mas ninguém sabe onde.

— Existe uma trégua — assinalou o frade.

— Quando foi que os ingleses respeitaram uma trégua? — retorquiu o cônsul.

— Se é que são realmente ingleses — disse o dominicano com desprezo. — Hoje em dia, qualquer grupo de bandidos é chamado de inglês. O senhor tem homens — ele fez um gesto para os sargentos, que não entendiam uma única palavra da conversa em francês — e tem igrejas e padres. Por isso, por que iria ter medo de bandidos?

— Os bandidos são ingleses — insistiu o cônsul. — Eles levavam arcos de guerra.

— O que não altera o fato de que venho de muito longe e estou com fome, com sede e cansado.

— O padre Medous irá cuidar do senhor — disse o cônsul. Fez um gesto para os sargentos, liderou-os pela nave e saiu para a pequena praça. — Não há nada com que se preocuparem! — anunciou o cônsul à multidão. — O nosso visitante é padre. É um homem de Deus.

A pequena multidão se dispersou. O crepúsculo coroava a torre da igreja e envolveu as ameias do castelo. Um homem de Deus chegara a Castillon d'Arbizon e a cidadezinha estava em paz.

O HOMEM DE DEUS comeu um prato de repolho, feijão e *bacon* salgado. Ele explicou ao padre Medous que tinha feito uma peregrinação a Santiago de Compostela, na Espanha, para rezar junto à tumba de São Tiago, e que agora estava caminhando até Avignon para receber novas ordens de seus superiores. Ele não tinha visto assaltantes, ingleses ou de outra nacionalidade.

— Não vemos um inglês há muitos anos — replicou o padre Medous, fazendo um apressado sinal-da-cruz para evitar o mal que acabara de mencionar — mas não faz muito tempo, eles mandavam aqui.

O frade, comendo sua refeição, parecia não estar interessado.

— Pagávamos impostos a eles — continuou o padre Medous —, mas então eles foram embora e agora pertencemos ao conde de Berat.

— Espero que ele seja um homem temente a Deus, não é? — perguntou frei Thomas.

— Muito piedoso — confirmou o padre. — Ele guarda um pouco de palha da manjedoura de Belém na igreja dele. Eu gostaria de vê-la.

— Os homens dele guarnecem o castelo? — quis saber o frade, ignorando o tópico mais interessante do leito de Jesus recém-nascido.

— Guarnecem — confirmou o padre Medous.

— A guarnição vai à missa?

O padre Medous fez uma pausa, obviamente tentado a dizer uma mentira, e depois decidiu-se por uma meia-verdade.

— Alguns, vão.

O frade largou a colher de madeira e olhou sério para o padre constrangido.

— Quantos eles são? E quantos vão à missa?

O padre Medous ficou nervoso. Todos os padres ficavam nervosos quando dominicanos apareciam, porque os frades eram os implacáveis guerreiros de Deus na luta contra a heresia, e se aquele jovem alto comunicasse que os habitantes de Castillon d'Arbizon não eram tão piedosos, ele poderia levar para a cidade a Inquisição e seus instrumentos de tortura.

— Existem dez homens na guarnição — disse o padre Medous — e são todos bons cristãos. Como é todo o meu povo.

O frade Thomas pareceu cético.

— Todos eles?

— Fazem o possível — disse o padre Medous com lealdade —, mas... — voltou a fazer uma pausa, evidentemente lamentando que estivera prestes a acrescentar uma ressalva e, para encobrir a sua hesitação, foi até a pequena fogueira e acrescentou uma acha de lenha. O vento vibrou na chaminé e devolveu uma corrente de fumaça rodopiando pelo aposento. — Um vento norte — disse o padre Medous —, e ele traz a primeira noite fria do outono. O inverno não está longe, eh?

— Mas? — O frade notara a hesitação.

O padre Medous suspirou enquanto se sentava.

— Há uma jovem. Uma herege. Ela não era de Castillon d'Arbizon, graças a Deus, mas ficou aqui depois que o pai morreu. Ela é beguina.

— E não achava que os beguinos chegassem tão ao sul assim — disse o frade. Os beguinos eram mendigos, mas não apenas gente perturbadora. Em vez disso, eram hereges que negavam a Igreja e negavam a necessidade de trabalhar e alegavam que todas as coisas vinham de Deus e, portanto, todas as coisas deviam ser gratuitas para todos os homens e mulheres. A Igreja, para proteger-se contra horrores daquele tipo, queimava os beguinos sempre que os encontrava.

— Eles perambulam pelas estradas — assinalou o padre Medous — e ela chegou aqui, mas nós a mandamos para o tribunal do bispo e ela foi declarada culpada. Agora, ela está de volta aqui.

— De volta? — O frade parecia chocado.

— Para ser queimada — apressou-se a explicar o padre Medous. — Foi mandada de volta para ser queimada pelas autoridades civis. O bispo quer que o povo presencie sua morte, para que todos saibam que o mal que havia no meio deles foi embora.

O frade Thomas franziu o cenho.

— O senhor diz que essa beguina foi declarada culpada de heresia, que foi mandada para cá para morrer, e no entanto ela ainda está viva. Por quê?

— Ela deve ser queimada amanhã — disse o padre, ainda depressa. — Eu esperava que o padre Roubert estivesse aqui. Ele é dominicano como o senhor e foi ele que descobriu a heresia da jovem. Será que está doente? Ele me mandou uma carta explicando como a fogueira devia ser armada.

O frade Thomas teve uma expressão zombeteira.

— Tudo o que é preciso — disse ele, como para encerrar o assunto — é uma pilha de lenha, um poste, gravetos para tocar fogo e um herege. O que mais se pode querer?

— O padre Roubert insistiu para que usemos pequenos feixes de gravetos e que eles fiquem em pé. — O padre ilustrou a exigência juntando os dedos como talos de aspargo. — Feixes de gravetos, escreveu ele, e todos apontando para o céu. Eles não devem ficar deitados. Ele foi enfático quanto a isso.

O frade Thomas sorriu quando compreendeu.

— Para que o fogo queime forte, mas não violento, eh? Ela vai morrer devagar.

— É a vontade de Deus — disse o padre Medous.

— Devagar e em grande agonia — disse o frade, saboreando as palavras —, é mesmo esta a vontade de Deus para os hereges.

— E eu armei a fogueira segundo as instruções dele — acrescentou, com voz fraca, o padre Medous.

— Ótimo. A jovem não merece nada melhor do que isso. — O frade raspou o prato com um pedaço de pão preto. — Vou assistir à morte da jovem com alegria, e depois seguirei meu caminho. — Ele fez o sinal-da-cruz. — Eu lhe agradeço esta comida.

O padre Medous fez um gesto para a lareira, onde ele empilhara alguns cobertores.

— Pode dormir aqui.

— Vou dormir, padre — disse o frade —, mas primeiro vou rezar para São Sardos. Mas nunca ouvi falar nele. Pode me dizer quem é ele?

— Um cabreiro — respondeu o padre Medous. Ele não tinha certeza plena de que Sardos existira, mas o povo local insistia que sim e sempre o venerara. — Ele viu o cordeiro de Deus em cima da montanha, onde a cidade se ergue agora. O cordeiro estava sendo ameaçado por um lobo e ele o salvou, e Deus o recompensou com uma chuva de ouro.

— O que é correto e adequado — disse o frade e pôs-se de pé. — O senhor me acompanha para rezar para o bendito Sardos?

O padre Medous abafou um bocejo.

— Eu gostaria — disse ele, sem entusiasmo algum.

— Não vou insistir — disse o frade, com generosidade. — Pode fazer o favor de deixar a porta destrancada?

— Minha porta está sempre aberta — disse o padre e sentiu um forte alívio quando o incômodo hóspede inclinou-se para passar pelo lintel da porta e saiu para a noite.

A governanta do padre Medous sorriu da porta da cozinha.

— Para um frade, ele é bem bonito. Vai passar a noite aqui?

— Vai, sim.

— Então, é melhor eu dormir na cozinha — disse a governanta —, porque você não vai querer que um dominicano o encontre entre as minhas pernas à meia-noite. Ele vai colocar nós dois na fogueira, junto com a beguina. — Ela deu uma gargalhada e foi tirar a mesa.

O frade não foi à igreja, mas desceu os poucos passos pelo morro até a taberna mais próxima e empurrou a porta, abrindo-a. O barulho que havia lá dentro foi diminuindo aos poucos enquanto os ocupantes do aposento lotado olhavam para o rosto sério do frade. Quando se fez silêncio, o frade estremeceu como se estivesse horrorizado com a farra, e depois voltou para a rua e fechou a porta. Houve um instante de silêncio no interior da taberna, e então homens soltaram gargalhadas. Alguns imaginaram que o jovem padre estivera à procura de uma prostituta, outros simplesmente acharam que ele tinha aberto a porta errada, mas em poucos momentos todos se esqueceram dele.

Mancando, o padre subiu o morro de novo em direção à igreja de São Sardos, onde, em vez de entrar no santuário do cabreiro, fez uma parada nas sombras negras de um contraforte. Ali esperou, invisível e silencioso, observando os poucos sons da noite de Castillon d'Arbizon. Cantos e risos vinham da taberna, mas ele estava mais interessado nas passadas do vigia que percorria o muro da cidade que se ligava à defesa mais forte do castelo logo atrás da igreja. Os passos vinham em sua direção, pararam a poucos passos, no muro, e depois recuaram. O frade contou até mil e o vigia não voltou, e por isso tornou a contar até mil, dessa vez em latim, e quando ainda não aconteceu nada a não ser o silêncio acima dele, deslocou-se para os degraus de madeira que davam acesso ao muro. Os degraus estalaram sob o seu peso, mas ninguém o interpelou. Uma vez em cima do muro, ele agachou-se ao lado da alta torre do castelo, a batina preta invisível na sombra projetada pela lua minguante. Ele observou o trecho em que o muro acompanhava o contorno do morro até fazer a virada para a porta oeste, onde um leve brilho vermelho mostrava que o braseiro queimava com intensidade. Não se viam vigias. O frade imaginou que os homens deviam estar se aquecendo na porta. Ergueu o olhar, mas não viu ninguém na defesa do castelo, nem qualquer movimento nas duas frestas semi-iluminadas que brilhavam graças a lanternas que estavam dentro da torre alta. Ele tinha visto três homens de libré no interior da taberna lotada e poderia haver outros que ele não vira, e concluiu que a guarnição estava bebendo ou dormindo, e por isso ergueu as saias pretas e desenrolou uma corda que estivera enrolada na cintura. A corda era feita de cânhamo endurecido com cola, o mesmo tipo de corda que impulsionava os temíveis arcos de guerra ingleses, e era comprida bastante para permitir que ele enlaçasse uma das ameias do muro e depois a deixasse cair até o terreno íngreme lá embaixo. O frade ficou um momento olhando para baixo. A cidade e o castelo estavam construídos num rochedo íngreme que um rio contornava, e ele ouvia a água chiando ao passar sobre um açude. Conseguiu apenas ver um brilho de luar refletido num lago, porém nada mais. O vento o cutucava, o esfriava, e ele recuou para a sombra projetada pela lua e cobriu o rosto com o capuz.

O vigia reapareceu, mas só foi até a metade do caminho no muro, onde parou, inclinou-se no parapeito por algum tempo e depois voltou para a porta. Um instante depois, ouviu-se um assobio baixinho, irregular e sem melodia como o cantar de um pássaro, e o frade voltou até a corda e puxou-a para cima. Amarrada a ela, agora, havia uma corda, que ele prendeu em torno da ameia.

— Não há perigo — disse ele baixinho em inglês, e depois encolheu-se ao ouvir o barulho das botas de um homem raspando no muro enquanto o homem subia pela corda.

Ouviu-se um resfolegar quando o homem ergueu-se pela defesa e um estalo forte quando sua bainha bateu na pedra, mas o homem chegou em cima e agachou-se ao lado do frade.

— Tome. — Ele deu ao frade um arco de guerra inglês e uma sacola de flechas. Agora, um outro homem estava subindo. Ele tinha um arco de guerra atravessado nas costas e uma sacola de flechas na cintura. Era mais ágil do que o primeiro e não fez barulho ao atravessar a defesa, e então um terceiro homem apareceu e agachou-se ao lado dos outros dois.

— Como foi a coisa? — perguntou ao frade o primeiro homem.

— Assustadora.

— Eles não desconfiaram de você?

— Me fizeram ler latim para provar que eu era padre.

— São uns bobos, eh? — disse o homem. Ele tinha um sotaque irlandês. — E agora?

— O castelo.

— Que Deus nos ajude.

— Até agora, Ele tem ajudado. Como vai você, Sam?

— Estou com sede — respondeu um dos outros homens.

— Segure isso para mim — disse Thomas, dando a Sam o seu arco e a sua sacola de flechas e, convencido de que o vigia não estava à vista, liderou os três companheiros, descendo os degraus de madeira até o beco que passava ao lado da igreja e levava à pequena praça em frente à porta do castelo. Os gravetos de madeira empilhados, prontos para a morte da herege, estavam pretos à luz da lua. Um poste, com uma corrente para segurar a cintura da beguina, projetava-se da madeira que esperava.

Os altos portões do castelo eram largos o bastante para deixar que uma carroça entrasse no pátio, mas encaixada numa das folhas havia uma portinhola, e o frade seguiu à frente dos companheiros e bateu com força na porta pequena. Houve uma pausa, depois um arrastar de pés e um homem fez uma pergunta do outro lado da porta. Thomas não respondeu, mas tornou a bater, e o guarda, que esperava que seus companheiros voltassem da taberna, não desconfiou de nada e puxou as duas trancas para abrir a porta. Thomas entrou na parte iluminada por duas tochas altas que estavam acesas no arco interior, e no brilho trêmulo viu o ar de espanto do guarda pelo fato de um padre ter ido ao castelo de Castillon d'Arbizon no escuro, e o homem ainda parecia perplexo quando o frade o golpeou com força, direto no rosto e depois na barriga. O guarda caiu para trás, contra o muro, e o frade colocou a mão sobre a boca dele. Sam e os outros dois passaram pela porta, que fecharam ao passar. O guarda lutava e Thomas deu uma joelhada que fez com que o homem soltasse um grito abafado.

— Procurem na sala da guarda — ordenou Thomas aos companheiros.

Sam, com uma flecha na corda do arco, empurrou para dentro a porta que levava para fora da entrada do castelo. Um único guarda estava lá, em pé ao lado de uma mesa sobre a qual havia um odre de vinho, dois dados e algumas moedas espalhadas. O guarda olhou para o rosto redondo e alegre de Sam e ainda olhava boquiaberto quando a flecha atingiu-o no peito e o atirou de costas contra a parede. Sam foi atrás, sacando uma faca, e sangue jorrou pedras acima quando ele cortou a garganta do homem.

— Ele precisava morrer? — perguntou Thomas, levando o primeiro guarda para dentro da sala.

— Ele estava me olhando com um olhar esquisito — disse Sam —, como se tivesse visto um fantasma. — Ele recolheu o dinheiro que estava na mesa e despejou-o na sua sacola de flechas. — Mato ele também? — perguntou, fazendo com a cabeça um gesto em direção ao primeiro guarda.

— Não — respondeu Thomas. — Robbie? Amarre ele.

— E se ele fizer barulho? — perguntou Robbie, o escocês.

— Neste caso, deixe o Sam matá-lo.

O terceiro dos homens de Thomas entrou na sala da guarda. Ele se chamava Jake e era um homem magro, vesgo. Sorriu ao ver sangue fresco na parede. Tal como Sam, ele levava um arco e uma sacola de flechas, e tinha uma espada na cintura. Ele apanhou o odre de vinho.

— Agora não, Jake — disse Thomas, e o homem magro, que parecia mais velho e muito mais cruel do que Thomas, que era mais moço, obedeceu docilmente. Thomas foi até a porta da sala da guarda. Ele sabia que a guarnição era composta de dez homens, e também sabia que um deles estava morto, um estava preso e pelo menos três ainda se encontravam na taberna. Assim, podia-se considerar que restavam cinco homens. Deu uma olhada para o pátio, mas achava-se vazio, exceto quanto a uma carroça cheia de fardos e barris, e por isso foi até ao armeiro na sala da guarda e escolheu uma espada curta. Testou o corte e achou-o bem afiado.

— Você fala francês? — perguntou ele ao guarda prisioneiro.

O homem balançou a cabeça negativamente, aterrorizado demais para falar.

Thomas deixou Sam para vigiar o prisioneiro.

— Se alguém bater na porta do castelo — disse ele —, não dê atenção. Se ele fizer um barulho — ele agitou a cabeça em direção ao prisioneiro —, mate-o. Não beba o vinho. Fique acordado.

Thomas pendurou o arco no ombro, enfiou duas flechas na corda que amarrava a batina de frade, e depois fez um sinal para Jake e Robbie. O escocês, vestindo um casaco curto de cota de malha, estava com a espada desembainhada.

— Não façam barulho — disse Thomas a eles, e os três escapuliram para o pátio.

Castillon d'Arbizon estivera em paz por um período demasiadamente longo. A guarnição era pequena e descuidada, seus deveres pouco mais do que cobrar tarifas sobre bens que chegavam à cidade e enviar os impostos para Berat, onde morava o senhor deles. Os homens tinham ficado preguiçosos, mas Thomas de Hookton, que se fizera passar por frade, estivera lutando há meses e seus instintos eram os de um homem que sabia que a morte poderia estar esperando a cada esquina. Robbie, embora fosse três anos mais moço do que Thomas, era quase tão experiente em guerra quanto o amigo, enquanto que o vesgo do Jake tinha sido um assassino a vida toda.

Eles começaram com a galeria subterrânea do castelo, onde seis masmorras existiam em fétida escuridão, mas uma tremeluzente lamparina aparecia na sala do carcereiro, onde encontraram um homem monstruosamente gordo e sua mulher, igualmente corpulenta. Os dois estavam dormindo. Thomas picou o pescoço do homem com a ponta da espada, para deixar que ele sentisse o cheiro de sangue, e depois levou o casal a uma masmorra, onde foi trancafiado. Uma jovem chamou de uma das celas, mas Thomas chiou para que se calasse. Em troca, ela o xingou e depois ficou em silêncio.

Um fora, e faltavam quatro.

Eles subiram de volta para o pátio. Três criados, dois dos quais eram meninos, dormiam nos estábulos e Robbie e Jake os levaram para as celas embaixo e depois voltaram para junto de Thomas para subirem os doze degraus largos que levavam à porta da torre de menagem, e depois à escada circular. Os criados, segundo cálculo de Thomas, não seriam contados como membros da guarnição, e sem dúvida haveria outros criados, cozinheiros, cavalariços e escreventes, mas por enquanto ele se preocupava apenas com os soldados. Encontrou dois deles em sono profundo na sala de caserna, ambos com mulheres debaixo dos cobertores, e Thomas os acordou jogando no aposento uma tocha que ele tirara de uma alça no poço da escada. Os quatro sentaram-se de um salto, assustados, e viram um frade com uma flecha encaixada no arco que estava armado. Uma das mulheres tomou fôlego para gritar, mas o arco tremeu e a flecha ficou apontando diretamente para o seu olho direito, e ela teve o juízo de abafar o grito.

— Amarrem-nos — disse Thomas.

— Seria mais fácil cortar as entranhas deles — sugeriu Jake.

— Amarrem — repetiu Thomas — e tapem suas bocas.

Não demorou muito. Robbie rasgou um cobertor em tiras com a espada e Jake amarrou os quatro. Uma das mulheres estava nua e Jake sorriu enquanto amarrava-lhe os pulsos, depois levantou-a até um gancho na parede, para que os braços ficassem esticados.

— Bonito — disse ele.

— Mais tarde — disse Thomas.

Ele estava na porta, escutando. Poderia haver mais dois soldados no castelo, porém ele não ouvia coisa alguma. Os quatro prisioneiros estavam todos sendo meio pendurados nos grandes ganchos de metal que normalmente serviam para pendurar espadas e camisas de cotas de malha e, quando os quatro ficaram silenciados e imobilizados, Thomas subiu pela escada circular seguinte, chegando a um ponto em que uma grande porta bloqueava o caminho. Jake e Robbie foram atrás dele, as botas fazendo um leve barulho sobre os gastos degraus de pedra. Thomas fez um gesto para que mantivessem silêncio e empurrou a porta. Por um instante, pensou que ela devia estar trancada. Mas tornou a empurrar, com mais força, e a porta se abriu com um ranger terrível de gonzos de metal enferrujados. O barulho daria para despertar os mortos, e Thomas, apavorado, viu um enorme salão com as paredes cobertas de tapeçaria. O ranger dos gonzos morreu, deixando o silêncio. Os restos de uma fogueira queimavam numa grande lareira e davam luz suficiente para mostrar que o salão estava vazio. No lado oposto ficava uma plataforma na qual o conde de Berat, o senhor de

61

O Brinquedo do Diabo

Castillon d'Arbizon, sentava-se quando visitava a cidade e onde sua mesa seria posta para quaisquer festividades. A plataforma agora estava vazia, só que ao fundo, escondido por uma tapeçaria, havia um espaço arqueado onde um outro tremeluzir de luz podia ser visto através do tecido comido por traças.

Robbie passou por Thomas, esgueirando-se pelo lado do salão embaixo das janelas em forma de fendas, que deixavam entrar barras oblíquas de luar prateado. Thomas colocou uma flecha no arco preto e puxou a corda e sentiu o imenso poder da verga de teixo enquanto levava a corda até à altura do seu ouvido direito. Robbie olhou para ele, viu que ele estava pronto, e esticou o braço que segurava a espada para afastar a tapeçaria puída.

Mas antes que a lâmina chegasse a tocar na tapeçaria, esta foi afastada num gesto rápido, enquanto um grandalhão atacava Robbie. Ele chegou rugindo e repentinamente, deixando perplexo o escocês, que tentou recuar a espada para enfrentar o ataque, mas Robbie foi lento demais e o grandalhão saltou para cima dele, punhos agitados. Só então o grande arco preto cantou. A flecha, que podia derrubar um cavaleiro em armadura a duzentos passos de distância, enfiou-se pela caixa torácica do homem e fez com que ele girasse, agitando-se ensangüentado pelo chão. Robbie ainda estava com a metade do corpo embaixo dele, a espada que caíra tilintando nas grossas tábuas do piso. Uma mulher gritava. Thomas concluiu que o homem ferido era o castelão, o comandante da guarnição, e ficou imaginando se o homem iria viver o suficiente para responder algumas perguntas, mas Robbie havia sacado sua adaga e, sem saber que seu assaltante já estava perfurado por uma flecha, agitava a lâmina curta contra o pescoço gordo do homem, e um lençol de sangue escuro e brilhante espirrou nas tábuas do assoalho, e mesmo depois que o homem morreu Robbie continuou a cortá-lo. A mulher continuava a gritar.

— Pare esse barulho — disse Thomas a Jake e foi tirar o pesado cadáver de cima do escocês. A comprida camisola branca de dormir do homem estava vermelha agora. Jake esbofeteou a mulher e então, afortunadamente, fez-se silêncio.

Não havia mais soldados no castelo. Doze criados dormiam nas cozinhas e nas despensas, mas não causaram problema. Os homens foram todos levados para as masmorras, e depois Thomas subiu para a defesa mais alta da torre de menagem, de onde pôde olhar para os telhados de Castillon d'Arbizon, que de nada desconfiavam, e lá agitou uma tocha acesa. Agitou-a para a frente e para trás três vezes e jogou-a longe, nas moitas no sopé da íngreme encosta sobre a qual o castelo e a cidade foram construídos. A seguir dirigiu-se para o lado oeste da defesa, onde espalhou doze flechas no parapeito. Jake juntou-se a ele ali.

— O Sam está com Sir Robbie na porta — disse Jake.

Robbie Douglas nunca recebera o grau de cavaleiro, mas era bem-nascido e soldado, e os homens de Thomas tinham lhe dado o título. Eles gostavam do escocês, como Thomas também gostava, motivo pelo qual Thomas desobedecera ao seu senhor e deixara que Robbie o acompanhasse. Jake colocou mais flechas no parapeito.

— Com eles, foi fácil.

— Eles não estavam esperando encrenca — disse Thomas.

Aquilo não era bem verdade. A cidade tinha ficado ciente da existência de atacantes ingleses, os incursores de Thomas, mas de algum modo tinham convencido a si mesmos de que eles não chegariam a Castillon d'Arbizon. A cidade estivera tanto tempo em paz, que seus habitantes achavam que a fase tranqüila iria continuar. Os muros e os vigias não estavam lá para protegê-los dos ingleses, mas contra os grandes grupos de bandidos que infestavam o interior. Um vigia sonolento e um muro alto poderiam deter aqueles bandidos, mas tinham fracassado contra soldados de verdade. .

— Como foi que você atravessou o rio? — perguntou ele a Jake.

— Pelo açude — respondeu Jake.

Tinham feito um reconhecimento da cidade no crepúsculo e Thomas vira que o açude do moinho seria o ponto mais fácil para atravessar o rio profundo e rápido.

— E o moleiro?

— Ficou com medo e calado — disse Jake.

Thomas ouviu o estalar de gravetos se quebrando, o arrastar de pés e um barulho surdo quando uma escada foi colocada contra o ângulo entre o castelo e o muro da cidade. Ele se inclinou no parapeito.

— Pode abrir a porta, Robbie — avisou ele lá para baixo. Encaixou uma flecha na corda e deu uma olhada pelo muro comprido banhado pelo luar.

Abaixo dele, homens subiam a escada, levando armas e sacolas que atiravam por cima do parapeito e depois seguiam atrás. A luz de uma chama brilhou pela portinhola aberta, onde Robbie e Sam estavam de guarda, e um instante depois uma fileira de homens, as cotas de malha tilintando na noite, subiu pelos degraus do muro para a porta do castelo. A nova guarnição de Castillon d'Arbizon estava chegando.

Um vigia apareceu na ponta oposta do muro. Caminhou em direção ao castelo, e de repente percebeu o barulho de espadas, arcos e bagagem batendo em pedra, enquanto homens chegavam, com esforço, em cima do muro. O vigia hesitou, no dilema entre uma vontade de chegar mais perto e ver o que realmente se passava e o desejo de procurar reforços, e enquanto ele hesitava Thomas e Jake dispararam suas flechas.

O vigia usava uma jaqueta de couro forrada, proteção suficiente para a vara de um bêbedo, mas as flechas atravessaram o couro, a forração e o peito dele, até que as duas pontas surgiram nas suas costas. Ele foi atirado para trás, o bastão caiu com um estalo forte, e ele se agitou ao luar, resfolegou algumas vezes e depois ficou imóvel.

— O que é que a gente faz agora? — perguntou Jake.

— Cobramos os impostos — disse Thomas — e nos transformamos numa praga.

— Até quando?

— Até que alguém venha nos matar — respondeu Thomas, pensando no primo.

— E a gente mata ele? — Jake podia ser vesgo, mas tinha uma visão muito correta da vida.

— Com a boa ajuda de Deus — disse Thomas e fez o sinal-da-cruz sobre a batina de frade.

O último dos homens de Thomas subiu pelo muro e arrastou a escada para cima. Ainda havia seis homens a quase dois quilômetros de distância, do outro lado do rio e escondidos na floresta, onde vigiavam os cavalos, mas o grosso da força de Thomas estava agora dentro do castelo, cuja porta tornou a ser trancada. O vigia morto jazia em cima do muro com duas hastes, com penas de ganso, espetadas no peito. Ninguém mais havia percebido os invasores. Castillon d'Arbizon estava dormindo ou bebendo.

E então começaram os gritos.

**N**ÃO PASSARA PELA CABEÇA de Thomas que a jovem beguina que deveria morrer de manhã fosse estar presa no castelo. Ele achava que a cidade devia ter uma cadeia própria, mas era evidente que ela fora entregue aos cuidados da guarnição, e agora berrava palavrões para os homens recém-aprisionados nas outras celas, o barulho que ela fazia estava perturbando os arqueiros e soldados que tinham subido pelo muro de Castillon d'Arbizon e ocupado o castelo. A gorda mulher do carcereiro, que falava um pouco de francês, gritara mandando que os ingleses matassem a jovem.

— Ela é uma beguina — alegava a mulher — que trabalha com o diabo!

Sir Guillaume d'Evecque havia concordado com a mulher.

— Tragam-na para o pátio — disse ele a Thomas — que eu corto a cabeça dela.

— Ela tem de ser queimada — disse Thomas. — Foi o que a Igreja decretou.

— Pois então, quem vai queimá-la?

Thomas deu de ombros.

— Os sargentos da cidade? Talvez nós, não sei.

— Então, se você não quer deixar que eu a mate agora — disse Sir Guillaume —, pelo menos feche a maldita boca da mulher. — Ele sacou a faca e estendeu-a a Thomas. — Corte a língua dela.

Thomas não deu importância à faca. Ainda não arranjara tempo para tirar a batina de frade, de modo que levantou a saia e desceu para as masmorras, onde a jovem estava gritando em francês para dizer aos presos nas outras celas que todos eles iriam morrer e que o diabo dançaria sobre seus ossos, ao som de uma melodia tocada por demônios. Thomas acendeu uma lamparina nos tremeluzentes restos de uma tocha, foi até a cela da beguina e abriu as duas trancas.

Ela se calou ao ouvir o barulho das trancas e, quando empurrou a pesada porta para abri-la, correu para a parede oposta da cela. Jake havia descido a escada atrás de Thomas e, ao ver a jovem à fraca luz da lamparina, deu uma risadinha.

— Posso manter ela calada para você — propôs ele.

— Vá dormir um pouco, Jake — disse Thomas.

— Não, eu não me importo — insistiu Jake.

— Durma! — vociferou Thomas, subitamente irritado porque a jovem parecia muito vulnerável.

Ela estava vulnerável porque estava nua. Nua como um ovo recémposto, um fiapo de tão magra, mordida por pulgas, cabelos engordurados, olhos arregalados, e ferina. Sentou-se na palha imunda, os braços envolvendo os joelhos erguidos para esconder a nudez, e então respirou fundo como se provocando os últimos restos de coragem.

— Você é inglês — disse ela em francês. A voz estava rouca devido aos berros.

— Sou inglês — concordou Thomas.

— Mas um padre inglês é tão ruim quanto qualquer outro — acusou ela.

— É provável — concordou Thomas.

Ele colocou a lamparina no chão e sentou-se ao lado da porta aberta, porque o fedor na cela estava opressivo.

— Eu quero que você pare de gritar — continuou ele —, porque isso perturba as pessoas.

Ela virou os olhos ao ouvir aquilo.

— Amanhã eles vão me queimar — disse ela. — Você acha que me importo que idiotas fiquem perturbados esta noite?

— Você devia cuidar de sua alma — disse Thomas, mas suas palavras fervorosas não provocaram reação da beguina. O pavio da lamparina queimava de forma imprecisa, e sua cúpula de chifre transformava a fraca luz num amarelo leproso, tremeluzente. — Por que a deixaram nua? — perguntou ele.

— Porque rasguei uma tira do vestido e tentei estrangular aquele carcereiro gordo.

Ela disse aquilo com calma, mas com um olhar desafiador, como que provocando Thomas a desaprovar.

Thomas quase sorriu ao pensar numa jovem tão magra assim atacando o corpulento carcereiro, mas resistiu à satisfação. Em vez disso, perguntou:

— Como se chama?

Ela continuava desafiadora.

— Não tenho nome — disse ela. — Eles me classificaram de herege e tiraram o meu nome. Fui banida da cristandade. Já estou metade no outro mundo.

Ela desviou o olhar dele com uma expressão de indignação e Thomas viu que Robbie Douglas estava de pé à porta entreaberta. O escocês olhava para a beguina com a expressão de admiração, até mesmo de medo respeitoso. Thomas olhou de novo para a jovem e viu que, sob restos de palha e da sujeira aderente, ela era bonita. Os cabelos pareciam ouro pálido, a pele não tinha marcas de varíola e a fisionomia era forte. Tinha uma testa alta, boca de lábios cheios e faces encovadas. Um rosto notável, e o escocês limitava-se a olhar fixo para ela e a jovem, constrangida com o olhar franco dele, apertou os joelhos para mais perto dos seios.

— Vá embora — disse Thomas a Robbie. Thomas achava que o jovem escocês se apaixonava como os outros homens sentiam fome, e estava claro, pela expressão do rosto de Robbie, que ele ficara abalado pela aparência da jovem com a força de uma lança batendo num escudo.

Robbie franziu o cenho como não tivesse entendido bem a instrução de Thomas.

— Eu queria perguntar — disse ele e então parou.

— Perguntar o quê?

— Lá em Calais — disse Robbie —, o conde disse a você para me deixar por lá?

Naquelas circunstâncias, a pergunta parecia estranha, mas Thomas decidiu que ela merecia uma resposta.

— Como é que você sabe?

— Aquele padre me contou. O Buckingham.

Thomas ficou imaginando por que Robbie teria falado com o padre, e depois concluiu que o amigo estava simplesmente iniciando uma conversação para que pudesse ficar perto da mais recente jovem pela qual ele ficara tão perdidamente apaixonado.

— Robbie — disse ele —, ela vai ser queimada de manhã.

Robbie se mexeu, irrequieto.

— Ela não precisa ser queimada.

— Pelo amor de Deus — protestou Thomas —, a Igreja a condenou!

— Então, por que você está aqui? — perguntou Robbie.

— Porque estou no comando aqui. Porque alguém tem que mantê-la calada.

— Eu posso fazer isso — disse Robbie com um sorriso. Como Thomas não respondeu, o sorriso virou um franzir de cenho. — Pois então, por que é que você me deixou vir à Gasconha?

— Porque você é meu amigo.

— O Buckingham disse que eu iria roubar o Graal — disse Robbie. — Ele disse que eu o levaria para a Escócia.

— Primeiro, temos que achá-lo — disse Thomas, mas Robbie não estava prestando atenção. Estava só olhando com desejo para a jovem que se acocorava no canto. — Robbie — disse Thomas, com firmeza — ela vai ser queimada.

— Neste caso, não importa o que aconteça com ela esta noite — disse o escocês, desafiador.

Thomas lutou para abafar a raiva.

— Deixe-nos em paz, Robbie — disse ele.

— É atrás da alma dela que você está? — perguntou Robbie. — Ou da carne dela?

— Vá embora! — vociferou Thomas com mais veemência do que realmente sentia, e Robbie ficou perplexo, até mesmo beligerante, mas depois piscou algumas vezes e foi embora.

A jovem não entendera a conversa em inglês, mas reconhecera a luxúria na expressão de Robbie e agora dirigiu-se a Thomas.

— Você me quer para você, padre? — perguntou ela em francês.

Thomas não ligou para a pergunta debochada.

— De onde você é?

Ela fez uma pausa, como se estivesse decidindo se respondia ou não, e então deu de ombros.

— Da Picardia — declarou.

— Fica bem longe, ao norte — disse Thomas. — Como é que uma jovem da Picardia vem para a Gasconha?

Ela tornou a hesitar. Thomas achou que talvez ela tivesse quinze ou dezesseis anos de idade, o que a tornava passada da idade de casar. Os olhos, pelo que ele percebeu, tinham uma curiosa qualidade penetrante, o que lhe dava a inconfortável sensação de que ela podia ver o negro cerne de sua alma.

— Meu pai — disse ela. — Ele era saltimbanco e comedor de fogo.

— Já vi homens assim — replicou Thomas.

— Íamos para onde quiséssemos — prosseguiu ela — e ganháva-mos dinheiro nas feiras. Meu pai fazia o público rir e eu arrecadava as moedas.

— Sua mãe?

— Morreu. — Ela disse aquilo com indiferença, como que a suge-rir que nem mesmo conseguia se lembrar da mãe. — Então, meu pai mor-reu aqui. Há seis meses. Por isso, fiquei aqui.

— Por que ficou?

Ela dirigiu-lhe um olhar zombeteiro, como para sugerir que a res-posta era tão óbvia que nem precisava ser dada, mas então, presumindo que ele fosse um padre que não entendia como as pessoas de verdade viviam, deu-lhe a resposta.

— Sabe o quanto as estradas são perigosas? — perguntou ela. — Existem os *coredors*.

— *Coredors?*

— Bandidos — explicou ela. — Os moradores daqui os chamam de *coredors*. E tem também os soldados de estrada, que são tão ruins quanto eles.

Soldados de estrada eram companhias de soldados dispensados que vagavam pelas estradas à procura de um senhor que os empregasse, e quando ficavam com fome, o que acontecia a maior parte do tempo, tiravam à força o que pudessem. Alguns até capturavam cidades e as controlavam para obter resgate. Mas, tal como os *coredors*, iriam considerar uma jovem viajando sozinha como um presente mandado pelo diabo para distração deles.

— Quanto tempo você acha que eu ia durar na estrada? — perguntou ela.

— Você podia ter viajado acompanhada — sugeriu Thomas.

— Nós sempre viajávamos, eu e meu pai, ele estava sempre ali para me proteger. Mas sozinha? — Ele deu de ombros. — Por isso, fiquei. Trabalhei numa cozinha.

— E preparava heresia?

— Vocês, padres, adoram a heresia — disse ela, com amargura. — Ela dá a vocês algo para queimar.

— Antes de ser condenada — disse Thomas —, como era o seu nome?

— Genevieve.

— Recebeu o nome em homenagem à santa?

— Eu acho que sim — disse ela.

— E sempre que Genevieve rezava — continuou Thomas —, o diabo apagava as velas que ela acendia.

— Vocês, padres, são cheios de histórias — zombou Genevieve. — Acredita nisso? Acredita que o diabo entrava na igreja e soprava as velas que ela acendia?

— É provável.

— Por que ele não se limitou a matá-la, já que é o diabo? Que truque patético, só soprar velas! Ele não pode ser grande coisa como diabo se isso for tudo o que sabe fazer.

Thomas não ligou para a zombaria.

— Me disseram que você é uma beguina.

— Conheci beguinas — disse ela — e gostei delas.

— Elas são filhas do diabo — declarou Thomas.

— Já conheceu alguma? — perguntou ela. Thomas não conhecera. Só ouvira falar delas e a jovem sentiu o seu constrangimento. — Se acreditar que Deus concedeu tudo a todos e quer que todos compartilhem de tudo, sou tão má quanto uma beguina — admitiu ela —, mas nunca me uni a elas.

— Você deve ter feito alguma coisa para merecer a fogueira.

Ela olhou fixo para ele. Talvez fosse alguma coisa no seu tom de voz que fazia com que confiasse nele, mas o desafio parecia ter-se esgotado nela. Fechou os olhos e recostou a cabeça na parede e Thomas desconfiou que ela queria chorar. Observando o rosto delicado, ele se perguntou por que não percebera a beleza da jovem no mesmo instante, como acontecera com Robbie. Então, ela abriu os olhos e olhou para ele.

— O que foi que aconteceu aqui esta noite? — perguntou ela, ignorando a acusação dele.

— Nós capturamos o castelo — respondeu Thomas.

— Nós?

— Os ingleses.

Ela olhou para ele, tentando ler a expressão de seu rosto.

— Quer dizer que agora os ingleses são o poder civil?

Thomas imaginou que ela tivesse aprendido a frase durante o julgamento. A Igreja não queimava hereges, simplesmente os condenava e depois os pecadores eram entregues ao poder civil para que fossem mortos. Dessa maneira, a Igreja mantinha as mãos limpas, Deus recebia a garantia de que sua Igreja estava pura e que o diabo ganhara uma alma.

— Nós agora somos o poder civil — concordou Thomas.

— Quer dizer, então, que os ingleses vão me queimar, e não os gascões?

— Alguém terá que queimar você, se for uma herege.

— Se? — perguntou Genevieve. Mas quando Thomas não respondeu, ela fechou os olhos e voltou a apoiar a cabeça nas pedras úmidas. — Eles disseram que insultei a Deus. — Ela falava com voz cansada. — Que declarei que os padres da Igreja de Deus eram corruptos, que dancei nua debaixo dos relâmpagos, que usei o poder do diabo para encontrar água, que usei magia para curar males das pessoas, que previ o futuro e que amaldiçoei a mulher de Galat Lorret e o gado dele.

Thomas franziu o cenho.

— Eles não a condenaram por ser uma beguina? — perguntou ele.

— Isso também — acrescentou ela, secamente.

Ele ficou calado por alguns instantes. Água pingava em algum ponto, no escuro além da porta, e a lamparina tremeluziu, quase morreu e depois se recuperou.

— A mulher de quem você amaldiçoou? — perguntou Thomas.

— A mulher do Galat Lorret. Ele é vendedor de tecido aqui, e muito rico. É o cônsul principal e um homem que gostaria de ter uma carne mais jovem do que a de sua mulher.

— E você a amaldiçoou?

— Não só ela — disse Genevieve, com vigor —, mas ele também. Alguma vez já amaldiçoou alguém?

— Você previa o futuro? — perguntou Thomas.

— Eu disse que todos eles iam morrer, e isso é uma verdade evidente.

— Não se Cristo voltar à Terra, como Ele prometeu — disse Thomas.

Ela lhe lançou um olhar demorado e pensativo, e um pequeno sorriso esboçou-se em seu rosto antes que desse de ombros.

— Pois então eu estava errada — replicou ela, sarcástica.

— E o diabo lhe mostrou como encontrar água?

— Até você pode fazer isso — disse ela. — Pegue uma forquilha de um graveto e ande devagar por um campo, e quando o graveto vibrar, cave.

— E as curas mágicas?

— Remédios antigos — disse ela, com ar de cansada. — Coisas que a gente aprende com tias, avós e velhinhas. Tire o ferro de um aposento onde uma mulher estiver dando à luz. Todo mundo faz isso. Até o senhor, padre, bate na madeira para espantar o mal. Será que esse tipo de magia é suficiente para mandá-lo para a fogueira?

Thomas tornou a não ligar para a resposta que ela deu.

— Você insultou Deus? — perguntou ele.

— Deus me ama, e eu não insulto aqueles que me amam. Mas eu disse, sim, que os padres dele, o que o senhor é, eram corruptos e por isso me acusaram de insultar Deus. O senhor é corrupto, padre?

— E você dançou nua à luz dos relâmpagos — disse Thomas, encerrando a acusação.

— Isso — confirmou ela — eu confesso que fiz.

— Por que dançou?

— Porque meu pai sempre dizia que Deus nos daria orientação se fizéssemos isso.

— Deus faria isso? — perguntou Thomas, surpreso.

— Era no que acreditávamos. Estávamos enganados. Deus me disse que ficasse em Castillon d'Arbizon e isso só levou à tortura e à fogueira de amanhã.

— Tortura? — perguntou Thomas.

Algo em sua voz, um horror, fez com que ela olhasse para ele, e então esticou lentamente a perna esquerda para que Thomas pudesse ver o lado interno da coxa e a marca em carne viva, vermelha, torcida, que desfigurava a pele branca.

— Eles me queimaram — disse ela —, repetidas vezes. Foi por isso que confessei ser o que não era, uma beguina, porque eles me queimaram. — De repente, ela chorava, lembrando-se do sofrimento. — Eles usavam metal em brasa, e quando eu gritava diziam que era o diabo tentando sair da minha alma. — Ela encolheu a perna e mostrou-lhe o braço direito, que tinha as mesmas cicatrizes. — Mas deixaram isto — disse ela, com raiva, revelando os seios pequenos — porque o padre Roubert disse que o diabo iria querer mamar neles e a dor causada pelas mandíbulas dele seria pior do que qualquer coisa que a Igreja pudesse aplicar. — Ela tornou a encolher os joelhos e ficou calada por um certo tempo, enquanto lágrimas escorriam-lhe pelo rosto. — A Igreja gosta de maltratar as pessoas — continuou ela, depois de um intervalo. — O senhor deve saber disso.

— Eu sei — disse Thomas, e quase ergueu as saias da batina de frade para mostrar a ela algumas das cicatrizes do seu corpo, cicatrizes do ferro quente que tinha sido encostado com força nas suas pernas para fazer com que revelasse os segredos do Graal. Era uma tortura que não provocava sangramento, porque a Igreja estava proibida de tirar sangue, mas um homem habilidoso podia fazer uma alma gritar de tormento sem sequer romper a pele. — Eu sei — repetiu Thomas.

— Pois então, dane-se — disse Genevieve, recuperando a rebeldia. — Dane-se o senhor e danem-se todos os malditos padres.

Thomas levantou-se e ergueu a lamparina.

— Vou buscar alguma coisa para você vestir.

— Com medo de mim, padre? — zombou ela.

— Com medo? — Thomas estava intrigado.

— Por causa disto, padre! — disse ela e mostrou sua nudez. Thomas girou nos calcanhares e fechou a porta, abafando a risada que ela soltou. Depois, quando as trancas tinham sido encaixadas no lugar, ele recostou-se na parede e olhou para o nada. Estava se lembrando dos olhos de Genevieve, tão cheios de fogo e mistério. Ela estava suja, nua, desfigurada, pálida, quase morta de fome, e era uma herege, e ele a achara bonita. Mas tinha um dever a cumprir de manhã, que ele não esperava. Um dever que lhe fora designado por Deus.

Subiu de volta para o pátio e encontrou tudo calmo. Castillon d'Arbizon dormia.

E Thomas, filho bastardo de um padre, rezou.

A TORRE ERGUIA-SE num bosque, a um dia de cavalo de Paris, sobre uma crista baixa, não muito longe de Soissons. Era um local solitário. Antigamente, fora residência de um senhor cujos servos cultivavam os vales dos dois flancos da crista, mas o senhor morrera sem deixar filhos e os parentes distantes tinham discutido sobre a propriedade, o que significava que os advogados tinham ficado ricos e a torre decaíra e os campos tinham sido dominados por aveleiras, depois pelo carvalho, e corujas faziam ninho nos altos aposentos de pedras onde os ventos sopravam e as estações do ano passavam. Até os advogados que tinham discutido a sua posse já estavam mortos e o pequeno castelo pertencia a um duque que nunca o vira e jamais sonharia em morar lá, e os servos, os que restavam, cultivavam campos mais próximos da aldeia de Melun, onde o arrendatário do duque tinha uma fazenda.

A torre, diziam os moradores da aldeia, era mal-assombrada. Espíritos brancos a coroavam nas noites de inverno. Dizia-se que animais estranhos rondavam as árvores. As crianças recebiam ordens para se manter afastadas, embora fosse inevitável que as mais valentes entrassem na floresta e algumas chegassem até a subir na torre, para descobri-la vazia.

Mas então chegaram os estranhos.

Chegaram com a distante permissão do duque. Eram arrendatários, mas não foram para cultivar a terra ou desbastar a crista de sua valiosa madeira. Eram soldados. Quinze homens vigorosos, com cicatrizes obtidas nas guerras contra a Inglaterra, com cotas de malha, bestas e espadas. Levaram suas mulheres, que provocavam encrenca na aldeia e ninguém tinha coragem de reclamar porque as mulheres eram tão vigorosas quanto os soldados, mas não tanto quanto o homem que os chefiava. Ele era alto, magro, feio, com cicatrizes e vingativo. Chamava-se Charles, nunca fora soldado e nunca usara uma cota de malha, mas ninguém gostava de perguntar-lhe o que ele era ou tinha sido, porque só o seu olhar era aterrorizador.

De Soissons vieram pedreiros. As corujas foram expulsas e a torre, reformada. Um novo pátio foi construído ao pé da torre, um pátio com um muro alto e uma fornalha de tijolos, e logo depois que a obra acabou, uma carroça coberta, seu conteúdo escondido por uma coberta de linho, chegou à torre e a nova porta no muro do pátio fechou-se com força depois que ela passou. Algumas das crianças mais corajosas, curiosas quanto aos estranhos acontecimentos na torre, esgueiraram-se pelo bosque, mas foram avistadas por um dos guardas e fugiram, aterrorizadas, enquanto ele as perseguia aos berros e a sua seta de besta errou por pouco um menino. Nenhuma criança voltou. Ninguém ia lá. Os soldados compravam alimentos e vinho no mercado, mas mesmo quando bebiam na taberna de Melun não contavam o que se passava na torre.

— Vocês têm que perguntar a Monsieur Charles — diziam eles, referindo-se ao homem feio, cheio de cicatrizes, e ninguém da aldeia tinha coragem de se aproximar de Monsieur Charles.

Às vezes, erguia-se fumaça do pátio. Ela podia ser vista da aldeia, e foi o padre quem deduziu que a torre era, agora, a moradia de um alquimista. Suprimentos estranhos eram levados para a crista da montanha e um dia uma carroça carregada com um barril de enxofre e lingotes de chumbo fez uma parada na aldeia enquanto o cocheiro bebia vinho. O padre sentiu o cheiro do enxofre.

— Eles estão fazendo ouro — disse ele à sua governanta, sabendo que ela contaria ao resto da aldeia.

— Ouro? — perguntou ela.

— É o que fazem os alquimistas.

O padre era um homem culto que poderia ter progredido muito na Igreja, não fosse o fato de gostar de vinho e estar sempre bêbedo quando soava o sino para o Ângelus, mas ele se lembrava do seu tempo de estudante em Paris e de que houvera época em que pensava em aderir à busca pela pedra filosofal, aquela indefinível substância que se combinaria com qualquer metal para transformá-lo em ouro.

— Noé a possuía — disse ele.

— Possuía o quê?

— A pedra filosofal, mas ele a perdeu.

— Porque estava bêbedo e nu? — perguntou a governanta. Ela se lembrava ligeiramente da história de Noé. — Como você?

O padre estava deitado na cama dele, meio bêbedo e totalmente despido, e lembrou-se das oficinas enfumaçadas de Paris onde prata e mercúrio, chumbo e enxofre, bronze e ferro eram derretidos e mesclados e derretidos de novo.

— Calcinação — recitou ele — e dissolução, e separação, e conjunção, e putrefação, e congelação, e alimentação, e sublimação, e fermentação, e exaltação, e multiplicação, e projeção.

A governanta não tinha a mínima idéia do que ele estava falando.

— A Marie Condrot perdeu o filho hoje — disse ela. — Nasceu do tamanho de um gatinho. Todo ensangüentado, e morto. Mas tinha cabelos. Cabelos ruivos. Ela quer que você batize ele.

— Copelação — disse ele, não se importando com a notícia que ela lhe dera —, e cementação, e reverberação, e destilação. Sempre destilação. *Per ascendum* é o método preferido. — Ele teve um soluço. — Jesus! — murmurou ele, e depois voltou a raciocinar. — Flogisto. Se ao menos pudéssemos achar flogisto, todos nós poderíamos fazer ouro.

— E como é que a gente ia fazer ouro?

— Acabei de lhe dizer. — Ele virou-se na cama e olhou para os seios dela, que apareciam brancos e pesados ao luar. — É preciso ser muito inteligente — disse ele, estendendo os braços para ela — para descobrir o flogisto, que é uma substância que ao queimar gera um calor mais intenso do que o fogo do inferno, e com ele faz-se a pedra filosofal que Noé perdeu e se coloca na fornalha com qualquer metal, e depois de três dias e três noites, tem-se ouro. O Corday não disse que eles construíram uma fornalha lá em cima?

— Ele disse que transformaram a torre numa prisão — respondeu ela.

— Uma fornalha — insistiu ele — para descobrir a pedra filosofal.

A suposição do padre estava mais próxima da verdade do que ele imaginava, e em pouco tempo a vizinhança toda ficou convencida de que um grande filósofo estava trancado na torre, onde se esforçava para fazer ouro. Se ele conseguisse, dizia-se, ninguém precisaria trabalhar de novo, porque todos ficariam ricos. Camponeses iriam comer em pratos de ouro e montar cavalos ajaezados de prata, mas algumas pessoas observavam que se tratava de um tipo estranho de alquimia, porque uma certa manhã dois dos soldados foram à aldeia e levaram três chifres de boi e um balde de esterco de vaca.

— Nós vamos ficar ricos — disse a governanta com sarcasmo — ricos de tanta merda —, mas o padre estava roncando.

Então, no outono que se seguiu à queda de Calais, o cardeal chegou de Paris. Instalou-se em Soissons, na abadia de St. Jean-de-Vignes que, apesar de mais rica do que a maioria das casas monásticas, não conseguiu acomodar toda a comitiva do cardeal, e assim doze de seus homens ocuparam quartos numa taberna, onde, com total desembaraço, mandaram que o proprietário enviasse a conta para Paris.

— O cardeal vai pagar — prometeram eles e riram, porque sabiam que Louis Bessières, cardeal-arcebispo de Livorno e legado papal junto à corte da França, não iria levar em consideração nenhuma exigência trivial de pagamento.

Apesar de, ultimamente, Sua Eminência estar gastando dinheiro a rodo. Tinha sido o cardeal que restaurara a torre, construíra o novo muro e contratara os guardas, e na manhã seguinte à sua chegada em Soissons, ele cavalgou até a torre com uma escolta de sessenta homens armados e quatorze padres. Na metade do caminho para a torre, eles foram recebidos por Monsieur Charles, que estava todo vestido de preto e tinha ao lado uma comprida faca de lâmina estreita. Ele não saudou o cardeal com o respeito que outros homens teriam, mas fez um gesto curto com a cabeça e depois manobrou o cavalo para seguir ao lado do prelado. Os padres e soldados, a um sinal do cardeal, mantiveram distância, para que não ouvissem a conversa.

— Você está com boa aparência, Charles — disse o cardeal em tom de zombaria.

— Estou enfarado. — O feio Charles tinha uma voz que parecia ferro sendo arrastado em cascalho.

— O serviço de Deus pode ser duro — disse o cardeal.

Charles não ligou para o sarcasmo. A cicatriz ia do lábio ao osso da face, os olhos eram empapuçados, o nariz era quebrado. Os trajes pretos pendiam dele como os trapos de um espantalho, e o olhar estava sempre indo de um lado para o outro da estrada, como se temesse uma emboscada. Quaisquer viajantes que encontrassem a procissão, se tivessem tido a ousadia de erguer os olhos para ver o cardeal e seu companheiro em farrapos, teria achado que Charles era um soldado, porque a cicatriz e a espada indicavam que ele servira em guerras, mas Charles Bessières jamais seguira uma bandeira de guerra. Em vez disso, cortara gargantas e bolsas, roubara e matara, e tinha sido poupado da forca por ser o irmão mais velho do cardeal.

Charles e Louis Bessières tinham nascido no Limusino, filhos mais velhos de um comerciante de velas de sebo que dera educação ao filho mais moço, enquanto o mais velho entregava-se a uma vida desregrada. Louis subira na igreja enquanto Charles percorria becos escuros. Mas por mais diferentes que fossem, havia confiança entre os dois. Um segredo estava assegurado entre os únicos filhos do mercador de velas que ainda viviam, e era por isso que os padres e os soldados tinham recebido ordens para se manterem afastados.

— Como vai o nosso prisioneiro? — perguntou o cardeal.

— Ele resmunga. Se lamenta como uma mulher.

— Mas trabalha?

— Ah, trabalha, sim — disse Charles, sério. — Está assustado demais para ficar ocioso.

— Ele come? Goza de boa saúde?

— Ele come, dorme e agarra a mulher dele — disse Charles.

— Ele tem mulher? — O cardeal parecia chocado.

— Ele queria uma mulher. Disse que não conseguia trabalhar direito, por isso arranjei uma para ele.

— De que tipo?

— Uma mulher dos lupanares de Paris.

— E talvez uma velha companheira sua? — perguntou o cardeal, achando graça. — Mas espero que não seja uma mulher de quem você goste muito.

— Quando tudo acabar — disse Charles — ela vai ter a garganta cortada, tal como ele. É só me dizer a hora.

— Depois que ele tiver feito o milagre, é claro — disse o cardeal.

Eles seguiram por uma trilha estreita que subia para a crista e, uma vez na torre, os padres e os homens armados ficaram no pátio enquanto os irmãos desmontavam e desciam por uma curta escada circular que levava a uma porta pesada, trancada com três trancas grossas. O cardeal ficou observando o irmão puxar as trancas para trás.

— Os guardas não descem até aqui? — perguntou ele.

— Só os dois que trazem comida e levam os baldes — disse Charles. — Os outros sabem que vão ter a garganta cortada se meterem o nariz onde não são chamados.

— Eles acreditam nisso?

Charles Bessières olhou mal-humorado para o irmão.

— Você não acreditaria? — perguntou ele, e sacou a faca antes de abrir a última tranca. Deu um passo para trás ao abrir a porta, evidentemente pronto para o caso de alguém escondido atrás dela o atacar, mas o homem que estava lá dentro não demonstrou hostilidade. Em vez disso, olhou pateticamente satisfeito ao ver o cardeal e caiu de joelhos em reverência.

O porão da torre era grande, o teto sustentado por grandes arcos de tijolos dos quais pendiam vinte lanternas. A luz enfumaçada era aumentada pela luz do dia que atravessava as janelas elevadas, pequenas e fortemente gradeadas. O prisioneiro que vivia no porão era um jovem de longos cabelos louros, um rosto com uma expressão vivaz e olhos inteligentes. As faces e a testa alta estavam sujas de poeira, que também marcava os dedos longos e ágeis. Ele permaneceu de joelhos enquanto o cardeal se aproximava.

— Meu jovem Gaspard — disse o cardeal com amabilidade e estendeu a mão para que o prisioneiro pudesse beijar o pesado anel que continha um espinho da coroa de morte de Cristo. — Espero que esteja bem, jovem Gaspard. Está comendo bastante? Dorme como uma criança? Trabalha como um bom cristão? Cobre como um porco?

O cardeal olhou para a jovem enquanto pronunciava as últimas palavras, e depois afastou a sua mão de Gaspard e entrou mais no aposento, seguindo em direção a três mesas, sobre as quais estavam barris de barro, blocos de cera de abelha, pilhas de lingotes, e filas de cinzéis, limas, puas e martelos.

A jovem, embirrada, ruiva e vestindo uma camisa que pendia livre de um dos ombros, estava sentada numa cama baixa sobre cavaletes a um canto do porão.

— Não gosto daqui — reclamou ela ao cardeal.

O cardeal olhou firme para ela, em silêncio, por um bom tempo, e depois voltou-se para o irmão.

— Se ela se dirigir a mim outra vez, Charles, sem a minha permissão — disse ele —, dê-lhe umas chicotadas.

— Ela não fez por mal, eminência — disse Gaspard, ainda de joelhos.

— Mas eu fiz — disse o cardeal e sorriu para o prisioneiro. — Levante-se, meu caro rapaz, levante-se.

— Preciso da Yvette — disse Gaspard. — Ela me ajuda.

— Disso eu tenho certeza — disse o cardeal, e curvou-se para uma terrina de barro na qual uma pasta num tom de marrom tinha sido misturada. Ele recuou devido ao fedor e voltou-se enquanto Gaspard se aproximava dele, caía de joelhos outra vez, e erguia um presente.

— Para vossa eminência — disse Gaspard, pressuroso. — Eu o fiz para vossa eminência.

O cardeal apanhou o presente. Era um crucifixo de ouro, de altura que não chegava a um palmo, mas no entanto cada detalhe do Cristo sofredor estava delicadamente modelado. Havia fios de cabelo aparecendo por baixo da coroa de espinhos, os espinhos podiam espetar, o rasgo no lado tinha uma margem irregular e o derramamento de sangue dourado escorria pela tanga até a coxa comprida. As cabeças dos pregos erguiam-se orgulhosas, e o cardeal contou-as. Quatro. Em toda a sua vida, ele tinha visto três pregos autênticos.

— É uma beleza, Gaspard — disse o cardeal.

— Eu trabalharia melhor se houvesse mais luz — retrucou Gaspard.

— Todos trabalharíamos melhor se houvesse mais luz — disse o cardeal —, a luz da verdade, a luz de Deus, a luz do Espírito Santo.

Ele caminhou ao lado das mesas, tocando as ferramentas do ramo de atividade de Gaspard.

— No entanto o diabo envia a escuridão para nos confundir, e temos de fazer todo o possível para suportar isso.

— Lá em cima? — disse Gaspard. — Não há aposentos com mais luz lá em cima?

— Há — respondeu o cardeal —, há, mas como vou saber se você não vai fugir, Gaspard? Você é um homem engenhoso. Se eu lhe der uma janela, poderei lhe dar o mundo. Não, meu caro rapaz, se você pode produzir uma obra como esta — ele ergueu o crucifixo —, não precisa de mais luz. — Ele sorriu. — Você é muito esperto.

Gaspard era realmente esperto. Tinha sido aprendiz de ourives numa das pequenas lojas no Quai des Orfèvres, na Île de la Cité em Paris, onde o cardeal tinha a sua mansão. O cardeal sempre apreciara os ourives: era freqüentador assíduo das lojas deles, estimulava-os e comprava as melhores peças, e muitas daquelas peças tinham sido feitas por aquele aprendiz magro e nervoso, que à época esfaqueara um colega aprendiz, matando-o numa briga em uma sórdida taberna, e fora condenado à forca. O cardeal o salvara, levara-o para a torre e prometera-lhe a vida.

Mas primeiro Gaspard tinha de fazer o milagre. Só então poderia ser liberado. Essa era a promessa, embora o cardeal estivesse certo de que Gaspard jamais sairia daquele porão, a menos que fosse para usar a grande fornalha no pátio. Gaspard, embora não soubesse, já estava às portas do inferno. O cardeal fez o sinal-da-cruz e colocou o crucifixo em cima de uma das mesas.

— Então, me mostre — ordenou ele a Gaspard.

Gaspard dirigiu-se à sua grande mesa de trabalho, onde havia um objeto envolto num pano de linho descorado.

— Agora é apenas cera, eminência — explicou ele, tirando o pano —, e nem sei se é possível transformá-la em ouro.

— Pode-se tocá-la? — perguntou o cardeal.

— Com cuidado — avisou Gaspard. — É cera de abelha purificada, e muito delicada.

O cardeal ergueu a cera que tinha um tom cinza esbranquiçado, que lhe pareceu oleosa ao tato, e levou-a até uma das três pequenas janelas que deixavam passar a sombreada luz do dia, e lá ficou perplexo.

Gaspard fizera uma taça de cera. Ela lhe exigira semanas de trabalho. A taça em si era de tamanho suficiente apenas para conter uma maçã, enquanto que o pé tinha só quinze centímetros de altura. O pé tinha a forma de um tronco de árvore, e o pé da taça era feito das três raízes da árvore que se espalhavam a partir do tronco. Os galhos da árvore dividiam-se num trabalho de filigrana que formava a taça rendilhada, e a filigrana era de um detalhe impressionante, com pequeninas folhas e pequenas maçãs e, na borda, três delicados pregos.

— É linda! — disse o cardeal.

— As três raízes, eminência, são a Trindade — explicou Gaspard.

— Eu tinha deduzido isso.

— E a árvore é a árvore da vida.

— Motivo pelo qual ela tem maçãs — disse o cardeal.

— E os pregos revelam que ela será a árvore da qual a cruz de Nosso Senhor foi feita — disse Gaspard, encerrando a explicação.

— Isso não me passou despercebido — observou o cardeal. Ele levou a bela taça de cera de volta para a mesa e depositou-a com cuidado. — Onde está a taça de vidro?

— Aqui, eminência.

Gaspard abriu uma caixa e tirou uma taça que estendeu ao cardeal. A taça era feita de vidro grosso, esverdeado, que parecia muito antigo, porque em certos trechos a taça era enfumaçada e por toda parte havia bolhinhas presas no pálido material translúcido. O cardeal desconfiava que ela era romana. Não tinha certeza, mas parecia muito antiga e um pouco rudimentar, e isso, sem dúvida, era correto. A taça da qual Cristo bebera seu último vinho talvez fosse mais adequada à mesa de um camponês do que à festa de um nobre. O cardeal descobrira a taça numa loja de Paris e a comprara por algumas moedas de cobre e instruíra Gaspard para tirar o pé da taça, que era malfeito. E o prisioneiro trabalhara com tanta habilidade, que o cardeal nem conseguia ver que uma vez existira um pé. Agora, com extremo cuidado, ele colocou a taça de vidro dentro da de cera. Gaspard prendeu a respiração, temendo que o cardeal fosse quebrar uma das delicadas folhas, mas a taça encaixou-se delicadamente e coube à perfeição.

O Graal. O cardeal olhou para a taça de vidro, imaginando-a encaixada num delicado trabalho rendado de fino ouro e em pé num altar iluminado por altas velas brancas. Haveria um coro de meninos cantando e incenso perfumado queimando. Haveria reis e imperadores, príncipes e duques, condes e cavaleiros ajoelhando-se diante dela.

Louis Bessières, cardeal-arcebispo de Livorno, queria o Graal e, alguns meses antes, ouvira um rumor vindo do sul da França, da terra de hereges queimados, de que o Graal existia. Dois filhos da família Vexille, um deles um francês e o outro um arqueiro inglês, procuravam o Graal, tal como o cardeal, mas ninguém, achava o cardeal, queria tanto o Graal quanto ele. Ou o merecia tanto quanto ele. Se encontrasse a relíquia, iria exercer um tal poder que reis e o papa iriam procurá-lo para pedir a bênção. E quando Clemente, o papa atual, morresse, Louis Bessières ocuparia o trono e as chaves dele — se ao menos ele possuísse o Graal. Louis Bessières queria o Graal, mas um dia, olhando sem ver para o vitral de sua capela particular, ele tivera uma revelação. O Graal, em si, não era necessário. Talvez ele existisse, provavelmente não existia, mas tudo o que importava era que a cristandade acreditava que existia. Eles queriam o Graal. Qualquer Graal, desde que estivessem convencidos de que se tratava do verdadeiro e santo, o único Graal, e era por isso que Gaspard iria morrer, porque ninguém, a não ser o cardeal e seu irmão, deveria saber o que estava sendo feito na solitária torre entre as árvores varridas pelo vento acima de Melun.

— E agora — disse o cardeal, erguendo com cuidado o vidro verde de seu apoio de cera —, você tem de transformar a cera comum num ouro celestial.

— Vai ser difícil, eminência.

— Claro que vai ser difícil — disse o cardeal —, mas vou rezar por você. E sua liberdade depende do seu sucesso.

O cardeal viu a dúvida no rosto de Gaspard.

— Você fez o crucifixo — disse ele, apanhando o belo objeto de ouro — e, por isso, por que não poderá fazer o cálice?

— Ele é muito delicado — retrucou Gaspard —, e se eu despejar o ouro e ele não derreter a cera, todo o trabalho estará perdido.

— Nesse caso, você começará de novo — disse o cardeal — e de experiência em experiência e com a ajuda de Deus, você vai descobrir o caminho da verdade.

— Isso nunca foi feito antes — alegou Gaspard. — Pelo menos com algo tão delicado assim.

— Mostre-me como é — ordenou o cardeal, e Gaspard explicou como iria pintar o cálice de cera com a insalubre pasta marrom que tinha repelido o cardeal. A pasta era feita de água, chifre de touro queimado que tinha sido pulverizado, e estrume de vaca e as camadas secas da pasta iriam conter a cera e o conjunto todo seria, então, enterrado em barro macio, que tinha de ser delicadamente pressionado para conter a cera, mas não distorcê-la. Túneis estreitos iriam atravessar o barro, indo do lado de fora até a cera sepultada, e então Gaspard levaria o bolo disforme de barro para a fornalha que havia no pátio, onde cozinharia o barro. A cera que estivesse lá dentro iria derreter e escorrer pelos túneis e, se fizesse o trabalho direito, ficaria com uma massa dura de barro, dentro da qual escondia-se uma delicada cavidade na forma da árvore da vida.

— E o estrume de vaca? — perguntou o cardeal. Ele estava realmente fascinado. Tudo o que era belo o deixava intrigado, talvez porque na sua juventude as coisas belas lhe tinham sido negadas.

— O estrume cozido endurece — disse Gaspard. — Ele forma uma concha dura em torno da cavidade. — Sorriu para a jovem embirrada. — A Yvette o mistura para mim — explicou. — A camada mais próxima da cera é muito fina; as camadas externas são mais grossas.

— Com que então a mistura de estrume forma a superfície dura do molde? — perguntou o cardeal.

— Exatamente. — Gaspard estava satisfeito com o fato de seu mentor e salvador compreender.

Então, quando o barro esfriasse, Gaspard iria despejar ouro derretido na cavidade e ter a esperança de que o fogo líquido enchesse até as últimas fendas, todas as folhinhas, maçãs e pregos, e cada borda de casca de árvore delicadamente modelada. E quando o ouro tivesse esfriado e ficado firme, o barro seria quebrado para revelar ou um porta-Graal que deixaria a cristandade deslumbrada, ou uma confusão de disformes traços de ouro.

— É provável que seja preciso fazer isso em pedaços separados — disse Gaspard, nervoso.

— Tente com este — ordenou o cardeal, recolocando o pano de linho sobre a taça de cera. — E se não der certo, você vai fazer outro e tentar de novo, e de novo, e quando der certo, Gaspard, eu o liberarei para os campos e para o céu. Você e a sua amiguinha.

Ele dirigiu um sorriso vago para a mulher, fez o sinal-da-cruz sobre a cabeça de Gaspard e retirou-se do porão. Esperou enquanto seu irmão trancava a porta.

— Não seja rude com ele, Charles.

— Rude? Sou o carcereiro dele, não o enfermeiro.

— E ele é um gênio. Ele pensa que está fazendo para mim um cálice para ser usado na missa, de modo que não tem idéia da importância do seu trabalho. Ele não tem medo de coisa nenhuma, exceto de você. Por isso, mantenha-o tranqüilo.

Charles afastou-se da porta.

— Suponha que eles encontrem o verdadeiro Graal.

— Quem vai encontrá-lo? — perguntou o cardeal. — O arqueiro inglês desapareceu, e aquele monge tolo não irá encontrá-lo em Berat. Só vai provocar tumulto.

— Então, por que mandá-lo para lá?

— Porque o nosso Graal tem de ter um passado. O irmão Jerome irá descobrir algumas histórias sobre o Graal na Gasconha, e isso será a nossa prova, e assim que ele tiver anunciado que os registros da existência do Graal existem, nós levaremos o cálice para Berat e anunciaremos a descoberta.

Charles ainda pensava no Graal verdadeiro.

— Eu pensava que o pai do inglês tivesse deixado um livro.

— Deixou, mas não conseguimos entendê-lo. São escritos de um louco.

— Pois encontre o arqueiro e queime-o para arrancar a verdade dele — disse Charles.

— Ele será encontrado — prometeu o cardeal, sério —, e da próxima vez vou deixá-lo em suas mãos, Charles. Aí, ele vai falar. Enquanto isso, temos de continuar procurando, mas acima de tudo temos de continuar fazendo. Por isso, mantenha Gaspard em segurança.

— Em segurança agora — disse Charles — e morto depois.

Porque Gaspard iria fornecer os meios para que os irmãos fossem para o palácio papal em Avignon, e o cardeal, subindo para o pátio, já sentia o sabor do poder. Ele seria papa.

NO AMANHECER DAQUELE DIA, lá ao sul da torre solitária perto de Soissons, a sombra do castelo de Castillon d'Arbizon caíra sobre a pilha de lenha pronta para a execução da herege na fogueira. A pilha fora bem-feita, segundo as cuidadosas instruções do irmão Roubert, de modo que em cima dos gravetos e em torno do grosso poste no qual tinha sido pregada uma corrente havia quatro camadas de feixes em pé que iriam queimar com chamas fortes, mas não quentes demais e sem soltar muita fumaça, para que os espectadores da cidade pudessem ver Genevieve contorcer-se dentro da chama brilhante e saber que a herege estava indo para o domínio de Satã.

A sombra do castelo seguia pela rua principal, chegando quase à porta oeste onde os sargentos da cidade, já bestificados pela descoberta do vigia morto no muro, erguiam os olhos para a parte principal da torre de menagem destacada pelo sol nascente. Uma nova bandeira tremulava nela. Em vez de mostrar o leopardo laranja sobre o campo branco de Berat, ela exibia um campo azul, cortado na diagonal por uma faixa branca pontilhada por três estrelas brancas. Três leões amarelos habitavam o campo azul, e aqueles animais ferozes apareciam e desapareciam enquanto a enorme bandeira se mexia de acordo com um vento indiferente. E então houve algo de novo para ver com pasmo, porque enquanto os quatro cônsules da cidade corriam para juntar-se aos sargentos, no alto de um dos bastiões que protegiam a porta do castelo surgiram homens que jogaram da defesa dois objetos pesados. As duas coisas caíram e depois pararam com uma sacudidela na extremidade das cordas. A princípio, os homens que assistiam pensaram que a guarnição estivesse pendurando a roupa de cama para arejar, e depois viram que os volumes eram os corpos de dois homens. Eram o castelão e o guarda, e eles ficaram pendurados ao lado da porta para reforçar a mensagem da bandeira do conde de Northampton. Castillon d'Arbizon tinha novo dono.

Galat Lorret, o mais velho e mais rico dos cônsules, o mesmo homem que havia interrogado o frade na igreja na noite anterior, foi o primeiro a recobrar o controle.

— Temos que mandar uma mensagem a Berat — ordenou ele, e instruiu o secretário da câmara municipal para escrever ao senhor de fato de Castillon d'Arbizon. — Diga ao conde que soldados ingleses estão hasteando a bandeira do conde de Northampton.

— O senhor a reconhece? — perguntou outro cônsul.

— Ela tremulou aqui bastante tempo — respondeu Lorret, com amargura.

Castillon d'Arbizon já pertencera aos ingleses e pagara seus impostos à longínqua Bordeaux, mas a maré inglesa recuara e Lorret nunca pensara que tornaria a ver a bandeira do conde. Deu ordens aos quatro homens da guarnição que restavam e que se haviam embebedado na taberna, escapando assim dos ingleses, para que ficassem prontos para levar a mensagem do secretário à distante Berat, e deu-lhes duas moedas de ouro para que cavalgassem mais depressa. Depois, fisionomia fechada, seguiu pela rua com os três colegas cônsules. O padre Medous e o padre da igreja de São Callic juntaram-se a eles e os moradores da cidade, ansiosos e amedrontados, seguiram atrás.

Lorret bateu na porta do castelo. Decidira enfrentar os petulantes invasores. Iria dar um susto neles. Iria exigir que deixassem Castillon d'Arbizon imediatamente. Iria ameaçá-los com um cerco e fome, e justo no momento em que preparava as palavras indignadas, as duas folhas da grande porta foram puxadas para trás sobre dobradiças que rangiam, e à frente dele estavam doze arqueiros ingleses com capacetes de aço e casacões de malha, e a visão dos grandes arcos e suas compridas flechas fizeram com que Lorret desse um passo involuntário para trás.

Então, o jovem frade deu um passo à frente, só que já não era um frade, mas um soldado alto, vestindo uma cota longa de malha. Tinha a cabeça descoberta e os curtos cabelos pretos pareciam ter sido cortados com uma faca. Usava calções pretos, botas pretas de cano longo, e tinha um cinto de couro preto do qual pendiam uma faca curta e uma longa espada lisa. Usava uma corrente de prata ao pescoço, um sinal de que exercia autoridade. Correu o olhar pela fileira de sargentos e cônsules, e depois fez um gesto com a cabeça em direção a Lorret.

— Não fomos apresentados como devíamos, ontem à noite — disse ele —, mas sem dúvida o senhor se lembra do meu nome. Agora é a sua vez de me dizer o seu.

— Você não tem nada a fazer aqui! — vociferou Lorret.

Thomas olhou para o céu, que estava pálido, quase desbotado, indicando que poderia estar se aproximando um frio mais intenso do que o normal naquela estação do ano.

— Padre — ele agora dirigia-se a Medous —, faça o favor de traduzir minhas palavras, a fim de que todos possam saber o que está acontecendo. — Ele tornou a olhar para Lorret. — Se o senhor não falar normalmente, mandarei meus homens matá-lo e depois vou conversar com seus companheiros. Qual é o seu nome?

— Você é frade — disse Lorret, em tom acusador.

— Não sou — disse Thomas —, mas o senhor pensou que eu fosse porque sei ler. Sou filho de um padre, e ele me ensinou a ler. Agora, qual é o seu nome?

— Sou Galat Lorret.

— E pela sua túnica — Thomas fez um gesto em direção à túnica adornada com pele —,presumo que tenha alguma autoridade aqui.

— Somos os cônsules — disse Lorret com a dignidade que conseguiu reunir. Os outros três cônsules, todos mais moços do que Lorret, tentaram dar a impressão de que não estavam preocupados, mas isso era difícil quando uma fileira de pontas de flechas brilhava sob o arco da porta.

— Obrigado — disse Thomas, cortês —, e agora pode dizer ao seu povo que ele tem a felicidade de estar sob o governo do conde de Northampton, e Sua Excelência deseja que seu povo não fique pela rua quando há trabalho a fazer.

Ele fez um gesto com a cabeça para o padre Medous, que gaguejou uma tradução para a multidão. Houve alguns protestos, principalmente porque as pessoas mais espertas que estavam na praça entendiam que uma mudança de senhores iria significar, inevitavelmente, mais impostos.

— O trabalho desta manhã — disse Lorret — é queimar uma herege.

— Isso é trabalho?

— Trabalho de Deus — insistiu Lorret. Ele levantou a voz e falou na língua local. — O público recebeu a promessa de folga do serviço para ver o mal ser expulso a fogo da cidade.

O padre Medous traduziu as palavras para Thomas.

— É o costume — acrescentou o padre —, e o bispo insiste para que o povo veja a jovem ser queimada.

— O costume? — perguntou Thomas. — Vocês queimam jovens com freqüência suficiente para se tornar um costume?

O padre Medous abanou a cabeça, confuso.

— O padre Roubert nos disse que temos de deixar o povo assistir.

Thomas franziu o cenho.

— Padre Roubert — disse ele. — É esse o homem que lhes disse para queimar a jovem lentamente? Para colocar os feixes em pé?

— Ele é dominicano — disse o padre Medus —, um dominicano de verdade. Foi ele quem descobriu a heresia da jovem. Ele devia estar aqui. — O padre olhou à sua volta como se esperasse ver o frade que estava ausente.

— Sem dúvida ele irá lamentar por perder a diversão — disse Thomas, e então fez um gesto para a sua fileira de arqueiros, que deslocaram-se para o lado a fim de que Sir Guillaume, vestindo cota de malha e com uma grande espada de guerra na mão, pudesse levar Genevieve para fora do castelo. A multidão chiou e vaiou ao vê-la, mas a raiva se calou quando os arqueiros cerraram fileira atrás da jovem e ergueram os arcos altos. Robbie Douglas, num casacão de malha e com uma espada do lado, abriu caminho entre os arqueiros e olhou para Genevieve, que agora estava ao lado de Thomas.

— É esta a jovem? — perguntou Thomas.

— Ela é a herege, sim — disse Lorret.

Genevieve estava olhando para Thomas, incrédula. A última vez em que o vira ele estivera usando a batina de frade, e no entanto naquele momento ficou evidente que ele não era um clérigo. Sua cota de malha, que chegava até as coxas, era de boa qualidade e ele a polira durante a noite, que passara vigiando as celas para que ninguém abusasse dos prisioneiros.

Genevieve já não estava maltrapilha. Thomas enviara à cela duas das ajudantes da cozinha do castelo, com água, roupas e um pente de osso para que ela pudesse lavar-se, e fornecera-lhe um vestido branco que pertencera à mulher do castelão. Era um vestido de linho dispendiosamente embranquecido, bordado no pescoço, nas mangas e na bainha com fio dourado. Genevieve parecia ter nascido para usar trajes tão finos como aquele. Os longos cabelos louros estavam penteados para trás para formar uma trança presa com uma fita amarela. Ela estava de pé ao lado dele, surpreendentemente alta, com as mãos amarradas à frente, enquanto olhava com ar desafiador para os habitantes da cidade. Timidamente, o padre Medous fez um gesto em direção aos troncos de lenha que aguardavam, como a sugerir que não havia tempo a perder.

Thomas tornou a olhar para Genevieve. Ela estava vestida como uma noiva, uma noiva que ia para a morte, e Thomas ficou impressionado com a sua beleza. Teria sido aquilo que ofendera os moradores da cidade? O pai de Thomas sempre dissera que a beleza provocava tanto ódio quanto amor, porque a beleza era anormal, uma ofensa contra a lama, as cicatrizes e o sangue da vida comum, e Genevieve, muito alta, esguia, pálida e etérea, era de uma beleza fora do comum. Robbie devia estar pensando a mesma coisa, porque olhava para ela com uma expressão de admiração reverente.

Galat Lorret apontou para pira que esperava.

— Se você quer que o pessoal trabalhe — disse ele —, faça logo a queimação.

— Nunca queimei uma mulher — disse Thomas. — Vocês precisam me dar tempo para decidir quanto à melhor maneira de fazer isso.

— A corrente é passada na cintura — explicou Galat Lorret — e o ferreiro a prende. — Ele fez um gesto para o ferreiro da cidade, que aguardava com um grampo e um martelo. — O fogo virá de qualquer braseiro.

— Na Inglaterra — disse Thomas — não é estranho o carrasco estrangular a vítima, escondido sob a fumaça. É um ato de misericórdia e é feito com uma corda de arco. — Ele apanhou uma daquelas cordas de uma bolsa que levava à cintura. — É este o costume aqui?

— Com hereges, não — disse Galat Lorret com rispidez.

Thomas balançou a cabeça, tornou a colocar a corda do arco na bolsa, e pegou no braço de Genevieve para levá-la até o poste. Robbie deu um passo à frente como se fosse intervir, mas Sir Guillaume o deteve. E então, Thomas vacilou.

— Deve haver um documento — disse ele a Lorret —, um mandado. Alguma coisa que autorize o poder civil a executar a condenação pela Igreja.

— Ele foi enviado ao castelão — disse Lorret.

— A ele? — Thomas ergueu o olhar para o cadáver gordo. — Ele não me deu o documento e não posso queimar a jovem sem esse mandado. — Ele parecia preocupado, e voltou-se para Robbie. — Quer ir procurá-lo? Vi uma arca cheia de pergaminhos no salão. Talvez ele esteja lá. Procure um documento com um selo grosso.

Robbie, incapaz de tirar os olhos do rosto de Genevieve, pareceu querer argumentar, mas abruptamente sacudiu a cabeça e entrou no castelo. Thomas recuou, levando Genevieve com ele.

— Enquanto esperamos — disse ele ao padre Medous —, talvez o senhor deva lembrar aos seus habitantes o motivo pelo qual ela vai ser queimada?

O padre pareceu atarantado pelo convite cortês, mas recuperou o controle.

— Gado morreu — disse ele —, e ela amaldiçoou a mulher de um homem.

Thomas pareceu ligeiramente surpreso.

— Gado morre na Inglaterra — disse ele — e já amaldiçoei a mulher de um homem. Isso faz de mim um herege?

— Ela sabe prever o futuro! — protestou Medous. — Dançou nua à luz dos relâmpagos e usou de magia para encontrar água.

— Ah. — Thomas parecia preocupado. — Água?

— Com um graveto! — interferiu Galat Lorret. — É magia do diabo.

Thomas pareceu pensativo. Olhou para Genevieve, que tremia levemente, e tornou a olhar para o padre Medous.

— Diga, padre — continuou —, não estou certo ao pensar que Moisés bateu numa rocha com o bastão do irmão e tirou água da pedra?

Fazia muito tempo que o padre Medous estudara as escrituras, mas ele parecia lembrar-se da história.

— Eu me lembro de algo assim — admitiu.

— Padre! — disse Galat Lorret, advertindo-o.

— Cale-se! — Thomas dirigiu-se ao cônsul com rispidez. Ergueu a voz. — "*Cumque elevasset Moses manum*" — ele citava de cor, mas achou que estava dizendo as palavras certas — "*percutiens virga bis silicem egressae sunt aquae largissimae*". — Não eram muitas as vantagens de ser filho bastardo de um padre ou de ter passado algumas semanas em Oxford, mas ele aprendera o suficiente para deixar perplexa a maioria dos religiosos. — O senhor não interpretou minhas palavras, padre — disse ele ao padre. — Por isso, diga à multidão que Moisés bateu na rocha e provocou um jato dágua. E depois me diga que, se agrada a Deus encontrar água com um bastão, como pode estar errado esta jovem fazer o mesmo com um graveto?

A multidão não gostou. Algumas pessoas gritaram e só a visão de dois arqueiros aparecendo na defesa acima dos dois corpos pendurados acalmou-as. O padre apressou-se a traduzir os protestos.

— Ela amaldiçoou uma mulher — disse ele — e previu o futuro.

— Que futuro ela previu? — perguntou Thomas.

— Morte. — Foi Lorret quem respondeu. — Ela disse que a cidade se encheria de cadáveres e que ficaríamos caídos nas ruas, insepultos.

Thomas parecia impressionado.

— Será que ela disse que a cidade iria voltar ao domínio adequado? Ela disse que o conde de Northampton nos mandaria para cá?

Fez-se uma pausa e então Medous abanou a cabeça.

— Não — disse ele.

— Neste caso, ela não vê o futuro com muita clareza — replicou Thomas — e assim, o diabo não pode tê-la inspirado.

— A corte do bispo decidiu o contrário — insistiu Lorret — e não cabe a você questionar as autoridades competentes.

A espada saiu da bainha de Thomas com uma velocidade surpreendente. A lâmina estava lubrificada para evitar que enferrujasse, e brilhava, úmida, enquanto ele cutucava a túnica guarnecida de pele na altura do peito de Galat Lorret.

— Eu sou as autoridades competentes — disse Thomas, empurrando o cônsul para trás. — E é melhor você se lembrar disso. E eu nunca me encontrei com o seu bispo, e se ele pensa que uma jovem é herege porque cabeças de gado morrem, ele é louco. E se a condena porque ela faz o que Deus mandou que Moisés fizesse, ele é um blasfemador. — Ele deu um último empurrão na espada, fazendo com que Lorret recuasse depressa. — Que mulher ela amaldiçoou?

— A minha mulher — disse Lorret, indignado.

— Ela morreu? — perguntou Thomas.

— Não — admitiu Lorret.

— Neste caso, a maldição não funcionou — disse Thomas, devolvendo a espada à bainha.

— Ela é uma beguina! — insistiu o padre Medous.

— O que é uma beguina? — perguntou Thomas.

— Uma herege — respondeu o padre Medous, bastante atarantado.

— Você não sabe, não é? — disse Thomas. — Para você, é apenas uma palavra, e por causa dessa única palavra vocês iriam queimá-la? — Ele tirou a faca do cinto e então pareceu lembrar-se de alguma coisa. — Presumo — disse ele, voltando-se para o cônsul — que você esteja mandando uma mensagem para o conde de Berat, não?

Lorret pareceu espantado e depois tentou parecer ignorante de qualquer coisa daquele tipo.

— Não pense que sou bobo — disse Thomas. — Não há dúvida de que você está inventando uma mensagem assim, agora. Pois escreva ao seu conde e escreva também para o seu bispo, e diga a eles que capturei Castillon d'Arbizon e mais ainda... — Ele fez uma pausa. Passara a noite em agonia. Tinha rezado, porque se esforçava muito para ser um bom cristão, mas toda a sua alma, todos os seus instintos, diziam-lhe que a jovem não devia ser queimada. E então uma voz interior lhe disse que estava sendo seduzido pela piedade, por cabelos louros e olhos brilhantes, e agonizou ainda mais, mas ao fim de suas orações sabia que não podia executar Genevieve na fogueira. Por isso, naquele momento, cortou o pedaço de corda que prendia os grilhões dela e, quando a multidão protestou, ergueu a voz. — Diga ao seu bispo que eu libertei a herege. — Recolocou a faca no estojo e passou o braço direito pelos magros ombros de Genevieve e voltou a encarar a multidão. — Diga ao seu bispo que ela está sob a proteção do conde de Northampton. E se o bispo quiser saber quem fez isso, dê a ele o mesmo nome que você der ao conde de Berat. Thomas de Hookton.

— Hookton — repetiu Lorret, errando a pronúncia do nome desconhecido.

— Hookton — corrigiu Thomas —, e diga a ele que, pela graça de Deus, Thomas de Hookton é o governante de Castillon d'Arbizon.

— Você? Governante daqui? — perguntou Lorret, indignado.

— E como você viu — disse Thomas —, assumi o poder da vida e da morte. E isso, Lorret, inclui a sua vida. — Fez meia-volta e conduziu Genevieve de volta para o pátio. As portas se fecharam com um estrondo.

E Castillon d'Arbizon, à falta de outra emoção, voltou para o trabalho.

Durante dois dias Genevieve não falou nem comeu. Permaneceu junto de Thomas, observando-o, e quando ele lhe dirigia a palavra, limitava-se a abanar a cabeça. Às vezes, chorava em silêncio. Não fazia ruído algum quando chorava, nem mesmo um soluço, apenas parecia desesperada enquanto lágrimas escorriam-lhe pela face.

Robbie tentava falar com ela, mas Genevieve se esquivava dele. Na verdade, ela tremia se ele se aproximasse demais, e Robbie ficou ofendido.

— Uma porcaria de puta herege — xingou ele com o seu sotaque escocês. Genevieve, embora não falasse inglês, sabia o que ele estava dizendo e apenas olhava fixo para Thomas com seus olhos grandes.

— Ela está com medo — disse Thomas.

— De mim? — perguntou Robbie, indignado, e a indignação parecia justificada, porque Robbie Douglas era um rapaz de expressão franca, de nariz arrebitado, e amável.

— Ela foi torturada — explicou Thomas. — Pode imaginar o que isso faz a uma pessoa? — Involuntariamente, olhou para as juntas dos dedos das mãos, ainda deformadas pelo torno de ferro que quebrara os ossos. Houve um momento em que pensara que nunca mais iria armar um arco, mas Robbie, seu amigo, insistira com ele. — Ela vai se recuperar — acrescentou para Robbie.

— Só estou tentando ser amável — protestou Robbie. Thomas olhou para o amigo e Robbie teve a graça de enrubescer. — Mas o bispo vai enviar outro mandado — continuou Robbie.

Thomas havia queimado o primeiro, que tinha sido encontrado no baú revestido de ferro do castelão, juntamente com os demais papéis do castelo. A maioria dos pergaminhos consistia de listas de impostos, registros de pagamentos, listas de lojas, listas de homens, as pequenas coisas da vida cotidiana. Havia também algumas moedas, a renda dos impostos, o primeiro saque do comando de Thomas.

— O que é que você vai fazer — insistiu Robbie — quando o bispo enviar outro mandado?

— O que você gostaria que eu fizesse? — perguntou Thomas.

— Você não terá escolha — disse Robbie, com veemência. — Vai ter de queimar a mulher. O bispo vai mandar.

— É provável — concordou Thomas. — A Igreja sabe ser muito persistente quando se trata de queimar pessoas.

— Por isso ela não pode ficar aqui! — protestou Robbie.

— Eu a libertei — disse Thomas —, e ela pode fazer o que quiser.

— Eu vou levá-la de volta para Pau — sugeriu Robbie. Pau, que ficava muito longe, a oeste, era a guarnição inglesa mais próxima. — Assim, ela estará em segurança. Me dê uma semana, só isso, e a levo embora.

— Preciso de você aqui, Robbie — disse Thomas. — Somos poucos e o inimigo, quando vier, será muito numeroso.

— Deixe-me levá-la...

— Ela fica — disse Thomas, com firmeza —, a menos que queira ir embora.

Robbie deu a impressão de que iria argumentar, mas abruptamente retirou-se do aposento. Sir Guillaume, que ouvira calado e compreendera a maior parte da conversa em inglês, estava sério.

— Daqui a um ou dois dias — disse, falando em inglês para que Genevieve não entendesse —, o Robbie vai querer queimá-la.

— Queimá-la? — perguntou Thomas, espantado. — Não, o Robbie, não. Ele quer salvá-la.

— Ele a deseja — disse Sir Guillaume —, e se não puder ficar com ela, vai decidir que ninguém deverá ficar. — Ele deu de ombros, e depois mudou para o francês. — Se ela fosse feia — olhou para Genevieve enquanto fazia a pergunta —, será que estaria viva?

— Se ela fosse feia — disse Thomas —, duvido que tivesse sido condenada.

Sir Guillaume deu de ombros. Sua filha ilegítima, Eleanor, tinha sido a mulher de Thomas até ser morta pelo primo de Thomas, Guy Vexille. Agora, Sir Guillaume olhava para Genevieve e reconhecia que ela era muito bonita.

— Você é tão mau quanto o escocês — disse ele.

Naquela noite, a segunda desde que capturara o castelo, quando os homens que fizeram incursões para pegar alimentos estavam todos de volta sãos e salvos, os cavalos alimentados, a porta fechada, as sentinelas colocadas em seus lugares e o jantar comido, e quando a maioria dos homens dormia, Genevieve esgueirou-se de detrás da tapeçaria onde Thomas lhe dera a cama do castelão e aproximou-se da lareira, onde ele estava sentado, lendo a cópia do estranho livro de seu pai sobre o Graal. Não havia ninguém mais no aposento. Robbie e Sir Guillaume dormiam no salão, juntamente com Thomas, mas Sir Guillaume estava encarregado das sentinelas e Robbie bebia e jogava com os soldados no quarto no andar de baixo.

Genevieve, vestida em sua longa túnica branca, saiu delicadamente do tablado, aproximou-se da cadeira em que ele estava sentado e ajoelhou-se ao lado da lareira. Por algum tempo, ficou olhando as chamas e depois olhou para Thomas e ele encantou-se com a maneira de as chamas iluminarem e fazerem sombra no rosto dela. Uma coisa tão simples, um rosto, pensou ele, e no entanto o dela o fascinava.

— Se eu fosse feia — perguntou ela, falando pela primeira vez desde que ele a soltara —, eu estaria viva?

— Estaria — disse Thomas.

— Por que então você permitiu que eu vivesse? — perguntou ela.

Thomas ergueu uma das mangas e mostrou-lhe as cicatrizes que trazia no braço.

— Também foi um dominicano quem me torturou — disse ele.

— Queimadura?

— Queimadura — confirmou Thomas.

Ela se pôs de pé e passou os braços pelo pescoço dele, apoiou a cabeça em seu ombro e o manteve abraçado. Não disse nada, ele tampouco, e também não se mexeram. Thomas se lembrava da dor, da humilhação, do terror, e de repente sentiu vontade de chorar.

E então a porta do salão abriu-se com um chiado e alguém entrou. Thomas estava de costas para a porta, de modo que não podia ver quem era, mas Genevieve levantou a cabeça para ver quem os interrompera e houve um momento de silêncio. Depois ouviu o som da porta se fechando e as passadas descendo as escadas. Thomas percebeu que tinha sido Robbie. Nem precisava perguntar.

Genevieve tornou a apoiar a cabeça no ombro dele. Não disse palavra. Ele sentia o coração dela bater.

— As noites são o pior — disse ela.

— Eu sei.

— À luz do dia — disse ela — há coisas para a gente olhar. No escuro, porém, só há recordações.

— Eu sei.

Ela levantou a cabeça, deixando as mãos entrelaçadas na nuca de Thomas, e fitou-o com uma expressão intensa de seriedade.

— Eu tenho ódio dele — disse ela, e Thomas sabia que ela estava se referindo ao homem que a torturara. — Ele se chamava padre Roubert — continuou ela — e quero ver a alma dele no inferno.

Thomas, que tinha matado seu torturador, não sabia o que dizer, de modo que recuou para uma evasão.

— Deus irá cuidar da alma dele.

— Às vezes, Deus parece estar muito distante — comentou Genevieve —, especialmente no escuro.

— Você precisa comer — disse ele. — E precisa dormir.

— Não consigo dormir.

— Consegue sim — disse Thomas e tirou as mãos dela do pescoço e conduziu-a de volta para o tablado e para trás da tapeçaria. Ficou lá.

E na manhã seguinte, Robbie não queria dirigir a palavra a Thomas, mas o estranhamento dos dois dissolveu-se porque havia muito trabalho a fazer. Era preciso levar alimentos da cidade e estocá-los no castelo. O ferreiro tinha de ser ensinado a fazer pontas para flechas inglesas, e choupos e freixos foram cortados para fazer as hastes. Gansos perderam as penas das asas para enfeitarem as flechas, e o trabalho mantinha ocupados os homens de Thomas, mas estes ainda estavam mal-humorados. O júbilo que se seguira à fácil captura do castelo fora substituído pela ansiedade e Thomas, que pela primeira vez estava no comando, sabia que havia atingido uma crise.

Sir Guillaume d'Evecque, muito mais velho do que Thomas, deixou claro:

— É com relação à jovem — disse ele. — Ela tem de morrer.

Estavam no grande salão outra vez e Genevieve, sentada ao lado da lareira, compreendia a conversa. Robbie chegara com Sir Guillaume, mas agora, em vez de olhar para Genevieve com desejo, observava-a com ódio.

— Diga-me por quê — pediu Thomas.

Ele estivera relendo a cópia do livro de seu pai, com suas estranhas referências ao Graal. O livro fora copiado às pressas, mal dando para decifrar alguns trechos da escrita, e nenhum fazia muito sentido. Mas ele acreditava que se o estudasse por tempo suficiente, surgiria algum significado.

— Ela é uma herege! — disse Sir Guillaume.

— Ela é uma maldita de uma feiticeira — intercalou Robbie, com veemência. Ele agora já falava um pouco de francês, o suficiente para entender a conversa, mas preferiu fazer o protesto em inglês.

— Ela não foi acusada de feitiçaria — disse Thomas.

— Que diabo, homem! Ela usou de magia!

Thomas pôs o pergaminho de lado.

— Já percebi — disse ele a Robbie — que quando está preocupado você bate na madeira. Por quê?

Robbie olhou fixo para ele.

— Todos nós fazemos isso!

— Alguma vez, algum padre lhe disse para fazer isso?

— Nós fazemos! Só isso.

— Por quê?

Robbie pareceu zangado, mas conseguiu encontrar uma resposta.

— Para evitar o mal. Que outro motivo haveria?

— No entanto, em ponto algum das escrituras — disse Thomas — e em nenhum trecho dos escritos dos Pais da Igreja você irá encontrar uma ordem dessas. Isso não é uma coisa cristã, mas no entanto você a faz. Por isso devo mandá-lo ao bispo, para ser julgado? Ou será que devo poupar o tempo do bispo e simplesmente queimar você?

— Está dizendo bobagens! — berrou Robbie.

Sir Guillaume mandou Robbie ficar calado.

— Ela é uma herege — disse o normando para Thomas — e a Igreja a condenou. E se ela ficar aqui não irá nos trazer nada, a não ser azar. É isso que está deixando os homens preocupados. Jesus Cristo, Thomas, que benefício pode haver em proteger uma herege? Todos os homens sabem que isso vai dar azar.

Thomas deu um tapa na mesa, assustando Genevieve.

— Você — ele apontou para Sir Guillaume — incendiou a minha aldeia, matou minha mãe e assassinou meu pai, que era padre, e vem me falar do mal?

Sir Guillaume não podia negar as acusações, como também não podia explicar como se tornara amigo do homem que ele deixara órfão, mas também não iria recuar diante da raiva de Thomas.

— Conheço o mal — disse ele — porque fiz o mal. Mas Deus nos perdoa.

— Deus perdoa você, mas não a ela? — perguntou Thomas.

— A Igreja decidiu o contrário.

— E eu decidi o contrário — insistiu Thomas.

— Meu doce Jesus — disse Guillaume —, você acha que é a porcaria do papa? — Ele passara a gostar dos impropérios ingleses e usava-os misturados ao seu francês natal.

— Ela o enfeitiçou — vociferou Robbie.

Genevieve deu a impressão de que iria falar, mas voltou-se e se afastou. O vento deu uma lambada na janela e mandou uma onda de chuva para as largas tábuas do assoalho.

Sir Guillaume olhou para a jovem, depois para Thomas.

— Os homens não vão suportá-la — disse ele.

— Porque você os importuna — vociferou Thomas, embora soubesse que tinha sido Robbie, não Sir Guillaume, quem provocara a inquietação. Desde que cortara os grilhões de Genevieve, Thomas começou a se preocupar com aquilo, sabendo que seu dever era queimar Genevieve e sabendo que não podia fazê-lo. Seu pai, louco, irado e brilhante, certa vez rira da idéia que a Igreja fazia da heresia. Aquilo que era herege um dia, dissera o padre Ralph, era doutrina da Igreja no dia seguinte, e Deus, dissera ele, não precisava dos homens para queimar gente: Deus podia fazer muito bem aquilo sozinho. Thomas tinha ficado acordado, em agonia, pensando, e sabendo o tempo todo que desejava Genevieve demais. Não fora a dúvida teológica que salvara a vida da jovem, mas a luxúria, e a solidariedade que ele sentira por uma outra alma que sofrera a tortura da Igreja.

Robbie, em geral muito honesto e decente, conseguiu controlar a raiva.

— Thomas — disse ele, com calma — pense no motivo pelo qual estamos aqui, e pense se Deus vai ou não nos dar sucesso se tivermos uma herege entre nós.

— Praticamente não penso em outra coisa — disse Thomas.

— Alguns dos homens estão falando em ir embora — avisou-o Sir Guillaume. — Em procurar um novo comandante.

Genevieve falou pela primeira vez:

— Vou embora — disse ela. — Vou voltar para o norte. Não vou ficar no seu caminho.

— Quanto tempo acha que vai continuar viva? — perguntou Thomas. — Se meus homens não a matarem no pátio, os habitantes da cidade irão matá-la na rua.

— Então, o que faço? — perguntou ela.

— Você vem comigo — disse Thomas e atravessou o salão até uma alcova ao lado da porta onde um crucifixo estava pendurado. Ele o tirou do prego e fez um gesto para ela, para Sir Guillaume e para Robbie. — Venham — disse ele.

Ele os conduziu até o pátio do castelo, onde a maioria de seus homens se reunia para saber do resultado da missão de Sir Guillaume e Robbie junto a Thomas. Murmuraram, contrariados, quando Genevieve apareceu, e Thomas sabia que se arriscava a perder a fidelidade deles. Era jovem, muito jovem para ser o líder de tantos homens, mas eles queriam segui-lo e o conde de Northampton confiara nele. Aquele era o seu primeiro teste. Ele esperara enfrentar aquele teste em combate, mas a prova chegara naquele momento e ele tinha de resolvê-la, por isso ficou no alto da escada que dava para o pátio e esperou até que todos os homens estivessem olhando para ele.

— Sir Guillaume! — chamou Thomas. — Vá falar com os padres na cidade e peça uma hóstia. Uma hóstia que já tenha sido consagrada. Uma que esteja guardada para a extrema-unção.

Sir Guillaume hesitou.

— E se eles negarem?

— Você é soldado, eles, não — disse Thomas e alguns dos homens sorriram.

Sir Guillaume sacudiu a cabeça, olhou desconfiado para Genevieve, e depois fez um gesto para que dois de seus soldados o acompanhassem. Eles seguiram contrariados, porque não queriam perder o que quer que Thomas estivesse para dizer, mas Sir Guillaume resmungou alguma coisa para eles, que o seguiram porta afora.

Thomas ergueu o crucifíxo bem alto.

— Se esta jovem for a criatura do diabo — disse ele —, ela não poderá olhar para isto e não poderá suportar o seu toque. Se eu o mantiver em frente aos olhos dela, ela ficará cega! Se eu tocar a pele dela, a pele irá sangrar. Vocês sabem disso! Suas mães lhes contaram! Seus padres lhes contaram!

Alguns homens sacudiram a cabeça e todos olharam boquiabertos enquanto Thomas segurava o crucifixo em frente aos olhos abertos de Genevieve, e depois tocava-lhe a testa com ele. Alguns prenderam a respiração e a maioria pareceu intrigada quando os olhos dela continuaram perfeitos e sua pele clara e pálida continuou imaculada.

— Ela está sendo ajudada pelo diabo — resmungou um homem.

— Que tipo de bobo você é? — vociferou Thomas. — Você alega que ela pode escapar usando as artimanhas do diabo? Pois então, por que é que ela estava aqui? Por que estava nas celas? Por que não abriu asas enormes e foi embora voando?

— Deus impediu.

— Neste caso, Deus teria feito com que a pele dela sangrasse quando o crucifixo a tocou — disse Thomas. — Não teria? E se ela é uma criatura do diabo, deve ter patas de gato. Vocês todos sabem disso!

Muitos dos homens murmuraram palavras de concordância, porque era do conhecimento de todos que aqueles que tinham a preferência do diabo ficavam com patas de gato, para que pudessem deslocar-se furtivamente no escuro para fazer suas maldades.

— Tire os sapatos — ordenou Thomas a Genevieve, e quando os pés dela ficaram descalços, apontou para eles. — Que gata, eh? Com patas assim, ela não vai pegar muitos camundongos!

Dois ou três outros homens apresentaram argumentos, mas Thomas escarneceu deles, e então Sir Guillaume voltou, e o padre Medous o acompanhava com uma caixinha de prata que ele mantinha pronta para levar os sacramentos a uma pessoa que estivesse à morte.

— Não parece apropriado — começou o padre Medous, mas parou quando Thomas olhou firme para ele.

— Venha cá, padre — disse Thomas e o padre Medous obedeceu. Thomas tirou dele a pequena caixa. — Ela passou no teste — continuou —, mas todos vocês sabem, *todos* vocês, até na Escócia sabem — ele fez uma pausa e apontou para Robbie — que mesmo o diabo não pode salvar suas criaturas do toque do corpo de Cristo. Ela vai morrer! Ela vai estremecer em agonia. Sua pele vai cair e os vermes irão retorcer-se no lugar em que ela estava. Os gritos dela serão ouvidos no céu. Vocês todos sabem disso!

Eles sabiam e sacudiram a cabeça, e viram Thomas pegar um pedacinho de pão seco da caixa e estendê-lo para Genevieve. Ela hesitou, olhando preocupada nos olhos de Thomas, mas ele sorriu para ela que, obediente, abriu a boca e deixou que ele colocasse a grossa hóstia sobre a sua língua.

— Mate-a, Deus! — bradou o padre Medous. — Mate-a! Oh Jesus, Jesus, mate-a!

Sua voz ecoou do pátio de castelo, e o eco foi morrendo enquanto todos os que estavam no pátio olhavam fixos para a alta Genevieve, que engolia.

Thomas deixou o silêncio prolongar-se, depois olhou flagrantemente para Genevieve, que ainda estava viva.

— Ela veio para cá — disse ele a seus homens, em inglês — com o pai. Ele era um malabarista que arrecadava tostões em feiras e ela passava o chapéu. Nós todos já vimos pessoas assim. Gente que anda sobre pernas de pau, engolidores de fogo, domadores de ursos, malabaristas. Genevieve arrecadava as moedas. Mas o pai dela morreu e ela ficou aqui, entre pessoas que falavam uma língua diferente. Ela era igual a nós! Ninguém gostava dela porque ela veio de longe. Nem mesmo falava a língua deles! Eles a odiavam porque ela era diferente, e por isso a chamavam de herege. E este padre diz que ela é uma herege! Mas na noite em que cheguei aqui, estive na casa dele. Tem uma mulher que mora na casa e cozinha e limpa para ele, mas ele tem apenas uma cama. — Aquilo provocou uma gargalhada, como Thomas sabia que provocaria. Pelo que sabia, o padre Medous tinha doze camas, mas o padre não sabia o que estava sendo dito. — Ela não é beguina, coisa nenhuma — continuou Thomas — e isso vocês viram com os seus próprios olhos. Ela é apenas uma alma perdida, como nós, e as pessoas ficaram contra ela porque ela não era como elas. Por isso, se qualquer um de vocês ainda tiver medo dela e achar que vai nos dar azar, mate-a agora.

Ele deu um passo atrás, braços cruzados, e Genevieve, que não compreendera coisa alguma que ele dissera, fitou-o com ar de preocupação.

— Vamos — disse Thomas a seus homens. — Vocês têm arcos, espadas, facas. Eu não tenho nada. Matem-na! Não vai ser assassinato. A Igreja diz que ela tem de morrer, de modo que se vocês quiserem fazer o trabalho de Deus, façam.

Robbie deu meio passo à frente, depois sentiu o estado de espírito reinante no pátio e ficou parado.

Então alguém riu, e de repente estavam todos rindo e ovacionando. Genevieve ainda parecia intrigada, mas Thomas estava sorrindo. Ele os fez calar erguendo as mãos.

— Ela fica — disse —, ela vive, e vocês têm trabalho a fazer. Por isso, façam a porcaria desse trabalho.

Robbie cuspiu de repugnância enquanto Thomas levava Genevieve de volta para o salão. Thomas pendurou o crucifixo em seu nicho e fechou os olhos. Ele estava rezando, agradecendo a Deus por ela ter passado no teste da hóstia. E, o que era ainda melhor, pelo fato de que iria ficar.

*t*HOMAS PASSOU AS PRIMEIRAS duas semanas preparando-se para um cerco. O castelo de Castillon d'Arbizon tinha um poço que produzia uma água descorada e salobra, mas significava que seus homens jamais iriam morrer de sede; os antigos depósitos da guarnição, porém, só continham uns poucos sacos de farinha úmida, um barril de vagem, um pote de azeite de oliva rançoso e alguns queijos que estavam mofando. Por isso, todos os dias, Thomas enviava seus homens para revistar a cidade e as aldeias vizinhas, e agora os alimentos empilhavam-se na galeria subterrânea. Assim que aquelas fontes se exauriram, ele começou os ataques. Aquilo era a guerra que ele conhecia, o tipo de guerra que saqueara a Bretanha de uma ponta à outra e chegara quase às portas de Paris. Thomas deixava dez homens como uma guarda do castelo, e os demais iam com ele a cavalo até uma aldeia ou fazenda que devesse vassalagem ao conde de Berat e tomavam o gado, esvaziavam os celeiros e deixavam o local em chamas. Depois de dois ataques assim, Thomas foi recebido pela delegação de uma aldeia que levou dinheiro, a fim de que seus homens poupassem a aldeia do saque, e no dia seguinte mais duas embaixadas chegaram com sacos de moedas. Também chegavam homens oferecendo seus serviços. Soldados da estrada souberam que podia-se ganhar dinheiro e butim em Castillon d'Arbizon e, antes de completar dez dias na cidade, Thomas comandava mais de sessenta homens. Ele despachava dois grupos de incursão por dia, e quase todo dia vendia o excesso dos saques no mercado. Dividia o dinheiro em três partes, uma para o conde de Northampton, uma para ele, que compartilhava com Sir Guillaume e Robbie, e a terceira para os homens.

Genevieve cavalgava com ele. Thomas não queria isso. Levar mulheres em incursões era um desvio de atenção, e ele proibia que qualquer um de seus homens levasse a mulher. Mas Genevieve ainda tinha medo de Robbie e do grupo de homens que parecia compartilhar do ódio que ele sentia por ela, e por isso insistia em cavalgar ao lado de Thomas. Ela descobrira um pequeno manto de cota de malha nos depósitos do castelo e o polira com areia e vinagre até suas mãos ficarem vermelhas e doloridas e a malha brilhar como prata. O manto caía solto em seu corpo magro, mas ela o amarrava com uma tira de pano amarelo e pendurava uma outra tira da mesma cor na coroa do elmo, que era um simples chapéu de ferro revestido internamente com couro. O povo de Castillon d'Arbizon, quando a Genevieve da malha de prata entrava na cidade a cavalo à frente de uma fila de homens montados conduzindo cavalos de carga cheios de butim e conduzindo gado roubado, chamava-a de *draga*. Todo mundo sabia a respeito das *dragas*, que eram as garotas do diabo, caprichosas e mortíferas, e vestiam-se de um branco brilhante. Genevieve era a mulher do diabo, dizia o povo, e dava aos ingleses a sorte do diabo. O estranho era que aquele boato fazia com que a maioria dos homens de Thomas sentisse orgulho dela. Os arqueiros tinham-se acostumado a serem chamados de *hellequin* na Bretanha e sentiam-se perversamente orgulhosos da associação com o diabo. Aquilo deixava outros homens com medo, e por isso Genevieve tornou-se o seu símbolo de boa sorte.

Thomas estava com um novo arco. A maioria dos arqueiros, quando os velhos arcos se desgastavam, simplesmente comprava um novo dos estoques que eram enviados da Inglaterra, mas em Castillon d'Arbizon não havia aquele tipo de equipamento e, além do mais, Thomas sabia fazer a arma e adorava isso. Ele encontrara um bom galho de teixo no jardim de Galat Lorret e serrara e debastara a casca e a camada externa até ficar com uma vara reta que era escura como sangue em uma das metades e pálida como mel na outra. O lado escuro era o cerne do teixo que resistia à compressão, enquanto que a metade dourada era o alburno flexível; quando o arco ficasse pronto, o cerne iria lutar contra a tração da corda e o alburno ajudaria a fazer com que o arco se endireitasse com um estalo, de modo que a flecha iria voar como um demônio alado.

A nova arma era ainda maior do que o arco antigo, e às vezes Thomas ficava na dúvida se estava fazendo-o grande demais, mas ele persistiu, dando forma à madeira com uma faca, até ela ter uma barriga grossa e pontas que se afinavam levemente. Ele alisou, envernizou e pintou o arco, porque a umidade da madeira tinha de ser impedida de sair, para que o arco não se partisse, e depois tirou os entalhes de osso do arco antigo e colocou-os no novo. Tirou também a placa de prata do velho arco, o pedaço de cálice da missa que levava a insígnia de seu pai, de um *yale* segurando um graal, e prendeu-a na parte externa da barriga do novo arco, que esfregou com cera de abelha e fuligem para escurecer a madeira. Da primeira vez em que o encordoou, curvando a nova haste para receber a corda, ficou admirado com a força que precisou fazer, e na primeira vez em que disparou o arco, ficou olhando, maravilhado, a flecha subir em disparada das defesas do castelo.

Ele fizera um segundo arco de um tronco menor, desta vez um arco para criança que praticamente não precisava de força alguma para armar, e o dera a Genevieve, que treinava com flechas cegas e distraía os homens enquanto espalhava seus projéteis pelo pátio do castelo, sem controle. Mas ela insistia, e chegou um dia em que uma flecha atrás da outra atingiu o lado interno da porta.

Naquela mesma noite, Thomas mandou o arco antigo para o inferno. Um arqueiro nunca jogava um arco fora, nem mesmo se o arco quebrasse quando ele o usava; em vez disso, numa cerimônia que servia de desculpa para bebidas e gargalhadas, o velho arco era jogado na fogueira. Os arqueiros diziam que ele estava indo para o inferno, indo na frente para esperar o dono. Thomas observou o teixo queimar, viu o arco curvar-se pela última vez, e depois estalar numa chuva de centelhas, e pensou nas flechas que o arco havia disparado. Seus arqueiros mantiveram-se respeitosamente em torno da grande lareira do salão, e atrás deles, os soldados estavam em silêncio, e só quando o arco ficou reduzido a uma tira de cinza irregular, Thomas ergueu a taça de vinho.

— Ao inferno — disse ele, na velha invocação.

— Ao inferno — concordaram os arqueiros e os soldados, privilegiados ao serem admitidos no ritual dos arqueiros, ecoaram as palavras. Todos, exceto Robbie, que se manteve afastado. Ele passara a usar um crucifixo de prata no pescoço, pendurando-o por cima da cota de malha para deixar claro que ele estava ali para afastar o diabo.

— Foi um bom arco — disse Thomas, olhando para as cinzas, mas o novo era tão bom quanto o outro, talvez melhor, e dois dias depois Thomas o levou quando liderou a maior incursão até então.

Ele levou todos os seus homens, exceto os poucos necessários para proteger o castelo. Há dias que planejava aquela incursão e sabia que seria uma longa cavalgada, por isso partiu muito antes do amanhecer. O som das patas ecoou das fachadas das casas enquanto seguiam ruidosamente em direção ao arco oeste, onde o vigia, agora portando um bastão decorado com a insígnia do conde de Northampton, apressou-se a abrir os portões. Depois os cavaleiros atravessaram a ponte a trote e desapareceram na floresta sul. Ninguém sabia para onde os ingleses cavalgavam.

Eles estavam indo para o leste, para Astarac. Cavalgando para o lugar em que os ancestrais de Thomas tinham vivido, para o lugar em que certa vez o Graal talvez tivesse ficado escondido.

— É isso o que você espera encontrar? — perguntou-lhe Sir Guillaume. — Acha que nós vamos encontrá-lo com facilidade?

— Eu não sei o que nós vamos achar — admitiu Thomas.

— Lá existe um castelo, não é? — perguntou Sir Guillaume.

— Havia — disse Thomas —, mas meu pai dizia que ele tinha sido desprezado. — Um castelo desprezado era um castelo que tinha sido demolido, e Thomas não esperava encontrar nada, a não ser ruínas.

— Então, por que ir? — perguntou Sir Guillaume.

— O Graal — respondeu Thomas, lacônico.

Na verdade, estava indo porque era curioso, mas seus homens, que não sabiam o que ele procurava, tinham percebido que havia alguma coisa fora do comum com relação àquela incursão. Thomas dissera apenas que estavam indo a um lugar distante porque tinham saqueado tudo o que havia por perto, contudo os mais ponderados dos homens tinham percebido o seu nervosismo.

Sir Guillaume sabia o significado de Astarac, como Robbie também sabia, e este agora liderava a guarda avançada de seis arqueiros e três soldados que cavalgavam a cerca de meio quilômetro à frente, para proteger contra uma emboscada. Eles eram guiados por um homem de Castillon d'Arbizon que dizia conhecer a estrada e os conduziu montanhas acima, onde as árvores eram baixas e escassas e as vistas, ilimitadas. A intervalos de poucos minutos, Robbie acenava para indicar que o caminho à frente estava livre. Sir Guillaume, cavalgando de cabeça descoberta, fez um gesto com a cabeça para a figura distante.

— Quer dizer que aquela amizade acabou? — perguntou ele.

— Espero que não — respondeu Thomas.

— Pode esperar o que quiser — disse Sir Guillaume —, mas ela veio junto.

O rosto de Sir Guillaume fora desfigurado pelo primo de Thomas, que deixou o normando com apenas o olho direito, a face esquerda com uma cicatriz e uma faixa de cor branca onde a espada cortara a sua barba. Ele tinha uma aparência assustadora, e era assim também em combate, mas também era um homem generoso. Ele olhou agora para Genevieve, que cavalgava sua égua cinza poucos metros para o lado da trilha. Ela vestia sua armadura prateada, as longas pernas em tecido cinza claro e botas marrons.

— Você devia tê-la queimado — disse ele, alegre.

— Ainda pensa assim? — perguntou Thomas.

— Não — admitiu Sir Guillaume. — Gosto dela. Se a Genny for uma beguina, pois que venham mais. Mas sabe o que você deveria fazer com o Robbie?

— Lutar contra ele?

— Pelos ossos de Cristo, não! — Sir Guillaume ficou chocado com o fato de Thomas ter ao menos sugerido uma coisa daquelas. — Mande-o de volta para casa. Qual é o resgate dele?

— Três mil florins.

— Ora, meu Deus, é bem barato! Você deve ter moedas nesse valor nos baús, e por isso dê o dinheiro a ele e mande-o de volta. Ele poderá comprar a liberdade e ir apodrecer na Escócia.

— Eu gosto dele — disse Thomas, e era verdade. Robbie era um amigo e Thomas esperava que sua antiga intimidade pudesse ser refeita.

— Você pode gostar dele — retorquiu Sir Guillaume, mordaz —, mas não dorme com ele. E quando chega a hora de uma escolha, Thomas, os homens sempre escolhem aquela que aquece as camas. Pode não lhe dar uma vida mais longa, mas sem dúvida será uma vida mais feliz. — Ele riu e depois voltou-se para examinar o terreno mais baixo à procura de qualquer inimigo. Não havia inimigo algum. Parecia que o conde de Berat não estava dando importância à guarnição inglesa que de forma tão repentina tomara uma parte de seu território, mas Sir Guillaume, que tinha mais experiência de guerra do que Thomas, desconfiava que aquilo fosse apenas porque o conde estava reunindo forças. — Ele vai atacar quando estiver pronto — disse o normando. — E você já percebeu que os *coredors* estão ficando interessados por nós?

— Já — respondeu Thomas.

Em cada incursão ele estivera ciente dos bandidos maltrapilhos observando seus homens. Eles não se aproximavam, nunca a ponto de ficar ao alcance dos arcos, evidentemente mas estavam lá e ele esperava vê-los naquelas montanhas muito em breve.

— Os bandidos não costumam desafiar soldados — disse Sir Guillaume.

— Eles ainda não nos desafiaram.

— Não estão nos observando só por diversão — acrescentou Sir Guillaume secamente.

— Desconfio — retrucou Thomas — de que há uma recompensa pelas nossas cabeças. Eles querem dinheiro. E um dia, vão ficar valentes. Espero que sim. — Ele acariciou o novo arco, que estava encaixado num longo tubo de couro costurado à sela.

Quando a manhã ia em meio, os incursores atravessavam uma sucessão de amplos vales férteis separados por altas montanhas rochosas que corriam para o norte e para o sul. Do alto das montanhas, Thomas via dezenas de aldeias, mas depois que desciam e ficavam outra vez entre as árvores, ele não conseguia ver nenhuma. Do alto, viram dois castelos, ambos pequenos, ambos com bandeiras hasteadas nas torres, mas os dois estavam longe demais para que se distinguisse a insígnia nas bandeiras, que Thomas presumiu ser a do conde de Berat. Todos os vales tinham rios que corriam para o norte, mas não tiveram problemas em atravessá-los, porque as pontes ou os vaus não eram vigiados. As estradas, como as montanhas e o vales, seguiam para norte e sul e, por isso, os senhores daquelas terras ricas não se protegiam contra pessoas que viajassem para o leste ou para oeste. Seus castelos ficavam de sentinela sobre as entradas dos vales, onde as guarnições podiam extrair impostos dos mercadores que seguiam pelas estradas.

— Aquilo lá é Astarac? — perguntou Sir Guillaume quando eles atravessaram mais uma crista de serra. Ele estava olhando para baixo, para uma aldeia com um pequeno castelo.

— O castelo de Astarac está em ruínas — respondeu Genevieve. — É uma torre e alguns muros num rochedo, nada como aquilo.

— Já esteve lá? — perguntou Thomas.

— Meu pai e eu sempre íamos à feira da azeitona.

— Feira da azeitona?

— Nos festejos de São Judas — disse ela. — Centenas de pessoas compareciam. Fazíamos um bom dinheiro.

— E eles vendiam azeite?

— Jarras e jarras da primeira prensagem — disse ela —, e ao anoitecer, besuntavam porcos jovens com o azeite e as pessoas tentavam agarrá-los. Havia touradas e dança.

Ela riu ao lembrar-se, e esporeou o cavalo para seguir em frente. Ela montava bem, de costas eretas e com os calcanhares para baixo, enquanto Thomas, como a maioria dos arqueiros, montava um cavalo com toda a elegância de um saco de trigo.

Foi logo depois do meio-dia que desceram para o vale de Astarac. Àquela altura, os *coredors* já os tinham visto e seguiam suas passadas, sem ousarem chegar perto. Thomas não lhes deu importância, preferindo olhar para a silhueta escura do castelo em ruínas que ficava em seu cômoro rochoso a uns oitocentos metros ao sul de uma pequena aldeia. Mais para o norte, ao longe, ele viu um mosteiro, provavelmente cisterciense, porque a igreja não tinha torre alguma. Voltou-se para olhar o castelo e sabia que um dia sua família fora dona dele, que seus ancestrais tinham governado aquelas terras, que sua insígnia tremulara naquela torre em ruínas, e pensou que devia sentir alguma emoção forte, mas em vez disso havia apenas uma vaga decepção. A terra nada significava para ele, e como poderia algo tão precioso quanto o Graal ter relação com aquela patética pilha de pedras estilhaçadas?

Robbie voltou. Genevieve afastou-se e ele não ligou para ela.

— Não parece grande coisa — disse Robbie, o crucifixo de prata brilhando ao sol de outono.

— Não parece, mesmo — concordou Thomas.

Robbie torceu-se na sela, fazendo o couro estalar.

— Me deixe levar doze soldados até o mosteiro — sugeriu ele. — Eles devem ter despensas cheias.

— Leve também seis arqueiros — sugeriu Thomas — e o restante de nós iremos saquear a aldeia.

Robbie sacudiu a cabeça e voltou-se para olhar para os *coredors* ao longe.

— Aqueles bastardos não vão ter coragem de atacar.

— Duvido que tenham — concordou Thomas —, mas a minha suspeita é de que a nossa cabeça esteja a prêmio. Por isso, mantenha seus homens juntos.

Robbie sacudiu a cabeça e, ainda sem sequer olhar para Genevieve, esporeou o cavalo e partiu. Thomas ordenou que seis de seus arqueiros acompanhassem o escocês, e depois ele e Sir Guillaume seguiram para a aldeia onde, assim que os habitantes viram os soldados que se aproximavam, uma grande fogueira foi acesa para lançar uma coluna de fumaça escura no céu sem nuvens.

— Um aviso — disse Sir Guillaume. — Isso vai acontecer onde quer que a gente vá.

— Um aviso?

— O conde de Berat acordou — disse Sir Guillaume. — Todos terão ordens para acender um farol quando nos virem. Isso avisa às outras aldeias, diz a elas que escondam o gado e tranquem suas filhas. E a fumaça será vista em Berat. Ela diz a eles onde nós estamos.

— Nós estamos longe para danar de Berat.

— Eles não vão cavalgar hoje. Eles jamais nos encontrarão — concordou Sir Guillaume.

O propósito da visita, no que dizia respeito aos homens de Thomas, era saquear. No final, acreditavam eles, aquelas depredações iriam trazer as forças de Berat e, assim, eles teriam a chance de lutar uma batalha de verdade na qual, se Deus ou o diabo lhes fosse favorável, eles fariam alguns prisioneiros valiosos e, com isso, ficariam ainda mais ricos. Mas por enquanto só roubavam ou destruíam. Robbie foi até o mosteiro, Sir Guillaume liderou os outros homens para a aldeia, enquanto Thomas e Genevieve voltaram-se para o sul e subiram o acidentado caminho para o castelo em ruínas.

Ele já foi nosso, pensava Thomas. Foi ali que seus ancestrais tinham vivido, e ainda assim ele não sentia coisa alguma. Não se considerava um gascão, muito menos francês. Era inglês, e mesmo assim olhava para os muros em ruínas e tentava imaginar quando o castelo estava inteiro e sua família era a dona.

Ele e Genevieve amarraram os cavalos na porta que estava em pedaços, e depois caminharam sobre pedras que tinham caído e entraram no velho pátio. A cortina fora quase que completamente destruída, suas pedras levadas para construir casas ou celeiros. O remanescente maior era a torre de menagem, mas mesmo assim a metade estava estraçalhada, com o lado sul aberto ao vento. Uma lareira aparecia a meia altura no muro norte e havia grandes pedras projetando-se do flanco interno para mostrar onde houvera os barrotes que sustentavam os pisos. Uma escada circular quebrada subia pelo lado leste, levando a nada.

Ao lado da torre, compartilhando a parte mais elevada do cômoro rochoso, estavam os restos de uma capela. O piso era de lajes, e em uma delas estava a insígnia de Thomas. Ele largou o arco e ajoelhou-se ao lado da pedra, tentando ter alguma sensação de que estava no seu ambiente.

— Um dia — Genevieve estava trepada no muro sul em pedaços, olhando na direção sul do vale — você vai me dizer por que veio aqui.

— Para saquear — disse Thomas, lacônico.

Ela tirou o elmo e sacudiu a cabeça para liberar os cabelos, que usava soltos, como uma menina. Os fios louros subiram ao vento enquanto ela sorria.

— Você acha que eu sou boba, Thomas?

— Não — disse ele, cauteloso.

— Você faz uma viagem longa — disse ela —, a partir da Inglaterra, e chega a uma pequena cidade chamada Castillon d'Arbizon, e depois vem até aqui. Havia uns doze lugares que poderia ter saqueado no caminho, mas é para cá que vem. E aqui está a mesma insígnia que a que você leva no seu arco.

— Existem muitas insígnias — disse Thomas —, e muitas vezes elas se parecem.

Ela abanou a cabeça, num sinal negativo.

— O que é essa insígnia?

— Um *yale* — disse ele.

Um *yale* era um animal inventado pelos heráldicos, cheio de dentes, garras, escamas e ameaças. A insígnia de Thomas, a que estava presa ao seu arco, mostrava o *yale* segurando um cálice, mas o *yale* na laje não tinha nada na pata em forma de garra.

Genevieve olhou para além de Thomas, para onde os homens de Sir Guillaume estavam recolhendo cabeças de gado para um curral.

— Nós, meu pai e eu, ouvíamos tantas histórias — disse ela —, e ele gostava de histórias, de modo que tentava se lembrar delas e à noite ele me contava. Histórias de monstros nas montanhas, de dragões voando pelos telhados, notícias de milagres em fontes sagradas, de mulheres dando à luz monstros. Mil histórias. Mas havia uma história que a gente ouvia várias vezes, sempre que vinha a estes vales. — Ela fez uma pausa.

— Continue — disse Thomas.

O vento soprava forte, levantando os longos fios louros dos cabelos dela. Genevieve tinha idade mais do que suficiente para prendê-los, para classificar-se como mulher feita, mas gostava de usá-los soltos, e Thomas achava que aquilo a fazia parecer ainda mais uma *draga*.

— Nós ouvíamos falar — disse Genevieve — dos tesouros dos perfeitos.

Os perfeitos tinham sido os precursores dos beguinos, hereges que haviam negado a autoridade de Igreja, e seu mal espalhara-se pelo sul até que a Igreja, com a ajuda do rei francês, os esmagara. As chamas de sua morte tinham fenecido há cem anos, mas ainda havia ecos dos cátaros, como os perfeitos tinham sido chamados. Eles não tinham se espalhado àquela parte da Gasconha, embora alguns religiosos alegassem que a heresia infestara toda a cristandade e ainda se escondia em suas partes remotas.

— Os tesouros dos perfeitos — disse Thomas, em tom inexpressivo.

— Você vem a este lugarzinho — disse Genevieve —, lá de longe, mas carrega uma insígnia que vem destas montanhas. E sempre que meu pai e eu vínhamos aqui, ouvíamos histórias de Astarac. Eles ainda contam essas histórias aqui.

— Contam o quê?

— Que um grão-senhor fugiu para cá para se refugiar e trouxe com ele os tesouros dos perfeitos. E os tesouros, dizem, ainda estão aqui.

Thomas sorriu.

— Eles os teriam desencavado há muito tempo.

— Se uma coisa for bem escondida — disse Genevieve —, não será encontrada com facilidade.

Thomas olhou para a aldeia lá embaixo, onde berros, gritos e choramingos vinham do curral onde o gado estava sendo abatido. Os melhores cortes de carne sangrenta e fresca seriam amarrados às selas e levadas para salgar ou defumar, enquanto os aldeões poderiam ficar com os chifres, sobras e couros.

— Eles contam histórias em toda parte — disse ele, como para encerrar o assunto.

— De todos os tesouros — disse Genevieve com tranqüilidade, ignorando o desdém dele —, há um que tem um valor acima de todos os outros. Mas dizem que só um perfeito pode encontrá-lo.

— Neste caso, só Deus poderá encontrá-lo — disse Thomas.

— No entanto isso não faz você parar de procurar, não é, Thomas?

— Procurar?

— Pelo Graal.

A palavra foi dita, a palavra ridícula, a palavra impossível, o nome da coisa que Thomas temia não existir, mas que no entanto procurava. Os escritos de seu pai davam a entender que ele possuíra o Graal, e o primo de Thomas, Guy Vexille, tinha certeza de que Thomas sabia onde a relíquia estava, e por isso Vexille iria seguir Thomas até o fim do mundo. E era por isso que Thomas estava ali, em Astarac, para atrair o primo assassino para o raio de ação do seu novo arco. Ele ergueu os olhos para o alto irregular da torre.

— Sir Guillaume sabe o motivo pelo qual estamos aqui — disse ele a Genevieve — e o Robbie sabe. Mas nenhum dos outros sabe; por isso, não conte a eles.

— Não vou contar — disse ela —, mas você acha que ele existe?

— Não — disse ele com uma certeza muito maior do que a que ele sentia.

— Ele existe — disse Genevieve.

Thomas foi colocar-se de pé ao lado dela e olhou para o sul, para onde um curso dágua ondulava de leve por planícies e alamedas de oliveiras. Lá, ele viu homens, uns vinte, e sabia que eram *coredors*. Ele achou que teria de fazer alguma coisa a respeito deles, para que seus homens não fossem perseguidos pelos bandos de maltrapilhos durante o inverno. Não tinha medo deles, mas temia que um de seus homens se desviasse da trilha e fosse apanhado, de modo que seria melhor afugentar os bandidos antes que isso acontecesse.

— Ele existe — insistiu Genevieve.

— Você não pode saber disso — disse Thomas, ainda vigiando os homens maltrapilhos que o vigiavam.

— O Graal é como Deus — disse Genevieve. — Está em toda parte, em toda a nossa volta, óbvio, mas nós nos recusamos a ver. Os homens pensam que só poderão ver Deus quando construírem uma grande igreja e enchê-la de ouro, prata e estátuas, mas tudo que precisam fazer é olhar. O Graal existe, Thomas, basta você abrir os olhos.

Thomas encordoou o arco, tirou uma flecha da sacola, e retesou a corda até o máximo. Sentiu os músculos das costas doerem com a tensão inesperada do novo arco. Manteve a flecha baixa, ao nível da cintura, e ergueu bem a mão esquerda, de modo que quando soltou a corda a flecha voou para o céu, as penas brancas ficando cada vez menores, e depois caiu, batendo no margem do rio a mais de trezentos metros de distância. Os *coredors* entenderam o recado e recuaram.

— Desperdício de uma boa flecha — disse Thomas. E então, pegando o braço de Genevieve, foi encontrar-se com seus homens.

ROBBIE FICOU MARAVILHADO com as terras do mosteiro, todas cuidadas por cistercienses de batina que ergueram as saias e correram quando viram seus homens com cotas de malha saindo da aldeia. A maioria dos campos era dedicada a vinhedos, mas havia um pomar de peras e uma alameda de oliveiras, um pasto para ovelhas e um lago para peixes. Segundo ele, era uma terra fértil. Há dias que vinha ouvindo falar que a safra no sul da Gasconha tinha sido fraca, mas parecia que aquilo era um verdadeiro paraíso comparado com as terras duras, fracas de sua pátria nortista. Um sino do mosteiro começou a tocar o sinal de alarme.

— Eles devem ter uma casa do tesouro. — Jake, um de seus arqueiros, emparelhou seu cavalo com Robbie e fez com a cabeça um sinal em direção ao mosteiro. — E nós vamos matar aquele ali — ele se referia a um monge solitário que saíra da porta do mosteiro e caminhava calmamente em direção a eles — e depois o resto não vai criar problema.

— Vocês não vão matar ninguém — vociferou Robbie. Ele fez sinal para que os homens parassem seus cavalos. — E vão esperar aqui — disse a eles e desmontou, atirou as rédeas para Jake e caminhou em direção ao monge, que era muito alto, muito magro e muito velho. Em torno da tonsura, ele tinha poucos cabelos brancos e um rosto comprido, moreno, que de algum modo transmitia sabedoria e delicadeza. Robbie, caminhando de cota de malha com o escudo às costas e a longa espada de seu tio ao lado, sentia-se desajeitado e deslocado.

A manga direita da batina branca do monge estava manchada de tinta, fazendo Robbie imaginar se ele não seria um escrivão. Estava claro que tinha sido enviado para negociar com os assaltantes, talvez suborná-los ou tentar persuadi-los a respeitar a casa de Deus, e Robbie se lembrou de que tinha ajudado a saquear o grande priorado dos Cônegos Negros em Hexham, logo depois da fronteira inglesa, e lembrou-se dos frades implorando aos invasores, depois ameaçando-os com a vingança de Deus, e que os escoceses tinham rido deles e depois levado tudo de Hexham. Mas Deus lançara sua vingança ao deixar que o exército inglês vencesse em Durham, e aquela recordação, a súbita percepção de que a profanação de Hexham levara diretamente à derrota em Durham, fez com que Robbie fizesse uma pausa. Ele parou, franziu o cenho e ficou pensando no que iria dizer exatamente ao monge alto, que agora sorria para ele.

— Vocês devem ser os assaltantes ingleses? — disse o monge num inglês muito bom.

Robbie abanou a cabeça.

— Sou escocês — retorquiu ele.

— Um escocês! Um escocês cavalgando com os ingleses! Certa vez, passei dois anos numa casa cisterciense em Yorkshire e os irmãos nunca disseram nada de bom sobre os escoceses, e no entanto, aqui está você, com os ingleses, e pensei que tivesse visto todas as maravilhas que este mundo pecaminoso tem a oferecer. — O monge ainda sorria. — Meu nome é abade Planchard e minha casa está à sua disposição. Faça o que quiser, rapaz, que não iremos lutar com vocês.

Ele deu um passo para um dos lados do caminho e fez um gesto em direção ao mosteiro, como que convidando Robbie a sacar a espada e começar o saque.

Robbie não se mexeu. Ele estava pensando em Hexham. Pensando num frade morrendo na igreja de lá, o sangue escorrendo de sob a batina preta e caindo um degrau, e nos soldados escoceses bêbedos passando por cima do homem com seus butins: castiçais, cruzes e mantos bordados.

— Claro — disse o abade —, se preferir, pode beber um pouco de vinho. É vinho feito por nós, e não é o melhor. Nós o bebemos verde demais, mas temos um bom queijo de cabra e o irmão Philippe faz o melhor pão do vale. Podemos dar água aos seus cavalos, mas lamentavelmente eu tenho pouco feno.

— Não — disse Robbie abruptamente e depois voltou-se e gritou para os seus homens. — Voltem para Sir Guillaume!

— Fazer o quê? — perguntou um dos soldados, intrigado.

— Voltem para Sir Guillaume. Agora!

Ele tirou seu cavalo de Jake e depois caminhou ao lado do abade em direção ao mosteiro. Não disse nada, mas o abade Planchard parecia deduzir, pelo seu silêncio, que o jovem escocês queria conversar. O abade disse ao porteiro que cuidasse do corcel e depois convidou Robbie a deixar a espada e o escudo na casa do porteiro.

— É claro que pode ficar com eles — disse o abade —, mas achei que poderia ficar mais à vontade sem eles. Seja bem-vindo ao mosteiro de São Sever.

— São Sever? — perguntou Robbie enquanto tirava o escudo que pendia do seu pescoço.

— Dizem que ele consertou a asa de um anjo neste vale. Às vezes, acho muito difícil acreditar nisso, mas Deus gosta de testar a nossa fé, e por isso rezo para São Sever todas as noites e agradeço a ele o milagre que fez e peço-lhe que me conserte como consertou a asa branca.

Robbie sorriu.

— O senhor precisa de conserto?

— Todos nós precisamos. Quando somos jovens, é o espírito que quebra, e quando ficamos velhos, é o corpo.

O abade Planchard tocou no cotovelo de Robbie para guiá-lo em direção a uma clausura, onde escolheu um lugar ao sol e convidou o visitante a sentar-se na parede baixa entre dois pilares.

— Diga-me — perguntou ele, instalando-se na parede ao lado de Robbie —, você é o Thomas? Não é esse o nome do homem que chefia os ingleses?

— Não sou o Thomas — disse Robbie —, mas o senhor ouviu falar na gente?

— Ah, é claro. Nada de tão emocionante aconteceu por estas paragens desde que o anjo caiu — disse o abade com um sorriso. Depois voltou-se e pediu a um monge que levasse vinho, pão e queijo. — E talvez um pouco de mel! Fazemos um mel muito bom — acrescentou ele dirigindo-se a Robbie. — Os leprosos cuidam das colméias.

— Leprosos!

— Eles vivem atrás da nossa casa — disse o abade com tranqüilidade. — Uma casa que você, meu jovem, queria saquear. Estou certo?

— Está — admitiu Robbie.

— No entanto está aqui para comer à minha mesa. — Planchard fez uma pausa, os olhos argutos perscrutando o rosto de Robbie. — Há alguma coisa que queria me dizer?

Robbie franziu o cenho ao ouvir aquilo e depois pareceu intrigado.

— Como foi que o senhor soube?

Planchard riu.

— Quando um soldado me procura, armado e de armadura, mas com um crucifixo pendurado sobre a malha, sei que ele é um homem que não despreza o seu Deus. Você usa um sinal, meu filho — ele apontou para o crucifixo — e mesmo depois de oitenta e cinco anos sei ler um sinal.

— Oitenta e cinco! — disse Robbie, espantado, mas o abade não disse nada. Limitou-se a esperar e Robbie remexeu-se inquieto por um instante e depois deixou escapar o que lhe ia na mente. Descreveu que tinham ido a Castillon d'Arbizon, que haviam encontrado a beguina nas masmorras e que Thomas salvara a vida dela.

— Isso tem me deixado preocupado — disse Robbie, olhando para a grama — e acho que nada de bom nos acontecerá enquanto ela viver. A Igreja a condenou!

— Condenou, sim — disse Planchard e depois ficou em silêncio.

— Ela é uma herege! Uma feiticeira!

— Estou informado sobre ela — disse delicadamente Planchard — e soube que está viva.

— Ela está aqui! — protestou Robbie, apontando para o sul, na direção da aldeia. — Aqui, no seu vale!

Planchard olhou para Robbie, vendo uma alma honesta, franca, mas uma alma num torvelhinho. Soltou um suspiro e depois serviu um pouco de vinho e empurrou a tábua com pão, queijo e mel para o jovem.

— Coma — disse ele, delicado.

— Isso não está certo! — disse Robbie com veemência.

O abade não tocou na comida. Sorveu o vinho e depois falou com suavidade enquanto olhava para a coluna de fumaça que saía da pira de aviso da aldeia.

— O pecado da beguina não é seu, meu filho — disse ele —, e quando Thomas a libertou não foi um ato seu. Você se preocupa com os pecados dos outros?

— Eu devia matá-la! — disse Robbie.

— Não devia, não — disse o abade com firmeza.

— Não? — Robbie parecia surpreso.

— Se Deus quisesse isso — disse o abade —, não teria mandado você aqui para conversar comigo. Os propósitos de Deus nem sempre são fáceis de entender, mas descobri que os métodos dele não são tão indiretos quanto os nossos. Nós complicamos Deus porque não vemos que a bondade é muito simples. — Ele fez uma pausa. — Você me disse que nada de bom poderia lhe acontecer enquanto ela vivesse, mas por que iria Deus querer que o bem lhe acontecesse? Esta região tem vivido em paz, exceto no que se refere a bandidos, e você a perturba. Será que Deus iria tornar você mais violento se a beguina morresse?

Robbie não disse nada.

— Você me fala — disse Planchard com uma firmeza maior — do pecado de outra pessoa, mas não fala do seu pecado. Você usa o crucifixo para os outros? Ou para si mesmo?

— Para mim mesmo — disse Robbie, tranqüilo.

— Pois então, fale-me sobre você — disse o abade.

E Robbie falou.

JOSCELYN, LORDE DE BÉZIERS e herdeiro do grande condado de Berat, bateu com o peitoral na mesa com tanta força, que o golpe levantou poeira das rachaduras da madeira.

Seu tio, o conde, franziu o cenho.

— Não há necessidade de bater na madeira, Joscelyn — disse ele, sereno. — Não há cupim na mesa. Pelo menos, espero que não. Eles a tratam com terebintina como preventivo.

— Meu pai tinha inteira confiança numa mistura de lixívia e urina — disse o padre Roubert — e um tostar de vez em quando.

Ele estava sentado de frente para o conde, remexendo nos velhos pergaminhos que mofavam e que haviam permanecido intocados desde que tinham sido retirados de Astarac um século antes. Alguns estavam chamuscados nas bordas, prova do incêndio que fora provocado no castelo derrotado.

— Lixívia e urina? Acho que vou experimentar isso. — O conde coçou embaixo do seu chapéu de lã e depois ergueu o olhar para o sobrinho zangado. — Você conhece o padre Roubert, Joscelyn? Claro que conhece. — Ele olhou para outro documento, viu que era um pedido para que mais dois vigias fossem nomeados para a guarda municipal de Astarac, e suspirou. — Se você soubesse ler, Joscelyn, poderia nos ajudar.

— Vou ajudar vocês, tio — disse Joscelyn, furioso. — É só me soltar da correia!

— Este pode ir para o irmão Jerome. — O conde colocou o pedido de vigias extras no grande cesto que seria levado para a sala onde o jovem monge vindo de Paris lia os pergaminhos. — E ponha alguns outros documentos — disse ele ao padre Roubert —, só para confundi-lo. Aqueles velhos rolos de impostos de Lemierre deverão mantê-lo ocupado durante um mês!

— Trinta homens, tio — insistiu Joscelyn —, é tudo o que peço! O senhor tem setenta e sete soldados! Me dê trinta!

Joscelyn, lorde de Béziers, era uma figura impressionante. Era muitíssimo alto, de peito largo e membros longos, mas a aparência era estragada por um rosto redondo de tamanha inexpressividade que seu tio às vezes se perguntava se haveria algum cérebro por trás dos protuberantes olhos do sobrinho. Ele tinha cabelos cor de palha que quase sempre estavam marcados pela pressão provocada pelo forro de couro de um elmo, e fora abençoado com braços fortes e pernas firmes, e no entanto, apesar de ser todo ossos e músculos e praticamente não ter uma única idéia de como usar ambos, ele tinha lá suas virtudes. Era diligente, ainda que a diligência fosse dirigida unicamente ao campo de torneio, onde ele era um dos combatentes mais famosos da Europa. Ele ganhara o torneio de Paris duas vezes, humilhara os melhores cavaleiros ingleses no grande torneio de Tewkesbury, e até nos estados alemães, onde os homens acreditavam que ninguém era melhor do que eles, Joscelyn conquistara doze grandes prêmios. Ele ficara famoso por fazer Walther de Siegenthaler cair duas vezes de bundão no chão no mesmo duelo, e o único cavaleiro que sempre derrotara Joscelyn era o homem de armadura preta chamado de Arlequim, que percorrera, sério e implacável, o circuito dos torneios para ganhar dinheiro. Mas há três ou quatro anos que não se via o Arlequim, e Joscelyn desconfiava que a ausência dele significava que Joscelyn podia tornar-se o campeão da Europa.

Ele tinha sido criado perto de Paris pelo irmão mais moço do conde, que morrera de fluxo há dezessete anos. Na casa de Joscelyn, o dinheiro fora pouco e o conde, notoriamente seguro, praticamente não mandara para a viúva um só *écu* para aliviar seu sofrimento, mas Joscelyn ganhara dinheiro com sua lança e sua espada, e isso, reconhecia o conde, era um ponto positivo a seu favor. E trouxera dois soldados com ele, ambos guerreiros experientes, que Joscelyn pagava do próprio bolso e isso, segundo o conde, mostrava que ele tinha capacidade para liderar homens.

— Mas você devia, mesmo, aprender a ler — ele terminou o pensamento em voz alta. — O domínio das letras civiliza o homem, Joscelyn.

— A civilização que vá à merda — disse Joscelyn —, tem bandidos ingleses em Castillon d'Arbizon e não estamos fazendo nada! Nada!

— Estamos fazendo alguma coisa — objetou o conde, coçando outra vez embaixo do chapéu de lã. Ele sentia uma comichão ali e ficava imaginando se aquilo pressagiava algum mal pior. Registrou na cabeça a idéia de consultar seus exemplares de Galeno, Plínio e Hipócrates. — Mandamos avisos a Toulouse e Paris — explicou ele a Joscelyn — e vou protestar junto ao senescal em Bordeaux. Vou protestar em termos muito firmes!

O senescal era o regente do rei inglês na Gasconha, e o conde não estava certo se iria mesmo mandar uma mensagem a ele, porque um protesto daqueles bem poderia provocar mais aventureiros ingleses a procurarem terras em Berat.

— Malditos protestos — disse Joscelyn. — Simplesmente mate os bastardos. Eles estão rompendo a trégua!

— Eles são ingleses — replicou o conde —, que sempre violam tréguas. Confie no diabo antes de confiar num inglês.

— Pois então, mate-os — insistiu Joscelyn.

— Não tenho dúvidas de que iremos matá-los — replicou o conde. Ele estava decifrando a terrível caligrafia de um escrivão que morrera há muito tempo e que escrevera um contrato com um homem chamado Sestier para forrar os drenos do castelo de Astarac com madeira de elmo. — Quando chegar a hora — acrescentou ele, distraído.

— Me dê trinta homens, tio, e expulso os ingleses numa semana!

O conde abandonou o documento e pegou outro. A tinta ficara marrom e estava muito desbotada, mas deu para perceber que se tratava de um contrato com um pedreiro.

— Joscelyn — perguntou, ainda olhando para o contrato —, como é que você vai expulsá-los numa semana?

Joscelyn olhou para o tio como se o velho estivesse maluco.

— Indo a Castillon d'Arbizon, é claro — disse ele —, e matando todos.

— Entendo, entendo — disse o conde, como se estivesse grato pela explicação. — Mas da última vez em que estive em Castillon d'Arbizon, e isso foi há muitos anos, logo depois que os ingleses foram embora, mas quando estive lá, Joscelyn, o castelo era feito de pedra. Como é que vai derrotar aquilo com espada e lança? — Ele ergueu a cabeça e sorriu para o sobrinho.

— Pelo amor de Deus! Eles vão lutar.

— Ah, estou certo de que vão. Os ingleses gostam de fazer o que gostam, como você também. Mas esses ingleses têm arqueiros, Joscelyn, arqueiros. Você já enfrentou um arqueiro inglês no campo de torneio?

Joscelyn fez que não ouviu a pergunta.

— Só vinte arqueiros — reclamou ele.

— A guarnição nos disse que são vinte e quatro — disse o conde, pedante.

Os sobreviventes da guarnição de Castillon d'Arbizon tinham sido libertados pelos ingleses e fugiram para Berat, onde o conde enforcou dois como exemplo e depois interrogou os demais. Estes outros estavam, agora, todos presos, esperando ser levados para o sul e vendidos como escravos para as galés. O conde previu aquela fonte de renda com um sorriso e estava para colocar o contrato do pedreiro no cesto quando uma palavra captou o seu olhar e um certo instinto fez com que ele segurasse o documento enquanto se voltava para o sobrinho.

— Deixe que eu lhe fale sobre o arco de guerra inglês, Joscelyn — disse ele, com paciência. — É uma coisa simples, feita de teixo, na verdade, uma ferramenta de camponês. Meu caçador sabe usar um arco, mas ele é o único homem em Berat que dominou o manejo da arma. Por que você acha que isso acontece? — Ele esperou, mas o sobrinho não deu resposta. — É preciso anos, Joscelyn, muitos anos para dominar o arco de teixo. Dez anos? É provável que seja esse tempo todo, e depois de dez anos um homem pode disparar uma flecha que atravesse uma armadura a duzentos passos de distância. — Ele sorriu. — *Splat*! Mil *écus* de homem, armadura e armamento derrubados pelo arco de um camponês. E não se trata de sorte, Joscelyn. O meu caçador sabe meter uma flecha por um bracelete a cem passos. Sabe furar cota de malha a duzentos. Já o vi fazer uma flecha atravessar uma porta de carvalho a cento e cinqüenta, e a porta tinha sete centímetros e meio de espessura!

— Tenho couraça — disse Joscelyn, mal-humorado.

— Tem. E a cinqüenta passos, os ingleses vão escolher as frestas para os olhos na sua viseira e enfiar flechas no seu cérebro. Você, é claro, poderá escapar disso com vida.

Joscelyn não identificou o insulto.

— Bestas — disse ele.

— Nós temos trinta besteiros — disse o conde — e nenhum está tão jovem quanto era, e alguns estão doentes, e não creio que poderiam escapar vivos desse rapaz... como é o nome dele?

— Thomas de Hookton — interveio o padre Roubert.

— Nome estranho — disse o conde —, mas ele parece saber o que faz. Eu diria que se trata de um homem a ser tratado com cuidado.

— Canhões! — sugeriu Joscelyn.

— Ah! Canhões — exclamou o conde como se não tivesse pensado naquilo. — Claro que poderíamos levar canhões para Castillon d'Arbizon, e eu diria que as máquinas irão derrubar a porta do castelo e, de modo geral, fazer uma lamentável confusão, mas onde é que vamos achar essas coisas? Há um em Toulouse, segundo me disseram, mas são necessários dezoito cavalos para deslocá-lo. Poderíamos manda buscar na Itália, é claro, mas eles são coisas cujo aluguel custa muito caro e os mecânicos especializados são mais caros ainda, e duvido muito que eles enviem as coisas para cá antes da primavera. Deus nos preserve até então.

— Não podemos ficar de braços cruzados! — tornou a protestar Joscelyn.

— É verdade, Joscelyn, é verdade — concordou o conde em tom cordial.

A chuva martelava na cortina de osso que cobria as janelas. Ela caía em ondas cinzentas por toda a cidade. Cascateava pelas sarjetas, inundava as latrinas, pingava através do sapé do telhado e corria como um rio raso pelas portas mais baixas da cidade. Não era condição de tempo para lutar, refletiu o conde, mas se não desse ao sobrinho uma certa liberdade, desconfiava que o jovem imprudente iria partir e morrer numa escaramuça mal estudada.

— Poderíamos suborná-los, é claro — sugeriu ele.

— Suborná-los? — Joscelyn ficou ultrajado com aquela sugestão.

— É perfeitamente normal, Joscelyn. Eles não passam de bandidos, e só querem dinheiro, e por isso lhes ofereço moedas para cederem o castelo. Isso funciona com bastante freqüência.

Joscelyn vociferou.

— Eles vão receber o dinheiro, continuarão onde estão e vão pedir mais.

— Muito boa! — O conde de Berat dirigiu um sorriso de aprovação ao sobrinho. — Foi exatamente essa a conclusão a que cheguei. Muito bem, Joscelyn! Então, não vou tentar suborná-los. Mas escrevi a Toulouse e pedi o serviço do canhão deles. Sem dúvida será nojento de tão caro, mas se for necessário, iremos dispar*-*lo contra os ingleses. Espero que não chegue a esse ponto. Você falou com Sir Henri?

Sir Henri Courtois era o comandante da guarnição do conde e um soldado experiente. Joscelyn conversara com ele e recebera a mesma resposta que seu tio acabara de dar: cuidado com os arqueiros ingleses.

— Sir Henri é uma velha senhora — reclamou Joscelyn.

— Com aquela barba? Duvido — disse o conde —, apesar de ter visto, certa vez, uma mulher barbada. Foi em Tarbes, na feira da Páscoa. Eu era jovem, naquela época, mas me lembro perfeitamente dela. Tinha uma grande barba comprida. Pagamos algumas moedas para vê-la, é claro, e caso pagasse mais eles deixavam que você puxasse a barba. Foi o que fiz, e era de verdade, e se se pagasse mais ainda eles mostravam os seios dela, o que destruía qualquer suspeita de que fosse, na verdade, um homem. Segundo me lembro, eram seios muito bonitos.

O conde tornou a olhar para o contrato do pedreiro e para a palavra latina que chamara sua atenção. *Calix*. Uma lembrança do seu tempo de criança agitou-se, mas não apareceu.

— Trinta homens! — implorou Joscelyn.

O conde deu uma pausa ao documento.

— O que vamos fazer, Joscelyn, é o que Sir Henri sugere. Vamos ficar com a esperança de pegar os ingleses quando estiverem fora de sua toca. Vamos pechinchar para conseguir o canhão em Toulouse. Já estamos oferecendo um butim para cada arqueiro inglês capturado vivo. Um butim generoso, de modo que não tenho dúvida de que todo soldado de estrada e *coredor* na Gasconha irá participar da caçada, e os ingleses irão ver-se cercados de inimigos. Não vai ser uma vida agradável para eles.

— Por que vivo? — quis saber Joscelyn. — Por que não arqueiros ingleses mortos?

O conde suspirou.

— Porque aí, meu caro Joscelyn, os *coredors* vão trazer uma dúzia de corpos por dia e alegar que são ingleses. Precisamos conversar com o arqueiro antes de matá-lo, para nos certificarmos de que é autêntico. Temos, por assim dizer, que inspecionar os seios para garantir que a barba é verdadeira. — Ele olhou para a palavra *calix*, desejando que a memória voltasse. — Duvido que capturemos muitos arqueiros — continuou. — Eles caçam em bandos e são perigosos, de modo que também iremos fazer o que sempre fazemos quando os *coredors* se tornam muito atrevidos. Esperar com paciência e emboscá-los quando cometerem algum erro. E vão cometer, mas eles acham que vamos cometer o erro primeiro. Eles querem que você os ataque, Joscelyn, para que possam espetá-lo de flechas, mas temos de combatê-los quando não estiverem esperando um combate. Por isso, saia com os homens de Sir Henri e providencie para que os faróis estejam instalados. E quando chegar a hora, eu o libero. Prometo.

Os faróis estavam sendo instalados em toda aldeia e cidade do condado. Eram grandes pilhas de madeira que, quando acesas, mandariam um sinal de fumaça para dizer que os assaltantes ingleses estavam nas vizinhanças. Os faróis avisavam a outras comunidades próximas e também diziam aos vigias da torre do castelo de Berat para onde os ingleses estavam indo. O conde acreditava que um dia eles chegariam perto demais de Berat, ou estariam num lugar em que seus homens poderiam emboscá-los, e por isso contentava-se em aguardar até que cometessem esse erro. E iriam cometê-lo, os *coredors* sempre os cometiam, e aqueles ingleses, embora exibissem a insígnia do conde de Northampton, não passavam de bandidos comuns.

— Assim, vá treinar suas armas, Joscelyn — disse ele ao sobrinho — porque irá usá-las muito em breve. E leve este peitoral.

Joscelyn retirou-se. O conde ficou observando enquanto o padre Roubert alimentava o fogo com novas achas de lenha, depois tornou a olhar para o documento. O conde Astarac tinha contratado um pedreiro para entalhar *"Calix Meus Inebrians"* sobre a porta do castelo de Astarac e especificara que a data fixada no contrato fosse acrescentada à legenda. Por quê? Por que algum homem iria querer as palavras "Minha Taça Me Deixa Embriagado" decorando seu castelo?

— Padre? — disse ele.

— Seu sobrinho vai acabar sendo morto — resmungou o dominicano.

— Tenho outros sobrinhos — disse o conde.

— Mas Joscelyn está certo — disse o padre Roubert. — Eles têm de ser combatidos, e logo. Há uma beguina para ser queimada.

A raiva do padre Roubert mantinha-o acordado durante a noite. Como é que tinham a ousadia de poupar a vida de uma herege? Ele ficava deitado em sua cama estreita, imaginando os gritos da jovem enquanto as chamas consumiam o seu vestido. Ela ficaria nua quando o pano tivesse queimado e o padre Roubert lembrou-se de seu corpo pálido amarrado à mesa dele. Naquela ocasião ele entendera a tentação, entendera e odiara, tinha sido grande o prazer de esfregar o ferro quente na pele macia das coxas dela.

— Padre! O senhor está quase dormindo — reclamou o conde. — Dê uma olhada nisso. — Ele empurrou o contrato com o pedreiro para o outro lado da mesa.

O dominicano franziu o cenho enquanto tentava entender a escrita desbotada, e depois sacudiu a cabeça ao reconhecer a frase.

— Dos salmos de Davi — disse ele.

— É claro! Que burrice, a minha! Mas por que um homem iria entalhar *"Calix Meus Inebrians"* em cima da sua porta?

— Os Pais da Igreja — disse o padre — duvidam que o salmista se refira a bêbedo, não com o significado que usamos. Inebriado de tanta alegria, talvez? "Minha taça me delicia"?

— Mas que taça? — perguntou o conde, com precisão.

Fez-se silêncio, exceto quanto ao barulho da chuva e o estalar da lenha, e então o frade tornou a olhar para o contrato, afastou a cadeira para trás e foi até a estante do conde. Apanhou um grande livro com capa de fecho, que colocou cuidadosamente no atril, abriu o fecho da capa e folheou as enormes páginas duras.

— Que livro é esse? — perguntou o conde.

— Os anais do mosteiro de São José — respondeu o padre Roubert. Ele virou as páginas, procurando uma anotação. — Nós sabemos — continuou ele — que o último conde de Astarac foi infectado pela heresia cátara. Dizem que o pai dele o enviou para ser escudeiro de um cavaleiro em Carcassonne e, assim, ele tornou-se um pecador. Acabou herdando Astarac e deu apoio aos hereges, e sabemos que ele estava entre os últimos dos senhores cátaros. — Ele fez uma pausa para virar outra página. — Ah! Aqui está. Montségur caiu no dia de São Joevin, no vigésimo segundo ano do reinado de Raymond VII.

Raymond tinha sido o último grande conde de Toulouse, e morrera há quase cem anos. O padre Roubert refletiu por um minuto.

— Isso quer dizer que Montségur caiu em 1244.

O conde inclinou-se sobre a mesa e apanhou o contrato. Examinou-o e encontrou o que queria.

— E este é datado da véspera do dia de São Nazário do mesmo ano. A festa de São Nazário é no final de julho, não é?

— É — confirmou o padre Roubert.

— E o dia de São Joevin é em março — disse o conde —, o que prova que o conde de Astarac não morreu em Montségur.

— Alguém mandou entalhar a frase em latim — reconheceu o dominicano. — Talvez o filho dele? — Ele virou as grandes páginas dos anais, até encontrar a anotação que desejava. — E no ano da morte do nosso conde, quando houve uma grande epidemia de pessoas detestáveis e traiçoeiras — leu ele em voz alta —, o conde de Berat tomou Astarac e matou todos os que estavam lá dentro.

— Mas os anais não dizem que o próprio Astarac morreu?

— Não.

— E se sobreviveu? — O conde agora estava agitado e deixara a sua cadeira para começar a andar de um lado para o outro. — E por que iria ele abandonar seus companheiros em Montségur?

— Se tiver abandonado — o padre Roubert parecia duvidar.

— Alguém abandonou. Alguém com autoridade para contratar um pedreiro. Alguém que queria deixar uma mensagem na pedra. Alguém que... — o conde fez uma parada repentina. — Por que eles descrevem a data como sendo a véspera da festa de São Nazário? — perguntou.

— Por que não?

— Porque esse é o dia de São Pantaleão. Por que não dizer isso logo?

— Porque — o padre Roubert estava prestes a explicar que São Nazário era muito mais conhecido do que São Pantaleão, mas o conde o interrompeu.

— Porque é o dia dos Sete Dorminhocos! Eles eram sete, Roubert! Sete sobreviventes! E queriam que a data ficasse entalhada para deixar isso claro!

O frade achou que o conde estava exagerando demais a interpretação do indício, mas não disse nada.

— E pense na história! — instou o conde. — Sete homens jovens sob a ameaça de perseguição, não é? Eles fogem da cidade, qual era ela? Éfeso, é claro, e se escondem numa caverna! O imperador, Décio, não era? Tenho certeza de que era. Ele ordenou que todas as cavernas fosse vedadas e anos mais tarde, mais de cem anos depois, se minha memória estiver boa, os sete jovens são encontrados lá, e nenhum deles envelhecera um único dia. Por isso, sete homens, Roubert, fugiram de Montségur!

O padre Roubert recolocou os anais no lugar.

— Mas, um ano depois — destacou ele —, o seu ancestral os derrotou.

— Eles podem ter escapado com vida — insistiu o conde. — E todo mundo sabe que membros da família Vexille fugiram. Claro que sobreviveram! Mas pense, Roubert — sem perceber, ele estava chamando o dominicano pelo nome de batismo —, por que um senhor cátaro iria abandonar o último baluarte, se não fosse para levar os tesouros dos hereges para um lugar seguro? Todos sabem que os cátaros possuíam grandes tesouros!

O padre Roubert tentava não ser envolvido na agitação do conde.

— A família teria levado o tesouro com ela — disse ele.

— Será? — perguntou o conde. — Eles são sete. Seguem caminhos diferentes. Alguns vão para a Espanha, outros para o norte da França, um, pelo menos, para a Inglaterra. Suponha que você seja perseguido, procurado pela Igreja e por todos os grandes senhores. Levaria um grande tesouro consigo? Correria o risco de que ele caísse em mãos de seus inimigos? Por que não escondê-lo e esperar que um dia um dos sete, seja lá qual for, sobreviva e volte para recuperá-lo?

As evidências estavam agora sendo esticadas a um ponto impossivelmente exagerado, e o padre Roubert abanou a cabeça.

— Se houvesse tesouro em Astarac — disse ele —, já teria sido descoberto há muito tempo.

— Mas o cardeal-arcebispo está à procura dele — disse o conde. — Por que outro motivo ele quer ler os nossos arquivos?

Ele apanhou o contrato com o pedreiro e segurou-o sobre uma vela, de modo que as três palavras em latim e a ordem para registrar a data na pedra foram chamuscadas, sumindo para sempre. Ele bateu com o punho na borda chamuscada, brilhante, para apagar o fogo, e depois colocou o pergaminho danificado no cesto de documentos que seriam dados ao monge.

— O que eu devia fazer — disse ele — é ir até Astarac.

O padre Roubert pareceu alarmado com tamanho arrebatamento.

— É uma região selvagem, excelência — avisou ele —, infestada de *coredors*. E não fica a muitos quilômetros de distância de Castillon d'Arbizon.

— Pois então levarei alguns soldados.

O conde agora estava agitado. Se o Graal estivesse em seu domínio, fazia sentido Deus ter aplicado a maldição da infertilidade nas suas esposas como castigo por não procurar o tesouro. Por isso, iria corrigir a situação.

— O senhor vem comigo — disse ao padre Roubert —, e deixarei Sir Henri, os besteiros e a maioria dos soldados para defender a cidade.

— E o seu sobrinho?

— Ah, eu o levarei comigo! Ele poderá comandar a minha escolta. Isso lhe dará a ilusão de que é útil. — O conde franziu o cenho. — O mosteiro de São Sever não fica perto de Astarac?

— Muito perto.

— Estou certo de que o abade Planchard nos dará acomodações — disse o conde —, e ele é um homem que poderia muito bem nos ajudar!

O padre Roubert achava que o mais provável era que o abade Planchard dissesse ao conde que este era um velho tolo, mas percebia que o conde estava dominado pelo entusiasmo. Sem dúvida, acreditava que se encontrasse o Graal, Deus iria recompensá-lo com um filho homem, e talvez estivesse certo. E talvez o Graal precisasse ser encontrado para corrigir o mundo todo, e por isso o frade caiu de joelhos no grande salão e rezou para que Deus abençoasse o conde, matasse a herege e revelasse o Graal.

Em Astarac.

*t*HOMAS E SEUS HOMENS partiram de Astarac no início da tarde, montando cavalos que se curvavam de tanto peso de cortes de carne, panelas, tudo o que tivesse algum valor e que pudesse ser vendido no mercado de Castillon d'Arbizon. Thomas estava sempre olhando para trás, tentando saber por que não sentia coisa alguma por aquele lugar, mas também sabendo que iria voltar. Havia segredos em Astarac, e ele tinha de descobri-los.

Só Robbie montava um cavalo que não era atrapalhado pelo butim. Ele tinha sido o último a juntar-se aos incursores, voltando do mosteiro com uma expressão estranhamente satisfeita. Não deu explicações para o atraso, nem disse o motivo pelo qual havia poupado os cistercienses. Apenas cumprimentou Thomas com um gesto de cabeça e inseriu-se na coluna quando ela iniciou a marcha para o oeste.

Eles iriam chegar tarde em casa. Era provável que estivesse escuro, mas Thomas não se preocupava. Os *coredors* não iriam atacar, e se o conde de Berat tivesse enviado forças para interceptar a viagem deles de volta para casa, iriam ver os perseguidores lá do alto das cristas das montanhas, de modo que seguia sem temores, deixando para trás sofrimento e fumaça numa aldeia estraçalhada.

— Então? Encontrou o que estava procurando? — perguntou Sir Guillaume.

— Não.

Sir Guillaume riu.

— Que ótimo Sir Galahad você é! — Ele olhou para as coisas penduradas na sela de Thomas. — Você vai procurar o Santo Graal e volta com uma pilha de pele de cabra e um quarto traseiro de carneiro.

— Ele vai assar bem com molho de vinagre — disse Thomas.

Sir Guillaume olhou para trás e viu que doze *coredors* os tinham seguido até a crista.

— Vamos ter de dar uma lição naqueles bastardos.

— Vamos dar — disse Thomas —, vamos dar.

Não havia soldados esperando para emboscá-los. A única demora aconteceu quando um cavalo ficou manco, mas não era nada mais do que uma pedra presa no casco. Os *coredors* desapareceram quando o crepúsculo se aproximou. Robbie estava cavalgando na vanguarda, mais uma vez, mas quando estava na metade do caminho para casa e o sol era uma bola vermelha que caía diante deles, recuou e foi postar-se ao lado de Thomas. Genevieve estava afastada para um dos lados e acintosamente afastou ainda mais a égua, mas se Robbie percebeu, não comentou. Ele olhou para as peles de cabra empilhadas atrás da sela de Thomas.

— Meu pai já teve um casaco de pele de cavalo — disse, a título de romper o silêncio que durara demais entre eles, e depois, sem acrescentar nenhum outro detalhe do curioso gosto de vestir de seu pai, pareceu constrangido. — Estive pensando.

— Ocupação perigosa — respondeu Thomas, em tom superficial.

— Lorde Outhwaite me deixou vir com você — disse Robbie —, mas será que ele se importaria se eu deixasse você?

— Me deixasse? — Thomas estava surpreso.

— Vou voltar para ele, é claro — disse Robbie. — Depois.

— Depois? — perguntou Thomas, desconfiado.

Robbie era um prisioneiro e seu dever, se não estivesse com Thomas, era voltar para lorde Outhwaite no sul da Inglaterra e esperar até que seu resgate fosse pago.

— Tem umas coisas que preciso fazer — explicou Robbie — para purificar a minha alma.

— Ah — disse Thomas, e agora quem estava constrangido era ele. Olhou para o crucifixo no peito do amigo.

Robbie estava olhando para um falcão que rondava a montanha mais baixa, à procura de caças pequenas à luz que diminuía.

— Nunca fui homem de religião — disse ele, com calma. — Nenhum dos homens da minha família é. As mulheres ligam, é claro, mas os homens da família Douglas, não. Somos bons soldados e maus cristãos. — Ele fez uma pausa, visivelmente constrangido, e lançou um rápido olhar para Thomas. — Você se lembra daquele padre que nós matamos na Bretanha?

— Claro que me lembro — disse Thomas. Bernard de Taillebourg era um frade dominicano e o inquisidor que torturou Thomas. O padre também ajudou Guy Vexille a matar o irmão de Robbie e, juntos, Thomas e Robbie o mataram a golpes de espada em frente a um altar.

— Eu queria matá-lo — disse Robbie.

— Você disse — lembrou-lhe Thomas — que não havia pecado que algum padre não pudesse anular e isso, quero crer, inclui matar padres.

— Eu estava errado — disse Robbie. — Era um padre e nós não devíamos ter matado ele.

— Ele era o filho bastardo do diabo — disse Thomas, vingativo.

— Era um homem que queria o que nós queremos — disse Robbie com firmeza — e matava para conseguir. Mas nós fazemos o mesmo, Thomas.

Thomas fez o sinal-da-cruz.

— Você está preocupado com a minha alma — perguntou, mordaz —, ou com a sua?

— Estive conversando com o abade em Astarac — disse Robbie, não ligando para a pergunta de Thomas — e contei a ele sobre o dominicano. Ele disse que eu tinha feito uma coisa horrível e que o meu nome estava na lista do diabo.

Aquele tinha sido o pecado que Robbie confessara, embora o abade Planchard fosse um homem suficientemente inteligente para perceber que alguma outra coisa preocupava o jovem escocês e que aquela outra coisa talvez fosse a beguina. Mas Planchard aceitara a palavra de Robbie e fora rigoroso com ele.

— Ele mandou que eu fizesse uma peregrinação — continuou Robbie.
— Disse que eu tinha de ir a Bolonha e rezar junto ao túmulo de São Domingos, e que eu receberia um sinal se São Domingos me perdoasse pelo crime de morte.

Thomas, depois da conversa que tivera antes com Sir Guillaume, já decidira que seria melhor se Robbie voltasse, e agora Robbie estava tornando a situação fácil para ele. No entanto, fingiu estar relutante.

— Você pode ficar até depois do inverno — sugeriu ele.

— Não — disse Robbie, com firmeza. — Eu estou condenado, Thomas, a menos que faça alguma coisa para mudar isso.

Thomas lembrava-se da morte do dominicano, o fogo refletindo-se nas paredes da tenda, as duas espadas cortando e espetando o frade trêmulo que se contorcia em seu sangue que se esvaía.

— Então, eu também estou condenado, não é?

— A sua alma é problema seu — disse Robbie —, e não sei lhe dizer o que fazer. Mas o abade me disse o que eu devia fazer.

— Pois então vá à Bolonha — disse Thomas e escondeu o alívio pelo fato de Robbie ter decidido ir embora.

Foram necessários dois dias para resolver a melhor maneira de Robbie fazer a viagem, mas depois de conversar com um peregrino que chegara para uma adoração junto ao túmulo de São Sardos na igreja que ficava na parte superior da cidade, decidiram que seria melhor voltar para Astarac e, de lá, seguir para o sul, para St. Gaudens. Quando chegasse a St. Gaudens, ele estaria numa estrada bem movimentada, onde encontraria companhias de mercadores viajando juntos e eles receberiam de bom grado um soldado jovem, forte, para ajudá-los a proteger seus comboios.

— De St. Gaudens, você deve seguir para o norte, para Toulouse — disse o peregrino —, e não deixe de parar no santuário de São Sernin e pedir a proteção dele. A igreja tem um dos chicotes usados para açoitar Nosso Senhor, e se você pagar, eles vão deixá-lo tocar nele, e você jamais ficará cego. Depois, você tem de continuar para Avignon. Aquelas estradas são bem patrulhadas, de modo que deve ser seguro. E, em Avignon, você tem de tentar conseguir a bênção do Santo Padre e perguntar a uma outra pessoa como viajar mais para o leste.

A parte mais perigosa da viagem era a primeira, e Thomas prometeu que iria escoltar Robbie até que Astarac fosse avistada, para garantir que ele não fosse perturbado por quaisquer *coredors*. E também deu a ele um saco de dinheiro tirado do grande baú que havia no salão.

— É mais do que a sua cota — disse-lhe Thomas.

Robbie sopesou o saco de ouro.

— Isso é muito.

— Ora, rapaz, você tem que pagar as tabernas. Aceite. E, pelo amor de Deus, não o perca no jogo.

— Isso eu não vou fazer — disse Robbie. — Prometi ao abade Planchard que ia parar de jogar e ele me fez jurar lá na abadia.

— E espero que tenha acendido uma vela — disse Thomas.

— Três — disse Robbie e fez o sinal-da-cruz. — Devo abandonar todos os pecados, Thomas, até ter rezado para Domingos. Foi o que o Planchard disse. — Ele fez uma pausa e depois deu um sorriso triste. — Desculpe, Thomas.

— Desculpar? O quê?

Robbie deu de ombros.

— Não tenho sido o melhor dos companheiros.

Ele parecia constrangido outra vez e não disse mais nada, mas naquela noite, quando todos ceavam juntos no salão para se despedirem de Robbie, o escocês fez um grande esforço para ser delicado com Genevieve. Chegou até a dar a ela um pedaço da carne de carneiro, uma parte suculenta, espetando-o na sua faca e insistindo para que ela o deixasse colocá-lo em seu prato. Sir Guillaume girou o olho que lhe sobrara, em sinal de perplexidade, Genevieve foi gentil no agradecimento e, na manhã seguinte, sob os açoites de um frio vento norte, eles partiram para escoltar Robbie no começo da viagem.

O CONDE DE BERAT só tinha visitado Astarac uma vez, e isso acontecera há muitos anos. Quando tornou a ver a aldeia, praticamente não a reconheceu. Ela sempre fora pequena, malcheirosa e pobre, mas agora havia sido devastada. Metade dos telhados da cidade tinha sido queimada, deixando paredes de pedra chamuscada, e uma grande mancha de sangue cheia de ossos, penas e carniças mostrava o local em que o gado dos aldeões fora abatido. Três monges cistercienses distribuíam comida que estava numa carrocinha de mão quando o conde chegou, mas aquela caridade não impediu que uma onda de pessoas esfarrapadas cercasse o conde, tirando os chapéus, ajoelhando-se e estendendo as mãos para pedir esmolas.

— Quem fez isso? — quis saber o conde.

— Os ingleses, excelência — respondeu um dos monges. — Eles chegaram ontem.

— Por Cristo, eles vão morrer cem vezes por causa disso — declarou o conde.

— E eu vou causar essas mortes — disse Joscelyn, violento.

— Estou quase me decidindo a deixar que você vá atrás deles — disse o conde —, mas o que é que podemos fazer contra o castelo deles?

— Canhões — disse Joscelyn.

— Mandei buscar o canhão em Toulouse — disse o conde, irritado, e depois espalhou algumas moedas de pequeno valor entre os aldeões antes de esporear o cavalo para passar por eles. Ele fez uma pausa para olhar as ruínas do castelo em seu rochedo, mas não foi até a velha fortaleza porque estava tarde, a noite estava chegando, e o ar estava frio. O conde também estava cansado e dolorido de tanto montar, e a armadura estranha que ele usava estava esfolando-lhe os ombros e, por isso, em vez de subir pela longa trilha até a fortaleza em ruínas, ele seguiu em frente, em direção aos duvidosos confortos na abadia cisterciense de São Sever.

Monges de batinas brancas caminhavam penosamente na volta do trabalho para casa. Um deles levava um grande feixe de gravetos, enquanto outros levavam enxadas e pás. As últimas uvas estavam sendo colhidas, e dois monges conduziam um boi que puxava uma carroça cheia de cestos da fruta vermelho-escuro. Eles puxaram a carroça para o lado enquanto o conde e seus trinta soldados passavam num tropel em direção aos prédios simples, sem ornamentos. Ninguém no mosteiro esperava visitas, mas os monges saudaram o conde sem problema, e com eficiência encontraram estábulos para os cavalos e arranjaram camas entre as prensas de vinho para os soldados. Uma fogueira foi acesa nos aposentos das visitas, onde o conde, seu sobrinho e o padre Roubert seriam acolhidos.

— O abade irá recebê-lo após as completas — informaram ao conde e depois lhe serviram uma refeição de pão, vagem, vinho e peixe defumado. O vinho era o da abadia, e estava amargo.

O conde dispensou Joscelyn e o padre Roubert para seus aposentos, mandou seu escudeiro procurar uma cama em qualquer lugar, e sentou-se a sós junto à lareira. Ele se perguntava por que Deus enviara os ingleses para incomodá-lo. Seria aquilo mais um castigo por não ter dado importância ao Graal? Parecia que sim, porque ele se convencera de que Deus realmente o escolhera e que ele tinha de realizar uma última e importante tarefa, e depois seria recompensado. O Graal, pensou ele, quase em êxtase. O Graal, a mais sagrada de todas as coisas sagradas, e ele tinha sido enviado para encontrá-lo; caiu de joelhos ao lado da janela aberta e ficou ouvindo as vozes dos monges cantando na igreja da abadia e rezou para que sua busca fosse bem-sucedida. Continuou a rezar muito tempo depois de o canto acabar, e por isso o abade Planchard o encontrou de joelhos.

— Estou interrompendo? — perguntou o abade, delicado.

— Não, não. — O conde estremeceu de dor nos joelhos dormentes enquanto se punha de pé. Ele tirara a armadura e usava uma túnica forrada de pele e o costumeiro gorro de lã. — Desculpe, Planchard, lamento profundamente importuná-lo. Eu sei, você não foi avisado. Reconheço que isso é muito incômodo.

— Só o diabo me é incômodo — disse Planchard —, e sei que você não foi mandado por ele.

— Espero que não — disse o conde e então sentou-se e imediatamente tornou a levantar-se. De acordo com a posição, ele tinha direito à única cadeira do aposento, mas o abade era tão idoso, que o conde sentiu-se constrangido a oferecê-la a ele.

O abade declinou com um movimento da cabeça e sentou-se na beira da janela.

— O padre Roubert foi às completas — disse ele — e conversou comigo depois.

O conde sentiu uma vibração de alarme. Será que Roubert contara a Planchard o motivo pelo qual estavam ali? O conde fazia questão de ele mesmo contar ao abade.

— Ele está muito abalado — disse Planchard. Ele falava francês, um fracês aristocrata, elegante e preciso.

— O Roubert sempre fica abalado quando está constrangido — disse o conde — e a viagem foi longa e ele não está acostumado a cavalgar. Não nasceu para isso, entende? Ele monta o cavalo como se fosse um aleijado. — Ele fez uma pausa, olhando de olhos arregalados para o abade, e então soltou um espirro explosivo. — Meu Deus — disse, os olhos lacrimejando. Enxugou o nariz na manga da túnica. — O Roubert fica relaxado na sela. Vivo mandando ele se manter ereto, mas ele não aceita o conselho. — Ele tornou a espirrar.

— Espero que não esteja pegando uma sezão — disse o abade. — O padre Roubert não estava abalado por causa do cansaço, mas por causa da beguina.

— Ah, sim, é claro. A moça. — O conde deu de ombros. — Acho que ele estava ansioso por vê-la queimada. Teria sido uma recompensa adequada por todo o duro trabalho dele. Sabe que ele a interrogou?

— Com fogo, creio eu — disse Planchard e franziu o cenho. — É muito estranho uma beguina chegar tão ao sul assim. A área deles é o norte. Mas suponho que ele esteja certo, não?

— Totalmente! A desgraçada da jovem confessou.

— Como eu confessaria se fosse submetido ao fogo — disse o abade, mordaz. — Sabe que ela se juntou aos ingleses?

— Ouvi dizer — disse o conde. — Uma coisa horrível, Planchard, uma coisa horrível.

— Pelo menos eles pouparam esta casa — comentou Planchard. — Foi por isso que vossa excelência veio? Para nos proteger de uma herege e dos ingleses?

— É claro, é claro — respondeu o conde e depois chegou mais para perto da verdade sobre a sua viagem. — Também houve um outro motivo, Planchard, um outro motivo.

Ele esperava que Planchard perguntasse que motivo era aquele, mas o abade ficou calado e, por alguma razão, o conde sentiu-se constrangido. Ele se perguntava se Planchard iria zombar dele.

— O padre Roubert não lhe disse? — perguntou ele.

— Ele só falou sobre a beguina.

— Ah — fez o conde.

Ele não sabia bem como expressar a sua busca, e por isso em vez de tentar, mergulhou no cerne dela para ver se Planchard iria compreender do que estava falando.

— *"Calix meus inebrians"* — anunciou ele e tornou a espirrar.

Planchard esperou que o conde se recuperasse.

— Os salmos de David. Eu gosto deste, especialmente daquele maravilhoso começo. "O Senhor é meu pastor e nada me pode faltar".

— *"Calix meus inebrians"* — disse o conde, não ligando para as palavras do abade — estava entalhado acima da porta do castelo daqui.

— Estava?

— O senhor não sabia?

— Ouvem-se tantas coisas neste pequeno vale, excelência, que é necessário distinguir entre temores, sonhos, esperanças e realidade.

— *"Calix meus inebrians"* — repetiu o conde, teimoso, desconfiando que o abade sabia exatamente do que ele estava falando, mas queria encobrir o problema.

Planchard olhou para o conde em silêncio por algum tempo e depois sacudiu a cabeça.

— A história não é novidade para mim. E desconfio que nem para vossa excelência.

— Acredito — disse o conde, desajeitado — que Deus me mandou aqui com um propósito.

— Ah! Neste caso, vossa excelência é um felizardo! — Planchard parecia impressionado. — Tanta gente me procura em busca dos propósitos de Deus e tudo o que posso dizer a eles é que observem, trabalhem e rezem, e ao fazerem isso estou certo de que irão descobrir o propósito no devido tempo, mas raramente esse propósito é revelado. Eu o invejo.

— Ele foi dado ao senhor — retorquiu o conde.

— Não, excelência — disse o abade, sério. — Deus apenas abriu uma porta que dava para um campo de pedras, cardos e ervas daninhas e deixou que eu arasse. Tem sido um trabalho árduo, excelência, um trabalho árduo, e vou chegando ao fim com a maior parte ainda por fazer.

— Fale-me sobre a história — disse o conde.

— A história da minha vida? — replicou Planchard.

— A história — disse o conde, com firmeza — do cálice que nos deixa embriagados.

Planchard suspirou e, por um instante, pareceu muito velho. Depois, levantou-se.

— Posso fazer mais do que isso, excelência — disse ele. — Posso lhe mostrar.

— Me mostrar? — O conde estava perplexo e eufórico.

Planchard foi até o armário e apanhou uma lanterna de osso. Acendeu o pavio com uma brasa da lareira e depois convidou o agitado conde para acompanhá-lo por uma clausura sombria e para a igreja da abadia, onde uma pequena vela queimava embaixo de uma estátua de gesso de São Benedito, a única decoração no prédio austero.

Planchard apanhou uma chave de sob a batina e conduziu o conde até uma pequena porta que se abria numa alcova que estava meio escondida por um altar lateral no lado norte da igreja. O fecho estava duro, mas acabou cedendo e a porta abriu-se com um rangido.

— Cuidado com os degraus — avisou o abade. — Eles estão gastos e são muito traiçoeiros.

A lanterna balançou enquanto o abade descia um lance íngreme de escada de pedra que fez uma curva fechada para uma cripta cheia de grandes pilares entre os quais estavam empilhados ossos que chegavam quase ao teto abobadado. Havia ossos de pernas, braços e costelas empilhados como se fossem lenha, e entre eles, como filas de pedras, jaziam crânios de olhos vazados.

— Os irmãos? — perguntou o conde.

— Esperando o abençoado dia da ressurreição — disse Planchard e seguiu até o ponto extremo da cripta, curvando-se sob um arco baixo e, com isso, entrando num pequeno aposento onde havia um banco antigo e um baú de madeira reforçado com ferro. Encontrou algumas velas queimadas pela metade num nicho e acendeu-as, fazendo com que o pequeno cômodo tremeluzisse com a luz. — Foi seu tataravô, graças a Deus, que doou esta casa — disse ele, tirando outra chave de uma bolsa que estava debaixo da batina preta. — Antes disso, ela era pequena e muito pobre, mas o seu ancestral nos deu terra para agradecer a Deus pela queda da Casa de Vexille, e as terras são suficientes para nos sustentar, mas não para nos tornar ricos. Isso é bom e apropriado, mas temos algumas coisinhas de valor e este, assim mesmo, é o nosso tesouro. — Ele curvou-se para o baú, girou a enorme chave, e levantou a tampa.

A princípio, o conde ficou desapontado, porque achou que não houvesse nada lá dentro, mas quando o abade aproximou mais uma das velas, o conde viu que o baú continha uma pátena de prata manchada, um saco de couro e um único castiçal. O abade apontou para o saco.

— Ele nos foi dado por um cavaleiro agradecido que curamos na enfermaria. Ele jurou que o saco contém a cinta de Santa Inês, mas confesso que nunca cheguei a abrir o saco. Eu me lembro de ter visto a cinta dela em Basiléia, mas acho que ela podia ter tido duas. Minha mãe tinha várias, mas infelizmente não era santa.

Ele não deu importância às duas peças de prata e ergueu um objeto que o conde não percebera nas profundas sombras do baú. Era uma caixa, que Planchard colocou sobre o banco.

— Vossa excelência precisa olhar para ela com muita atenção. Ela é antiga e a tinta faz muito que desbotou. Fico muito surpreso pelo fato de não a termos queimado há muito tempo, mas por algum motivo nós a guardamos.

O conde sentou-se no banco e ergueu a caixa. Era quadrada, mas não profunda, de tamanho suficiente para conter as luvas de um homem, mas nada muito maior do que isso. As dobradiças eram de ferro que se enferrujava e, quando ergueu a tampa, viu que ela estava vazia.

— É só isso? — perguntou, com uma decepção palpável.

— Olhe para ela, excelência — disse Planchard, paciente.

O conde tornou a olhar. O interior da caixa de madeira estava pintado de amarelo e aquela tinta resistira melhor ao tempo do que as superfícies externas, que estavam muito desbotadas, mas o conde viu que a caixa já fora preta e que um brasão tinha sido pintado na tampa. As armas lhe eram desconhecidas e estavam tão envelhecidas que era difícil vê-las, mas ele achou que havia um leão ou um outro animal qualquer empinado, com um objeto nas garras estendidas.

— Um *yale* — disse o abade, segurando um cálice.

— Um cálice? O Graal, sem dúvida?

— As armas da família Vexille. — Planchard não deu atenção à pergunta do conde. — E a lenda local diz que o cálice só foi acrescentado pouco antes da destruição de Astarac.

— Por que iriam eles acrescentar um cálice? — perguntou o conde, sentindo um certo grau de agitação.

Uma vez mais, o abade ignorou a pergunta.

— Vossa excelência deve olhar a frente da caixa.

O conde inclinou a caixa até que a luz da vela iluminou a tinta desbotada e ele viu que algumas palavras estavam pintadas nela. Não estavam nítidas, e algumas letras tinham sido eliminadas por completo pelo uso, mas as palavras ainda eram óbvias. Óbvias e milagrosas. *Calix Meus Inebrians*. O conde olhou fixamente para elas, agitado pelas implicações, tão agitado que nem conseguia falar. O nariz escorria, de modo que ele o esfregava com a manga da túnica, impaciente.

— A caixa estava vazia quando foi encontrada — disse Planchard —, ou pelo menos foi isso que o abade Loix me disse, que Deus o tenha. Diz a história que a caixa estava num relicário de ouro e prata encontrado no altar da capela do castelo. Tenho certeza de que o relicário foi levado de volta para Berat, mas esta caixa foi dada ao mosteiro. Suponho que por ser considerada um objeto sem valor.

O conde tornou a abrir a caixa e tentou cheirar o interior, mas seu nariz estava abominavelmente tapado. Ratos corriam por entre os ossos na cripta ao lado, mas ele não ligou para o barulho, não ligou para coisa alguma, apenas sonhava com o que aquela caixa significava. O Graal, um herdeiro, tudo. Só que, pensou ele, a caixa era pequena demais para conter o Graal. Ou será que não era? Quem sabia como era o Graal?

O abade estendeu a mão para a caixa, pretendendo recolocá-la no baú, mas o conde agarrou-a com força.

— Excelência — disse o abade, ríspido —, a caixa estava vazia. Nada foi encontrado em Astarac. Foi por isso que eu o trouxe aqui, para que sua excelência visse pessoalmente. Nada foi encontrado.

— Isto foi encontrado — insistiu o conde. — E ela prova que o Graal esteve aqui.

— Prova? — perguntou o abade, consternado.

O conde apontou para as palavras desbotadas no lado da caixa.

— Que outra coisa isso significa?

— Existe um Graal em Gênova — disse Planchard —, e os beneditinos de Lyon, certa vez, disseram que estavam com ele. Dizem, e Deus permita que não seja verdade, que o verdadeiro está no tesouro do imperador em Constantinopla. Certa vez, disseram que se encontrava em Roma, e de novo em Palermo, embora aquele eu ache que era um cálice sarraceno capturado de um barco veneziano. Outros dizem que os arcanjos vieram à Terra e o levaram para o céu, embora outros insistam que ele está em Jerusalém, protegido pela espada chamejante que antigamente vigiava o Paraíso. Ele foi visto em Córdoba, excelência, em Nîmes, em Verona e em duas dezenas de outros lugares. Os venezianos alegam que ele está preservado numa ilha que aparece apenas aos puros de coração, enquanto outros dizem que ele foi levado para a Escócia. Excelência, eu poderia encher um livro com histórias sobre o Graal.

— Ele esteve aqui. — O conde fez que não ouviu tudo o que Planchard tinha dito. — Ele esteve aqui — repetiu — e ainda pode estar aqui.

— Nada poderia me agradar mais — admitiu Planchard —, mas onde Parsifal e Gawain fracassaram, será que podemos ter a esperança de conseguir?

— Trata-se de uma mensagem de Deus — asseverou o conde, ainda agarrando a caixa vazia.

— Creio, excelência — disse Planchard, ponderado —, que se trata de uma mensagem da família Vexille. Acho que eles fizeram a caixa, pintaram-na e a deixaram para zombar de nós. Eles fugiram e deixaram que pensássemos que tinham levado o Graal com eles. Acho que esta caixa é a vingança deles. Eu deveria queimá-la.

O conde não queria largar a caixa.

— O Graal esteve aqui — afirmou ele.

O abade, sabendo que havia perdido a caixa, fechou o baú e trancou-o.

— Somos uma casa pequena, excelência — disse ele —, mas não estamos totalmente isolados da Igreja maior. Recebo cartas de meus irmãos e ouço coisas.

— Por exemplo?

— O cardeal Bessières está procurando uma importante relíquia — revelou o abade.

— E está procurando aqui! — disse o conde, triunfante. — Ele enviou um monge para pesquisar meus arquivos.

— E se o Bessières está procurando — avisou Planchard —, pode ter certeza de que ele será implacável a serviço de Deus.

O conde não aceitava avisos.

— Recebi uma missão — afirmou ele.

Planchard apanhou a lanterna.

— Não posso dizer mais nada, excelência, porque não ouvi nada que me diga que o Graal está em Astarac. Mas de uma coisa eu sei, e sei como sei que meus ossos em breve irão descansar com os meus irmãos neste ossário. A busca pelo Graal, excelência, leva os homens à loucura. Ela os ofusca, ela os confunde, e deixa-os choramingando. É uma coisa perigosa, excelência, que é melhor deixar por conta dos trovadores. Que eles cantem sobre ele e façam poemas a seu respeito, mas pelo amor de Deus não arrisque a sua alma indo à procura dele.

Mas ainda que o aviso de Planchard tivesse sido cantado por um coro de anjos, o conde não o teria escutado.

Ele tinha a caixa e ela provava aquilo em que ele queria acreditar.

O Graal existia e ele tinha sido enviado para encontrá-lo. E por isso, iria encontrá-lo.

THOMAS NUNCA PRETENDERA escoltar Robbie até Astarac. O vale em que aquela aldeia pobre ficava já tinha sido saqueado, e por isso ele tencionava parar no próximo vale, onde uma grande quantidade de povoados fartos espalhava-se do longo da estrada ao sul de Masseube, e depois, enquanto seus homens se ocupassem em cumprir os negócios do diabo, ele e uns poucos homens acompanhariam Robbie até as montanhas das quais se podia ver Astarac e, se não houvesse *coredors* ou outros inimigos à vista, deixariam o escocês prosseguir sozinho.

Thomas mais uma vez levara toda a sua força, exceto doze homens que vigiavam o castelo de Castillon d'Arbizon. Deixou a maioria dos assaltantes numa pequena aldeia ao lado do rio Gers e levou doze arqueiros e outros tantos soldados para escoltar Robbie durante os últimos quilômetros. Genevieve ficou com Sir Guillaume, que descobrira um grande túmulo na aldeia, que ele jurava ser o tipo de local onde o povo de antigamente, que vivera antes que a cristandade iluminasse o mundo, escondia o ouro, e conseguira doze pás e começara a cavar. Thomas e Robbie os deixaram na sua busca e subiram as montanhas do leste, por uma trilha serpeante que passava por alamedas de castanhas, onde camponeses cortavam varas para sustentar as videiras recém-plantadas. Eles não viram nenhum *coredor*, na verdade, durante toda a manhã não tinham visto inimigo algum, apesar de Thomas querer saber quanto tempo faltava para que os bandidos avistassem a grande coluna de fumaça que subia da pira de sinalização na aldeia onde Sir Guillaume cavava à procura de seus sonhos.

Robbie estava nervoso e tentava disfarçar com uma conversa despretensiosa.

— Lembra-se daquele sujeito que andava com as grandes pernas de pau em Londres? — perguntou ele. — Aquele que fazia malabarismo quando trepava naquelas varas? Ele era bom. Aquele foi um lugar fora do comum. Quanto custou ficar naquela taberna em Londres?

Thomas não conseguia se lembrar.

— Alguns *pence*, talvez.

— O que quero dizer é que eles enganam a gente, não? — perguntou Robbie, ansioso.

— Quem engana?

— Os donos das tabernas.

— Eles tentam barganhar — disse Thomas —, mas preferem tirar um *pêni* de você a não receber nada. Além do mais, na maioria das noites, você pode ficar em mosteiros.

— É verdade. Mas você tem que dar alguma coisa a eles, não tem?

— Só uma moeda — disse Thomas.

Eles tinham saído num topo da crista da montanha, deserto, e Thomas olhou em volta à procura de inimigos e não viu nenhum. Ele estava intrigado pelas perguntas esquisitas de Robbie, e depois percebeu que o escocês, que entrava em combate com uma evidente audácia, estava nervoso diante da perspectiva de viajar sozinho. Uma coisa era viajar na terra natal, onde as pessoas falavam a sua língua, mas outra coisa inteiramente diferente era partir para centenas de quilômetros por terras onde eram usadas doze línguas estranhas.

— O que você deve fazer — disse Thomas — é encontrar algumas outras pessoas que estejam indo na mesma direção. Vai haver muitas, e todas querem companhia.

— Foi isso que você fez, quando caminhou da Bretanha até a Normandia?

Thomas sorriu.

— Eu vesti uma batina de dominicano. Ninguém quer um dominicano como companheiro, mas também ninguém quer roubar um dominicano. Vai dar tudo certo, Robbie. Qualquer mercador vai querer você como companhia. Um jovem com uma espada afiada? Eles vão lhe oferecer as melhores entre suas filhas para que viaje com eles.

— Eu fiz meu juramento — disse Robbie, pesaroso, e depois refletiu por um segundo. — Bolonha fica perto de Roma?

— Não sei.

— Tenho vontade de conhecer Roma. Você acha que um dia o papa vai voltar para lá?

— Só Deus sabe.

— Mas eu gostaria de conhecer Roma — disse Robbie, pensativo, e então sorriu para Thomas. — Vou fazer uma oração para você lá.

— Faça duas — disse Thomas —, uma para mim, e a outra para a Genevieve.

Robbie ficou calado. O momento da despedida estava quase chegando e ele não sabia o que dizer. Haviam parado os cavalos, embora Jake e Sam continuassem até que pudessem ver, lá embaixo, o vale onde os incêndios do sapé de Astarac ainda lançavam um pouco de fumaça no ar frio.

— Nós voltaremos a nos ver, Robbie — disse Thomas, tirando a luva e estendendo a mão direita.

— É, eu sei.

— E sempre seremos amigos — disse Thomas —, mesmo que estejamos em lados diferentes de uma batalha.

Robbie sorriu.

— Da próxima vez, Thomas, os escoceses vão ganhar. Jesus, nós devíamos ter derrotado vocês em Durham! Só faltou "isso"!

— Você sabe o que os arqueiros dizem — declarou Thomas. — Quase não conta. Tome cuidado, Robbie.

— Vou tomar.

Os dois trocaram um aperto de mãos e naquele exato momento Jake e Sam viraram os cavalos e voltaram em disparada.

— Soldados! — berrou Jake.

Thomas fez o cavalo avançar até poder olhar ao longo da estrada que levava a Astarac e lá, a menos de um quilômetro de distância, havia cavaleiros vestindo cotas de malha, com espadas e escudos. Cavaleiros sob uma bandeira que pendia murcha, de modo que ele não conseguia ver o emblema, e escudeiros conduzindo cavalos de carga carregados de lanças toscas e compridas. Um bando inteiro vindo diretamente em direção a ele, ou talvez em direção à grande coluna de fumaça que subia de onde seus homens arrasavam a aldeia no vale vizinho. Thomas olhou fixamente para eles, só olhou. O dia parecera muito pacífico, tão extremamente livre de qualquer ameaça, e agora chegara um inimigo. Fazia semanas que eles não eram molestados. Até agora.

E a peregrinação de Robbie foi esquecida, pelo menos por enquanto. Porque ia haver um combate.

E todos eles cavalgaram de volta para o oeste.

JOSCELYN, LORDE DE BÉZIERS, acreditava que seu tio era um velho bobo e, o que era pior, um velho bobo rico. Se o conde de Berat tivesse dividido sua riqueza, teria sido diferente, mas ele era notoriamente seguro, exceto quando se tratava de apoiar a Igreja ou comprar relíquias como o punhado de palha suja que ele comprara do papa em Avignon por um baú de dinheiro. Bastara Joscelyn dar uma olhada para o forro da cama do menino Jesus e ele concluíra que se tratava de palha suja de estrume dos estábulos papais, mas o conde estava convencido de que aquilo era o primeiro leito de Jesus e agora tinha ido para o vale miserável de Astarac, onde caçava ainda mais relíquias. Exatamente o quê, Joscelyn não sabia, porque nem o conde nem o padre Roubert queriam lhe dizer, mas Joscelyn estava convencido de que era uma busca infrutífera.

No entanto, em recompensa, ele tinha o comando de trinta soldados, apesar de mesmo isso não ser tão vantajoso quanto parecia, porque o conde dera instruções rigorosas de que não deviam se afastar mais de um quilômetro e meio de Astarac.

— Você está aqui para me proteger — disse ele a Joscelyn, e este ficara imaginando contra o quê. Alguns *coredors* que nunca ousariam atacar soldados de verdade? Por isso, Joscelyn tentara organizar um torneio na planície da aldeia, mas os soldados de seu tio eram, em sua maioria, homens mais velhos, poucos tinham lutado nos últimos anos e se haviam acostumado a uma vida de conforto. E o conde também não queria contratar outros homens, preferindo deixar que o seu ouro criasse teias de aranha.

Assim, mesmo apesar de Joscelyn tentar incutir um certo espírito de luta nos seus homens, nenhum o enfrentava como devia, e quando lutavam entre si agiam com grande desânimo. Só os dois companheiros que trouxera para o sul, para Berat, tinham um certo entusiasmo pela atividade, mas ele lutara contra eles tantas vezes, que conhecia todos os movimentos que faziam, e eles conheciam os seus. Estava perdendo tempo e sabia disso, e rezava com um fervor cada vez maior para que seu tio morresse. Era essa a única razão pela qual Joscelyn ficava em Berat, para que estivesse pronto a herdar a fabulosa riqueza que se dizia estar estocada nas galerias subterrâneas do castelo. E quando herdasse, por Deus, ele iria gastála! E que fogueira ele iria fazer com os livros e papéis do tio! As chamas seriam vistas em Toulouse! E quanto à condessa, a quinta mulher de seu tio, que era mantida mais ou menos trancada na torre sul do castelo para que o conde tivesse a certeza de que qualquer criança que ela gerasse seria dele, e somente dele, Joscelyn daria uma cobertura adequada para gerar filhos e depois chutaria a puta gorducha de volta para a sarjeta de onde viera.

Às vezes, ele sonhava em matar o tio, mas sabia que seria inevitável aquilo provocar encrenca, e por isso esperava, contente com a idéia de que o velho tinha de morrer em breve. E enquanto Joscelyn sonhava com a herança, o conde sonhava com o Graal. Ele decidira que iria procurar no que restava do castelo e, como a capela era o local em que a caixa tinha sido encontrada, mandou que doze servos levantassem as antigas lajes para explorar as galerias abaixo delas e onde, como esperava, ele achou túmulos. Os pesados caixões triplos foram retirados dos nichos e arrombados. Dentro do caixão exterior, de modo geral, havia um outro, de chumbo, e este era preciso abrir com um machado e retirar o metal. O chumbo foi guardado numa carroça para ser levado para Berat, mas o conde esperava um lucro ainda maior toda vez que o caixão interior, em geral de olmo, fosse arrombado. Ele encontrou esqueletos, amarelos e secos, os ossos dos dedos tocando-se como se em oração, e em alguns dos caixões achou tesouros. Algumas das mulheres tinham sido enterradas com colares ou braceletes, e o conde arrancou as mortalhas ressecadas para tirar o máximo de presas que pudesse, mas nada do Graal. Havia apenas crânios e pedaços de pele tão escuros quanto pergaminho antigo.

— Será que ela era bonita? — observou ele para o padre Roubert. Sua voz parecia anasalada e ele espirrava a intervalos de alguns minutos.

— Ela está esperando o dia do juízo final — disse com amargor o frade, que não aprovava aquele assalto aos túmulos.

— Ela deve ter sido jovem — disse o conde, olhando para os cabelos da morta, mas assim que ele tentou levantá-los do caixão, as finas tranças viraram pó. No caixão de uma criança havia um velho tabuleiro de xadrez, com dobradiças que faziam com que ele pudesse ser dobrado e transformado numa caixa rasa. As casas, que nos tabuleiros de xadrez do conde em Berat eram pintadas de preto, eram distinguidas por pequenas incisões, e o conde ficou intrigado com aquilo, mas muito mais interessado no punhado de moedas antigas que tinham substituído as peças de xadrez dentro da caixa. Elas mostravam a efígie de Fernando, primeiro rei da Castela, e o conde ficou maravilhado com a pureza do ouro.

— Trezentos anos de idade! — disse ele ao padre Roubert e meteu o dinheiro no bolso e mandou os servos arrombarem outra cripta. Os corpos, uma vez revistados, eram recolocados em seus caixões de madeira e depois nas criptas, para aguardarem o dia do juízo final. O padre Roubert dizia uma oração para cada novo enterro e algo em seu tom de voz irritava o conde, que sabia estar sendo criticado.

No terceiro dia, quando todos os caixões tiveram seu conteúdo surrupiado e nenhum mostrou conter o esquivo Graal, o conde ordenou aos servos que cavassem no espaço embaixo da abside onde antigamente se erguera o altar. Durante um certo tempo, parecia que ali não havia coisa alguma, a não ser terra compactada sobre a pedra nua do cômoro sobre o qual o castelo tinha sido construído, mas então, justo quando o conde ia perdendo as esperanças, um dos servos tirou da terra um pequeno cofre de prata. O conde, que estava bem agasalhado contra o frio, sentia-se fraco. Ele espirrava, o nariz escorria e coçava, os olhos estavam vermelhos, mas a visão da caixinha manchada fez com que ele esquecesse os problemas. Arrancou-a, sôfrego, das mãos do servo e saiu para a luz do dia, onde usou uma faca para quebrar o fecho. Dentro, havia uma pena. Só uma pena. Ela agora estava amarela, mas era provável que um dia tivesse sido branca, e o conde concluiu que devia ter saído da asa de um ganso.

— Por que alguém iria enterrar uma pena? — perguntou ele ao padre Roubert.

— Dizem que São Sever consertou a asa de um anjo aqui — explicou o dominicano, olhando bem para a pena.

— É claro! — exclamou o conde e pensou que aquilo explicaria a cor amarelada, porque provavelmente a asa devia ter a cor de ouro. — A pena de um anjo! — disse ele, reverente.

— É mais provável que seja uma pena de cisne — disse o padre Roubert, como que querendo encerrar o assunto.

O conde examinou a caixa de prata, que estava escurecida pela terra.

— Pode ter sido um anjo — disse ele, apontando para um arabesco de metal oxidado.

— Como também podia não ser.

— Você não está ajudando muito, Roubert.

— Eu rezo todas as noites pelo seu sucesso — respondeu o frade, inflexível —, mas também estou preocupado com sua saúde.

— É só um nariz entupido — disse o conde, apesar de desconfiar de algo mais grave. A cabeça parecia vazia, as juntas doíam, mas se ele encontrasse o Graal, não havia dúvida de que todos aqueles problemas iriam desaparecer.

— A pena de um anjo! — repetiu o conde, pensando. — É um milagre! Um sinal, sem dúvida.

E então aconteceu um outro milagre, porque o homem que descobrira a caixa de prata agora revelou que havia uma parede atrás da terra compactada. O conde enfiou a caixa de prata e sua pena celestial nas mãos do padre Roubert, voltou correndo e subiu cambaleando na pilha de terra para examinar pessoalmente a parede. Só estava visível um pequeno trecho dela, mas a parte era feita de blocos de pedra cortada e, quando o conde agarrou a pá do servo e bateu nas pedras, convenceu-se de que a parede parecia oca.

— Derrube-a — ordenou ele, agitado. — Derrube-a! — Ele sorriu, triunfante, para o padre Roubert. — É ele! Eu sei!

Mas o padre Roubert, em vez de partilhar da emoção do muro enterrado, olhava para Joscelyn que, armado em sua bela armadura de torneio, aproximara-se a cavalo da borda das criptas descobertas.

— Tem uma fogueira lançando fumaça no vale vizinho — disse Joscelyn.

O conde mal suportava ter de afastar-se da parede, mas subiu desajeitado por uma escada e olhou para o oeste onde, no céu pálido, uma coluna suja de fumaça se deslocava para o sul. Parecia vir de logo depois da crista mais próxima.

— Os ingleses? — perguntou o conde, espantado.

— Quem mais poderia ser? — respondeu Joscelyn. Seus soldados estavam na base da trilha que subia para o castelo. Eles usavam armaduras e estavam prontos.

— Podemos chegar lá em uma hora — disse Joscelyn — e eles não vão estar nos esperando.

— Arqueiros — disse o conde, em tom de aviso. Depois espirrou e, logo em seguida, ficou sufocado.

Circunspecto, padre Roubert observava o conde. Ele achava que o velho estava com febre, e seria culpa dele mesmo insistir em fazer aquela escavação exposto ao vento frio.

— Arqueiros — repetiu o conde, os olhos enchendo-se de água. — Você tem de ser cauteloso. Não se deve brincar com arqueiros.

Joscelyn parecia desesperado, mas foi o padre Roubert quem respondeu ao aviso do conde.

— Sabemos que eles andam em pequenos grupos, excelência, e deixam alguns arqueiros protegendo a fortaleza deles. Pode haver apenas uma dúzia dos miseráveis lá.

— E talvez nunca tenhamos outra oportunidade como esta — acrescentou Joscelyn.

— Não temos muitos homens — disse o conde, duvidoso.

E de quem era a culpa?, pensou Joscelyn. Ele dissera ao tio que levasse mais de trinta soldados, porém o velho bobo insistira em que aquilo seria suficiente. Agora, o conde olhava de olhos arregalados para um pedaço de parede sujo descoberto no fundo da cripta, deixando que os temores o dominassem.

— Trinta homens serão suficientes — insistiu Joscelyn — se forem poucos inimigos.

O padre Roubert olhava para a fumaça.

— Não é essa a finalidade das fogueiras, excelência? — indagou ele. — Para nos avisar de que o inimigo se aproximou o bastante para atacar?

Aquele era realmente o propósito das fogueiras, mas o conde desejou que Sir Henri Courtois, seu líder militar, estivesse ali para aconselhá-lo.

— E se o grupo de inimigos for pequeno — continuou o padre Roubert —, trinta soldados serão suficientes.

O conde concluiu que não teria paz para explorar a misteriosa parede se não desse sua permissão, e por isso sacudiu a cabeça.

— Mas tome cuidado! — ordenou ao sobrinho. — Primeiro, faça um reconhecimento! Lembre-se do conselho de Vegécio! — Joscelyn nunca ouvira falar em Vegécio, de modo que teria dificuldade para se lembrar do conselho do homem, e o conde deve ter pensado nisso, porque teve uma idéia repentina. — Você vai levar o padre Roubert e ele lhe dirá se há ou não perigo em atacar. Está entendendo, Joscelyn? O padre Roubert irá assessorá-lo e você vai aceitar a opinião dele.

Aquilo oferecia duas vantagens. A primeira era ser o frade um homem sensato e inteligente que, por isso, não iria deixar que o cabeça-quente do Joscelyn cometesse alguma loucura, enquanto que a segunda, e melhor, era que aquilo livraria o conde da presença pessimista do dominicano.

— Esteja de volta antes do anoitecer — ordenou o conde —, e tenha Vegécio sempre em mente!

As últimas palavras foram ditas com rapidez enquanto ele tornava a descer pela escada.

Joscelyn lançou um olhar irritado para o frade. Ele não gostava de religiosos e muito menos do padre Roubert, mas se a companhia do frade fosse o preço a pagar por uma chance de matar ingleses, que assim fosse.

— O senhor tem cavalo, padre? — perguntou ele.

— Tenho, excelência.

— Então, vá buscar. — Joscelyn girou o seu corcel e saiu em disparada de volta para o vale. — Eu quero os arqueiros vivos! — disse a seus homens quando os alcançou. — Vivos, para que possamos receber a recompensa.

E depois eles iriam decepar os malditos dedos dos ingleses, arrancar-lhes os olhos e depois queimá-los. Aquele era o sonho de Joscelyn enquanto liderava seus homens para o oeste. Ele gostaria de andar depressa, para chegar ao vale seguinte antes que os ingleses se retirassem, mas soldados a caminho para a batalha não podiam deslocar-se com rapidez. Alguns dos cavalos, como o de Joscelyn, estavam protegidos com couro e cota de malha, e o peso da armadura, para não citar o peso da armadura dos cavaleiros, inevitavelmente significava que os corcéis tinham de andar a passo, se quisesse estar em condições para o ataque. Alguns dos homens tinham escudeiros, e esses seres mais modestos conduziam cavalos de carga, que levavam incômodos pacotes de lanças. Os soldados não galopavam para a batalha, mas arrastavam-se lentos como bois.

— Vossa excelência vai pensar sempre no conselho de seu tio? — observou o padre Roubert para Joscelyn.

Ele falou para disfarçar seu nervosismo. O frade era, normalmente, um homem sério e retraído, muito cônscio de sua dignidade conquistada com muito esforço, mas agora se encontrava num território desconhecido, perigoso e emocionante.

— O conselho de meu tio — respondeu Joscelyn, mal-humorado, — foi para que eu ouvisse os seus. Por isso, me diga, padre, o que é que o senhor sabe sobre batalhas?

— Já li Vegécio — respondeu o padre Roubert, altaneiro.

— E quem diabos era ele?

— Um romano, excelência, e ainda considerado a autoridade suprema em assuntos militares. Seu tratado se chama *Epitoma Rei Militaris*, a essência das coisas militares.

— E o que é que essa essência recomenda? — perguntou Joscelyn, sarcástico.

— Principalmente, se bem me lembro, que se deve olhar para os flancos do inimigo à procura de uma oportunidade, e que de maneira nenhuma se deve atacar sem um total reconhecimento.

Joscelyn, o grande elmo de torneio pendurado no arção anterior da sela, baixou o olhar para a pequena égua do frade.

— O senhor está montado no cavalo mais leve de todos, padre — disse ele, divertido — de modo que pode fazer o reconhecimento.

— Eu! — O padre Roubert estava chocado.

— Vá na frente, veja o que os bastardos estão fazendo, e depois volte para nos contar. O senhor deve me dar assessoria, não? Que diabo, como é que o senhor pode fazer isso se não tiver feito um reconhecimento? Não é isso que o seu *vegetal* aconselha? Agora não, seu louco! — Ele gritou as últimas palavras porque o padre Roubert, obediente, cutucara a égua para avançar. — Eles não estão aqui — disse Joscelyn — mas no vale seguinte. — Ele fez um gesto com a cabeça na direção da fumaça, que parecia estar ficando mais espessa. — Por isso, espere até a gente ficar no bosque no lado oposto da montanha.

Na verdade, eles viram realmente um grupo de cavaleiros no topo sem vegetação da crista, mas estavam muito longe e fizeram meia-volta e fugiram assim que avistaram os homens de Joscelyn. *Coredors*, com toda certeza, concluiu Joscelyn. Todo mundo ouvira falar que os *coredors* estavam perseguindo os ingleses na esperança de receber uma das recompensas do conde por um arqueiro apanhado vivo, embora na opinião de Joscelyn a única recompensa que um *coredor* deveria receber era um enforcamento lento.

Os *coredors* já tinham desaparecido quando Joscelyn chegou à crista. Ele agora conseguia ver a maior parte do vale à frente, via Masseube ao norte e a estrada que seguia para o sul, em direção aos elevados Pireneus.

A coluna de fumaça estava bem em frente, mas a aldeia que os ingleses saquearam estava escondida pelas árvores, e por isso Joscelyn mandou que o frade seguisse à frente e, para dar-lhe uma certa proteção, ordenou que dois de seus soldados pessoais o acompanhassem.

Joscelyn e o restante de seus homens tinham quase chegado ao piso do vale quando o dominicano voltou. O padre Roubert estava agitado.

— Eles não nos viram — comunicou ele — e não podem saber que estamos aqui.

— O senhor pode ter certeza disso? — perguntou Joscelyn.

O frade sacudiu a cabeça. Sua dignidade fora substituída por um entusiasmo, descoberto de repente, pela guerra.

— A estrada para a aldeia passa por bosques, excelência, e está bem protegida contra observadores. As árvores escasseiam a uns cem passos do rio e a estrada o atravessa por um vau. Ele é raso. Vimos uns homens levando estacas de castanheira para a aldeia.

— Os ingleses não se meteram com eles?

— Os ingleses, excelência, estão cavando um monte artificial erguido para ser usado como túmulo, na aldeia. Parecia não haver mais de uma dúzia deles. A aldeia fica a outros cem passos depois do vau.

O padre Roubert sentiu-se orgulhoso daquela informação, que achava cuidadosa e precisa, um reconhecimento do qual o próprio Vegécio poderia ter ficado orgulhoso.

— Os senhores podem chegar a menos de duzentos passos da aldeia — concluiu ele —, e se armarem em segurança antes de atacar.

Foi realmente uma informação impressionante, e Joscelyn lançou um olhar de interrogação para os dois soldados que acenaram com a cabeça para mostrar que concordavam. Um deles, um parisiense chamado Villesisle, sorriu.

— Eles estão prontos para o massacre — disse ele.

— Arqueiros? — perguntou Joscelyn.

— Só vimos dois — disse Villesisle.

O padre Roubert estava guardando a melhor notícia para o final.

— Mas um dos dois, excelência — disse ele, agitado —, era a beguina!

— A herege?

— Por isso, que Deus o acompanhe! — disse o padre Roubert, com veemência.

Joscelyn sorriu.

— Então, padre Roubert, qual é o seu conselho?

— Atacar! — disse o dominicano. — Atacar! E que Deus nos dê o triunfo!

Ele podia ser um homem cauteloso por natureza, mas a visão de Genevieve provocara sua alma para o combate.

E quando Joscelyn chegou à beira da floresta, no sopé do vale, viu que tudo parecia estar exatamente como o dominicano prometera. Do outro lado do rio, os ingleses, aparentemente ignorando a presença de inimigos, não tinham colocado piquetes para proteger a estrada que descia da crista e, em vez disso, cavavam o grande monte de terra no centro da aldeia. Joscelyn não conseguiu ver mais do que dez homens e a única mulher. Ele desmontou por um instante e deixou que seu escudeiro apertasse as fivelas de sua armadura, depois tornou a subir para a sela, onde colocou o grande elmo de torneio com sua pluma amarela e vermelha, seu forro de couro e suas fendas para os olhos em forma de cruz. Enfiou o braço esquerdo pelas alças do escudo, certificou-se de que a espada estava solta na bainha, e abaixou-se para pegar a lança. Feita de freixo, ela media 4,80m e estava pintada com uma espiral de amarelo e vermelho, as cores de Sua Excelência em Béziers. Lanças similares tinham derrotado os melhores participantes de torneios da Europa, e agora aquela iria fazer o trabalho de Deus. Seus homens armaram-se com suas próprias lanças, algumas pintadas com as cores de Berat, de laranja e branco. As lanças deles tinham, em sua maioria, 3,90m ou 4,20m, porque nenhum dos homens de Berat tinha força para carregar uma lança grande como as que Joscelyn usava nos torneios. Os escudeiros sacaram as espadas. Viseiras de elmos foram fechadas, reduzindo o mundo a frestas brilhantes de luz do sol. O cavalo de Joscelyn, sabendo que estava indo para um combate, repisava o chão com as patas. Estava tudo pronto, os ingleses, que de nada desconfiavam, não sabiam da ameaça e Joscelyn, depois de tanto tempo, estava solto das rédeas do tio.

E assim, com seus soldados agrupados bem juntos de cada lado dele, e com a oração do padre Roubert ecoando em sua cabeça, ele atacou.

GASPARD PENSOU QUE A MÃO do Senhor estava sobre ele, porque logo da primeira vez em que tentou despejar o ouro no delicado molde que outrora contivera o modelo em cera de seu cálice da missa, deu certo. Ele dissera à sua mulher, Yvette, que poderiam ser necessárias dez ou onze tentativas, que ele nem mesmo estava certo de que poderia fazer o cálice, porque o detalhe da filigrama era tão delicado que ele duvidava que o ouro derretido fosse preencher todas as incisões do molde. Mas quando, com o coração batendo forte, quebrou o barro cozido, ele descobriu que a sua criação em cera tinha sido reproduzida quase que à perfeição. Um ou dois detalhes saíram malfeitos, e em alguns pontos o ouro não conseguira fazer o torcido de uma folha ou o apoio de um espinho, mas esses defeitos foram logo corrigidos. Ele limou as bordas ásperas e depois poliu o cálice todo. Isso levou uma semana e, quando o trabalho acabou, ele não disse a Charles Bessières que tinha terminado, mas, pelo contrário, alegou que ainda havia mais o que fazer, quando na verdade ele simplesmente não queria abrir mão do belo objeto que fizera. Ele imaginou que se tratava da mais bela obra de ourivesaria já conseguida até então.

Por isso, fez uma tampa para o cálice. Era cônica, como a tampa de uma pia batismal, e na coroa ele colocou uma cruz, e em torno da borda pendurou pérolas, e nos lados inclinados fez os símbolos dos quatro evangelistas. Um leão para São Marcos, um boi para Lucas, um anjo para Mateus e uma águia para João. A peça, não tão delicada quanto o cálice em si, também saiu rápida do molde e ele lixou-a e deu-lhe um polimento, e depois montou tudo. A base do cálice, de ouro, o cálice antigo de vidro verde e a nova tampa com pérolas penduradas.

— Diga ao cardeal — disse ele a Charles Bessières enquanto o requintado objeto era embrulhado em pano, palha e caixas — que as pérolas representam as lágrimas da mãe de Cristo.

Charles Bessières pouco se importava com o que elas representavam, mas, com relutância, reconheceu que o cálice era uma bela peça.

— Se meu irmão aprová-la — disse ele —, você será pago e libertado.

— Podemos voltar para Paris? — perguntou Gaspard, ansioso.

— Vocês podem ir para onde quiserem — mentiu Charles —, mas só quando eu mandar.

Ele deu instruções para que Gaspard e Yvette fossem bem vigiados enquanto ele estivesse ausente, e depois levou o cálice para o irmão, em Paris.

Quando o cálice foi desembrulhado e as três peças montadas, o cardeal cerrou as mãos em frente ao peito e ficou só olhando. Durante um longo tempo, não disse nada, e depois inclinou-se à frente e olhou bem para o vidro antigo.

— Não parece, Charles — perguntou ele —, que o cálice tem um toque de ouro?

— Eu não olhei — foi a resposta grosseira.

Com cuidado, o cardeal tirou a tampa e ergueu o antigo cálice de vidro do berço de ouro e colocou-o sob a luz e viu que Gaspard, num momento de gênio inconsciente, colocara em volta do cálice uma camada quase invisível de ouro, de modo que o vidro comum recebera um celestial brilho dourado.

— Dizem que o verdadeiro Graal — contou ele ao irmão — se transforma em ouro quando o vinho do sangue de Cristo é colocado dentro. Este passaria por ele.

— Então você gostou?

O cardeal tornou a montar o cálice.

— É uma beleza — disse, em tom reverente. — É um milagre. — Olhou para o cálice. Ele não esperara nem a metade daquilo. Era uma maravilha, tanto que, por um breve instante, o cardeal chegou até a esquecer suas ambições quanto ao trono papal. — Talvez, Charles — havia um respeito reverencial em sua voz agora —, talvez isto seja o Graal verdadeiro! Talvez o cálice que comprei seja o objeto verdadeiro. Talvez Deus tenha me guiado até ele!

— Isso quer dizer — disse Charles, impassível diante da beleza do cálice — que posso matar o Gaspard?

— E a mulher dele — disse o cardeal sem tirar o olhar fixo da peça maravilhosa. — Mate sim, mate. Depois, você vai para o sul. Para Berat, ao sul de Toulouse.

— Berat? — Charles nunca ouvira falar na aldeia.

O cardeal sorriu.

— O arqueiro inglês apareceu. Eu sabia que ele iria aparecer! O maldito levou uma pequena força até Castillon d'Arbizon que, segundo me disseram, fica perto de Berat. Ele é um fruto maduro que deve ser colhido, Charles, e por isso estou mandando Guy Vexille para lidar com ele e quero que você fique perto de Guy Vexille.

— Não confia nele?

— É claro que não confio. Ele finge ser leal, mas não é homem que se sinta à vontade servindo a senhor algum. — O cardeal tornou a erguer o cálice, olhou para ele com expressão de reverência e depois tornou a colocá-lo na caixa cheia de raspa de madeira na qual ele lhe fora levado. — E leve isto com você.

— Isso! — Charles pareceu perplexo. — Em nome de Cristo, o que é que vou fazer com isso?

— É uma responsabilidade enorme — disse o cardeal, entregando a caixa ao irmão —, mas a lenda insiste em dizer que os cátaros possuíam o Graal e, por isso, em que outro lugar ele deve ser descoberto, a não ser perto do último baluarte dos hereges?

Charles estava confuso.

— Você quer que eu descubra o cálice?

O cardeal foi até um genuflexório e ajoelhou-se nele.

— O Santo Padre não é jovem — disse ele, piedoso. Na realidade, Clemente estava com apenas 56 anos, só oito anos mais velho do que o cardeal, mas mesmo assim Louis Bessières estava dominado pela idéia de que o papa Clemente poderia morrer e um novo sucessor ser nomeado antes que ele tivesse de candidatar-se com o Graal. — Não podemos nos dar ao luxo de perder tempo, e por isso eu preciso do Graal. — Ele fez uma pausa. — Preciso de um Graal agora! Mas se o Vexille souber que o cálice de Gaspard existe, ele irá tentar tirá-lo de você, de modo que você terá de matá-lo depois que ele cumprir com o dever dele. O dever dele é descobrir o primo, o arqueiro inglês. Por isso, mate o Vexille, depois faça o arqueiro falar, Charles. Arranque-lhe a pele centímetro a centímetro, e depois jogue sal. Ele vai falar, e depois que tiver dito tudo que sabe sobre o Graal, mate-o.

— Mas nós temos um Graal — disse Charles, erguendo a caixa.

— Existe um que é o verdadeiro, Charles — retrucou o cardeal, paciente —, e se existe, e se o inglês revelar onde ele está, não vamos precisar do que você está segurando, vamos? Mas se o inglês não souber coisa alguma, você irá anunciar que ele lhe deu o Graal. Você levará o Graal para Paris, cantaremos um *Te Deum* e, daqui a um ano ou dois, você e eu teremos um novo lar em Avignon. E então, no devido tempo, iremos transferir o papado para Paris e o mundo inteiro ficará maravilhado com o que fizemos.

Charles pensou nas ordens que recebera e achou-as desnecessariamente rebuscadas.

— Por que não apresentar o Graal aqui?

— Ninguém irá acreditar em mim se eu o encontrar em Paris — disse o cardeal, os olhos fixos no crucifixo de marfim pendurado na parede. — Vão presumir que se trata de um produto de minha ambição. Não, ele tem de vir de um lugar longínquo, e os rumores de sua descoberta terão de chegar primeiro do que ele, para que o povo se ajoelhe na rua para recebê-lo.

Isso, Charles entendeu.

— Então, por que não matar logo o Vexille agora?

— Porque ele está empenhado em encontrar o verdadeiro Graal e, se este existir, eu o quero. O povo sabe que seu sobrenome é Vexille e sabe que a família dele já esteve de posse do Graal, de modo que se estiver envolvido na descoberta, isso será ainda mais convincente. E um outro motivo? Ele é bem-nascido. Sabe liderar homens, e atrair o inglês para fora da toca exigirá toda a sua força. Você acha que quarenta e sete cavaleiros e soldados seguirão você?

O cardeal reunira a força de Vexille entre os seus arrendatários, os senhores que mandavam nas terras doadas à Igreja na esperança de que orações fossem eliminar os pecados dos homens que doassem as terras. Aqueles homens custariam caro ao cardeal, porque já fazia um ano que os senhores não pagavam aluguel.

— Você e eu viemos da sarjeta, Charles — disse o cardeal —, e os soldados iriam desprezá-lo.

— Deve haver uma centena de senhores que procurariam o seu Graal — sugeriu Charles.

— Milhares de homens procurariam — concordou o cardeal, falando mansamente — mas assim que conseguissem o Graal, o levariam para o rei deles e aquele bobo iria perdê-lo para os ingleses. Vexille, apesar de ser de qualquer um, é meu, mas sei o que ele fará quando tiver o Graal. Vai roubá-lo. Por isso, você vai matá-lo antes que ele tenha essa chance.

— É um homem difícil de matar — disse Charles, preocupado.

— É por isso que estou mandando você, Charles. Você e seus soldados degoladores. Não me decepcione.

Naquela noite, Charles fez um novo receptáculo para o falso Graal. Era um tubo de couro, do tipo que os besteiros usavam para levar seus quadrelos, e ele colocou o precioso cálice dentro do tubo, acolchoou o vidro e o ouro com linho e serragem, e depois fechou a tampa do tubo com cera.

E, no dia seguinte, Gaspard recebeu a liberdade. Uma faca cortou-lhe o ventre e depois rasgou para cima, de modo que ele morreu lentamente numa poça de sangue. Yvette gritou tão alto que ficou sem voz, apenas resfolegando, e não ofereceu resistência quando Charles cortou o vestido, deixando-a nua. Dez minutos depois, como sinal de gratidão pelo que ele sentira, Charles Bessières matou-a com rapidez.

Depois, a torre foi trancada.

E Charles Bessières, a aljava de besteiro em segurança a seu lado, seguiu para o sul à frente de seus homens violentos.

— **e**M NOME DO PAI, do Filho e do Espírito Santo, amém.

Thomas disse as palavras a meia-voz e benzeu-se. A oração não parecia de todo suficiente e por isso ele sacou a espada, apoiou-a de modo a fazer com que o punho parecesse uma cruz, e pôs-se de joelhos. Repetiu as palavras em latim.

— *In nomine patris, et filii, et spiritus sancti, amen.*

Que Deus me poupe, pensou, e tentou lembrar-se de quando fora a última vez em que se confessara.

Sir Guillaume ficou impressionado com a sua piedade.

— Pensei que você tivesse dito que eram poucos.

— São — confirmou Thomas, levantando-se e embainhando a espada. — Mas não faz mal rezar antes de um combate.

Sir Guillaume fez um sinal-da-cruz muito indefinido, depois cuspiu.

— Se forem só uns poucos — disse —, vamos matar os bastardos.

Se, na verdade, os bastardos ainda estivessem chegando. Thomas pensava se os cavaleiros tinham voltado para Astarac. Quem eram, ele não sabia, e se eram inimigos, também não. O certo era que não estavam vindo de Berat, porque ela ficava para o norte e os homens a cavalo estavam vindo do leste, mas estava certo de um detalhe tranqüilizador. Ele tinha superioridade numérica. Ele e Sir Guillaume comandavam vinte arqueiros e 42 soldados, e Thomas calculara que os cavaleiros que se aproximavam somavam menos da metade daqueles totais. Muitos dos novos soldados de Thomas eram soldados da estrada que tinham se juntado à guarnição de Castillon d'Arbizon pela oportunidade de saquear e sentiam-se satisfeitos com a idéia de uma escaramuça que poderia proporcionar cavalos, armas e armaduras capturados, e até mesmo, talvez, a perspectiva de prisioneiros que rendessem resgate.

— Tem certeza de que não eram *coredors*? — perguntou-lhe Sir Guillaume.

— Não eram *coredors* — respondeu Thomas, confiante. Os homens no alto da crista estavam muito bem armados, muito bem protegidos por armaduras e muito bem montados para serem bandidos. — Eles levavam um estandarte — acrescentou —, mas não deu para ver qual era. Ele estava recolhido.

— Soldados da estrada, talvez? — sugeriu Sir Guillaume.

Thomas abanou a cabeça. Ele não conseguia encontrar uma explicação para o fato de um bando de soldados da estrada estar naquela área isolada ou exibir um estandarte. Os homens que tinha visto pareciam soldados em patrulha e, antes de fazer meia-volta e galopar de volta para a aldeia, vira nitidamente as lanças sendo levadas em cavalos de carga. Soldados da estrada não teriam lanças em suas bestas de carga, mas pacotes de roupas e pertences.

— Creio — sugeriu ele — que Berat mandou homens a Astarac depois que estivemos lá. Talvez pensassem que voltaríamos para uma segunda mordida?

— Neste caso, eles são inimigos?

— Nós temos algum amigo por aqui? — perguntou Thomas.

Sir Guillaume sorriu.

— Você calcula vinte?

— Talvez um pouco mais — disse Thomas —, mas não mais do que trinta.

— E se você não viu todos eles?

— Isso nós vamos descobrir, não vamos? — perguntou Thomas.

— Se eles vierem.

— Bestas?

— Não vi nenhuma.

— Pois então vamos esperar que venham para cá — disse Sir Guillaume, com voracidade.

Ele estava tão ansioso quanto outro homem qualquer para ganhar dinheiro. Precisava de dinheiro, e de muito dinheiro, para subornar e lutar e, com isso, recuperar o seu feudo na Normandia.

— Talvez seja o seu primo? — sugeriu ele.

— Meu doce Jesus — disse Thomas —, não tinha pensado nisso.

E, instintivamente, estendeu o braço para trás e tocou no arco de teixo, porque qualquer menção ao primo sugeria maldade. E então sentiu um toque de agitação ao pensar que poderia, mesmo, ser Guy Vexille que seguia, sem perceber, para o enfrentamento.

— Se for o Vexille — disse Sir Guillaume, passando o dedo pela horrível cicatriz no rosto —, quem vai matá-lo sou eu.

— Eu o quero vivo — disse Thomas. — Vivo.

— É melhor contar isso ao Robbie — disse Sir Guillaume —, porque ele também jurou que vai matá-lo.

Robbie queria aquilo para vingar seu irmão.

— Talvez não seja ele — disse Thomas, mas queria, sim, que fosse o seu primo, e queria especialmente naquele momento, porque a luta iminente prometia ser uma surra completa. Os cavaleiros só poderiam aproximar-se da aldeia pelo vau, a menos que decidissem seguir rio acima ou abaixo, para descobrir um outro local de travessia, e um aldeão, ameaçado com uma espada mantida perto dos olhos de sua filhinha, diria que não havia outra ponte ou vau num raio de quase nove quilômetros. Assim, eles teriam de seguir direto do vau para a rua da aldeia e, nas pastagens entre os dois, deveriam morrer.

Quinze soldados iriam proteger a rua da aldeia. Por enquanto, aqueles homens estavam escondidos no pátio de um chalé grande, mas quando o inimigo viesse do vau, iriam aparecer para fechar a estrada, e Sir Guillaume requisitara uma carroça agrícola que seria empurrada para ficar atravessada na rua, para servir de barricada contra os cavaleiros. Na verdade, Thomas não esperava que os quinze homens fossem precisar lutar, porque atrás das cercas dos pomares em ambos os lados da estradas ele posicionara seus arqueiros. Seriam os arqueiros que fariam a matança inicial, e eles davam-se ao luxo de preparar as flechas, que enfiavam de ponta para baixo nas raízes das cercas vivas. Mais perto deles estavam as pontas grossas, flechas que tinham uma lâmina cuneiforme na ponta, e cada lâmina continha espigas profundas, de modo que uma vez introduzida na carne, ela não podia ser retirada. Os arqueiros afiavam as pontas grossas nas pedras de amolar que eles levavam nas bolsas para fazerem com que ficassem afiadas como uma navalha.

— Vocês esperem — disse-lhes Thomas —, esperem até eles alcançarem o marcador do campo.

Havia uma pedra pintada de branco ao lado da estrada, que indicava onde terminava o pasto de um homem e começava o do outro, e quando os primeiros cavaleiros chegassem à pedra, seus corcéis seriam atingidos pelas flechas de ponta grossa, que eram projetadas para rasgar fundo, ferir terrivelmente, deixar os cavalos loucos de dor. Aí, alguns corcéis iriam cair, mas outros iriam sobreviver e desviar-se dos animais moribundos para continuar a carga, de modo que quando o inimigo estivesse perto, os arqueiros passariam a usar as flechas furadoras.

As furadoras eram feitas para atravessar armaduras, e as melhores tinham a haste feita de dois tipos de madeira. A parte principal, com cerca de quinze centímetros de freixo ou choupo, era substituída por um carvalho pesado encaixado no lugar com cola de casco, e o carvalho levava na ponta uma cabeça de aço com o comprimento do dedo médio de um homem, era fino como o dedo mindinho de uma mulher, e afiada para terminar numa ponta. A cabeça semelhante a uma agulha, apoiada pela haste de carvalho mais pesado, não tinha rebarbas: era apenas um pedaço de aço liso que furava cota de malha e até penetrava numa armadura se a atingisse de ponta. As de ponta grossa serviam para matar cavalos; as furadoras, para matar homens, e se os cavaleiros levassem um minuto para irem do marcador do campo até a borda da aldeia, os vinte arqueiros de Thomas poderiam disparar pelo menos trezentas flechas e ainda ficar com o dobro disso de reserva.

Thomas já fizera isso muitas vezes. Na Bretanha, onde aprendera o seu ofício, ele ficara atrás de sebes e ajudara a destruir dezenas de inimigos. Os franceses tinham aprendido, a duras penas, e passaram a mandar besteiros na frente, mas as flechas os matavam enquanto recarregavam suas armas desajeitadas. Os cavaleiros, então, não tinham opção senão atacar ou recuar. Fosse como fosse, o arqueiro inglês era o rei do campo de batalha, porque nenhuma outra nação aprendera a usar a arco de teixo.

Os arqueiros, como os homens de Sir Guillaume, estavam escondidos, mas Robbie comandava os demais soldados, que serviam de isca. A maioria parecia espalhar-se no montículo que ficava logo ao norte da rua da aldeia. Um ou dois cavavam, os demais simplesmente ficavam sentados, como se estivessem descansando. Dois outros alimentavam a fogueira da aldeia, fazendo com que a fumaça servisse como um aceno para que o inimigo avançasse. Thomas e Genevieve caminharam até o montículo e, enquanto Genevieve esperava no sopé, Thomas subiu para olhar para o grande buraco que Sir Guillaume tinha feito.

— Vazio?

— Muitos seixos — disse Robbie —, mas nenhum deles é ouro.

— Você sabe o que fazer?

Robbie sacudiu a cabeça, satisfeito.

— Esperar até o caos se instalar no meio deles — respondeu — e então atacar.

— Não vá antes da hora, Robbie.

— Não iremos antes da hora — respondeu um inglês chamado John Faircloth. Ele era soldado, muito mais velho e mais experiente do que Robbie, e embora o berço de Robbie lhe desse o direito de comandar a pequena força, ele sabia muito bem que devia seguir o conselho do homem mais velho.

— Nós não vamos decepcioná-lo — disse o escocês, animado.

Os cavalos de seus homens estavam amarrados logo atrás do montículo. Assim que o inimigo surgisse, eles desceriam correndo a pequena encosta e montariam nos cavalos, e quando o inimigo estivesse espalhado e dividido pelas flechas, Robbie chefiaria uma carga que contornaria a retaguarda deles e, com isso, os deixaria sem saída.

— Pode ser que seja o meu primo — disse Thomas. — Não sei se é — acrescentou —, mas pode ser.

— Ele e eu temos uma desavença — replicou Robbie, lembrando-se do irmão.

— Eu quero ele vivo, Robbie. Ele tem respostas.

— Mas depois que você tiver suas respostas — disse Robbie —, eu quero a garganta dele.

— Mas primeiro as respostas — insistiu Thomas e depois voltou-se quando Genevieve o chamou do sopé do montículo.

— Vi alguma coisa — disse ela — no bosque de castanheiros.

— Não olhem! — gritou Thomas para os homens de Robbie que ouviram o que ela disse, e depois, fazendo uma grande representação de esticar os braços e dar a impressão de que estava entediado, voltou-se lentamente e olhou para o outro lado do rio. Por instantes, não conseguiu ver coisa alguma, exceto dois camponeses que atravessavam o vau carregando feixes de estacas e pensou, por um segundo, que Genevieve devia ter-se referido àqueles homens, e então olhou para a outra margem do rio e viu três cavaleiros meio escondidos por um bosque. Talvez os três pensassem que estavam bem escondidos, mas na Bretanha Thomas aprendera a localizar o perigo em bosques espessos.

— Eles estão dando uma olhada na gente — disse a Robbie. — Agora não falta muito, não é? — Ele encordoou o arco.

Robbie olhou fixo para os cavaleiros.

— Um deles é padre — disse ele, em tom de dúvida.

Thomas olhou.

— É só uma capa preta — concluiu. Os três homens tinham dado meia-volta e estavam se afastando. Pouco depois, não eram mais vistos no bosque mais espesso.

— Suponha que seja o conde de Berat — disse Robbie.

— E se for? — Thomas parecia desapontado. Ele queria que o inimigo fosse o seu primo.

— Se o capturarmos, vai haver um resgate que é uma raridade — disse Robbie.

— É verdade.

— Neste caso, você se importa se eu ficar até que o resgate seja pago?

Thomas ficou desconcertado com a pergunta. Acostumara-se com a idéia de que Robbie iria embora e, com isso, livraria seus homens do rancor provocado pelo ciúme dele.

— Você ficaria conosco?

— Para receber a minha parte do resgate — disse Robbie, sofreando o cavalo. — Há alguma coisa errada nisso?

— Não, não. — Thomas apressou-se a tranqüilizar o amigo. — Você vai receber a sua parte, Robbie.

Ele achou que talvez pudesse pagar a parte de Robbie com o dinheiro que possuía e, com isso, mandar o escocês seguir seu caminho penitencial, mas aquele não era o momento para fazer a sugestão.

— Não ataque cedo demais — tornou ele a avisar Robbie — e que Deus o acompanhe.

— Já é hora de termos uma boa batalha — disse Robbie, de ânimo recuperado. — Não deixe os seus arqueiros matarem os ricos. Deixe alguns para nós.

Thomas sorriu e desceu de novo o montículo. Encordoou o arco de Genevieve, e depois caminhou com ela até onde Sir Guillaume e seus homens estavam escondidos.

— Agora não falta muito, rapazes — bradou ele, subindo na carroça agrícola para olhar por cima do muro do pátio. Seus arqueiros estavam escondidos na sebe do pomar de pereiras embaixo dele, os arcos encordoados e as primeiras flechas de ponta grossa apoiadas nas cordas.

Juntou-se a eles e ficou esperando. E esperou. O tempo foi passando, reduziu o ritmo, rastejou e acabou parando. Thomas esperou tanto que começou a duvidar que algum inimigo viesse, ou pior, temia que os cavaleiros tivessem farejado a emboscada que ele armara e estivessem atravessando o rio muito acima ou muito abaixo, para emboscá-lo. A outra preocupação era que a cidade de Masseube, que não ficava tão longe assim, pudesse enviar homens para verificar por que os aldeões tinham acendido a pira de aviso.

Sir Guillaume compartilhava sua angústia.

— Que diabos, onde estão eles? — perguntou quando Thomas voltou para o pátio para subir na carroça de modo que pudesse ver o outro lado do rio.

— Só Deus sabe.

Thomas olhou para as longínquas castanheiras e nada viu que o deixasse alarmado. As folhas acabavam de dar início à mudança de cor. Dois porcos focinhavam a terra por entre os troncos.

Sir Guillaume vestia uma manta comprida de malha de corpo inteiro, com a cota de malha cobrindo-o dos ombros aos tornozelos. Ele tinha um peitoral arranhado que era preso no lugar com corda, um braçal que ele amarrara no antebraço direito, e um morrião simples à guisa de elmo. O morrião tinha uma aba larga em forma de cone, para rebater golpes de espada que fossem dados de cima para baixo, mas era uma peça de armadura barata, sem nada da resistência dos melhores elmos. A maioria dos homens de Thomas estava igualmente protegida com pedaços e partes de armaduras que tinham apanhado ao revirar velhos campos de batalha. Nenhum tinha uma armadura completa, e todos os casacos de cota de malha eram remendados, alguns com couro fervido. Alguns levavam escudos. O de Sir Guillaume era feito de tábuas de salgueiro cobertas de couro, no qual o seu brasão, os três falcões amarelos em campo azul, desbotara a ponto de ficar quase invisível. Só um outro soldado tinha um emblema no escudo, em seu caso um machado preto sobre um campo branco, mas ele não fazia idéia de quem era. Ele tirara o escudo de um inimigo morto numa escaramuça perto de Aiguillon, que era uma das principais guarnições inglesas na Gasconha.

— Tem que ser um escudo inglês — imaginava o homem.

Ele era um mercenário borgonhês que lutara contra os ingleses, sendo dispensado com a trégua depois da queda de Calais e agora sentia-se muitíssimo aliviado com o fato de os arcos de teixo estarem do seu lado.

— Você conhece o emblema? — perguntou ele.

— Nunca o vi antes — disse Thomas. — Como foi que conseguiu o escudo?

— Espada na espinha do homem. Por baixo da couraça das costas. As alças tinham sido cortadas e a placa adejava como uma asa quebrada. Cristo, como ele gritou!

Sir Guillaume sufocou um riso. Tirou uma metade de pão preto de debaixo do peitoral e arrancou um pedaço e depois praguejou ao mordê-lo. Cuspiu uma lasca de granito que devia ter-se soltado da pedra quando o grão fora moído, apalpou o dente quebrado e tornou a praguejar. Thomas ergueu o olhar e viu que o sol estava baixo.

— Vamos chegar tarde em casa — resmungou ele. — Vai estar escuro.

— Encontre o rio e siga-o — disse Sir Guillaume e depois encolheu-se com a dor no dente. — Jesus — disse ele —, detesto dentes.

— Trevo — disse o borgonhês. — Coloque trevos na boca. Eles vão acabar com a dor.

Naquele momento, os dois porcos que estavam entre os distantes castanheiros levantaram a cabeça, ficaram parados por um instante e correram para o sul com uma pressa desajeitada. Alguma coisa os assustara e Thomas ergueu a mão num sinal de aviso, como se as vozes dos companheiros pudessem perturbar qualquer cavaleiro que se aproximasse, e justo naquele momento ele viu um brilho de luz do sol refletida, vindo das árvores do outro lado do rio, e percebeu que aquilo devia vir de uma peça de armadura. Ele saltou para o chão.

— Vem gente aí — disse e correu para unir-se aos outros arqueiros atrás da sebe. — Acordem — avisou —, os carneirinhos estão vindo para o abate.

Assumiu seu lugar atrás da sebe e Genevieve ficou ao seu lado, uma flecha encaixada na corda de seu arco. Thomas duvidava que ela fosse atingir alguém, mas sorriu para ela.

— Fique escondida até eles atingirem o marcador do campo — disse e depois deu uma olhadela por cima da sebe.

E lá estavam os inimigos. E assim que apareceram, Thomas viu que seu primo não estava lá, porque a bandeira, desfraldada agora enquanto o seu portador saía das árvores trotando, exibia a insígnia do leopardo laranja e branco de Berat, em vez do *yale* de Vexille.

— Mantenham a cabeça baixa! — avisou Thomas a seus homens enquanto tentava contar os inimigos.

Vinte? Vinte e cinco? Não eram muitos, e só os primeiros doze levavam lanças. Os escudos dos homens, cada qual com o leopardo laranja em seu campo branco, confirmando o que a bandeira dizia, que aqueles eram os cavaleiros do conde de Berat, mas um homem, montado num enorme cavalo preto equipado com armadura, levava um escudo amarelo com um punho vermelho coberto de malha, uma insígnia desconhecida para Thomas. E aquele homem também estava todo vestido de armadura e tinha uma pluma vermelha e amarela oscilando bem alto em cima do elmo. Thomas contou 31 cavaleiros. Aquilo não ia ser uma luta, seria um massacre.

E de repente, por estranho que fosse, tudo lhe pareceu irreal. Ele esperava sentir agitação e um pouco de medo, mas em vez disso via os cavaleiros como se nada tivessem a ver com ele. Observou que a carga deles era desconexa. Quando saíram da floresta, estavam cavalgando agrupados, como deviam fazer os homens, mas se espalharam logo depois. As lanças eram mantidas em pé e só baixariam para a posição de matar quando os cavaleiros estivessem perto do inimigo. Uma das lanças tinha na ponta uma flâmula preta, esfarrapada. Os caparazões dos cavalos adejavam. O som era de patas e do entrechoque de armaduras quando peças de aço batiam umas nas outras. Grandes torrões de terra eram lançados ao ar atrás das patas; a viseira de um dos homens subia e descia, subia e descia, enquanto seu cavalo subia e descia. Então, a investida estreitou-se quando todos tentaram atravessar o vau no seu ponto mais estreito e os primeiros repuxos de água ergueram-se à altura das selas.

Eles saíram do vau. Os homens de Robbie tinham desaparecido e os cavalarianos, pensando que agora se tratava de uma perseguição a um inimigo em pânico, cutucaram os corcéis com as esporas e os grandes cavalos avançaram pela estrada com um barulho surdo, formando uma fila, e por fim os primeiros chegaram ao marcador de área e Thomas ouviu um barulho de rodas quando a carroça foi empurrada para bloquear a estrada.

Ele ficou de pé e, instintivamente, apanhou uma flecha furadora em vez de uma de ponta grossa. O homem com o escudo amarelo e vermelho montava um cavalo que tinha uma grande saia protetora de malha costurada sobre couro, e Thomas sabia que uma furadora jamais penetraria nela. Então puxou o braço para trás, a corda foi além da orelha e a primeira flecha voou. Ela oscilou enquanto deixava o arco, depois o ar pegou as penas de ganso e a flecha seguiu baixo e veloz para enterrar-se no peito do cavalo preto. Thomas estava com uma segunda furadora na corda, puxou, soltou, e uma terceira, puxou e soltou, e viu as outras flechas voando e ficou perplexo, como nunca, por parecer que as primeiras flechas causaram muito pouco dano. Nenhum cavalo caíra, nenhum sequer reduzira a velocidade, mas havia hastes com penas espetadas em caparazões e armaduras, e ele tornou a puxar, soltou, sentiu a corda raspar a braçadeira em seu antebraço esquerdo, apanhou depressa outra flecha, e então viu os primeiros cavalos caindo. Ouviu o barulho de metal e carne batendo no chão e disparou outra furadora contra o grande cavalo preto. Aquela atravessou a malha e o couro para enterrar-se fundo, e o cavalo começou a babar sangue e agitar a cabeça. Thomas mandou a flecha seguinte contra o cavaleiro e viu-a bater no escudo para atirar o homem para trás, contra a patilha alta.

Dois cavalos estavam morrendo, seus corpos obrigando os outros cavaleiros a desviar-se, e ainda assim as flechas chegavam. Uma lança caiu, deslizando pelo chão. Um homem morto, com três flechas no peito, montava um cavalo amedrontado que atravessou a linha da carga, causando ainda mais confusão. Thomas tornou a disparar, usando agora uma flecha de ponta grossa para derrubar um cavalo que estava na retaguarda do grupo. Uma das flechas de Genevieve voou alto. Ela sorria, os olhos arregalados. Sam praguejou quando a corda de seu arco se rompeu e recuou para apanhar uma outra e colocá-la no arco. O grande cavalo preto reduzira a velocidade para um passo lento e Thomas enfiou outra flecha furadora no flanco dele, enterrando-a bem na frente do joelho esquerdo do cavaleiro.

— Cavalos! — gritou Sir Guillaume para seus homens e Thomas percebeu que o normando calculara que o inimigo jamais chegaria à sua barreira e, por isso, decidira atacá-lo. Onde estava Robbie? Alguns dos inimigos estavam dando meia-volta, voltando para o rio. Thomas disparou quatro rápidas pontas grossas contra aqueles medrosos, e depois atirou uma furadora contra o cavaleiro do cavalo preto. A flecha resvalou no peitoral do homem, e então o animal tropeçou e caiu de joelhos. O escudeiro que levava a bandeira de Berat foi ajudar o cavaleiro, e Thomas mandou uma furadora no pescoço dele, e depois mais duas flechas atingiram o homem, que se curvou para trás por cima da patilha da sela e ali ficou, morto com três flechas projetando-se para o céu e a bandeira caída.

Os homens de Sir Guillaume estavam montando em suas selas, sacando espadas, tomando seus lugares joelho contra joelho, e só então a força de Robbie chegou do norte. A carga fora bem programada, atingindo o inimigo em seu estado mais caótico, e Robbie tivera o senso de atacar perto do rio, cortando, assim, a retirada.

— Arriem os arcos! — gritou Thomas. — Arriem os arcos!

Ele não queria que suas flechas batessem nos homens de Robbie. Largou seu arco ao lado da sebe e sacou a espada. Estava na hora de dominar o inimigo com pura selvageria.

Os homens de Robbie chocaram-se com os cavaleiros de Berat com uma força terrível. Eles cavalgavam como deviam, joelho com joelho, e o choque dos soldados derrubou três cavalos inimigos. Espadas desciam com violência, e então cada um dos homens de Robbie escolheu um adversário. Robbie, dando o seu grito de guerra, esporeou o cavalo em direção a Joscelyn.

— Douglas! Douglas! — Robbie gritava, e Joscelyn tentava manter-se na sela de um cavalo moribundo, caído sobre os quatro joelhos, e ouviu o grito atrás dele e brandiu a espada alucinadamente para trás, mas Robbie aparou o golpe com o escudo e continuou a avançar, de modo que o escudo, com o seu emblema do coração vermelho de Douglas, atingiu com muita força o elmo de Joscelyn. Este não prendera o elmo, sabendo que num torneio muitas vezes valia a pena tirar o grande pote de aço ao fim de um combate para ver melhor um adversário quase derrotado, de modo que naquele momento o elmo girou sobre seus ombros, as frestas em forma de cruz desapareceram e ele ficou na escuridão. Agitou a espada no ar vazio, sentiu o equilíbrio ir embora e então o seu mundo se transformou num enorme e ressonante golpe de aço contra aço e ele não conseguia ver, não conseguia ouvir, enquanto Robbie tornou a golpear o elmo com a espada.

Os soldados de Berat estavam se entregando, jogando as espadas no chão e oferecendo as manoplas aos adversários. Agora os arqueiros estavam entre eles, puxando homens de suas selas, e então os cavaleiros de Sir Guillaume passaram com um barulho que parecia um trovão, para perseguir os poucos inimigos que tentavam fugir da encrenca atravessando o vau a galope. Sir Guillaume golpeou com a espada para trás quando ultrapassou um retardatário, e o golpe tirou o elmo por inteiro da cabeça dele. O homem que vinha atrás de Sir Guillaume golpeou com a espada para a frente e houve um jato de sangue borrifado e a cabeça do morto saiu quicando para o rio, enquanto o corpo sem cabeça continuava cavalgando.

— Eu me rendo! Eu me rendo! — gritava Joscelyn, dominado pelo terror. — Podem pagar resgate por mim! — Aquelas eram as palavras que salvavam a vida de homens ricos nos campos de batalha, e ele tornou a berrá-las com mais ênfase. — Podem pagar resgate por mim!

A perna direita estava presa sob o cavalo dele, ele ainda estava cego pelo elmo deslocado e tudo o que conseguia ouvir era o barulho surdo de patas, os gritos e berros de homens feridos sendo mortos por arqueiros. E de repente ele ficou ofuscado pela luz quando o elmo amassado foi retirado e um homem ficou de pé ao lado dele, com uma espada na mão.

— Eu me rendo — apressou-se a dizer Joscelyn, e então lembrou-se de sua categoria. — Você é um nobre?

— Eu sou um Douglas, da casa de Douglas — disse o homem em péssimo francês —, e tão bem-nascido quanto qualquer outro na Escócia.

— Neste caso, eu me rendo a você — disse Joscelyn desesperançado, e podia ter chorado, porque todos os seus sonhos tinham sido eliminados numa única e breve passagem de flechas, terror e carnificina.

— Quem é você? — perguntou Robbie.

— Sou o lorde de Béziers — respondeu Joscelyn —, e herdeiro de Berat.

E Robbie gritou de alegria.

Porque tinha ficado rico.

O CONDE DE BERAT se perguntava se devia ter ordenado que três ou quatro soldados permanecessem com ele. Não por achar que precisasse de proteção, mas sim porque era um direito seu ter uma comitiva, e a partida de Joscelyn, do padre Roubert e todos os cavaleiros lhe deixara apenas o seu escudeiro, um outro criado e os servos que escarafunchavam a terra para desencavar a misteriosa parede que, segundo o conde, parecia esconder uma caverna embaixo do local em que outrora existira o altar da capela.

Ele espirrou outra vez e sentiu-se um pouco zonzo, por isso sentou-se num bloco de pedra que tombara.

— Chegue para perto da fogueira, excelência — sugeriu o escudeiro. Ele era filho de um locatário da parte norte do condado e um rapaz de dezessete anos, apático, sem imaginação, que não mostrara vontade alguma para cavalgar com Joscelyn para a glória.

— Fogueira?

O conde piscou ao olhar para o rapaz, que se chamava Michel.

— Nós fizemos uma fogueira, excelência — disse Michel, apontando para a outra extremidade da cripta, onde uma pequena fogueira tinha sido feita com as tampas lascadas dos caixões.

— Fogueira — disse o conde, por algum motivo achando difícil raciocinar direito. Ele espirrou e depois ficou ofegante, tentando recuperar o fôlego.

— O dia está frio, excelência — explicou o rapaz —, e o fogo vai fazer vossa excelência se sentir melhor.

— Uma fogueira — disse o conde, confuso, e então encontrou uma inesperada reserva de energia. — É claro! Uma fogueira! Muito bem, Michel. Faça uma tocha e traga-a aqui.

Michel foi até a fogueira e encontrou um pedaço comprido de olmo que queimava em uma das extremidades e, desajeitadamente, tirou-o das chamas. Levou-o para a parede onde o conde, exaltado, empurrava os servos para os lados, abrindo caminho. Bem no topo da parede, que era feita de pedras polidas, havia um pequeno buraco, não maior do que um pardal precisaria, e o buraco, pelo qual o conde olhara agitado mas sem resultado, parecia dar para uma caverna do outro lado. O conde voltou-se quando Michel levou a tocha.

— Me dá ela aqui, me dá ela aqui — disse ele com impaciência, e agarrou de supetão a madeira em chamas e agitou-a de um lado para o outro para fazer com que a chama se avivasse. Quando o olmo já estava queimando bastante, ele o enfiou no buraco e ficou encantado com o fato de o pedaço de pau penetrar na parede até sair do outro lado, confirmando que havia um espaço lá atrás; ele empurrou a madeira até ela cair, e então colocou o olho direito na altura do buraco e olhou.

As chamas já estavam enfraquecendo no ar viciado da caverna, mas projetaram luz suficiente para revelar o que havia do outro lado da parede. O conde arregalou os olhos e engoliu em seco.

— Michel! — disse ele. — Michel! Eu estou vendo...

Naquele exato momento, a luz se extinguiu.

E o conde desmaiou.

Ele escorregou pela rampa de terra, o rosto lívido e a boca aberta, e por um instante Michel pensou que seu patrão tivesse morrido, então o conde soltou um suspiro. Mas continuou inconsciente. Os servos olhavam perplexos para o escudeiro, que olhava para o conde com os olhos arregalados. Michel reuniu o pouco de presença de espírito que possuía e mandou que os homens levassem o conde para fora da cripta. Foi difícil, porque tiveram de deslocar o peso dele escada acima. Mas, uma vez feito isso, trouxeram um carrinho de mão da aldeia e empurraram o conde para o norte, para o mosteiro de São Sever. A viagem levou quase uma hora, e o conde gemeu uma ou duas vezes e parecia tremer, mas ainda estava vivo quando os monges o levaram para a enfermaria, onde o colocaram num pequeno quarto caiado equipado com uma lareira na qual o fogo fora aceso.

O irmão Ramón, um espanhol que era o médico do mosteiro, levou um relato para o abade.

— O conde tem febre — disse — e um excesso de bile.

— Ele vai morrer? — perguntou Planchard.

— Só se for a vontade de Deus — respondeu irmão Ramón, que era o que sempre dizia quando lhe faziam aquela pergunta. — Vamos aplicar sanguessugas nele e depois tentar fazê-lo suar para eliminar a febre.

— E vai rezar por ele — lembrou Planchard a Ramón. Depois foi falar novamente com Michel e soube que os soldados do conde tinham ido atacar os ingleses no vale do rio Gers. — Você vai ao encontro deles quando voltarem — ordenou a Michel. — E diga-lhes que o senhor deles está doente. Lembre a lorde Joscelyn que deve ser enviada uma mensagem a Berat.

— Sim, excelência. — Michel parecia preocupado com aquela responsabilidade.

— O que o conde estava fazendo quando desmaiou? — perguntou Planchard, e assim ficou sabendo sobre a estranha parede embaixo da capela do castelo.

— Será que eu deveria voltar — sugeriu Michel, nervoso —, e descobrir o que existe atrás da parede?

— Deixe isso comigo, Michel — disse Planchard, ríspido. — Seu único dever é para com o seu senhor e o sobrinho dele. Vá procurar lorde Joscelyn.

Michel saiu a cavalo para interceptar a volta de Joscelyn. Planchard foi procurar os servos que tinham levado o conde ao mosteiro. Eles estavam esperando ao lado da porta, na expectativa de alguma recompensa, e caíram de joelhos com a aproximação de Planchard. O abade falou primeiro com o mais velho deles.

— Veric, como vai sua mulher?

— Ela está sofrendo, senhor, está sofrendo.

— Diga a ela que está nas minhas orações — disse Planchard, com sinceridade. — Escutem aqui, todos vocês, e prestem bem atenção. — Esperou até que todos estivessem olhando para ele. — O que vocês vão fazer agora — disse, com rispidez — é voltar para o castelo e cobrir a parede. Ponham a terra de volta. Vedem a parede! Não cavem mais. Veric, você sabe o que é uma *encantada*?

— Claro, senhor — disse Veric, benzendo-se.

O abade inclinou-se bem perto do servo.

— Se vocês não cobrirem a parede, Veric, uma praga de *encantadas* vai sair das entranhas do castelo e elas levarão seus filhos, todos os seus filhos — ele correu os olhos pela fila de homens ajoelhados. — Elas vão se erguer da terra, agarrar seus filhos e levá-los dançando para o inferno. Por isso, cubram a parede. E quando o serviço tiver acabado, voltem a me procurar e irei recompensá-los.

A caixa de esmolas do mosteiro continha algumas moedas e Planchard iria dá-las aos servos.

— Confio em você, Veric! — disse ele, para encerrar. — Não cavem mais, limitem-se a cobrir a parede.

Os servos apressaram-se a obedecer. Planchard os viu se afastando e disse uma curta oração pedindo a Deus que o desculpasse por dizer uma inverdade. Planchard não acreditava que demônios encantados morassem embaixo da antiga capela de Astarac, mas sabia, sim, que fosse o que fosse que o conde descobrira devia ficar escondido, a ameaça das *encantadas* seria suficiente para ter a certeza de que o trabalho seria feito como devia.

Então, com aquela pequena crise resolvida, Planchard voltou para o seu quarto. Quando o conde chegou ao mosteiro e provocou uma repentina agitação, o abade estava lendo uma carta trazida por um mensageiro apenas uma hora antes. A carta fora enviada por uma casa cisterciense na Lombardia, e agora Planchard tornou a lê-la e ficou pensando se devia falar com os irmãos sobre o terrível conteúdo. Decidiu que não devia, e depois pôs-se de joelhos para rezar.

Ele achava que vivia em um mundo cruel.

E o açoite de Deus viera para trazer o castigo. Era essa a mensagem da carta e Planchard pouco podia fazer, a não ser rezar.

— *Fiat voluntas tua* — repetia ele várias vezes. "Seja feita a tua vontade." E o que era terrível, refletiu Planchard, era que a vontade de Deus estava sendo feita.

A PRIMEIRA COISA a fazer era recuperar quantas flechas fosse possível. Flechas eram tão escassas na Gasconha quanto dentes numa galinha. Na Inglaterra, ou no território da Inglaterra na França, sempre havia flechas de reserva. Elas eram feitas nos condados, reunidas em feixes de 24 unidades, e enviadas para onde quer que arqueiros estivessem lutando, mas ali, longe de qualquer outra guarnição inglesa, os homens de Thomas precisavam recolher seus mísseis, e por isso iam de cadáver a cadáver apanhando as preciosas flechas. A maioria das de ponta grossa estava muito enfiada em carne de cavalo, e portanto perdida, mas as hastes das flechas saíam inteiras, e todos os arqueiros levavam pontas sobressalentes em suas bolsas. Alguns homens faziam incisões nos corpos para recuperar as de ponta grossa. Outras flechas tinham errado o alvo e jaziam sobre a turfa, e os arqueiros riam por causa delas.

— Uma das suas pontas está aqui, Sam! — gritou Jake. — Errou por mais de um quilômetro!

— Essa não é minha. Deve ser do Genny.

— Tom! — Jake tinha visto os dois porcos do outro lado do rio. — Posso ir jantar?

— Primeiro as flechas, Jake — disse Thomas —, o jantar vem depois.

Ele se curvou para um cavalo morto e fez uma incisão na carne na tentativa de recuperar uma ponta grossa. Sir Guillaume escarafunchava peças de armaduras, desafivelando grevas, ombreiras e perneiras de homens mortos. Um outro soldado tirou um casaco de malha de um cadáver. Arqueiros levavam o máximo de espadas que podiam carregar. Dez cavalos inimigos estavam ilesos ou feridos tão de leve, que valia a pena ficar com eles. Os outros estavam agonizantes ou sofrendo tanto, que Sam os despachou com um golpe de machado de batalha na testa.

Foi uma vitória tão completa quanto Thomas poderia desejar e, ainda melhor, Robbie capturara o homem que Thomas considerava o líder inimigo. Era um homem alto, com um rosto redondo e expressão carrancuda, que brilhava de tanto suar.

— Ele é o herdeiro de Berat — bradou Robbie enquanto Thomas se aproximava —, e o tio dele não estava aqui.

Joscelyn olhou para Thomas e, vendo as mãos dele sujas de sangue e o arco e a aljava, classificou-o como um homem sem valor e, por isso, preferiu dirigir-se a Sir Guillaume.

— Você manda aqui? — perguntou ele.

Sir Guillaume fez um gesto na direção de Thomas.

— Quem manda aqui é ele.

Joscelyn parecia não saber o que dizer. Ficou olhando, perplexo, enquanto seus soldados feridos eram saqueados. Pelo menos seus dois homens, Villesisle e o companheiro, estavam vivos. Nenhum dos dois conseguira lutar com a costumeira ferocidade, porque as flechas tinham matado seus cavalos. Um dos homens do tio de Joscelyn perdera a mão direita, um outro estava morrendo por causa de uma flecha na barriga. Joscelyn tentou contar os mortos e os vivos e concluiu que apenas seis ou sete de seus homens tinham conseguido escapar atravessando o vau.

A beguina saqueava com os demais. Joscelyn cuspiu quando percebeu quem era ela e depois fez o sinal-da-cruz, mas continuou de olhos arregalados para Genevieve, vestida em sua cota de malha de prata. Achou que era a criatura mais bonita que já vira.

— Ela está comprometida — disse secamente Sir Guillaume, vendo para onde Joscelyn olhava.

— Quanto você vale? — perguntou Thomas a Joscelyn.

— Meu tio vai pagar muito — respondeu Joscelyn, tenso, ainda na dúvida de que Thomas fosse realmente o comandante inimigo. Duvidava ainda mais que o tio fosse pagar um resgate, mas não queria dar essa impressão aos seus captores, nem dizer a eles que sua excelência de Béziers teria sorte se conseguisse reunir mais do que um punhado de *écus*. Béziers era uma miserável coleção de cabanas na Picardia e teria sorte se pagasse o resgate de um bode capturado. Ele tornou a olhar para Genevieve, impressionando-se com as longas pernas e os cabelos brilhantes.

— Vocês tiveram a ajuda do diabo para nos derrotar — comentou, com amargor.

— Na batalha — disse Thomas — é bom ter amigos poderosos. — Ele voltou-se para onde a área estava uma coisa horrível devido aos corpos. — Depressa! — bradou ele para seus homens. — Queremos chegar em casa antes da meia-noite!

Os homens estavam de ótimo humor. Todos iriam ter uma parte do resgate de Joscelyn, mesmo apesar de Robbie ficar com a maior parte, e alguns dos prisioneiros de classe mais inferior renderiam algumas moedas. Além disso, eles tinham apanhado elmos, armas, escudos, espadas e cavalos, e só dois soldados tinham recebido, no máximo, arranhões. Fora um bom serviço para uma tarde, e eles riam enquanto recuperavam seus cavalos, carregavam os animais capturados com o produto do saque e se preparavam para partir.

E naquele exato momento, um homem montado, sozinho, atravessou o vau.

Sir Guillaume foi o primeiro a vê-lo e chamou Thomas, que se voltou e viu que era um padre que se aproximava. O homem usava batinas brancas e pretas, indicando que era um dominicano.

— Não atirem! — bradou Thomas para seus homens. — Abaixem os arcos! Abaixem!

Ele caminhou em direção ao padre, que montava uma pequena égua. Genevieve já estava montada em seu cavalo, mas agora pulou para o chão e correu para alcançar Thomas.

— O nome dele é padre Roubert — disse Genevieve, baixinho. O rosto dela estava lívido, e o tom de voz denunciava amargor.

— O homem que torturou você? — perguntou Thomas.

— O bastardo — confirmou, e Thomas desconfiou que ela se esforçava para conter as lágrimas; ele sabia o que ela estava sentindo, porque sentira a mesma humilhação nas mãos de um torturador. Ele se lembrou de ter implorado ao torturador e da vergonha de ser tão humilhado diante de uma outra pessoa. Lembrou-se da gratidão quando o sofrimento acabou.

O padre Roubert deteve sua montaria a cerca de vinte passos de Thomas e olhou para os mortos espalhados.

— Eles foram absolvidos? — perguntou.

— Não — respondeu Thomas —, mas se o senhor quiser absolvê-los, padre, absolva. E depois volte para Berat e diga ao conde que estamos com o sobrinho dele e vamos negociar um resgate.

Ele não tinha nada mais a dizer ao dominicano, e por isso segurou o cotovelo de Genevieve e fez meia-volta.

— Você é Thomas de Hookton? — perguntou o padre Roubert.

Thomas se voltou.

— Por que quer saber?

— Você trapaceou e privou o inferno de uma alma — disse o padre. — E se não a entregar, exigirei a sua também.

Genevieve tirou o arco do ombro.

— Você vai chegar ao inferno antes de mim — bradou ela para Roubert.

O frade não lhe deu importância, preferindo dirigir-se a Thomas.

— Ela é uma criatura do diabo, inglês, e enfeitiçou você. — A égua se contraiu e ele bateu no pescoço dela, irritado. — A Igreja tomou a decisão e você tem que aceitar.

— Já tomei a minha decisão — disse Thomas.

O padre Roubert levantou a voz para que os homens que estavam atrás de Thomas pudessem ouvi-lo.

— Ela é uma beguina! — bradou ele. — É uma herege! Ela foi excomungada, expulsa dos santos recintos de Deus, e como tal é uma alma condenada! Não pode haver salvação para ela e nenhuma para quem quer que a ajude! Estão me ouvindo? É a Igreja de Deus no mundo que está falando com vocês e suas almas imortais, estão correndo um perigo terrível por causa dela. — Ele se voltou para olhar Genevieve e não pôde resistir a um sorriso amargo. — Você vai morrer, sua prostituta — disse —, em chamas terrestres que irão levá-la para os fogos eternos do inferno.

Genevieve ergueu seu pequeno arco, que tinha uma flecha de ponta grossa na corda.

— Não faça isso — disse-lhe Thomas.

— Ele é o meu torturador — disse Genevieve, com lágrimas nas faces.

O padre Roubert zombou do arco dela.

— Você é a puta do diabo — disse ele dirigindo-se a ela — e vermes irão habitar seu ventre e seus seios emitirão pus e os demônios vão brincar com você.

Genevieve soltou a flecha.

Ela tentou deter o disparo. Não mirou. A raiva fez com que puxasse a corda muito para trás e então ela soltou e seus olhos estavam tão cheios de lágrimas que praticamente não conseguia ver o padre Roubert. No treino, suas flechas costumavam sair loucamente sem pontaria, mas no último momento, justo quando ela soltou, Thomas tentou desviar o braço dela; ele mal a tocara, apenas dera um toque na mão que segurava o arco, e a flecha contorceu-se ao saltar da corda. O padre Roubert estivera prestes a insultar o arco de brinquedo dela, mas em vez disso a flecha voou em direção ao alvo e o atingiu. A ponta larga penetrou na garganta do padre e a flecha ficou ali, as penas brancas ficando vermelhas enquanto o sangue escorria pela haste. Por um segundo, o padre ficou na sela, uma expressão de extremo assombro no rosto, e então uma segunda golfada de sangue jorrou sobre as orelhas da égua, ele emitiu um som de quem está se sufocando e caiu com força no chão.

Quando Thomas chegou perto dele, o padre já estava morto.

— Eu lhe disse que ele iria para o inferno primeiro — disse Genevieve, e cuspiu no cadáver.

Thomas fez o sinal-da-cruz.

DEVIA TER HAVIDO JÚBILO depois da fácil vitória, mas o velho estado de espírito, o mau humor, voltou para perseguir a guarnição em Castillon d'Arbizon. Eles tinham se saído bem na luta, mas a morte do padre deixara os homens de Thomas horrorizados. A maioria deles era de pecadores impenitentes, alguns tinham até matado padres, mas todos eram supersticiosos e a morte do frade era considerada mau agouro. O padre Roubert se aproximara desarmado, tinha ido negociar, e havia sido morto como um cão. Alguns homens aplaudiam Genevieve. Diziam que ela era mulher de verdade, a mulher de um soldado, e pelo que lhes dizia respeito, a Igreja podia ir para o inferno, mas estes eram uma pequena minoria. A maioria dos componentes da guarnição recordava-se das últimas palavras do padre que amaldiçoara suas almas pelo pecado de protegerem uma herege, e aquelas impiedosas ameaças traziam de volta temores que os assaltaram quando a vida de Genevieve fora poupada. Robbie expressava esse ponto de vista sem parar, e quando Thomas o desafiou ao perguntar quando o escocês planejava ir para Bolonha, Robbie afastou a hipótese.

— Vou ficar aqui — disse ele — até saber qual o resgate que vou receber. Não vou me afastar do dinheiro dele.

Ele sacudiu o polegar na direção de Joscelyn, que ficara sabendo do antagonismo existente dentro da guarnição e fazia o possível para estimulá-lo, prevendo coisas horríveis se a beguina não fosse queimada. Recusava-se a comer à mesma mesa que Genevieve. Como nobre, tinha direito ao melhor tratamento que o castelo pudesse oferecer e dormia num quarto exclusivo no alto da torre. Mas em vez de comer no salão, preferia fazer suas refeições com Robbie e os soldados e os seduzia com histórias sobre os torneios de que participara e assustava-os com avisos funestos sobre o que acontecia com quem protegia os inimigos da Igreja.

Thomas ofereceu a Robbie quase todo o dinheiro sob sua guarda, como participação no resgate de Joscelyn, com o valor final a ser ajustado quando o resgate fosse negociado, mas Robbie recusou.

— Você poderia acabar me devendo muito mais — alegou ele —, e como vou saber se você vai pagar? E como é que vai saber onde estou?

— Mando para sua família — prometeu Thomas. — Você confia em mim, não confia?

— A Igreja não confia — foi a resposta amarga de Robbie — e, por isso, por que eu iria confiar?

Sir Guillaume tentava aliviar a tensão, mas sabia que a guarnição estava se desmantelando. Certa noite, estourou uma briga no salão inferior entre os partidários de Robbie e os homens que defendiam Genevieve, e no final um inglês estava morto e um gascão perdera um olho devido a um golpe de adaga. Sir Guillaume bateu forte em cabeças, mas sabia que haveria outras brigas.

— O que é que você se propõe a fazer em relação a isso? — perguntou ele a Thomas uma semana depois da escaramuça à margem do rio Gers. O ar estava frio por causa de um vento norte, o vento que homens acreditavam que os deixava de mau humor e irritadiços. Sir Guillaume e Thomas estavam no parapeito ameado da torre de menagem, embaixo do estandarte desbotado do conde de Northampton. E abaixo daquela bandeira vermelha e verde tremulava o leopardo laranja de Berat, mas de cabeça para baixo para mostrar ao mundo que o pavilhão tinha sido capturado em combate. Genevieve também estava lá, mas percebendo que não queria ouvir o que Sir Guillaume tinha a dizer, ela se afastou para o canto extremo das defesas.

— Vou esperar aqui — disse Thomas.

— Porque o seu primo vai chegar?

— É por isso que estou aqui — respondeu Thomas.

— E vamos supor que você não tenha mais homem nenhum? — perguntou Sir Guillaume.

Durante algum tempo, Thomas não disse nada. Por fim, rompeu o silêncio.

— Você também?

— Eu estou do seu lado — disse Sir Guillaume, — apesar de você ser um louco. Mas se o seu primo vier, Thomas, não virá sozinho.

— Eu sei.

— E ele não vai ser tão louco quanto o Joscelyn. Não vai lhe dar uma vitória.

— Eu sei. — O tom de voz de Thomas era desolador.

— Você precisa de mais homens — sugeriu Sir Guillaume. — Nós temos uma guarnição, mas precisamos de um pequeno exército.

— Isso ajudaria — concordou Thomas.

— Mas ninguém virá enquanto ela estiver aqui — avisou Sir Guillaume, olhando para Genevieve. — E três dos gascões foram embora ontem.

Os três soldados nem mesmo tinham esperado pela parte deles no resgate de Joscelyn, mas simplesmente seguiram para o oeste à procura de um outro emprego.

— Não quero covardes aqui — retorquiu Thomas.

— Ah, não seja tão bobo assim! — vociferou Sir Guillaume. — Seus homens lutarão contra outros homens, Thomas, mas não vão lutar contra a Igreja. Não vão lutar contra Deus. — Ele fez uma pausa, evidentemente relutando em dizer o que lhe ia na mente, mas então arriscou. — Você tem que mandá-la embora, Thomas. Ela tem que ir embora.

Thomas olhou para as montanhas ao sul. Não disse nada.

— Ela tem que ir embora — repetiu Sir Guillaume. — Mande-a para Pau. Bordeaux. Qualquer lugar.

— Se eu fizer isso — disse Thomas —, ela vai morrer. A Igreja irá achá-la e queimá-la.

Sir Guillaume olhou para ele, os olhos arregalados.

— Você está apaixonado, não está?

— Estou — disse Thomas.

— Jesus Cristo! — praguejou Sir Guillaume, desesperado. — Amor! Ele sempre traz dissabores.

— O homem nasceu para ele — disse Thomas —, assim como as centelhas voam para cima.

— Talvez — disse Sir Guillaume, grave —, mas são as mulheres que proporcionam a porcaria da centelha.

E justo naquele momento, Genevieve gritou para eles.

— Homens a cavalo! — avisou ela. Thomas atravessou correndo as defesas e olhou para a estrada leste e viu que sessenta ou setenta cavalarianos saíam do bosque. Eram soldados usando os casacos laranja e branco de Berat, e a princípio Thomas presumiu que estavam indo oferecer um resgate por Joscelyn, e então viu que eles exibiam uma bandeira desconhecida, não o leopardo de Berat, mas um estandarte da Igreja, como os que eram levados em procissões nos dias santos. Ele pendia de um mastro em cruz e mostrava o manto azul da Virgem Maria e, atrás, em cavalos menores, seguiam vinte religiosos.

Sir Guillaume fez o sinal-da-cruz.

— Encrenca — disse ele, curto, e voltou-se para Genevieve. — Nada de flechas! Está ouvindo, menina? Nada das porcarias de flechas!

Sir Guillaume desceu a escada correndo e Genevieve olhou para Thomas.

— Desculpe — disse ela.

— Por matar o padre? Maldito seja o bastardo.

— Mas acho que eles vieram nos excomungar — disse Genevieve e foi com Thomas para o lado das defesas que davam para a rua principal de Castillon d'Arbizon, a porta oeste e a ponte no rio mais adiante. Os cavaleiros armados esperaram do lado de fora da cidade enquanto os clérigos desmontavam e, precedidos de seu estandarte, marchavam pela rua principal em direção ao castelo. A maioria dos religiosos estava de preto, mas um deles trajava um manto branco, tinha uma mitra e levava um báculo branco tendo ao alto um gancho dourado. Um bispo, no mínimo. Ele era um homem rechonchudo, com longos cabelos brancos que escapavam por baixo da borda dourada da mitra. Ele não deu importância aos habitantes da cidade que se ajoelhavam para ele, enquanto gritava para o castelo.

— Thomas! — gritou ele. — Thomas!

— O que vai fazer? — perguntou Genevieve.

— Ouvir o que ele tem a dizer — respondeu Thomas.

Ele a conduziu para descer para o bastião menor acima da porta que já estava cheia de arqueiros e soldados. Robbie lá estava e, quando Thomas apareceu, o escocês apontou para ele e bradou para o bispo:

— Este é o Thomas!

O bispo bateu no chão com o báculo.

— Em nome de Deus — disse ele, em voz alta —, o Pai todo-poderoso, e em nome do Filho, e em nome do Espírito Santo, e em nome de todos os santos, e em nome do Santo Padre, Clemente, e graças ao poder que nos foi concedido de separar e unir no céu aquilo que for separado e unido na terra, eu o intimo, Thomas! Eu o intimo!

O bispo tinha uma bela voz. Ela se propagava com nitidez, e o único outro som, com a exceção do vento, era o murmúrio enquanto alguns dos homens de Thomas traduziam o francês para o inglês, a fim de que os arqueiros entendessem. Thomas presumira que o bispo fosse falar em latim e que só ele iria saber o que estava sendo dito, mas o bispo queria que todos entendessem suas palavras.

— É sabido que você, Thomas — continuou o bispo —, certa vez batizado em nome do Padre, do Filho e do Espírito Santo, deixou a sociedade do corpo de Cristo ao cometer o pecado de dar consolo e abrigo a uma herege e assassina condenada. Por isso agora, com dor no coração, nós o privamos, Thomas, como privaremos todos os seus cúmplices e apoiadores, da comunhão do corpo e do sangue de nosso Senhor Jesus Cristo.

Ele tornou a bater o báculo com força no chão e um dos padres tocou um pequeno sino de mão.

— Nós o separamos — prosseguiu o bispo, a voz ecoando na alta torre de menagem do castelo — da sociedade de todos os cristãos e o excluímos de todos os recintos santos.

Uma vez mais, o báculo bateu nas pedras e o sino tocou.

— Nós o banimos do seio de nossa santa madre Igreja no céu e na terra.

O tom nítido do sino ecoou nas pedras da torre de menagem.

— Nós declaramos você, Thomas, excomungado e o julgamos condenado ao fogo eterno com Satã e todos os seus anjos e todos os réprobos. Nós o declaramos amaldiçoado por esse fato malévolo e encarregamos todos aqueles que apóiam e amam nosso Senhor Jesus Cristo de detê-lo para que seja castigado.

Ele bateu o báculo pela última vez, lançou um olhar desafiador para Thomas e depois fez meia-volta e se afastou, seguido pelos padres e seu estandarte.

E Thomas sentiu-se paralisado. Com frio e paralisado. Era como se as fundações da terra tivessem desaparecido para deixar um vácuo doloroso por cima das portas ardentes do inferno. Todas as certezas da vida, de Deus, da salvação, da eternidade, tinham desaparecido, tinham sido sopradas para longe como as folhas mortas farfalhando nas sarjetas da cidade. Ele fora transformado num verdadeiro *hellequim*, excomungado, isolado da misericórdia, do amor e da companhia de Deus.

— Vocês ouviram o bispo! — Robbie rompeu o silêncio na defesa. — Estamos encarregados de prender Thomas ou compartilhar sua condenação eterna. — E ele pôs a mão sobre a espada e a teria sacado se Sir Guillaume não interviesse.

— Já chega! — berrou o normando. — Já chega! Sou o segundo em comando aqui. Alguém contesta isso?

Os arqueiros e os soldados tinham se afastado de Thomas e Genevieve, mas ninguém interveio em favor de Robbie. O rosto de Sir Guillaume, marcado por cicatrizes, estava tenebroso como a morte.

— As sentinelas vão ficar de plantão — ordenou ele — e os demais vão para seus aposentos. Agora!

— Temos um dever... — começou Robbie e depois, involuntariamente, recuou quando Sir Guillaume, furioso, voltou-se para ele. Robbie não tinha nada de covarde, mas ninguém poderia ter enfrentado a raiva de Sir Guillaume naquele momento.

Os homens se afastaram relutantes, mas afastaram-se, e Sir Guillaume enfiou com força a espada semidesembainhada.

— Ele tem razão, é claro — disse ele, taciturno, enquanto Robbie descia a escada.

— Ele era meu amigo! — protestou Thomas, tentando agarrar-se à única parte de certeza em um mundo virado ao contrário.

— E ele quer a Genevieve — disse Sir Guillaume — e por não poder tê-la, ele se convenceu de que sua alma está condenada. Por que você pensa que o bispo não excomungou todos nós? Porque nesse caso, estaríamos todos no mesmo inferno, sem nada a perder. Ele nos dividiu, os benditos e os condenados, e Robbie quer que a alma dele esteja em segurança. Você pode culpá-lo?

— E você? — perguntou Genevieve ao normando.

— Minha alma definhou há anos — disse Sir Guillaume, triste, e depois voltou-se e olhou para a rua principal, lá embaixo. — Eles vão deixar soldados do lado de fora da cidade para prendê-lo quando você sair.

Mas pode sair pela porta pequena, atrás da casa do padre Medous. Eles não vão estar vigiando essa porta, e poderá atravessar o rio na altura do moinho. Você estará bem a salvo na floresta.

Por um instante Thomas não compreendeu o que Sir Guillaume dizia, mas depois percebeu, num choque terrível, que estava sendo mandado embora. Fugir. Esconder-se. Deixar seu primeiro comando, abandonar sua nova riqueza, seus homens, tudo. Ele olhou fixo para Sir Guillaume, que deu de ombros.

— Você não pode ficar, Thomas — disse o homem mais velho, com delicadeza. — O Robbie ou um dos amigos dele irá matá-lo. Meu palpite é de que uns vinte de nós irão apoiá-lo, mas se você ficar vai ser uma briga entre nós e eles, e eles vão ganhar.

— Você vai ficar aqui?

Sir Guillaume pareceu constrangido, e depois sacudiu a cabeça.

— Sei por que você veio até aqui — disse ele. — Não acredito que a maldita coisa existe ou, se existir, não acho que tenhamos a menor chance de encontrá-lo. Mas podemos ganhar dinheiro aqui e preciso de dinheiro. Por isso vou ficar, sim. Mas você vai embora, Thomas. Vá para o oeste. Procure uma guarnição inglesa. Volte para casa. — Ele percebeu a relutância expressa na fisionomia de Thomas. — Em nome de Cristo, que outra coisa você pode fazer? — perguntou. Thomas não disse nada e Sir Guillaume olhou para os soldados à espera do outro lado da porta da cidade. — Você pode levar a herege até eles, Thomas, e entregá-la para ser queimada. Aí, eles irão revogar a sua excomunhão.

— Eu não vou fazer isso — disse Thomas, com violência.

— Leve-a até os soldados — disse Sir Guillaume — e ajoelhe-se para o bispo.

— Não!

— Por que não?

— Você sabe por que.

— Porque a ama?

— É — disse Thomas e Genevieve deu-lhe o braço. Ela sabia que ele estava sofrendo, assim como ela sofrera quando a Igreja retirou dela o amor de Deus, mas ela absorveu o horror. Thomas não, e ela sabia que no caso dele iria demorar.

— Nós vamos sobreviver — disse ela a Sir Guillaume.

— Mas vocês têm de ir embora — insistiu o normando.

— Eu sei. — Thomas não conseguia evitar que a tristeza se refletisse em sua voz.

— Eu lhes trarei mantimentos amanhã — prometeu Sir Guillaume. — Cavalos, alimentos, capas. Do que mais precisam?

— Flechas — disse logo Genevieve, e depois olhou para Thomas como se esperasse que acrescentasse alguma coisa, mas ele ainda estava chocado demais para pensar de maneira coordenada. — Você vai querer os escritos de seu pai, não vai? — sugeriu ela, delicada.

Thomas sacudiu a cabeça.

— Você os embrulha para mim? — perguntou ele a Sir Guillaume. — Embrulhe-os em couro.

— Amanhã de manhã, então — disse Sir Guillaume. — Esperem ao lado da castanheira oca, na montanha.

Sir Guillaume escoltou-os para fora do castelo, passando pelos becos atrás da casas do bispo, até o lugar em que uma pequena porta tinha sido aberta no muro da cidade para dar acesso a uma trilha que levava ao moinho de roda na margem do rio. Sir Guillaume puxou as trancas e abriu a porta com cautela, mas nenhum soldado estava à espera do outro lado, e por isso ele os levou até o moinho e lá ficou olhando enquanto Thomas e Genevieve atravessavam a longarina de pedra do açude de azenha. De lá, eles subiram para o bosque.

Thomas havia fracassado. E estava amaldiçoado.

## Segunda Parte
*Fugitivos*

CHOVEU A NOITE INTEIRA. Era uma chuva fustigante, impulsionada por um vento frio que arrancava as folhas dos carvalhos e castanheiros e girava, rancoroso, entrando na velha árvore que fora quebrada pelo relâmpago e tornada oca pelo tempo. Thomas e Genevieve tentavam se proteger no tronco, encolhendo-se uma vez quando um trovejar soou no céu. Não apareceu nenhum relâmpago, mas a chuva passou a açoitar com uma força ainda maior.

— A culpa é minha — disse Genevieve.

— Não é — retrucou Thomas.

— Eu tinha ódio daquele padre — disse ela. — Sabia que não devia atirar, mas me lembrei de tudo o que ele me fez. — Ela escondeu o rosto no ombro dele, de modo que a voz ficou abafada e Thomas ouvia muito mal o que ela dizia. — Ele me acariciava quando não estava me queimando. Me acariciava como uma criança.

— Como uma criança?

— Não — respondeu ela, com amargor —, como um amante. E quando me machucava, dizia orações por mim e dizia que eu era querida por ele. Eu o odiava.

— Eu também o odiava pelo que ele fez com você — disse Thomas. Ele estava abraçado a ela. — E estou contente por ele estar morto — acrecentou ele e então concluiu que ele também estava praticamente morto. Tinha sido mandado para o inferno, a salvação lhe tinha sido negada para sempre.

— E o que é que você vai fazer? — perguntou Genevieve na gélida escuridão.

— Não vou voltar para casa.

— E para onde vai?

— Vou ficar com você. Se você quiser.

Thomas pensou em dizer que ela podia ir para onde quisesse, mas sabia que ela envolvera o destino dela com o seu e não tentou persuadi-la a deixá-lo, nem queria que ela o deixasse.

— Vamos voltar para Astarac — sugeriu ele.

Ele não sabia o que adiantaria fazer aquilo, mas sabia que não podia voltar para casa rastejando, derrotado. Além disso, ele agora estava condenado por toda a eternidade. Não tinha nada a perder, e toda a eternidade a ganhar. E talvez o Graal o redimisse. Talvez agora que estava condenado, ele encontrasse o tesouro e isso reconduzisse sua alma ao estado de graça.

Sir Guillaume chegou pouco depois do amanhecer, escoltado por doze homens que, sabia, não iriam delatar Thomas. Jake e Sam estavam entre eles, e os dois queriam acompanhar Thomas, mas ele recusou.

— Fiquem com a guarnição — ordenou-lhes — ou voltem para o oeste e procurem um outro forte inglês.

Não que ele não quisesse companhia, mas sabia que seria bem difícil alimentar a ele e Genevieve sem ter duas outras bocas com que se preocupar. Tampouco tinha qualquer perspectiva a oferecer a eles, exceto perigo, fome e a certeza de ser caçado por todo o sul da Gasconha.

Sir Guillaume levara dois cavalos, comida, capas, o arco de Genevieve, quatro feixes de flechas e uma bolsa cheia de moedas.

— Mas não consegui pegar o manuscrito de seu pai — confessou ele. — O Robbie o levou.

— Ele o roubou? — perguntou Thomas, indignado.

Sir Guillaume deu de ombros como se o destino do manuscrito não tivesse importância.

— Os soldados de Berat foram embora — disse ele —, de modo que a estrada para o oeste não oferece perigo, e hoje de manhã mandei o

Robbie para o leste, a fim de procurar gado. Por isso, siga para o oeste, Thomas. Siga para o oeste e volte para casa.

— Você acha que o Robbie quer me matar? — perguntou Thomas, alarmado.

— Provavelmente, prendê-lo — disse Sir Guillaume — e entregá-lo à Igreja. O que ele deseja, mesmo, é claro, é ter Deus do lado dele, e acredita que se encontrar o Graal todos os problemas dele acabarão.

Os homens de Sir Guillaume demonstraram surpresa ao ouvirem a menção do Graal e um deles, John Faircloth, começou a fazer uma pergunta, mas Sir Guillaume o interrompeu.

— E o Robbie convenceu-se de que você é um pecador — disse ele a Thomas. — Meu doce Cristo — acrescentou —, não há nada pior do que um jovem que acabou de encontrar Deus. Exceto uma jovem que encontra Deus. Elas são insuportáveis.

— O Graal? — insistiu John Faircloth.

Tinham corrido muitos rumores absurdos sobre o motivo pelo qual o conde de Northampton mandara Thomas e seus homens a Castillon d'Arbizon, mas a descuidada admissão feita por Sir Guillaume fora a primeira confirmação.

— Isso é uma loucura que o Robbie meteu na cabeça — explicou Sir Guillaume com firmeza —, e por isso não dê importância a ela.

— Devíamos ficar com o Thomas — interveio Jake. — Todos nós. Começar de novo.

Sir Guillaume sabia inglês o suficiente para compreender o que Jake dissera e abanou a cabeça.

— Se ficarmos com o Thomas — disse ele —, teremos que lutar contra Robbie. É isso que o nosso inimigo quer. Ele nos quer divididos.

Thomas traduziu para Jake.

— E ele tem razão — acrescentou, enérgico.

— Então, o que é que vamos fazer? — quis saber Jake.

— O Thomas volta para casa — pronunciou Sir Guillaume, teimoso — e nós ficamos o tempo suficiente para ficarmos ricos e depois também vamos para casa. — Ele jogou para Thomas as rédeas dos dois cavalos. — Eu gostaria de ficar com você.

— Aí, todos nós morremos.

— Ou todos nós seremos amaldiçoados. Mas volte para casa, Thomas — insistiu ele, jogando no chão um saco de couro bem cheio. — Nessa bolsa tem dinheiro suficiente para pagar a sua passagem, e provavelmente bastante para convencer um bispo a anular a maldição. A Igreja faz qualquer coisa por dinheiro. Vai dar tudo certo, e daqui a um ou dois anos, venha me procurar na Normandia.

— E Robbie? — perguntou Thomas. — O que ele vai fazer?

Sir Guillaume deu de ombros.

— No fim, voltará para casa. Ele não vai encontrar o que está procurando, Thomas, e você sabe disso.

— Eu não sei disso.

— Então, é tão louco quanto ele. — Sir Guillaume tirou a manopla da armadura e estendeu a mão. — Não me censura por ficar?

— Você deve ficar — disse Thomas. — Fique rico, meu amigo. Você agora está no comando?

— É claro.

— Neste caso, Robbie terá de lhe pagar um terço do resgate de Joscelyn.

— Vou guardar um pouco para você — prometeu Sir Guillaume e apertou a mão de Thomas, voltou seu cavalo e afastou-se à frente de seus homens. Jake e Sam, a título de presentes de despedida, jogaram mais dois feixes de flechas, depois os cavaleiros desapareceram.

Thomas sentiu a raiva a ponto de ferver enquanto ele e Genevieve cavalgavam para o leste sob uma leve garoa que em pouco tempo ensopou as capas novas. Ele estava irritado consigo mesmo por ter fracassado, apesar de a única maneira pela qual ele poderia ter vencido fosse colocando Genevieve numa pilha de lenha e tocar fogo na jovem, e isso ele jamais poderia fazer. Ele estava com raiva de Robbie por ter-se voltado contra ele, embora compreendesse os motivos do escocês e até os achasse bons. Não era culpa de Robbie sentir-se atraído por Genevieve, e não era errado para um homem cuidar de sua alma. Assim, acima de tudo Thomas estava furioso com a vida, e essa raiva ajudava a desviar o pensamento da falta de conforto deles enquanto a chuva voltou a ficar forte. Ao seguir para o leste, eles tendiam para o sul, mantendo-se nos bosques, onde eram obrigados a abaixar-se por causa de galhos baixos. Onde não havia árvores, usavam o terreno mais alto e mantinham-se alertas para cavaleiros com cotas de malha. Não viram nenhum. Se os homens de Robbie estavam no leste, mantinham-se no terreno mais baixo e, por isso, Thomas e Genevieve estavam sozinhos.

Eles evitavam fazendas e aldeias. Isso não era difícil, porque a região era esparsamente habitada e o terreno mais elevado dedicado a pastagens, e não a plantio. À tarde, eles viram um pastor que se levantou de um salto, surpreso, de trás de uma pedra e tirou do bolso um estilingue de couro e uma pedra, antes de ver a espada no lado de Thomas. Rápido, escondeu o estilingue e tocou a testa com o nó dos dedos enquanto se curvava. Thomas parou para perguntar ao homem se ele tinha visto soldados, e Genevieve traduziu, informando que o homem nada vira. A pouco mais de quilômetro e meio depois do amedrontado pastor, Thomas disparou uma flecha contra um cabrito. Retirou a flecha da carcaça, que ele esfolou, estripou e esquartejou. Naquela noite, no abrigo sem telhado de um velho chalé construído no início de um vale arborizado, eles acenderam uma fogueira com pederneira e aço, e depois fritaram costelas de cabrito nas chamas. Thomas usou a espada para cortar galhos de um lariço, que usou para fazer um puxado tosco junto a uma das paredes. Aquilo evitaria que a chuva entrasse durante uma noite. Fez também uma cama de samambaia embaixo do abrigo improvisado.

Thomas lembrou-se da viagem que fizera da Bretanha à Normandia com Jeanette. Ficou imaginando onde estaria a Blackbird naquele momento. Eles tinham viajado no verão, vivendo à custa do seu arco, evitando qualquer outra pessoa viva, e havia sido uma fase feliz. Agora, ele fazia o mesmo com Genevieve, mas o inverno estava chegando. Ele não sabia qual seria o grau de rigor daquele inverno, mas Genevieve disse que nunca vira neve naqueles sopés de montanhas.

— Ela cai no sul — disse ela —, nas montanhas, mas aqui só faz frio. Faz frio e chove.

A chuva agora era intermitente. Os cavalos deles estavam amarrados numa faixa de capim fino ao lado do córrego que passava pelas ruínas. Uma lua crescente aparecia, às vezes, através das nuvens para pratear as altas cristas cobertas de florestas nos dois lados do vale. Thomas caminhou uns oitocentos metros rio abaixo, para ouvir e observar, mas não viu nenhuma outra luz e nada ouviu de inconveniente. Concluiu que eles estavam em segurança, em relação aos homens, ainda que não a Deus, e por isso voltou para onde Genevieve tentava secar as pesadas capas no fraco calor da fogueira. Thomas ajudou-a, pendurando o tecido de lã numa armação feita com gravetos de lariço. Depois, agachou-se ao lado das chamas, observando as brasas vermelhas brilharem, e pensou na sua condenação eterna. Lembrou-se de todos os quadros que vira mal pintados em paredes de igrejas: pinturas mostrando almas seguindo aos tropeções para o inferno com seus demônios que sorriam e as chamas estrepitosas.

— Você está pensando no inferno — declarou Genevieve, categórica.

Ele fez uma careta.

— Estava — disse e ficou imaginando como é que ela percebera.

— Você acha mesmo que a Igreja tem o poder de o mandar para lá? — perguntou ela e, como ele não respondeu, abanou a cabeça. — A excomunhão não significa nada.

— Significa tudo — disse Thomas, mal-humorado. — Significa que não há céu, não há Deus, não há salvação e não há esperança, tudo.

— Deus está aqui — disse Genevieve, enfática. — Ele está no fogo, no céu, no ar. Um bispo não pode tirar Deus de você. Um bispo não pode sugar o ar do céu!

Thomas nada comentou. Estava se lembrando do báculo do bispo batendo nas pedras do pavimento e do som do pequeno sino de mão ecoando nos muros do castelo.

— Ele disse apenas palavras — continuou Genevieve — e é fácil dizer palavras. Disseram as mesmas palavras para mim, e naquela noite, na cela, Deus veio até mim. — Ele colocou um pedaço de madeira na fogueira. — Nunca pensei que iria morrer. Mesmo quando ela chegava perto, nunca pensei que fosse acontecer. Havia alguma coisa dentro de mim, um fio, que dizia que não ia acontecer. Era Deus, Thomas. Deus está em toda parte. Ele não é um cão na coleira da Igreja.

— Só conhecemos Deus através da Igreja Dele — disse Thomas. As nuvens tinham engrossado, tapando a lua e as últimas e poucas estrelas, e na escuridão a chuva ficou mais forte e ouviu-se um ronco de trovão vindo da ponta elevada do vale. — E a Igreja de Deus — continuou ele — me condenou.

Genevieve tirou as duas capas dos gravetos e enrolou-as para evitar que a pior da chuva não afetasse o trançado.

— A maioria das pessoas não conhece Deus através da Igreja — replicou ela. — Elas vão e ouvem uma língua que não entendem, se confessam e se curvam para os sacramentos, e querem que um padre vá vê-las quando estão morrendo, mas quando ficam realmente em dificuldades, vão aos santuários que a Igreja desconhece. Elas veneram em fontes, em poços santos, em pontos profundos entre as árvores. Procuram adivinhas ou cartomantes. Usam amuletos. Rezam para seu Deus próprio, e a Igreja nunca sabe disso. Mas Deus sabe, porque Deus está em toda parte. Por que as pessoas iriam precisar de um padre, quando Deus está em toda parte?

— Para nos manter longe do erro — disse Thomas.

— E quem define o erro? — insistiu Genevieve. — Os padres?! Você se acha um homem mau, Thomas?

Thomas pensou na pergunta. A resposta pronta era afirmativa, porque a Igreja acabara de expulsá-lo e de entregar sua alma aos demônios, mas na verdade ele não se considerava mau e, por isso, abanou a cabeça.

— Não.

— No entanto, a Igreja condena você! Um bispo diz umas palavras. E quem sabe quais os pecados que aquele bispo comete?

Thomas teve um sorriso contido.

— Você é uma herege — disse ele, baixinho.

— Sou — retrucou ela, categórica. — Não sou uma beguina, embora pudesse ser, mas sou uma herege, e que opção eu tenho? A Igreja me expulsou, e por isso se eu quiser amar a Deus, tenho que fazer isso sem a Igreja. Você deve fazer o mesmo, agora, e vai descobrir que Deus ainda o ama, por mais que a Igreja possa odiá-lo.

Ela fez uma careta quando a chuva apagou as últimas pequenas chamas da fogueira deles, e então os dois se retiraram para o abrigo de lariço, onde fizeram o possível para dormir debaixo de camadas de capas e casacos de cota de malha.

O sono de Thomas foi agitado. Ele sonhou com uma batalha na qual estava sendo atacado por um gigante que rosnava para ele. Acordou assustado e viu que Genevieve tinha desaparecido e que o rosnar era o estrondo do trovão em cima deles. A chuva se agitava sobre o lariço e vazava pela samambaia. Um relâmpago rasgou o céu, mostrando as falhas nos galhos que mal protegiam Thomas, e ele arrastou-se para sair de sob o lariço e tropeçou no escuro para procurar a porta da choça destruída. Estava para gritar o nome de Genevieve quando outro estalar de trovão rasgou o céu e ecoou nas montanhas, tão perto e tão forte que Thomas oscilou para o lado como se tivesse sido atingido por um martelo de batalha. Estava descalço e não vestia nada mais do que uma comprida camisa de linho que estava ensopada de chuva. Três relâmpagos fizeram como um gaguejar no leste e à luz deles Thomas viu que os cavalos estavam de olhos brancos e tremendo. Foi até eles, acariciou-lhes os narizes e certificou-se de que as cordas que os prendiam ainda estavam firmes.

— Genevieve! — gritou. — Genevieve!

Então, ele a viu.

Ou melhor, no brilho instantâneo de um rasgo de relâmpago, ele teve uma visão. Viu uma mulher, alta, prateada e nua, em pé de braços erguidos para o fogo branco do céu. O relâmpago acabou, mas a imagem da mulher ficou na mente de Thomas, brilhando, e então o relâmpago tornou a atacar, penetrando nas montanhas do leste, e Genevieve estava com a cabeça inclinada para trás, os cabelos estavam soltos, e a água escorria deles como gotas de prata líquida.

Ela estava dançando nua à luz do relâmpago.

Ela não gostava de ficar nua perto dele. Sentia ódio das cicatrizes que o padre Roubert riscara em seus braços e pernas e nas costas, mas agora dançava nua, uma dança lenta, o rosto voltado para cima, para a chuva que caía, e Thomas ficou olhando em cada sucessiva centelha de relâmpago, e achou que ela era, realmente, uma *draga*. Ela era a criatura selvagem de prata da escuridão, a mulher brilhante que era perigosa, bonita e estranha. Thomas acocorou-se, olhando com os olhos arregalados, pensando que sua alma corria um perigo ainda maior porque o padre Medous dissera que as *dragas* eram criaturas do diabo, e no entanto ele também a amava; e então o trovão encheu o ar para sacudir as montanhas e ele se acocorou mais baixo, os olhos bem fechados. Achou que estava condenado, condenado, e aquele reconhecimento o encheu de uma desesperança extrema.

— Thomas. — Genevieve agora inclinava-se na sua frente, as mãos amparando o rosto dele. — Thomas.

— Você é uma *draga* — disse ele, os olhos ainda fechados.

— Quem dera que fosse — retrucou ela. — Eu gostaria que flores nascessem por onde eu andasse. Mas não sou. Apenas dancei à luz dos relâmpagos e o trovão falou comigo.

Ele estremeceu.

— O que foi que ele disse?

Ela o abraçou, consolando-o.

— Que tudo vai acabar bem.

Ele não disse nada.

— Tudo vai acabar bem — repetiu Genevieve — porque o trovão não mente se você dançar ao som dele. É uma promessa, meu amor, é uma promessa. De que tudo vai acabar bem.

SIR GUILLAUME ENVIARA um dos soldados capturados para Berat, a fim de informar ao conde que Joscelyn e treze outros homens estavam presos e que era preciso negociar os resgates. Joscelyn dissera que seu tio tinha estado em Astarac, mas Sir Guillaume presumira que velho senhor devia ter voltado para o seu castelo.

Mas parece que não voltara, porque quatro dias depois que Thomas e Genevieve partiram, um mascate chegou a Castillon d'Arbizon e disse que o conde de Berat estava doente, com febre, talvez morrendo, e estava na enfermaria do mosteiro de São Sever. O soldado enviado a Berat voltou no dia seguinte com a mesma notícia e acrescentou que ninguém em Berat tinha autoridade para negociar a liberdade de Joscelyn. Tudo o que Sir Henri Courtois, o comandante da guarnição, podia fazer por Joscelyn era mandar uma mensagem a Astarac e esperar que o conde estivesse em condições de enfrentar a novidade.

— Agora, o que é que vamos fazer? — perguntou Robbie. Ele parecia oprimido, porque estava ansioso por ver o ouro do resgate. Ele e Joscelyn estavam sentados no grande salão. Estavam sozinhos. Era noite. Uma fogueira queimava na lareira.

Joscelyn não disse nada.

Robbie franziu o cenho.

— Eu poderia vender você — sugeriu ele.

Aquilo era muito comum. Um homem fazia um prisioneiro cujo resgate seria considerável, mas em vez de esperar pelo dinheiro, vendia o prisioneiro para um homem mais rico que pagava uma importância menor e depois suportava as longas negociações antes de obter lucro.

Joscelyn sacudiu a cabeça.

— Poderia — concordou ele —, mas você não vai conseguir muito dinheiro.

— O herdeiro de Berat e o lorde de Béziers? — perguntou Robbie, em tom zombeteiro. — Você vale um grande resgate.

— Béziers é um campo de porcos — disse Joscelyn, com desdém — e o herdeiro de Berat não vale nada. Mas Berat, em si, vale uma fortuna. Uma fortuna. — Ele ficou olhando fixo para Robbie por alguns instantes. — Meu tio é um bobo — continuou ele —, mas um bobo muito rico. Ele guarda moedas nos porões. Barris e barris de moedas, cheios até a borda, e dois daqueles barris estão cheios só de *genovinas*.

Robbie deliciou-se com a idéia. Imaginou o dinheiro parado no escuro, os dois barris cheios das maravilhosas moedas de Gênova, moedas feitas de ouro puro, cada pequenina *genovina* suficiente para manter um homem alimentado, vestido e armado durante um ano. Dois barris!

— Mas o meu tio — continuou Joscelyn — também é sovina. Não gasta dinheiro, exceto com a Igreja. Se ele tivesse escolha, iria preferir que eu tivesse morrido, que um dos meus irmãos fosse o seu herdeiro e que a quantidade de moedas ficasse inalterada. Às vezes, durante a noite, ele leva uma lanterna para os porões do castelo e fica olhando para o dinheiro dele. Só olhando.

— Você está me dizendo — perguntou Robbie, amargurado — que não vão pagar resgate por você?

— Estou dizendo que enquanto meu tio for o conde, serei seu prisioneiro. Mas e se eu fosse o conde?

— Você? — Robbie não tinha certeza quanto ao caminho que a conversa estava tomando e parecia intrigado.

— Meu tio está doente — disse Joscelyn — e talvez morrendo.

Robbie pensou naquilo e percebeu o que Joscelyn estava sugerindo.

— E se você fosse o conde — disse ele, falando devagar — poderia negociar o seu próprio resgate?

— Se eu fosse o conde — disse Joscelyn —, pagaria o meu próprio resgate e o resgate dos meus homens. De todos eles. E faria isso depressa.

Robbie voltou a pensar.

— De que tamanho são os barris? — perguntou ele pouco depois.

Joscelyn estendeu a mão a uns setenta centímetros do chão.

— É o maior depósito de ouro da Gasconha — disse ele. — Há ducados e *écus*, florins e agnos, denários e *genovinas*, libras e *moutons*.

— *Moutons*?

— De ouro — disse Joscelyn —, grossos e pesados. Mais do que suficiente para um resgate.

— Mas o seu tio pode sobreviver — disse Robbie.

— A gente reza para isso — disse Joscelyn, piedoso —, mas se você deixar que eu envie dois homens a Astarac, eles poderão descobrir o estado da saúde dele para nós. E talvez pudessem persuadi-lo a oferecer um resgate?

— Mas você disse que ele jamais pagaria.

Robbie fingia não compreender, ou talvez não quisesse admitir o que Joscelyn estava sugerindo.

— Ele poderia ser persuadido — disse Joscelyn — devido ao que resta do afeto que sente por mim. Mas só se eu mandar homens para falar com ele.

— Dois homens?

— E se eles fracassarem — disse Joscelyn, com ar de inocência —, é claro que vão voltar para a prisão aqui. Por isso, o que é que você tem a perder? Mas não pode deixar que eles viagem desarmados. Especialmente numa região cercada de *coredors*.

Robbie olhou para Joscelyn com os olhos arregalados, tentando ler a expressão de seu rosto à luz da lareira, e então uma pergunta lhe ocorreu:

— O que é que seu tio estava fazendo em Astarac?

Joscelyn soltou uma gargalhada.

— O velho maluco estava procurando o Santo Graal. Pensava que eu não sabia, mas um dos monges me contou. O Santo e maldito Graal! Ele ficou louco. Mas ele acha que Deus lhe dará um filho se ele o encontrar.

— O Graal?

— Deus sabe onde foi que ele teve a idéia. Ele está louco! Louco com piedade.

O Graal, pensou Robbie, o Graal. De vez em quando, ele duvidara da busca de Thomas, achando que era uma loucura, mas agora parecia que outros homens tinham a mesma loucura, o que confirmava que o Graal poderia existir de verdade. E o Graal, pensou Robbie, não devia ir para a Inglaterra. Para qualquer lugar, menos a Inglaterra.

Joscelyn parecia não perceber o quanto suas palavras tinham afetado Robbie.

— Você e eu — disse ele — não devíamos estar em lados diferentes. Nós dois somos inimigos da Inglaterra. Foram eles que provocaram a encrenca. Foram os ingleses que vieram para cá — bateu na mesa para enfatizar o ponto de vista — e eles começaram a matança, e para quê?

Para procurar o Graal, pensou Robbie, e imaginou-se levando a relíquia sagrada ao voltar para a Escócia. Imaginou a potência armada da Escócia, com o poder dado pelo Graal, assolando a Inglaterra num tremendo triunfo.

— Devíamos ser amigos — acrescentou Joscelyn —, e você pode me fazer um gesto de amizade agora.

Ele ergueu o olhar para o seu escudo, que estava pendurado na parede mas tinha sido pendurado de cabeça para baixo, para que o punho vermelho apontasse para baixo. Thomas o colocara ali como símbolo de que o dono do escudo havia sido preso.

— Tire aquilo dali — disse Joscelyn, amargurado.

Robbie olhou para Joscelyn, foi até a parede e usou a espada para deslocar o escudo, que caiu com um estrondo. Ele o encostou nas pedras, com o lado certo para cima.

— Obrigado — disse Joscelyn —, e lembre-se, Robbie, de que quando eu for o conde de Berat, vou precisar de bons homens. Você não jurou vassalagem a ninguém, jurou?

— Não.

— Ao conde de Northampton?

— Não! — protestou Robbie, lembrando-se da hostilidade do conde.

— Pois então, pense em me servir — disse Joscelyn. — Eu sei ser generoso, Robbie. Diabo, vou começar enviando um padre à Inglaterra.

Robbie piscou os olhos, confuso com as palavras de Joscelyn.

— Você mandaria um padre à Inglaterra? Por quê?

— Para levar o seu resgate, é claro — disse Joscelyn com um sorriso. — Você seria um homem livre, Robbie Douglas. — Ele fez uma pausa, observando Robbie com muita atenção. — Se eu for o conde de Berat, poderei fazer isso.

— Se você for o conde de Bedrat — disse Robbie, cauteloso.

— Posso pagar o resgate de todos os prisioneiros daqui — disse Joscelyn, expansivo — pagar o seu resgate e contratar todos os seus homens que quiserem emprego. Basta deixar que eu mande meus dois homens a Astarac.

Robbie conversou com Sir Guillaume de manhã e o normando não via motivo algum para que dois soldados não conversassem com o conde em Astarac, desde que jurassem voltar para a prisão quando a missão tivesse sido cumprida.

— Só espero que ele esteja bem o suficiente para ouvir o que eles têm a dizer — disse Sir Guillaume.

E assim, Joscelyn enviou Villesisle e seu companheiro, homens que lhe tinham jurado vassalagem. Eles viajaram vestindo armadura, com espadas e com instruções cuidadosas.

E Robbie esperou para ficar rico.

O TEMPO MELHOROU. As nuvens cinzas dissiparam-se em longas tiras que tinham um belo rosado ao anoitecer e na noite seguinte desapareceram, deixando um céu limpo no qual o vento foi para o sul e ficou quente.

Thomas e Genevieve ficaram dois dias no chalé em ruínas. Secaram as roupas e deixaram os cavalos comer o que restava do capim daquele ano. Descansaram. Thomas não tinha ânsia alguma de chegar a Astarac depressa, porque não esperava encontrar coisa alguma lá, mas Genevieve tinha a certeza de que o pessoal local teria histórias para contar e, quando nada, eles deveriam ouvir. Mas para Thomas era suficiente que ele e Genevieve ficassem sozinhos pela primeira vez. Nunca tinham ficado realmente a sós, mesmo no castelo, porque quando iam para trás da tapeçaria sempre sabiam que outras pessoas dormiam no salão logo do outro lado. E Thomas não percebera, até aquele momento, o quanto ele ficara sobrecarregado pelas decisões. Quem mandar nas surtidas, quem deixar na base, quem vigiar, em quem confiar, quem manter afastado, quem precisava da recompensa de algumas moedas para que se mantivesse leal, e sempre, onipresente, a preocupação de que tivesse esquecido alguma coisa, que o inimigo poderia estar planejando alguma surpresa que ele não previra. E o tempo todo, o verdadeiro inimigo estivera bem perto: Robbie, fervilhando de indignação justa e desejo torturado.

Agora, Thomas podia esquecer tudo aquilo, mas não por muito tempo, porque as noites eram frias e o inverno estava chegando, e no segundo dia no refúgio ele viu homens a cavalo nos planaltos do sul. Havia meia dúzia deles, homens de aparência maltrapilha, dois com bestas penduradas no ombro. Eles não olharam para o vale lá embaixo, onde Thomas e Genevieve se abrigavam, mas ele sabia que alguém acabaria indo até lá. Era a época do ano que lobos e *coredors* desciam das altas montanhas à procura de um saque mais fácil nos sopés. Estava na hora de ir embora.

Genevieve fizera a Thomas perguntas sobre o Graal, ouvindo a história de que o pai dele, o padre inteligente e meio maluco, talvez o tivesse roubado do próprio pai, que era o conde de Astarac exilado, mas que o padre Ralph nunca admitira o roubo ou a posse, mas limitara-se a deixar uma confusão de escritos estranhos que só aumentavam o mistério.

— Mas o seu pai — disse Genevieve na manhã em que se preparavam para partir — não teria levado ele de volta para Astarac, teria?

— Não.

— Então ele não está lá?

— Eu nem sei se ele existe — disse Thomas.

Eles estavam sentados na margem do córrego. Os cavalos estavam selados e os feixes de flechas, amarrados às patilhas.

— Acho que o Santo Graal é um sonho que os homens têm, um sonho de que é possível tornar o mundo perfeito. E se ele existisse — continuou ele —, todos nós teríamos sabido que o sonho não pode se transformar em realidade.

Ele deu de ombros e começou a raspar uma mancha de ferrugem na sua malha.

— Você acha que ele não existe, e no entanto procura? — perguntou Genevieve.

Thomas abanou a cabeça.

— Eu procuro pelo meu primo. Quero saber o quanto ele sabe.

— Porque você acredita no Graal, não acredita?

Ele fez uma pausa no que estava fazendo.

— Quero acreditar. Mas se meu pai o tivesse, ele deve estar na Inglaterra. E procurei por toda parte em que ele poderia tê-lo escondido. Mas gostaria de acreditar. — Ele pensou por um instante. — E se eu o encontrar — continuou ele —, a Igreja terá que nos receber de volta.

Genevieve soltou uma gargalhada.

— Você parece um lobo, Thomas, que sonha apenas com entrar para o rebanho de ovelhas.

Thomas fez que não ouviu aquilo. Ergueu os olhos para o horizonte ao leste.

— Isso é tudo o que restou. O Graal. Eu fracassei como soldado.

O tom de voz de Genevieve era de desdém.

— Você vai ter os seus homens de volta. Você vai vencer, Thomas, porque você é um lobo. Mas eu acho que você também vai encontrar o Graal.

Ele sorriu para ela.

— Você viu isso à luz do relâmpago?

— Vi escuridão — disse ela com veemência —, uma escuridão de verdade. Como uma sombra que vai cobrir o mundo. Mas você vivia nela, Thomas, e você brilhava. — Ela olhava fixo para o córrego, com uma expressão de solenidade no rosto comprido. — Por que não haveria de existir um Graal? Talvez seja por isso que o mundo esteja esperando, e o Graal vai acabar com toda a podridão. Com todos os padres. — Ela cuspiu. — Não creio que o seu Graal vai estar em Astarac, mas talvez haja respostas a perguntas.

— Ou mais perguntas.

— Pois então, vamos descobrir!

Eles tornaram a seguir para o leste, subindo em meio de árvores para os planaltos elevados, áridos, e sempre avançando com cautela, evitando assentamentos, mas quando a manhã chegava ao fim, para atravessar o vale do Gers, cruzaram a aldeia na qual tinham enfrentado Joscelyn e seus homens. Os aldeões deviam ter reconhecido Genevieve, mas não criaram problema algum, porque ninguém se metia com cavaleiros armados, a menos que também se tratasse de soldados. Thomas viu uma faixa de terra recém-cavada, perto de um dos pomares de pereiras, e calculou que era ali que os mortos na escaramuça tinham sido enterrados. Nenhum dos dois disse coisa alguma enquanto passavam pelo local em que o padre Roubert tinha morrido, embora Thomas fizesse o sinal-da-cruz. Se Genevieve viu o gesto, fez que não viu.

Vadearam o rio e subiram pelo bosque para a crista ampla e plana que dava vista para Astarac. Havia bosques à direita deles e um cume de rochas irregular num ponto mais elevado, à esquerda. Instintivamente, Thomas foi em direção aos bosques, procurando a proteção que ofereciam, mas Genevieve o conteve.

— Alguém acendeu uma fogueira — disse ela e apontou para um fiozinho de fumaça que saía de um ponto muito para dentro do bosque.

— Carvoeiros? — sugeriu Thomas.

— Ou *coredors* — retrucou ela, fazendo o cavalo girar e se afastando.

Thomas foi atrás, lançando um relutante olhar para o bosque. Justo quando olhou, ele viu um movimento lá, algo furtivo, o tipo de movimento que ele aprendera a procurar na Bretanha, e instintivamente tirou o arco da bainha e o manteve junto à sela.

E aí veio a flecha.

Era uma seta de besta. Curta, atarracada e preta, e sua esfarrapada asa de couro fazia um zunido enquanto voava. Thomas esporeou o cavalo e gritou um aviso para Genevieve no exato momento em que a seta cauterizou o ar à frente de seu cavalo para atingir a égua dela na anca. A égua disparou, sangue vermelho no couro branco e com a ponta da seta projetando-se do ferimento.

Genevieve conseguiu se manter na sela enquanto o animal corria para o norte, borrifando sangue enquanto seguia. Mais duas setas passaram voando por Thomas, e então ele se torceu na sela e viu quatro cavaleiros e pelo menos doze homens a pé saindo do bosque.

— Vá para as pedras! — gritou para Genevieve. — As pedras!

Ele duvidava que seus cavalos pudessem ganhar dos *coredors* na corrida, com a égua de Genevieve expelindo sangue a cada passo.

Ele ouvia o tropel dos cavalos em perseguição. Ouvia as patas tamborilando na turfa fina, mas então Genevieve meteu-se por entre as pedras e jogou-se para fora da sela e subiu nas pedras desajeitada. Thomas desmontou ao lado da égua, mas em vez de seguir Genevieve, cordeou o arco e apanhou depressa uma flecha na sacola. Disparou uma vez, depois outra, as flechas voando baixo, e um cavaleiro caía da montaria e o segundo homem estava morto com uma flecha no olho. Os outros dois se desviaram com tamanha violência, que um dos cavalos perdeu o apoio e derrubou o cavaleiro. Thomas enviou uma flecha contra o cavaleiro que restava, errou, e mandou a quarta contra o homem cuspido da sela, enfiando a adaga no alto das costas dele.

Os homens a pé seguiam o mais rápido que podiam, mas ainda estavam um pouco longe, e isso deu a Thomas tempo para tirar todas as flechas sobressalentes e sua bolsa de dinheiro da sela do cavalo. Recuperou a bolsa de Genevieve da égua, amarrou as rédeas dos dois animais uma na outra e prendeu o nó numa pedra na esperança de que ela os segurasse, depois subiu pela íngreme confusão de pedras. Duas setas de bestas bateram em pedra perto dele, mas Thomas se deslocava com rapidez e sabia muito bem como era difícil acertar um homem em movimento. Encontrou Genevieve numa ravina perto do alto.

— Você matou três! — disse ela, admirada.

— Dois — disse ele. — Os outros só estão feridos.

Ele estava vendo o homem que ferira nas costas rastejando em direção ao bosque distante. Correu os olhos ao redor e concluiu que Genevieve encontrara o melhor refúgio possível. Duas imensas pedras formavam os lados da ravina, os flancos maciços tocando-se atrás, enquanto que na frente havia uma terceira pedra que servia de parapeito. Estava na hora, pensou Thomas, de ensinar àqueles bastardos o poder do arco de teixo. Ficou de pé atrás do parapeito improvisado e retesou a corda.

Ele disparava as flechas com uma fúria fria e uma habilidade terrível. Os homens vinham chegando num grupo só, e as primeiras seis flechas de Thomas não podiam errar. Penetraram nos *coredors* maltrapilhos um atrás do outro, e então eles tiveram o bom senso de se espalhar, a maioria fazendo meia-volta e fugindo para sair do raio de alcance. Deixaram três homens no chão e outros dois mancando. Thomas disparou uma última flecha contra um fugitivo, mas errou o homem por questão de uns três centímetros.

E então as bestas foram disparadas e Thomas agachou-se ao lado de Genevieve enquanto os quadrelos de ferro tilintavam e batiam nas pedras da ravina. Ele calculou que havia quatro ou cinco bestas e que estavam disparando de uma distância logo depois do raio de alcance do arco dele; nada podia fazer, exceto olhar em volta da pedra e espiar por uma fresta que tinha pouco mais de um palmo de largura. Depois de alguns instantes, viu três homens correndo para as pedras e disparou uma flecha pela fresta, a seguir levantou-se e disparou mais duas hastes antes de se agachar depressa enquanto os quadrelos martelavam as pedras altas e rolavam para cair ao lado de Genevieve. Suas flechas fizeram os três homens fugir, apesar de nenhum ter sido atingido.

— Daqui a pouco todos eles vão embora — disse Thomas.

Ele não tinha visto mais de vinte homens perseguindo e havia matado ou ferido quase a metade, e embora, sem dúvida, aquilo fosse deixá-los com raiva, iria fazer com que fossem cautelosos.

— Eles são apenas bandidos — disse Thomas — e querem a recompensa por capturarem um arqueiro.

Joscelyn lhe confirmara que o conde realmente oferecera uma recompensa nesse sentido, e Thomas tinha certeza de que aquele butim estava na mente dos *coredors*, mas eles estavam descobrindo como seria difícil consegui-lo.

— Eles vão pedir reforço — disse Genevieve, amargurada.

— Talvez não haja mais — sugeriu Thomas, com otimismo, e então ouviu um dos cavalos relinchar e imaginou que um *coredor*, que ele não tinha visto, chegara onde estavam os dois animais e desatava as rédeas.

— Malditos — disse ele e saltou por cima da pedra. Começou a pular de uma pedra para outra, descendo pela frente da montanha. Uma seta de besta bateu bem atrás dele, enquanto outra tirou faísca de uma pedra em frente, e então ele viu um homem levando os dois cavalos para longe das pedras e fez uma pausa e armou o arco. O homem estava semi-escondido pela égua de Genevieve, mas mesmo assim Thomas disparou e a flecha passou rápida por baixo do pescoço da égua, para atingir a coxa do homem. O *coredor* caiu, ainda segurando as rédeas. Thomas voltou-se e viu um dos quatro besteiros mirando em Genevieve. O homem atirou e, por sua vez, Thomas soltou. Ele estava no limite do alcance de seu grande arco, mas a flecha passou perigosamente perto do inimigo e aquele que escapou por um triz convenceu todos os besteiros a recuar. Thomas, a sacola de flechas batendo incomodamente na sua coxa direita, sabia que eles estavam horrorizados com a potência de seu arco e por isso, em vez de voltar para seu ninho de águia nas pedras altas, correu em direção a eles.

Disparou mais duas flechas, sentindo a tensão nos músculos das costas enquanto esticava a corda bem para trás, e as hastes com penas brancas fizeram um arco no céu para mergulhar em torno dos besteiros. Nenhuma haste atingiu o alvo, mas os homens recuaram ainda mais e Thomas, quando teve certeza de que estavam a uma distância segura, fez meia-volta e foi apanhar os cavalos.

Não tinha sido um homem que ele ferira, mas um menino. Uma criança de nariz arrebitado, talvez com dez ou onze anos, que estava deitada na turfa com lágrimas nos olhos e uma careta no rosto. Ele segurava as rédeas de Thomas como se sua vida dependesse daquilo, e na mão esquerda havia uma faca que agitava em tênue ameaça. A flecha estava atravessada na coxa direita do menino, bem alto, e a dor na fisionomia da vítima fez com que Thomas pensasse que a seta talvez tivesse quebrado o osso.

Thomas deu um pontapé e tirou a faca da mão do menino.

— Você fala francês? — perguntou ao garoto e recebeu como resposta uma bola de cuspe.

Thomas sorriu, apanhou as rédeas e depois ergueu o menino, pondo-o de pé. O garoto gritou de dor porque a flecha rasgou o ferimento. Thomas olhou para os *coredors* sobreviventes e viu que eles tinham perdido toda a disposição de lutar. De olhos arregalados, eles olhavam para o menino.

Thomas imaginou que o menino tinha ido com os três homens que correram para as pedras enquanto ele ficava agachado atrás da pedra. Sem dúvida, tinham tido a esperança de roubar os dois cavalos, porque isso, pelo menos, lhes proporcionaria um pequeno lucro sobre o que resultara numa desatrosa incursão. As flechas de Thomas fizeram com que os homens recuassem, mas o menino, menor, mais ágil e mais rápido, chegara até as pedras e tentara ser um herói. Agora, pelo que parecia, era um refém, porque um dos *coredors*, um homem alto com um casaco de couro e um morrião rachado encaixado nos cabelos loucamente emaranhados, estendeu as duas mãos para mostrar que não levava armas e avançou devagar.

Com o pé, Thomas empurrou o garoto para o chão quando o homem chegou a trinta passos de distância, e armou o arco pela metade.

— Aí está bem — disse ele ao homem.

— Eu me chamo Philin — disse o homem.

Ele tinha o peito largo, pernas compridas, um rosto triste e magro que exibia uma cicatriz, feita por uma faca ou espada, de um lado ao outro da testa. Levava uma faca embainhada no cinto, mas nenhuma outra arma. Thomas achou que ele parecia um bandido, mas havia algo nos olhos de Philin que falava de tempos melhores, até de respeitabilidade.

— Ele é meu filho — acrescentou Philin, fazendo com a cabeça um sinal em direção ao menino.

Thomas deu de ombros, como se pouco se importasse.

Philin tirou o elmo rachado e olhou por um instante para os homens mortos no capim esmaecido. Eram quatro, todos mortos pelas flechas compridas, enquanto outros dois estavam feridos e gemendo. Ele tornou a olhar para Thomas.

— Você é inglês?

— O que você acha que isto é? — perguntou Thomas, erguendo o arco. Só os ingleses usavam o longo arco de guerra.

— Ouvi falar nos arcos — admitiu Philin. Ele falava um francês com um sotaque horrível, e às vezes hesitava enquanto procurava uma palavra. — Ouvi falar neles — continuou —, mas até hoje não tinha visto um.

— Pois agora já viu — disse Thomas, vingativo.

— Acho que sua mulher está ferida — informou Philin, acenando com a cabeça em direção ao esconderijo de Genevieve.

— E você pensa que sou bobo — retrucou Thomas. Philin queria que ele virasse de costas para que as bestas pudessem se aproximar furtivamente de novo.

— Não — disse Philin. — O que acho é que quero que meu filho viva.

— O que oferece por ele? — perguntou Thomas.

— A sua vida — respondeu Philin. — Se você ficar com o meu filho, vamos trazer outros homens para cá e cercá-lo e esperar por você. Vocês dois vão morrer. Se meu filho morrer, você vai morrer com tamanha agonia, inglês, que depois disso todos os tormentos do inferno vão parecer um alívio. Mas deixe o Galdric viver, e vocês dois viverão. Você e a herege.

— Você sabe quem é ela? — Thomas estava surpreso.

— Sabemos de tudo o que acontece entre Berat e as montanhas — disse Philin.

Thomas olhou para trás, para o monte de pedras, mas Genevieve estava escondida. Ele planejara acenar para que ela descesse, mas em vez disso se afastou do menino.

— Quer que eu tire a flecha? — perguntou a Philin.

— Os monges do São Sever vão fazer isso — disse Philin.

— Vocês podem ir até lá?

— O abade Planchard sempre acolhe um homem ferido.

— Mesmo um *coredor*?

Philin teve uma expressão de desdém.

— Nós somos apenas homens sem terra. Expulsos. Acusados de crimes que não cometemos. Bem — ele sorriu de repente e Thomas quase respondeu com um outro sorriso —, que alguns de nós não cometeram. O que acha que devíamos ter feito? Ido para as galés? Ser enforcados?

Thomas ajoelhou-se ao lado do menino, largou o arco e puxou a faca. O menino o olhou assustado, Philin deu um grito de alarme, mas depois ficou calado quando viu que Thomas não queria fazer mal à criança. Em vez disso, Thomas cortou a ponta da flecha da haste e colocou o precioso pedaço de metal no embornal. Depois, levantou-se.

— Jure pela vida de seu filho — ordenou ele a Philin — que vai cumprir a palavra.

— Eu juro — disse Philin.

Thomas fez um gesto para as pedras altas onde Genevieve se protegia.

— Ela é uma *draga* — avisou ele. — Quebre a palavra, Philin, e ela fará a sua alma dar berros.

— Não vou fazer mal a vocês — disse Philin, sério — e eles — olhou para os outros *coredors* — também não.

Thomas reconheceu que praticamente não tinha opção. Era confiar em Philin ou resignar-se a um sítio num ponto elevado onde não havia água, e por isso afastou-se do menino.

— Ele é seu.

— Obrigado — disse Philin, sério. — Mas me diga... — As últimas três palavras fizeram Thomas, que se voltara para levar os cavalos de volta para as pedras, dar uma parada. — Me diga, inglês, por que está aqui? Sozinho?

— Pensei que vocês soubessem de tudo que acontecia entre Berat e as montanhas.

— Eu fico informado fazendo perguntas — disse Philin, curvando-se para o filho.

— Eu sou um sem-terra, Philin, um fugitivo. Acusado de um crime que cometi, mesmo.

— Que crime?

— Dar refúgio a uma herege.

Philin deu de ombros como que a sugerir que aquele crime estava situado muito baixo na hierarquia dos males que tinham levado os *coredors* ao banditismo.

— Se é realmente um fugitivo — disse ele —, devia pensar em juntar-se a nós. Mas cuide de sua mulher. Eu não menti. Ela está ferida.

Ele tinha razão. Thomas levou os cavalos de volta para as pedras e gritou o nome de Genevieve, e quando ela não respondeu, subiu até a ravina e encontrou-a com uma seta de besta no ombro esquerdo. A seta havia furado a malha de prata e estilhaçado uma costela logo acima do seio esquerdo, perto da axila, e ela estava deitada ali, cercada pelos horrendos quadrelos pretos, respirando com dificuldade, o rosto mais pálido do que nunca, e gritou quando Thomas a levantou.

— Eu estou morrendo — disse ela, mas não havia sangue em sua boca e Thomas tinha visto muitas outras pessoas sobreviverem depois de ferimentos como aquele. E também as vira morrer.

Ele provocou muitas dores enquanto descia das pedras com ela nos braços, mas assim que chegaram ao sopé, ela reuniu um pouco de força para ajudar enquanto Thomas a erguia para montar na sela. Corria sangue pela cota de malha, descendo por entre os aros. Ela ficou na sela de cabeça baixa, os ombros caídos, olhos vidrados, e os *coredors* se aproximaram para olhar para ela, impressionados. Eles também olharam para Thomas e fizeram o sinal-da-cruz quando viram o grande arco. Eram todos homens magros, vítimas das safras reduzidas da região e da dificuldade de encontrar comida quando eram fugitivos, mas agora que Philin ordenara que largassem as armas, não eram ameaçadores. Eram, isso sim, patéticos. Philin falou com eles na língua local e depois, com seu filho montado em um dos ossudos cavalos com que os *coredors* tinham perseguido Thomas e Genevieve, começou a descer a montanha em direção a Astarac.

Thomas foi com ele, conduzindo a égua de Genevieve. O sangue coagulara na anca da égua e, embora andasse com dificuldade, não parecia estar gravemente ferida e Thomas deixara a seta no corpo dela. Ele iria cuidar daquilo mais tarde.

— Você é o líder deles? — perguntou ele a Philin.

— Só dos homens que você viu — respondeu o grandalhão —, e talvez não seja mais.

— Não seja mais?

— Os *coredors* gostam do sucesso — disse Philin — e não gostam de enterrar seus mortos. Sem dúvida existem outros que pensam que podem agir melhor do que eu.

— E aqueles outros feridos? — perguntou Thomas, fazendo com a cabeça um gesto em direção à montanha. — Por que eles não vão para a abadia?

— Um deles não quis ir, preferiu voltar para a mulher dele. Os outros? Talvez morram. — Philin olhou para o arco de Thomas. — E alguns se recusam a ir até a abadia; acham que vão ser traídos e capturados. Mas Planchard não vai me trair.

Genevieve oscilava na sela, de modo que Thomas teve de cavalgar colado ao lado dela, para lhe dar apoio. Ela não dizia nada. Os olhos ainda estavam vidrados, a pele pálida e a respiração quase imperceptível, mas ela se agarrava com bastante firmeza ao arção anterior, e Thomas via que ainda restava um pouco de vida nela.

— Talvez os monges não cuidem dela — disse a Philin.

— Planchard aceita todo mundo — retrucou este —, até hereges.

— Planchard é o abade daqui, não é?

— É — confirmou Philin —, e também é um homem bom. Já fui um dos monges dele.

— Você? — Thomas não conseguiu esconder a surpresa.

— Eu era noviço, mas conheci uma garota. Estávamos plantando um novo vinhedo e ela levou as tiras de salgueiro para amarrar as videiras e... — Philin deu de ombros como se o resto da história fosse conhecido o bastante para ser repetido. — Eu era jovem — disse ele, para encerrar —, e ela também.

— A mãe de Galdric? — arriscou Thomas.

Philin confirmou com a cabeça.

— Ela já morreu. O abade foi muito bom. Ele me disse que eu não tinha vocação e me liberou. Nós nos tornamos locatários da abadia, só uma pequena fazenda, mas os outros aldeões não gostavam de mim. A família queria que ela se casasse com uma outra pessoa, dizia que eu não prestava para nada, e depois que ela morreu eles vieram para me expulsar, tocando fogo em tudo. Matei um deles com uma enxada e eles disseram que eu tinha provocado a briga e me tacharam de criminoso, e por isso aqui estou. Era isso, ou ser enforcado em Berat. — Ele conduziu o cavalo do filho para atravessar o pequeno córrego que descia desordenado pela montanha. — É a roda da fortuna, não é? Sempre girando, para cima e para baixo, mas parece que fico mais embaixo do que em cima. E o Destral vai dizer que eu sou o culpado.

— Destral?

— O nosso líder. O nome quer dizer "machado", e é com ele que mata.

— Ele não está aqui?

— Ele me mandou para ver o que está acontecendo em Astarac — disse Philin. — Há homens cavando no velho castelo. Destral acha que existe um tesouro lá.

O Graal, pensou Thomas, o Graal, e ficou imaginando se ele já tinha sido encontrado, e depois afastou o pensamento, pois sem dúvida a notícia teria se espalhado pelo interior como um relâmpago.

— Mas nós nunca chegamos a Astarac — continuou Philin. — Acampamos na floresta e estávamos para sair quando vimos vocês.

— E pensaram que tinham ficado ricos?

— Nós teríamos conseguido quarenta moedas por você — disse Philin — todas de ouro.

— Dez a mais do que Judas recebeu — disse Thomas, despreocupado —, e as dele eram só de prata.

Philin fez a cortesia de sorrir.

Chegaram ao mosteiro logo depois do meio-dia. O vento estava frio, soprando forte do norte e levando a fumaça da cozinha por cima da porta, onde dois monges os abordaram. Sacudiram a cabeça para Philin, deixando que ele levasse o filho para a enfermaria, mas depois barraram o caminho de Thomas.

— Ela precisa de socorro — insistiu Thomas, irritado.

— Ela é mulher — disse um dos monges — e não pode entrar aqui.

— Há um lugar nos fundos — disse o outro monge e, puxando o capuz branco para cobrir a cabeça, conduziu Thomas pelo lado dos prédios e por entre algumas oliveiras, até um aglomerado de cabanas de madeira cercado por uma cerca de ripas, alta.

— O irmão Clement vai recebê-los — disse o monge e afastou-se depressa.

Thomas amarrou os dois cavalos a uma oliveira e depois levou Genevieve para o portão da cerca. Chutou o portão com a bota, esperou e tornou a chutar, e depois do segundo pontapé o portão abriu com um estalo e um monge pequeno, de batina branca e rosto enrugado e uma barba irregular, sorriu para ele.

— Irmão Clement?

O monge confirmou com a cabeça.

— Ela precisa de socorro — disse Thomas.

Clement limitou-se a um gesto apontando para dentro e Thomas carregou Genevieve para o que a princípio pensou ser um pátio de fazenda. O cheiro era o mesmo, apesar de ele não ver nenhum monte de esterco, mas os prédios cobertos de sapé pareciam pequenos celeiros e estábulos, e então ele percebeu as pessoas de túnica cinza sentadas nas entradas. Olhavam para ele com ansiedade, e outras pessoas foram para as pequenas janelas quando a notícia de sua chegada se espalhou. A impressão imediata foi de que eram monges, mas Thomas viu que havia mulheres entre as figuras vestindo túnicas e voltou-se para olhar o portão, onde uma mesinha tinha uma pilha de matracas de madeira. Eram pedaços de madeira presas a um cabo por uma tira de couro e, se o cabo fosse sacudido, as placas de madeira provocavam um som forte. Ele os percebera quando o irmão Clement acenara para que entrasse, mas agora os estranhos objetos faziam sentido. As matracas eram levadas por leprosos, para avisar às pessoas que eles estavam chegando, e a mesa estava arrumada de tal maneira que qualquer pessoa daquele cercado que fosse para o mundo mais amplo pudesse levar uma. Thomas parou, amedrontado.

— Isto aqui é um lazareto? — perguntou ele ao irmão Clement.

O monge confirmou com a cabeça, alegre, e puxou o cotovelo de Thomas. Este resistiu, temendo o terrível contágio dos leprosos vestidos de cinza, mas o irmão Clement insistiu e puxou-o até uma pequena cabana em um dos lados do pátio. A cabana estava vazia, exceto quanto a um colchão de palha em um dos cantos e uma mesa na qual se achavam jarros, pilões e uma balança de ferro. O irmão Clement fez um gesto em direção ao colchão.

Thomas deitou Genevieve. Uma dúzia de leprosos amontoou-se na porta olhando perplexos para os recém-chegados, até que o irmão Clement os espantou. Genevieve, sem perceber a agitação que sua chegada provocara, suspirou e depois piscou para Thomas.

— Está doendo — sussurrou ela.

— Eu sei — disse ele —, mas você precisa ser valente.

O irmão Clement arregaçara as mangas e fez um gesto para indicar que a cota de malha de Genevieve tinha que ser tirada. Ia ser difícil, porque o quadrelo de besta ainda estava no corpo dela e sobressaía através da malha polida. Mas o monge parecia saber o que fazer, porque empurrou Thomas para o lado e primeiro mexeu nos braços de Genevieve, fazendo com que ficassem esticados acima da cabeça, e depois segurou as alhetas de couro do quadrelo. Genevieve gemeu e o irmão Clement, com extraordinária delicadeza, soltou a malha ensangüentada e quebrada e o gibão de couro que a apoiava por cima da seta. Depois, abaixou sua mão esquerda e enfiou-a por baixo da saia do gibão, até segurar a seta e ficar com o braço esquerdo sustentando a armadura para evitar que ela tocasse no quadrelo, e sacudiu a cabeça para Thomas, pareceu estar na expectativa, e então agitou a cabeça como a sugerir que Thomas devia simplesmente puxar Genevieve para fora da cota de malha. O monge fez com a cabeça um gesto de aprovação quando Thomas agarrou os tornozelos dela, e depois sacudiu a cabeça, num gesto de estímulo.

Thomas fechou os olhos e puxou. Genevieve gritou. Ele parou de puxar e o irmão Clement fez uns sons guturais a sugerir que Thomas estava sendo excessivamente escrupuloso. Por isso ele tornou a puxar, fazendo-a deslizar para fora da malha, e quando ele abriu os olhos viu que o corpo dela estava livre dos anéis de ferro, embora os braços estendidos e a cabeça ainda estivessem cobertos pelas dobras deles. Mas a seta estava livre da armadura e o irmão Clement, estalando a língua, soltou a cota de malha dos braços dela e jogou-a para o lado.

O monge voltou até a mesa enquanto Genevieve berrava e virava a cabeça de um lado para o outro, numa tentativa de reduzir a dor do ferimento, que recomeçara a sangrar. A camisa dela estava vermelha da axila até a cintura.

O irmão Clement ajoelhou-se ao lado dela. Colocou-lhe um chumaço encharcado de água na testa, acariciou-lhe a face, estalou a língua mais um pouco, o que pareceu acalmar Genevieve, e então, sorrindo, colocou o joelho esquerdo sobre o seio dela, as duas mãos no quadrelo, e puxou. Ela berrou, mas a seta saiu, ensangüentada e pingando, e o irmão Clement estava com uma faca, com a qual cortou o linho para revelar o ferimento, no qual enfiou o chumaço molhado. Fez um gesto para indicar que Thomas devia manter o chumaço firme no lugar.

Foi o que Thomas fez enquanto o monge se ocupava com o que havia em cima da mesa. Ele voltou com um pedaço de pão mofado, que amolecera com água. Colocou-o no ferimento, e apertou com força. Deu a Thomas uma tira de aniagem e, usando de mímica, indicou que a tira deveria ser enrolada no peito de Genevieve como uma bandagem. Aquilo doeu, porque Thomas teve que sentá-la para fazê-lo e, assim que ela se ergueu, o irmão Clement cortou o resto da camisa de linho ensangüentada. Depois Thomas enrolou a aniagem nos seios e no ombro, e só quando a cataplasma ensopada estava bem apertada, permitiu que ela descansasse. O irmão Clement sorriu como para dizer que estava tudo bem-feito, depois ficou de mãos postas em sinal de oração e colocou-as ao lado do rosto para indicar que Genevieve devia dormir.

— Obrigado — disse Thomas.

O irmão Clement abriu a boca num grande sorriso e Thomas viu que o monge não tinha língua. Um rato farfalhou no sapé e o pequeno monge agarrou uma lança tridente para pegar enguias e começou a golpear com violência contra a palha, o que só conseguiu fazer grandes buracos no telhado.

Genevieve dormiu.

O irmão Clement foi cuidar das necessidades de seus leprosos e depois voltou com um braseiro e um pote de barro no qual trazia algumas brasas. Acendeu um molhe de iscas no braseiro, alimentou o fogo com lenha e, quando fazia fumaça e estava vermelho em brasa, enfiou o quadrelo que ferira Genevieve no brilhante centro do fogo. As alhetas de couro queimaram e federam. O irmão Clement sacudiu a cabeça, feliz, e Thomas percebeu que o pequeno monge estava curando o ferimento de Genevieve ao castigar o objeto que o causara. E então, depois que o quadrelo ofensor tinha sido punido pelo fogo, o irmão Clement foi na ponta dos pés até ficar ao lado de Genevieve, olhou bem para ela e sorriu, satisfeito. Tirou dois cobertores sujos de sob a mesa e Thomas estendeu-os sobre a jovem.

Ele a deixou dormindo. Tinha de dar água aos cavalos, deixá-los pastar e recolhê-los ao estábulo no lagar de vinho do mosteiro. Ele tinha a esperança de falar com o abade Planchard, mas os monges estavam rezando e ainda permaneciam na igreja da abadia depois que Thomas, imitando o irmão Clement, fizera a égua relinchar ao arrancar o quadrelo da anca do animal. Esperto, ele teve de recuar para evitar os coices que ela deu. Depois que a égua se acalmou, encharcou o ferimento com água, acariciou-lhe o pescoço e depois levou as selas, arreios, flechas, arcos e sacolas para o barraco onde, agora, Genevieve estava acordada. Ela estava recostada num saco e o irmão Clement, fazendo os seus cacarejos, dava-lhe uma sopa de cogumelos com azeda. Ele dirigiu um sorriso para Thomas e depois inclinou a cabeça para o pátio, de onde chegava o som de cantos. Eram os leprosos, e o irmão Clement cantarolava com a boca fechada, junto com a música que eles cantavam.

Havia mais sopa e pão para Thomas. Depois de comer, e depois que o irmão Clement saiu para onde quer que passava suas noites, Thomas deitou-se ao lado de Genevieve.

— Ainda dói — disse ela —, mas não como antes.

— Que bom.

— Não doeu quando a flecha me atingiu. Foi como uma picada.

— Você vai melhorar — disse ele, com fervor.

— Sabe o que eles estavam cantando? — perguntou ela.

— Não.

— A canção de Herric e Alloise. Eles eram amantes. Faz muito tempo. — Ela esticou o braço e passou um dedo pelo largo queixo barbado dele. — Obrigada — disse.

Pouco depois, ela tornou a dormir. Pequenos fachos de luar passavam pelo sapé esfarrapado e Thomas pôde ver suor na testa da jovem. Mas pelo menos ela respirava mais fundo. Depois de um certo tempo, Thomas adormeceu.

Ele dormiu mal. Às vezes, durante a noite, sonhou com patas de cavalos e com homens gritando. Despertou e viu que não se tratava de um sonho, mas da realidade, e sentou-se na cama quando o sino do mosteiro começou a soar o alarme. Afastou os cobertores, pensando que devesse ir ver o que provocara a perturbação, mas então o sino parou o seu clamor e a noite voltou a ficar silenciosa.

E uma vez mais, Thomas, dormiu.

**T**HOMAS ACORDOU SOBRESSALTADO, percebendo que havia um homem de pé a seu lado. Era um homem alto, sua grande altura em silhueta contra a pálida luz da madrugada que aparecia na porta da choça. Instintivamente, Thomas contorceu-se e estendeu a mão para sua espada, mas o homem recuou e fez um som indicando que ele não fizesse barulho.

— Não tive a intenção de acordá-lo — disse baixinho, numa voz que era profunda e não continha ameaça alguma.

Thomas sentou-se e viu que tinha sido um monge que falara. Ele não conseguia ver o rosto do monge, porque estava escuro na choça, mas o homem alto, de batina branca, tornou a adiantar-se para olhar para Genevieve.

— Como vai a sua amiga? — perguntou ele.

Genevieve estava dormindo. Um fio de cabelo dourado tremia em sua boca com cada respiração.

— Ontem à noite, ela se sentia melhor — revelou Thomas, baixinho.

— Que bom — disse o monge com fervor e tornou a recuar para a porta. Ele apanhara o arco de Thomas quando se inclinara para olhar para Genevieve, e agora o examinava à fraca luz cinza. Thomas, como sempre, ficava constrangido quando um estranho manuseava a arma, mas não disse nada e, depois de um certo tempo, o monge encostou o arco na mesa de remédios do irmão Clement.

— Eu gostaria de falar com você — disse o monge. — Vamos nos encontrar na clausura daqui a pouco?

Era uma manhã fria. O orvalho cobria a grama entre as oliveiras e o gramado no centro da clausura. Havia um cocho circular comunitário a um dos cantos das clausuras, onde os monges, com um dos serviços de oração já completados, molhavam o rosto e as mãos, Thomas procurou primeiro pelo monge alto entre os homens que se lavavam, mas então o viu sentado num muro baixo entre dois pilares da arcada sul. O monge fez um gesto para ele e Thomas viu que ele era muito velho, com um rosto profundamente enrugado e, de certa maneira, cheio de bondade.

— Sua amiga — disse o velho monge quando Thomas juntou-se a ele — está em excelentes mãos. O irmão Clement é muitíssimo competente em curar as pessoas, mas ele e o irmão Ramón não estão de acordo sobre algumas coisas, de modo que tenho que manter os dois separados. Ramón cuida da enfermaria, e Clement trata dos leprosos. Ramón é médico, treinou em Montpellier, e por isso é claro que temos de acatar o que ele diz, mas parece que não tem nenhum remédio, a não ser orações e uma forte sangria. Ele as usa para qualquer doença, enquanto que o irmão Clement, pelo que desconfio, usa um tipo próprio de magia. É provável que eu devesse desaprovar isso, mas sou obrigado a dizer que, se ficasse doente, preferiria que o irmão Clement tratasse de mim. — Sorriu para Thomas. — Eu me chamo Planchard.

— O abade?

— Isso mesmo. Vocês são muitíssimo bem-vindos à nossa casa. Lamento não ter podido recebê-los ontem. E o irmão Clement me disse que você ficou muito assustado por estar no lazareto. Não precisa ficar. Minha experiência diz que a doença não é transmitida pelo contato pessoal. Eu visito os leprosos há quarenta anos e não perdi um só dedo, e o irmão Clement vive e faz orações com eles, e nunca foi tocado pela doença.

O abade fez uma pausa e benzeu-se, Thomas pensou, a princípio, que o homem idoso estava afastando o mau pensamento de contrair lepra, e então viu que Planchard olhava para algo do outro lado da clausura. Seguiu o olhar do abade e viu um corpo sendo carregado numa maca. Era evidente que se tratava de um cadáver, porque o rosto estava coberto com um pano branco e havia, equilibrado no peito, um crucifixo que escorregava depois de alguns passos e os monges tinham de parar para apanhá-lo.

— Nós tivemos agitação aqui, ontem à noite — disse Planchard, calmamente.

— Agitação?

— Você não ouviu o sino? Acho que ele foi tocado tarde demais. Dois homens chegaram ao mosteiro depois que escureceu. A nossa porta nunca está fechada, de modo que eles não tiveram dificuldade para entrar. Amarraram as mãos e os pés do porteiro e foram para a enfermaria. O conde de Berat estava lá. Ele estava sendo atendido pelo seu escudeiro e três de seus soldados que sobreviveram a uma horrível briguinha no vale ao lado. — O abade agitou a mão em direção oeste, mas se sabia ou desconfiava que Thomas estivera envolvido naquela luta, não comentou. — Um dos soldados estava dormindo no quarto do conde. Ele acordou quando os assassinos chegaram, e por isso morreu. Depois a garganta do conde foi cortada e os dois assassinos fugiram desesperados.

O velho abade contava aqueles fatos numa voz sem expressão, como se assassinatos fossem um acontecimento comum no mosteiro de São Sever.

— O conde de Berat? — perguntou Thomas.

— Um homem triste — disse Planchard. — Eu gostava muito dele, mas acho que era um dos bobos de Deus. Tinha uma cultura impressionante, mas não possuía bom senso. Era um senhor rigoroso com seus locatários, mas bom para a Igreja. Eu pensava que ele estivesse tentando comprar sua ida para o céu, mas na verdade ele procurava um filho homem e Deus nunca realizou o desejo dele. Pobre homem, pobre homem. — Planchard ficou olhando enquanto o conde morto era levado para a porta do mosteiro, e depois sorriu delicado para Thomas. — Alguns de meus monges insistiram em afirmar que você devia ter sido o assassino.

— Eu! — exclamou Thomas.

— Sei que não foi você — disse Planchard. — Os verdadeiros criminosos foram vistos saindo. Galopando noite adentro. — Ele abanou a cabeça. — Mas os irmãos ficam muito agitados e, infelizmente, a nossa casa tem sido muito perturbada ultimamente. Desculpe, mas eu não perguntei o seu nome.

— Thomas.

— Um bom nome. Só Thomas?

— Thomas de Hookton.

— Isso parece muito inglês — disse Planchard. — E você é o quê? Soldado?

— Arqueiro.

— Não é frade? — perguntou Planchard, em tom grave mas divertido. Thomas esboçou um sorriso.

— O senhor sabe disso?

— Sei que um arqueiro inglês chamado Thomas foi a Castillon d'Arbizon vestido de frade. Sei que falava bem o latim. Sei que tomou o castelo, e sei que depois espalhou a desgraça pelo interior. Sei que provocou muitas lágrimas, Thomas, muitas lágrimas. Gente que lutou a vida inteira para construir alguma coisa para seus filhos viu tudo queimado em minutos.

Thomas não sabia o que dizer. Olhou para a grama.

— O senhor deve saber mais do que isso — disse ele, depois de um certo intervalo.

— Sei que você e sua companheira foram excomungados — revelou Planchard.

— Neste caso, eu não devia estar aqui — replicou Thomas, fazendo um gesto para a clausura. — Fui proibido de entrar em recintos santos — acrescentou ele, com amargura.

— Você está aqui a convite meu — disse Planchard com tranqüilidade — e se Deus não aprovar esse convite, não vai demorar muito para que Ele tenha uma chance de me exigir uma explicação.

Thomas olhou para o abade, que suportou com paciência o olhar. Havia alguma coisa em Planchard, pensou Thomas, que o fazia lembrar-se de seu pai, embora sem a loucura. Mas havia uma santidade e uma sabedoria e uma autoridade no velho rosto enrugado e Thomas sentiu que gostava daquele homem. Gostava muito. Ele desviou o olhar.

— Eu estava protegendo Genevieve — murmurou ele, justificando sua excomunhão.

— A beguina?

— Ela não é beguina coisa nenhuma — disse Thomas.

— Eu ficaria surpreso se fosse — declarou Planchard —, porque duvido muito que haja algum beguino por essas bandas. Aqueles hereges se reúnem no norte. Como é que eles são chamados? A Irmandade do Livre Espírito. E no que acreditam? Que tudo vem de Deus, de modo que tudo é bom! É uma idéia sedutora, não é? Só que quando eles dizem tudo, referem-se exatamente a isso, tudo. Todos os pecados, todos os atos, todos os roubos.

— A Genevieve não é beguina. — Thomas repetiu a negativa, apesar de a firmeza do tom não refletir convicção alguma.

— Tenho a certeza de que ela é uma herege — disse Planchard, delicado —, mas quem de nós não é? E no entanto — o tom delicado desapareceu e a voz tornou-se ríspida — ela também é uma assassina.

— Quem de nós não é? — ecoou Thomas.

Planchard fez uma careta.

— Ela matou o padre Roubert.

— Que a torturou — disse Thomas. Ele arregaçou a manga e mostrou ao abade as cicatrizes de queimadura no braço. — Também matei o meu torturador e ele também era dominicano.

O abade ergueu os olhos para o céu, que estava ficando encoberto. A confissão de assassinato feita por Thomas parecia não perturbá-lo, e de fato as palavras seguintes chegavam até a dar a entender que ele não ligara nem um pouco para ela.

— Há poucos dias — disse ele — eu me lembrei dos salmos de David. *"Dominus reget me et nihil mihi deerit."*

— *"In loco pascuae ibi conlocavit"* — Thomas completou a citação.

— Estou vendo por que pensaram que você fosse um frade — disse Planchard, deleitado. — Mas o que o salmo quer dizer, não é?, é que nós somos ovelhas e que Deus é o nosso pastor. Caso contrário, por que Ele iria nos colocar num pasto e nos proteger com um bastão? Mas o que nunca entendi direito é por que o pastor põe a culpa nas ovelhas quando elas ficam doentes.

— Deus põe a culpa em nós?

— Não posso falar por Deus — disse Planchard —, só pela Igreja. O que disse Cristo? *"Ego sum pastor bonus, bonus pastor animam suam dat pro ovibus."* — Ele fez a Thomas a cortesia de não traduzir as palavras, que significavam: "Eu sou o bom pastor, e o bom pastor dá a vida pelas ovelhas." — E a Igreja — acrescentou Planchard — continua o ministério de Cristo, ou deveria continuar, mas alguns religiosos têm o lamentável entusiasmo por apartar seus rebanhos.

— E o senhor, não?

— Não — disse Planchard com firmeza. — Mas não deixe que esta minha fraqueza o convença de que aprovo o que vocês fizeram. Não aprovo o que você fez, Thomas, e não aprovo o que a sua mulher fez, mas também não posso aprovar uma Igreja que se utiliza da dor para trazer o amor de Deus a um mundo pecador. O mal gera o mal, espalha-se como uma erva daninha, mas as boas ações são brotos frágeis que precisam de cuidados. — Ele pensou por um instante e depois sorriu para Thomas. — Mas o meu dever é bem claro, não é? Eu devia entregar vocês dois ao bispo de Berat e deixar que a fogueira dele faça o trabalho de Deus.

— E o senhor — disse Thomas, com amargura — é um homem que cumpre o seu dever.

— Sou um homem que tenta ser bom, com a ajuda de Deus. Ser aquilo que Cristo quer que sejamos. Às vezes, o dever é imposto por terceiros, e sempre temos de examiná-lo para ver se ele nos ajuda a sermos bons. Não aprovo o que vocês fizeram, mas também não entendo que vantagem haverá em queimá-los. Por isso, vou cumprir o meu dever para com a minha consciência, que não me manda enviar vocês para a fogueira do bispo. Além do mais — ele tornou a sorrir —, queimar vocês seria um terrível desperdício dos esforços do irmão Clement. Ele me disse que vai mandar vir da cidade uma mulher que consolida fraturas de ossos e ela vai tentar recompor a costela de Genevieve, apesar de o irmão Clement me prevenir que é muito difícil refazer costelas.

— O irmão Clement falou com o senhor? — perguntou Thomas, surpreso.

— Ora essa, não! O pobre do irmão Clement não fala coisa nenhuma! Ele já foi escravo numa galé. Os maometanos o capturaram numa surtida contra Livorno, acho eu, ou será que foi na Sicília? Arrancaram a língua dele, presumo porque os insultou, e depois cortaram mais alguma coisa, motivo pelo qual, desconfio, ele se tornou monge depois de ter sido resgatado por uma galé veneziana. Ele agora cuida das colméias e toma conta dos leprosos. E como nós dois conversamos? Bem, ele aponta e gesticula, faz desenhos na poeira e de algum modo conseguimos nos entender.

— E o que é que o senhor vai fazer conosco? — perguntou Thomas.

— Fazer? Eu? Não vou fazer nada! Exceto rezar por vocês e me despedir quando forem embora. Mas gostaria de saber o motivo pelo qual você está aqui.

— Porque fui excomungado — disse Thomas com amargura —, e meus companheiros não quiseram ter nada mais a ver comigo.

— Eu me refiro ao motivo pelo qual você veio à Gasconha, para início de conversa — perguntou Planchard, com paciência.

— O conde de Northampton mandou que eu viesse — respondeu Thomas.

— Entendo — disse Planchard, o tom de voz dando a entender que ele sabia que Thomas estava fugindo da pergunta. — E o conde tinha lá seus motivos, não tinha?

Thomas nada disse. Ele viu Philin na outra extremidade da clausura e ergueu a mão numa saudação e o *coredor* respondeu com um sorriso; o sorriso dando a entender que seu filho, tal como Genevieve, estava se recuperando do ferimento causado pela flecha.

Planchard insistiu.

— O conde tinha suas razões, Thomas?

— Certa vez, Castillon d'Arbizon pertenceu a ele. Ele a queria de volta.

— Ela pertenceu a ele — disse Planchard, mordaz — por muito pouco tempo, e não consigo imaginar que o conde esteja tão necessitado de terras que precise enviar homens para defender uma insignificante cidade da Gasconha, especialmente depois de assinada uma trégua em Calais. Ele deve tê-lo enviado para romper aquela trégua por um motivo muito especial, não acha? — O abade fez uma pausa e sorriu da renitência de Thomas. — Você conhece mais alguma coisa daquele salmo que começa com *"Dominus reget me"*?

— Um pouco — disse Thomas, vagamente.

— Então talvez conheça as palavras *"calix meus inebrians"*?

— "Minha taça me deixa embriagado" — disse Thomas.

— Porque examinei o seu arco hoje de manhã, Thomas — disse Planchard —, sem nada além de pura curiosidade. Ouvi falar tanto sobre o arco de guerra inglês, mas há muitos anos que não via nenhum. O seu, pelo que percebi, tinha algo que a maioria dos arcos não tem. Uma placa de prata. E na placa, meu jovem, estava a insígnia dos Vexille.

— Meu pai era um Vexille — disse Thomas.

— Com que então você nasceu em berço nobre?

— Eu nasci bastardo — disse Thomas. — Ele era padre.

— Seu pai era padre? — Planchard pareceu surpreso.

— Padre — confirmou Thomas —, na Inglaterra.

— Ouvi dizer que alguns dos Vexille fugiram para lá — disse Planchard —, mas isso foi há muitos anos. Antes de minhas recordações começarem. E por que um Vexille volta a Astarac?

Thomas não respondeu. Monges estavam indo para o trabalho, levando enxadas e estacas para fora da porta.

— Para onde estavam levando o conde que morreu? — perguntou ele, tentando evitar a pergunta do abade.

— Ele tem de ir para Berat, é claro, para ser enterrado junto a seus ancestrais — disse Planchard —, e o corpo vai estar fedendo quando chegar à catedral. Eu me lembro de quando o pai dele foi enterrado: o fedor estava tão forte que a maioria dos presentes correu para o ar livre. Agora, qual foi a minha pergunta? Ah, sim, por que um Vexille volta a Astarac?

— Por que não? — respondeu Thomas.

Planchard levantou-se e fez um gesto para ele.

— Deixe eu lhe mostrar uma coisa, Thomas. — Ele conduziu Thomas até a igreja do mosteiro onde, ao entrar, o abade molhou o dedo na pia de água benta e fez o sinal-da-cruz enquanto se ajoelhava em direção ao altar. Thomas, quase que pela primeira vez na vida, não fez a mesma reverência. Ele estava excomungado. As coisas antigas já não tinham poder para ele, porque fora isolado delas. Ele seguiu o abade pela nave até uma alcova atrás de um altar lateral, e lá Planchard abriu uma pequena porta com uma chave grande. — Vai estar escuro lá embaixo — avisou o velho — e não tenho lanterna. Por isso, pise com cuidado.

Uma luz fraca achou um meio de descer a escada e, quando Thomas chegou ao final, Planchard ergueu a mão.

— Espere aqui — disse. — Vou lhe trazer uma coisa. Está muito escuro para enxergar no tesouro.

Thomas esperou. Seus olhos ficaram acostumados com a pouca luz e ele viu que havia oito aberturas em forma de arco na cripta, e então viu que não se tratava apenas de uma cripta, mas de um ossário, e aquilo fez com que desse um passo atrás, num horror repentino. Os arcos estavam cheios de ossos empilhados. Crânios olhavam para ele. No extremo leste havia um arco cheio pela metade, com o resto do espaço esperando pelos irmãos que rezavam todos os dias na igreja lá em cima. Aquele era o porão dos mortos; a antecâmara do céu.

Ele ouviu o estalido de uma fechadura girando, e então as passadas do abade voltaram e Planchard estendeu-lhe uma caixa de madeira.

— Leve-a para o claro — disse ele — e dê uma olhada. O conde tentou roubá-la de mim, mas quando ele voltou com febre, eu a tirei dele. Você consegue ver bem?

Thomas ergueu a caixa para a fraca luz que descia pelo poço da escada. Viu que a caixa era antiga, que a madeira ressecara, e que um dia ela já fora pintada por dentro e por fora, mas então, na frente da caixa, ele viu os restos das palavras que ele tanto conhecia, as palavras que o perseguiam desde a morte de seu pai: *Calix Meus Inebrians*.

— Dizem — o abade tirou a caixa das mãos de Thomas — que ela foi achada num relicário precioso sobre o altar da capela no castelo dos

Vexille. Mas quando foi achada, estava vazia, Thomas. Você compreende isso?

— Ela estava vazia — repetiu Thomas.

— Creio que sei o que traz um Vexille a Astarac — disse Planchard —, mas aqui não existe nada para você, Thomas, absolutamente nada. A caixa estava vazia.

Ele recolocou a caixa no lugar, fechou a pesada arca e conduziu Thomas de volta para a igreja. Trancou a porta do tesouro e depois gesticulou para que Thomas se sentasse com ele numa borda de pedra que contornava toda a nave que, fora isso, não tinha adorno algum.

— A caixa estava vazia — insistiu o abade —, embora não haja dúvida de que você está pensando que houve época em que estava cheia. E acho que veio aqui para procurar a coisa que a enchia.

Thomas confirmou com a cabeça. Ele observava dois noviços que varriam a igreja, suas cerdas de vidoeiro fazendo leves ruídos de raspagem nas largas lajes.

— Eu também vim — disse ele — procurar o homem que matou, que assassinou meu pai.

— Você sabe quem fez isso?

— O meu primo. Guy Vexille. Me disseram que ele se intitula conde de Astarac.

— E você acha que ele está aqui? — Planchard parecia surpreso. — Eu nunca ouvi falar nesse homem.

— Acho que se souber que estou aqui — disse Thomas — ele virá.

— E você vai matá-lo?

— Vou interrogá-lo — disse Thomas. — Quero saber por que ele achava que meu pai estava com o Graal.

— E seu pai estava?

— Não sei — replicou Thomas, com sinceridade. — Acho que ele pode ter pensado que meu pai o possuía. Mas meu pai às vezes também era um louco.

— Louco? — A pergunta foi feita com muita delicadeza.

242

O HEREGE

— Ele não adorava Deus — disse Thomas —, mas lutava contra ele. Ele implorava, gritava, berrava e chorava para Deus. Ele via a maioria das coisas com muita clareza, mas Deus o deixava confuso.

— E você? — perguntou Planchard.

— Sou um arqueiro — disse Thomas —, e tenho que ver as coisas com muita clareza.

— Seu pai — insistiu Planchard — abriu a porta para Deus e ficou deslumbrado, enquanto você mantém a porta fechada?

— Talvez — disse Thomas, em tom defensivo.

— Pois então, Thomas, o que é que você espera conseguir se encontrar o Graal?

— Paz — respondeu Thomas. — E justiça.

Não era a resposta em que ele tinha pensado, mas quase uma conclusão para a pergunta de Planchard.

— Um soldado que procura a paz — disse Planchard, achando graça. — Você está cheio de contradições. Você incendiou, matou e roubou para fazer a paz. — Ele ergueu a mão para deter o protesto de Thomas. — Devo lhe dizer, Thomas, que acho que seria melhor se o Graal não fosse encontrado. Se eu o achasse, o jogaria no mais profundo dos mares, lá entre os monstros, e não contaria a ninguém. Mas se uma outra pessoa o encontrar, ele será apenas mais um troféu nas guerras de homens ambiciosos. Reis irão lutar por ele, homens como você irão morrer por causa dele, igrejas ficarão ricas à custa dele, e não haverá paz. Mas isso eu não sei. Talvez você esteja certo. Talvez o Graal introduza uma era de abundância e tranqüilidade, e rezo por isso. No entanto a descoberta da coroa de espinhos não trouxe tais esplendores, e por que iria o Graal ser mais poderoso do que os espinhos do nosso querido Senhor? Temos pequenos frascos com o sangue dEle em Flandres e na Inglaterra, e no entanto eles não trazem a paz. Será que o Graal é mais precioso do que o sangue dEle?

— Há quem ache que sim — disse Thomas, constrangido.

— E esses homens vão matar como animais para possuí-lo — disse Planchard. — Vão matar com toda a piedade de um lobo estraçalhando uma ovelha, e você vem me dizer que trará a paz? — Ele suspirou. — Mas você pode ter razão. Talvez esteja na hora de o Graal ser encontrado. Nós precisamos de um milagre.

— Para trazer a paz?

Planchard abanou a cabeça. Por algum tempo, não disse nada, apenas olhou para os dois varredores e sua expressão era muito solene e imensamente triste.

— Não contei isso a ninguém, Thomas — ele quebrou o longo silêncio — e seria melhor você também não contar a ninguém. Mais cedo ou mais tarde, todos nós vamos ficar sabendo e aí será tarde demais. Mas não faz muito tempo recebi uma carta de uma casa irmã na Lombardia e o nosso mundo está prestes a sofrer uma mudança extrema.

— Por causa do Graal?

— Antes fosse. Não, devido a uma epidemia no leste. Uma epidemia terrível, uma peste que se espalha como fumaça, que mata quem ela toca e não poupa ninguém. É uma praga, Thomas, que foi enviada para nos devastar.

O abade olhou para a frente, vendo a poeira dançar num raio de luz do sol enviesada que descia por uma das janelas altas e claras.

— Uma epidemia dessas deve ser obra do diabo — continuou o abade, benzendo-se —, e é uma obra terrível. Meu irmão abade informa que em algumas cidades da Úmbria metade da população morreu e ele me aconselha a trancar minhas portas e não deixar que nenhum viajante entre, mas como posso fazer isso? Estamos aqui para ajudar as pessoas, não para mantê-las longe de Deus. — Ele olhou para um ponto mais alto, como se procurasse a ajuda divina entre as grandes vigas do telhado. — Uma escuridão está chegando, Thomas, e é uma escuridão como a humanidade nunca viu igual. Talvez, se você encontrar o Graal, ele lhe dê a luz para essa escuridão.

Thomas pensou na visão que Genevieve tivera à luz do relâmpago, de uma grande escuridão na qual havia um ponto brilhante.

— Sempre pensei — continuou Planchard — que a busca pelo Graal era uma loucura, a caça por uma quimera que não traria bem algum, apenas o mal, mas agora sou informado de que tudo vai mudar. Tudo. Talvez precisemos de um símbolo maravilhoso do amor de Deus. — Ele suspirou. — Tenho até sido tentado a imaginar se essa peste que está chegando não teria sido enviada por Deus. Talvez Ele nos elimine com o fogo, nos purgue, para que aqueles que forem poupados façam a Sua vontade. — Ele abanou a cabeça, triste. — O que vai fazer quando a sua Genevieve ficar boa?

— Eu vim aqui — disse Thomas — para descobrir tudo o que pudesse sobre Astarac.

— O começo e o fim da labuta do homem — disse Planchard com um sorriso —, não têm fim. Você se ofenderia com um conselho?

— Claro que não.

— Pois então, vão para bem longe, Thomas — disse o abade com firmeza. — Vocês dois. Não sei quem matou o conde de Berat, mas não é difícil adivinhar. Ele tinha um sobrinho, um imbecil, mas um homem forte, que você prendeu. Duvido que o conde teria pago o resgate por ele, mas agora o sobrinho é o conde e pode providenciar o próprio resgate. E se ele procurar o que o tio procurava, irá matar qualquer rival, e isso quer dizer você, Thomas. Portanto, tome cuidado. E vocês devem partir em breve.

— Não sou bem-vindo aqui?

— Você é muitíssimo bem-vindo — insistiu Planchard —, vocês dois. Mas hoje de manhã o escudeiro do conde foi comunicar a morte do patrão e o rapaz vai saber que você está aqui. Você e a jovem. Ele pode não saber o nome de vocês, mas vocês dois são... como direi? De chamar atenção? Por isso, se alguém quiser matá-lo, Thomas, vai saber onde procurá-lo. Motivo pelo qual eu lhe digo que vá para bem longe. Esta casa já viu crimes demais e não quero ver mais. — Ele se levantou e colocou, delicado, uma das mãos na cabeça de Thomas. — Deus o abençoe, meu filho — disse ele e retirou-se da igreja.

E Thomas sentiu a escuridão se aproximando.

JOSCELYN ERA O CONDE DE BERAT.

Ele estava se lembrando disso, e cada lembrança lhe provocava uma onda de puro deleite. Conde de Berat! Lorde de dinheiro.

Villesisle e seu companheiro tinham voltado de Astarac com a notícia de que o velho morrera dormindo.

— Antes mesmo de chegarmos ao mosteiro — disse Villesisle a Joscelyn em frente a Robbie e Sir Guillaume, embora mais tarde, em particular, ele confessasse que as coisas não tinham saído tão bem assim e que houvera derramamento de sangue.

— Você é louco — vociferou Joscelyn. — O que foi que eu lhe disse?

— Que abafasse ele.

— E em vez disso você encharca o maldito quarto com o sangue dele?

— Não tivemos chance — alegou Villesisle com rispidez. — Um dos soldados dele estava lá e tentou lutar. Mas o que importa? O velho está morto, não está?

Estava morto. Morto e apodrecendo, e era isso o que importava. O décimo quarto conde de Berat estava a caminho do céu ou do inferno, e com isso o condado de Berat, com seus castelos, feudos, cidades, servos, fazendas e moedas entesouradas, pertencia todo a Joscelyn.

Joscelyn possuía uma outra autoridade quando se reuniu com Robbie e Sir Guillaume. Antes, quando ele ficava imaginando se o tio iria pagar o resgate, fizera o possível para ser cortês, porque o seu futuro dependia da boa vontade de seus captores, mas agora, embora não fosse rude com eles, estava arredio, o que era adequado porque eram meros aventureiros e ele era um dos nobres mais ricos do norte da França.

— O meu resgate — declarou ele, categórico — é de vinte mil florins.

— Quarenta — insistiu de imediato Sir Guillaume.

— Ele é meu prisioneiro! — Robbie voltou-se contra Sir Guillaume.

— E daí? — retrucou Sir Guillaume. — Você vai aceitar vinte quando ele vale quarenta?

— Vou aceitar vinte — disse Robbie e era, na verdade, uma fortuna, um resgate digno de um duque real. Em moeda inglesa, seria perto de três mil libras, o suficiente para permitir que um homem passasse o resto de seus dias numa vida de luxo.

— E mais três mil florins — ofereceu Joscelyn — pelos cavalos e pelos meus soldados capturados.

— Feito — disse Robbie antes que Sir Guillaume pudesse objetar.

Sir Guillaume estava revoltado com a pronta aceitação de Robbie. O normando sabia que vinte mil florins eram um belo resgate, mais do que ele jamais ousara sonhar quando vira os poucos cavaleiros aproximando-se do vau e da emboscada que os aguardava, mas mesmo assim acreditava que Robbie concordara depressa demais. Em geral, levava-se meses para negociar um resgate, meses de barganhas, de mensageiros levando propostas e contrapropostas e recusa e ameaça, e no entanto Joscelyn e Robbie tinham resolvido tudo em instantes.

— E agora — disse Sir Guillaume, olhando para Joscelyn —, você fica aqui até o dinheiro chegar.

— Então, vou ficar para sempre — disse Joscelyn, com calma. — Tenho que tomar posse da minha herança — explicou ele — antes que o dinheiro seja liberado.

— Com que então eu simplesmente deixo você ir embora? — perguntou Sir Guillaume, com desdém.

— Vou com ele — disse Robbie.

Sir Guillaume olhou para o escocês, depois tornou a olhar para Joscelyn, e viu aliados. Devia ter sido Robbie, pensou Sir Guillaume, que tirara o escudo de Joscelyn que estava de cabeça para baixo, um gesto que o normando percebera mas decidira ignorar.

— Você vai com ele — disse ele, taxativo —, e ele é seu prisioneiro, não é?

— Ele é meu prisioneiro — disse Robbie.

— Mas eu estou no comando, aqui — insistiu Sir Guillaume — e uma parte do resgate é minha. Nossa. — Ele fez um gesto para indicar o resto da guarnição.

— Ela será paga — disse Robbie.

Sir Guillaume fitou Robbie bem nos olhos e viu um jovem que não encarava o seu olhar, um jovem cujas vassalagens eram incertas, que se propunha a cavalgar até Berat com Joscelyn. Sir Guillaume desconfiava que Robbie não iria voltar e, por isso, o normando foi até o nicho onde o crucifixo estava pendurado, o mesmo crucifixo que Thomas erguera diante dos olhos de Genevieve. Ele o tirou da parede e colocou-o sobre a mesa em frente a Robbie.

— Jure sobre isto — ordenou ele — que a nossa parte será paga.

— Eu juro — disse Robbie, solene, e colocou a mão sobre a cruz. — Por Deus e pela vida de minha mãe, eu juro.

Joscelyn, que observava, pareceu divertir-se.

Sir Guillaume cedeu. Ele sabia que poderia ter mantido Joscelyn e os outros prisioneiros, e que no fim seria encontrado um meio de levar todo o dinheiro do resgate se ficasse com eles, mas também sabia que enfrentaria semanas de inquietação. Os partidários de Robbie, e eles eram muitos, especialmente entre os soldados da estrada que tinham se juntado à guarnição, iriam alegar que, ao esperar, eles se arriscavam a perder todo o dinheiro, ou iriam sugerir que ele estava planejando aceitar o dinheiro e tapeá-los. Robbie iria estimular aquela agitação e no fim a guarnição iria se desfazer. Era provável que ela se desfizesse de qualquer maneira porque, sem Thomas, não havia motivo que os estimulasse a ficar. Os homens nunca ficaram sabendo que o Graal era o objetivo de sua busca, mas haviam sentido a pressa de Thomas, sentido que ele lutava por uma causa, e que o que faziam tinha um significado; agora, Sir Guillaume sabia, eles eram apenas mais um bando de soldados da estrada que tinham a sorte de ocupar um castelo. Sir Guillaume achava que nenhum deles iria ficar por muito tempo. Mesmo que Robbie não pagasse a sua parte, Sir Guillaume ainda poderia ir embora mais rico do que quando chegara, mas se Robbie mantivesse a palavra, Sir Guillaume teria dinheiro suficiente para levantar os homens de que precisava para perpetrar sua vingança contra aqueles que tinham roubado suas terras na Normandia.

— Espero que o dinheiro esteja aqui dentro de uma semana — disse Sir Guillaume.

— Duas — retrucou Joscelyn.

— Uma semana!

— Vou tentar — disse Joscelyn, sem hesitação.

Sir Guillaume empurrou o crucifixo para o outro lado da mesa.

— Uma semana.

Joscelyn olhou demoradamente para Sir Guillaume e depois colocou um dedo sobre o corpo quebrado de Cristo.

— Se insiste — admitiu ele. — Uma semana.

Joscelyn partiu na manhã seguinte. Cavalgou de armadura completa, pois sua bandeira, seus cavalos e soldados lhe haviam sido devolvidos, e com ele seguiram Robbie e dezesseis outros soldados, todos gascões que serviram a Thomas mas que agora preferiam extorquir ouro do conde de Berat. Sir Guillaume foi deixado com os homens que seguiram para Castillon d'Arbizon, mas pelo menos isso significava que contava com os arqueiros. Ele ficou em pé na defesa mais alta do castelo e viu Joscelyn ir embora. John Faircloth, o soldado inglês, juntou-se a ele.

— Ele está nos deixando? — perguntou, referindo-se a Robbie.

Sir Guillaume sacudiu a cabeça.

— Ele está nos deixando. Não tornaremos a vê-lo.

— E o que vamos fazer? — perguntou Faircloth, dessa vez em francês.

— Esperar pelo dinheiro e depois ir embora.

— Só ir embora?

— Em nome de Deus, o que mais podemos fazer? O conde de Northampton não quer esta cidade, John. Ele nunca vai mandar alguém para nos ajudar. Se ficarmos aqui, vamos morrer.

— E vamos embora ou morremos sem o Graal — disse Faircloth. — Foi por isso que o conde nos mandou até aqui? Ele sabia a respeito do Graal?

Sir Guillaume confirmou com a cabeça.

— Os cavaleiros da távola redonda — disse ele, alegre —, é o que somos.

— E vamos abandonar a busca?

— É uma loucura — disse Sir Guillaume, veemente —, uma maldita de uma loucura. Ele não existe, mas Thomas achava que poderia existir, e o conde achou que valia a pena tentar. Mas é pura idiotice lunática. E o Robbin agora aderiu a ela, mas não vai encontrar o Graal porque ele não existe e, portanto, não pode ser encontrado. Somos apenas nós e uma quantidade demasiada de inimigos, de modo que vamos receber o nosso dinheiro e voltar para casa.

— E se eles não mandarem o dinheiro? — perguntou Faircloth.

— A honra existe, não existe? — disse Sir Guillaume. — Quer dizer, nós saqueamos, roubamos, estupramos e matamos, mas nunca tapeamos uns aos outros quanto a resgates. Meu doce Jesus! Se isso acontecesse, jamais se poderia confiar em outra pessoa.

Ele fez uma pausa, olhando para Joscelyn e sua comitiva que tinham parado no fim do vale.

— Veja só os bastardos — disse ele —, só olhando para nós. Pensando em como nos tirar daqui.

Os cavaleiros estavam realmente dando um último olhar para a torre de Castillon d'Arbizon. Joscelyn viu o insolente estandarte do conde de Northampton subir e descer com a brisa suave, e depois cuspiu na estrada.

— Você vai mesmo mandar o dinheiro para eles? — perguntou ele a Robbie.

Robbie pareceu perplexo diante da pergunta.

— É claro — respondeu ele.

Assim que tivesse recebido o resgate combinado, a honra insistia que ele transferisse a parte de Sir Guillaume. Nunca lhe passara pela cabeça fazer o contrário.

— Mas eles exibem a bandeira do meu inimigo — assinalou Joscelyn. — Por isso, se você mandar o dinheiro para eles, o que é que vai impedir que eu o tome de volta?

Ele olhou para Robbie, à espera de uma resposta.

Robbie tentou encontrar as ramificações daquela sugestão, testando-as em relação à sua honra, mas desde que o dinheiro fosse enviado, pensou, a honra estaria satisfeita.

— Eles não pediram uma trégua — disse ele, hesitante, e era a resposta que Joscelyn queria, porque sugeria que poderia iniciar uma luta no momento em que o dinheiro fosse pago. Ele sorriu e seguiu em frente.

Chegaram a Berat no início da noite. Um soldado seguira na frente, avisando a cidade da aproximação de seu novo senhor, e uma delegação de cônsules e padres recebeu Joscelyn a uns oitocentos metros da porta leste. Eles se ajoelharam para dar-lhe as boas vindas e os padres presentearam o conde com algumas das preciosas relíquias da catedral. Havia um degrau da escada de Jacó, os ossos dos peixes usados para alimentar as cinco mil pessoas, a sandália de São Gudule, e um prego utilizado para crucificar um dos dois ladrões que haviam morrido com Cristo. Todos tinham sido doações feitas à cidade pelo antigo conde, e agora esperava-se que o novo conde desmontasse e prestasse às preciosas relíquias, todas colocadas em receptáculos de prata, ouro ou cristal, a devida reverência. Joscelyn sabia o que se esperava que fizesse, mas em vez disso inclinou-se no arção da sela e olhou com ar irritado para os padres.

— Onde está o bispo? — perguntou.

— Está doente, excelência.

— Doente demais para vir me receber?

— Ele está doente, excelência, muito doente — disse um dos padres e Joscelyn olhou para o homem por alguns instantes e, de repente, aceitou a explicação.

Ele desmontou, ajoelhou-se por pouco tempo, fez o sinal-da-cruz em direção às relíquias oferecidas e sacudiu a cabeça, num gesto breve para os cônsules que ofereciam as chaves cerimoniais da cidade numa almofada de veludo verde. Joscelyn deveria pegar as chaves e depois devolvê-las com uma palavra amável, mas estava com fome e sede, por isso tornou a montar e passou a passo rápido pelos cônsules ajoelhados.

O cortejo entrou na cidade pela porta oeste, onde os guardas puseram-se de joelhos para o seu novo senhor, e então os cavaleiros subiram para a lombada entre as duas montanhas, na qual Berat fora construída. À esquerda, agora, sobre a montanha mais baixa, ficava a catedral, uma igreja comprida, baixa, que não tinha torre ou flecha, enquanto que à direita uma rua pavimentada com lajotas estendia-se até o castelo na montanha mais alta. A rua estava cheia de cartazes pintados que obrigavam os cavaleiros a seguir em fila indiana, enquanto que de ambos os lados os cidadãos ajoelhavam-se e gritavam bênçãos. Uma mulher espalhou folhas de videira nas pedras do chão enquanto um taberneiro oferecia uma bandeja de copos de vinho que derramaram quando o cavalo de Joscelyn esbarrou nele.

A rua dava para o mercado, que estava sujo de legumes pisados e fedia a estrume de vacas, ovelhas e cabras. O castelo agora estava em frente, e suas portas se abriram quando os guardas reconheceram o estandarte de Berat levado pelo escudeiro de Joscelyn.

Então, tudo ficou confuso para Robbie. Seu cavalo foi levado por um criado e ele acabou recebendo um quarto na torre leste, onde havia uma cama e uma lareira, e mais tarde, naquela noite, houve uma festança para qual a condessa viúva foi convidada. Era uma jovem pequena, rechonchuda e bonita, e no final da festa, Joscelyn levou-a pelo pulso e conduziu-a para o novo quarto dele, o quarto do antigo conde. Robbie ficou no salão, onde os soldados despiram três criadas, deixando-as nuas, e revezaram-se com elas. Outros, estimulados por Joscelyn antes deste desaparecer, arrastavam das estantes pacotes de velhos pergaminhos e alimentavam com eles a grande fogueira, que queimava forte e brilhante. Sir Henri Courtois ficou olhando e nada disse, mas ficou tão bêbado quanto Robbie.

Na manhã seguinte, o resto das prateleiras ficou vazio. Os livros foram atirados por uma das janelas para o pátio do castelo, onde ardia uma nova fogueira. As prateleiras foram retalhadas com picaretas e seguiram os livros e os pergaminhos pela janela. Joscelyn, muito animado, supervisionou a limpeza do aposento e nos intervalos recebia visitantes. Alguns tinham sido criados de seu tio: caçadores, armeiros, despenseiros e escreventes que queriam ter a certeza de que seus empregos estavam garantidos. Alguns eram senhores menores de seu novo domínio, que foram jurar vassalagem ao colocarem as mãos entre as do conde, fazendo o juramento e recebendo o beijo que os tornava servidores de Joscelyn. Havia suplicantes querendo justiça e homens ainda mais desesperados a quem o falecido conde devia dinheiro e que ousavam ter a esperança de que o sobrinho honrasse as dívidas. Houve uma dúzia de padres da cidade que queriam que o novo conde lhes desse dinheiro para dizer missas pela alma de seu tio, e cônsules de Berat subiram as escadas vestindo suas batas de cor vermelha e azul, com argumentos explicando por que a receita fiscal da cidade devia ser menor; e em meio àquilo tudo, Joscelyn berrava a seus homens para que queimassem mais livros, que atirassem mais pergaminhos na fogueira, e quando um monge jovem e nervoso apareceu para protestar que ele ainda não tinha acabado de consultar os títulos de propriedade, Joscelyn correu atrás dele e assim encontrou a toca do monge, que estava cheia de mais documentos. Foram todos queimados, deixando o monge em lágrimas.

Foi então, enquanto o recém-descoberto depósito de pergaminhos queimava em labaredas que espalhavam pedaços em chamas pelo pátio e ameaçavam o teto de sapé da estrebaria do castelo, que o bispo, aparentemente nem um pouco doente, chegou. Veio com doze outros clérigos, e com eles estava Michel, o escudeiro do antigo conde.

O bispo bateu com o báculo nas pedras do pavimento para atrair a atenção de Joscelyn. Quando o novo conde dignou-se a notá-lo, o bispo apontou o báculo para Joscelyn. Um silêncio cobriu o pátio quando as pessoas perceberam que estava se desenvolvendo um drama. Joscelyn, o fogo refletindo-se em seu rosto redondo, tinha uma expressão beligerante.

— O que o senhor quer? — perguntou ao bispo que, segundo ele, não tinha mostrado deferência suficiente.

— Quero saber — exigiu o bispo — como seu tio morreu.

Joscelyn deu alguns passos em direção à comitiva, o som das botas ecoando nas paredes do castelo. Havia pelo menos cem homens no pátio, e alguns deles, desconfiados de que o velho conde tinha sido assassinado, fizeram o sinal-da-cruz. Mas Joscelyn não pareceu nem um pouco preocupado.

— Ele morreu — disse, em voz alta. — Dormindo, de uma doença.

— É estranho uma doença — disse o bispo — que deixa a pessoa com a garganta cortada.

Um murmúrio foi ouvido no pátio e aumentou, transformando-se num rugir de indignação. Sir Henri Courtois e alguns dos soldados do antigo conde levaram as mãos aos punhos das espadas, mas Joscelyn enfrentou o desafio.

— Do que é que o senhor me acusa? — vociferou para o bispo.

— Eu não o acuso de coisa nenhuma — disse o bispo. Ele não estava querendo provocar uma briga com o novo conde, pelo menos por enquanto, mas preferiu atacar através dos servos de Joscelyn. — Mas acuso seus homens. Este homem — ele puxou Michel à frente — os viu cortar a garganta de seu tio.

Um murmúrio de desagrado soou no pátio e alguns dos soldados deslocaram-se em direção a Sir Henri Courtois, como que assegurando-lhe seu apoio. Joscelyn não ligou para o protesto e olhou para Villesisle.

— Eu mandei você — disse ele, em voz alta — para tentar uma audiência com o meu tio. E agora fico sabendo que você o matou?

Villesisle ficou tão perplexo com a acusação que nada disse. Apenas abanou a cabeça em sinal de negativa, mas com tanta incerteza que todos os presentes ficaram certos de sua culpa.

— O senhor quer justiça, bispo? — bradou Joscelyn por cima do ombro.

— O sangue de seu tio clama por ela — disse o bispo — e a legitimidade de sua herança depende disso.

Joscelyn sacou a espada. Não estava de armadura, apenas de calções, botas e um casaco de cota de malha seguro por um cinto, enquanto que Villesisle vestia um casaco de couro que seria à prova da maioria dos golpes de espada. Mas Joscelyn sacudiu a espada para indicar que Villesisle devia sacar a dele.

— Um julgamento por duelo, bispo — disse ele.

Villesisle recuou.

— Fiz apenas o que o senhor... — começou ele e teve de recuar depressa, porque Joscelyn o atacara com dois golpes rápidos. Villesisle receou que aquilo não fosse um duelo de brincadeira, armado para tranqüilizar um bispo importuno, mas uma luta de verdade. Ele sacou a espada. — Excelência — implorou a Joscelyn.

— Faça com que isso pareça de verdade — disse Joscelyn baixinho — e depois a gente resolve tudo.

Villesisle sentiu uma onda de alívio, sorriu e fez um ataque que Joscelyn aparou. Os homens que assistiam abriam espaço para fazer um semicírculo em volta da fogueira em frente à qual os dois homens pudessem lutar. Villesisle não tinha nada de inexperiente; ele lutara em torneios e escaramuças, mas prestava atenção a Joscelyn, que era mais alto e mais forte, e agora Joscelyn atacava utilizando-se de suas vantagens, brandindo a espada em golpes potentes que Villesisle aparava desesperado. Cada entrechocar de espadas ecoava duas vezes, uma da cortina do castelo e outra da grande torre de menagem, um triplo tilintar desaparecendo quando o outro começava. Villesisle recuava, recuava, e então deu um pulo para o lado para deixar que um dos golpes assassinos de Joscelyn se perdesse no ar enfumaçado e imediatamente pressionou à frente, investindo com a ponta. Mas Joscelyn esperava por isso e desviou-se da investida e avançou, desequilibrando Villesisle, de modo a fazer com que ele despencasse nas pedras do calçamento, Joscelyn parou ao lado dele.

— Poderei ser obrigado a prender você depois disso — disse ele quase num sussurro —, mas não por muito tempo. — E então, ergueu a voz: — Mandei você conversar com meu tio. Você nega isso?

Villesisle ficou satisfeito por continuar o fingimento.

— Não nego, excelência — disse ele.

— Repita! — ordenou Joscelyn. — Mais alto!

— Não nego, excelência!

— No entanto, você cortou a garganta dele — disse Joscelyn e fez um gesto para que Villesisle se levantasse. Assim que seu adversário ficou de pé, avançou com rapidez, ceifando com a espada, e uma vez mais o tilintar triplo foi ouvido no pátio. As espadas eram pesadas, os golpes desajeitados, mas os homens que assistiam achavam que Joscelyn era mais habilidoso, embora Sir Henri Courtois tivesse dúvidas de que Villesisle estivesse usando toda a sua perícia. Ele deu uma cutilada, mas não tentou aproximar-se do adversário, e Joscelyn não teve dificuldade em recuar. Os livros e pergaminhos em chamas rugiam ao lado dele, provocando o suor na testa, e ele o afastou com o punho do casaco.

— Se eu arrancar sangue deste homem, bispo — bradou Joscelyn, o senhor aceita isso como sinal da culpa dele?

— Aceito — disse o bispo —, mas não será um castigo suficiente.

— O castigo pode esperar para ser dado por Deus — disse Joscelyn e sorriu para Villesisle, que respondeu com outro sorriso.

E Joscelyn avançou, descuidado, para o seu adversário, abrindo o lado direito para um golpe; Villesisle compreendeu que estava sendo convidado a desferir um golpe pelo lado e, com isso, dar a impressão de que a luta era para valer. Aceitou, brandindo a grande e pesada espada na expectativa de que Joscelyn fosse escorá-lo, mas Joscelyn recuou e usou a espada para impulsionar o golpe à frente, de modo que Villesisle foi girado, levado pelo *momentum* da pesada espada e Joscelyn, o olhar frio e rápido como um raio, recuou a espada e torceu muitíssimo de leve o pulso e a ponta da espada penetrou na garganta de Villesisle. Ela se prendeu lá, segura pelo esôfago de Villesisle. Joscelyn empurrou-a à frente, torceu o aço, empurrou de novo, e sorria enquanto fazia aquilo e o sangue escorria pela lâmina, cascateando das bordas. Joscelyn ainda sorria enquanto Villesisle, uma expressão de extrema perplexidade no rosto, desabava de joelhos. Sua espada caiu com um tilintar. A respiração borbulhava em vermelho no corte na garganta e agora Joscelyn deu na espada um forte empurrão, de modo que ela desceu rasgando o peito de Villesisle. O moribundo ficou preso ali, sustentado pela espada que fora enfiada pela traquéia, e então Joscelyn torceu de novo a lâmina, colocou as duas mãos no punho e puxou o aço para fora com um impulso monstruoso que fez o corpo de Villesisle tremer e o sangue jorrar sobre os braços de Joscelyn.

Os espectadores soltaram um suspiro quando Villesisle caiu para o lado e morreu. Seu sangue escorreu por entre as pedras do pátio para chiar onde se encontrou com o fogo.

Joscelyn voltou-se e procurou o segundo homem, o assassino companheiro de Villesisle. O homem tentou fugir, mas foi seguro pelos outros soldados e empurrado para o espaço aberto, onde caiu de joelhos e implorou misericórdia a Joscelyn.

— Ele quer misericórdia — bradou Joscelyn para o bispo. — O senhor daria a ele?

— Ele merece justiça — disse o bispo.

Joscelyn enxugou a espada ensangüentada na saia de seu gibão e depois embainhou-a e olhou para Sir Henri Courtois.

— Enforque-o — ordenou, ríspido.

— Senhor...

O homem começou um apelo, mas Joscelyn voltou-se e deu-lhe um pontapé na boca com tanta força, que deslocou o maxilar do homem. Quando este recuperou o equilíbrio, Joscelyn arrastou o pé para trás, quase arrancando uma orelha com a espora. Depois, num evidente paroxismo de raiva, Joscelyn inclinou-se para colocar de pé o homem que sangrava. Segurou-o por um instante com os braços esticados e depois, com toda a força de um homem treinado para os torneios, empurrou-o de costas. O homem gritou ao tropeçar e cair na fogueira. A roupa pegou fogo. Os espectadores prenderam a respiração, alguns até desviaram o olhar enquanto o homem em chamas tentou sair cambaleando das labaredas, mas Joscelyn, arriscando-se a ser queimado também, empurrou-o de volta. O homem tornou a berrar. Os cabelos pegaram fogo e brilharam, ele sacudiu-se em espasmos horríveis e depois caiu na parte mais quente da fogueira.

Joscelyn voltou-se para o bispo.

— Satisfeito? — perguntou e afastou-se, passando a mão nas mangas do gibão para tirar as cinzas.

O bispo ainda não terminara. Ele alcançou Joscelyn no grande salão, que agora fora esvaziado dos livros e das estantes, e onde o novo conde, com sede depois dos esforços que fizera, servia-se de vinho tinto que estava num jarro. Joscelyn olhou para o bispo com um ar irritado.

— Os hereges — disse o bispo. — Eles estão em Astarac.

— É provável que tenha hereges por toda parte — disse Joscelyn, indiferente.

— A jovem que matou o padre Roubert está lá — insistiu o bispo —, além do homem que recusou nossas ordens para queimá-la.

Joscelyn lembrava-se da jovem de cabelos dourados numa armadura de prata.

— Aquela jovem — disse ele, o interesse revelado na voz, e esvaziou a taça encheu outra. — Como é que o senhor sabe que estão lá?

— Michel esteve lá. Os monges contaram a ele.

— Ah, sim — disse Joscelyn. — Michel. — Ele dirigiu-se furtivamente para o escudeiro de seu tio, fitando-o com um olhar de assassino.

— Michel — disse Joscelyn — que conta histórias. Michel, que corre para o bispo em vez de vir procurar o seu novo senhor.

Michel recuou rápido, mas o bispo salvou-o pondo-se diante de Joscelyn.

— Michel agora está a meu serviço — disse ele — e encostar a mão nele é atacar a Igreja.

— Por isso, se eu o matar, como ele merece — escarneceu Joscelyn —, o senhor me manda queimar, hein? — Ele cuspiu em direção a Michel. — Então, o que é que o senhor deseja? — perguntou ao bispo.

— Quero que os hereges sejam capturados — respondeu o bispo. Aquele novo e violento conde o deixava nervoso, mas esforçou-se para ser corajoso. — Exijo, em nome de Deus e a serviço de Sua Santa Igreja, que vossa excelência mande homens para procurar a beguina que era conhecida como Genevieve e o inglês que diz chamar-se Thomas. Eu quero os dois aqui. Quero que eles sejam queimados.

— Mas só depois que eu conversar com eles. — Uma nova voz falou, uma voz tão cortante quanto fria, e o bispo e Joscelyn, na verdade todos os que estavam no salão, voltaram-se para a porta onde surgira um estranho.

Joscelyn percebera, desde que saíra furtivamente do pátio, o som de patas, mas não dera importância. No castelo houvera muito barulho com chegadas e partidas a manhã toda, mas ele agora percebia que estranhos deviam ter chegado a Berat e seis deles estavam agora no limiar do salão. O líder era o homem que falara e era mais alto até do que Joscelyn, e magro, com um rosto de linhas duras, comprido e pálido, emoldurado por cabelos pretos. Estava todo vestido de preto. Botas pretas, calções pretos, gibão preto, capa preta, chapéu preto de abas largas, e uma bainha de espada enfiada em tecido preto. Até as esporas eram feitas de metal preto e Joscelyn, que tinha tanto de religião na alma quanto um inquisidor possuía de misericórdia, sentiu uma súbita ânsia de fazer o sinal-da-cruz. E então, quando o homem tirou o chapéu, ele o reconheceu. Era o Arlequim, o misterioso cavaleiro que ganhara muito dinheiro nos campos de torneios da Europa, o único homem que Joscelyn nunca derrotara.

— Você é o Arlequim — disse Joscelyn, em tom de acusação.

— Às vezes sou conhecido por esse nome — disse o homem, e o bispo e todo o clero fizeram o sinal-da-cruz, porque o nome significava que aquele homem era adorado pelo diabo. E o homem alto deu outro passo à frente e acrescentou: — Mas o meu nome verdadeiro, excelência, é Guy Vexille.

O nome nada significava para Joscelyn, mas o bispo e seu clero benzeram-se, todos, uma segunda vez. O bispo exibiu o báculo como que para se defender.

— E que diabo está fazendo aqui? — perguntou Joscelyn.

— Vim trazer luz para o mundo — respondeu Vexille.

E Joscelyn, o 15º conde de Berat, sentiu um calafrio. Não sabia por que. Sabia apenas que estava com medo do homem chamado Arlequim, que viera trazer luz para a escuridão.

A MULHER QUE CONSOLIDAVA fraturas alegou que não podia fazer muita coisa, e o que quer que tivesse feito provocara uma dor alucinante em Genevieve, mas depois de feito, e quando o ombro e o seio esquerdo estavam ensopados de sangue novo, o irmão Clement limpou-a com delicadeza e depois despejou mel no ferimento, que tornou a vedar com aniagem. O lado bom foi que de repente Genevieve ficou faminta e comia tudo que Thomas lhe levava, embora Deus soubesse que era muito pouco, porque a surtida que ele mesmo fizera contra Astarac deixara a aldeia despojada de alimentos e os estoques do mosteiro tinham sido esvaziados para alimentar os aldeões. Ainda assim, sobrara um pouco de queijo, peras, pão e mel, e o irmão Clement fez mais sopa de cogumelo. Os leprosos, as matracas tocando, iam ao bosque para buscar os cogumelos que eram servidos a todos os monges. Duas vezes ao dia, alguns deles dirigiam-se matraqueando em volta dos fundos do mosteiro e subiam um lance de escada para um aposento de pedra, vazio, onde uma pequena janela dava para o altar da igreja do mosteiro. Era ali que eles podiam adorar e Thomas, no segundo e no terceiro dia depois de sua conversa com o abade Planchard, foi com eles. Não foi de vontade própria, porque a excomunhão significava que ele já não era bem-vindo em igreja nenhuma, mas o irmão Clement cutucava seu braço, insistente, e sorria com uma satisfação sincera quando Thomas lhe fazia a vontade.

Genevieve o acompanhou no dia seguinte àquele em que a mulher que consolidava fraturas a fizera berrar. Ela conseguia andar bastante bem, embora ainda estivesse fraca e mal pudesse mexer o braço esquerdo. Mas a seta não atingira os pulmões e era por isso, decidiu Thomas, que sobrevivera. Por isso e por causa dos cuidados do irmão Clement.

— Pensei que ia morrer — confessou ela a Thomas.

Ele se lembrou da peste que iria chegar. Não ouvira falar mais nela e, por enquanto, não contou a Genevieve.

— Você não vai morrer — disse ele — mas tem de mexer o braço.

— Não consigo. Dói.

— É preciso — disse ele.

Quando seus braços e mãos ficaram com cicatrizes deixadas pelo torturador, ele achava que nunca mais voltaria a usá-los, mas os amigos, com Robbie sendo o principal, obrigaram-no a treinar com o arco. No início, parecia não haver esperança, mas pouco a pouco a capacidade voltou. Ele imaginou onde estaria Robbie naquele momento, se tinha ficado em Castillon d'Arbizon, e aquele pensamento o deixou com medo. Será que Robbie iria procurá-lo ali em Astarac? Será que a amizade se transformara realmente em ódio? E se não fosse Robbie, quem mais poderia ir? A notícia da sua presença no mosteiro iria espalhar-se da maneira invisível pela qual notícias daquele tipo se propagavam, histórias contadas em tabernas, mascates levando o boato de uma aldeia para outra, e em pouco tempo alguém em Berat iria ficar sabendo.

— Temos de partir em breve — disse ele a Genevieve.

— Para onde?

— Para bem longe. Talvez para a Inglaterra?

Ele sabia que tinha fracassado. Não iria encontrar o Graal ali e, mesmo que seu primo chegasse, como Thomas iria derrotá-lo? Ele era um homem só, com apenas uma mulher para ajudá-lo, e Guy Vexille viajava com todo um *conroi* de soldados. O sonho terminara e estava na hora de ir embora.

— Ouvi dizer que faz frio na Inglaterra — disse Genevieve.

— O sol brilha sempre — disse Thomas, sério. — A safra não falha nunca, e os peixes pulam direto dos rios para a frigideira.

Genevieve sorriu.

— Neste caso, você precisa me ensinar inglês.

— Você já sabe um pouco.

— Sei falar maldito, porcaria, maldita porcaria e o maldito sangue de Cristo nos ajude, só isso.

Thomas riu.

— Você aprendeu o inglês dos arqueiros — disse ele —, mas vou lhe ensinar o resto.

Ele decidiu que os dois partiriam no dia seguinte. Fez um pacote das flechas e limpou o sangue coagulado da cota de malha de Genevieve. Pediu emprestado um alicate ao carpinteiro do mosteiro e fez o possível para remendar a malha no lugar em que a seta de besta fizera o furo, dobrando e fechando os elos estraçalhados até que pelo menos ficaram toscamente unidos, embora o rasgo ainda estivesse visível. Amarrou os cavalos na alameda de oliveiras para deixá-los pastar e depois, por ainda estar no início do anoitecer, caminhou para o sul, em direção ao castelo. Estava decidido a dar uma última olhada na fortaleza de que seus ancestrais tinham sido os senhores.

Encontrou Philin ao sair do mosteiro. O *coredor* trouxera o filho da enfermaria e, com a perna do menino firmemente entalada com meia dúzia das talas de castanheiro que eram usadas para sustentar as videiras do mosteiro, ele o colocara sobre um cavalo e o conduzia para o sul.

— Eu não quero demorar demais aqui — disse ele a Thomas. — Ainda estou sendo procurado por assassinato.

— Planchard lhe daria asilo — insistiu Thomas.

— Daria — concordou Philin —, mas isso não impediria que a família de minha mulher mandasse homens para me matar. Nós estamos mais seguros nas montanhas. A perna dele vai consolidar tanto lá quanto em qualquer outro lugar. E se você estiver procurando um refúgio...

— Eu? — Thomas ficou surpreso com a oferta.

— Sempre temos lugar para um bom arqueiro.

— Eu acho que vou voltar para casa. Para a Inglaterra.

— Seja como for, meu amigo, que Deus o proteja — disse Philin e seguiu em direção oeste. Thomas caminhou para o sul, atravessando a aldeia, onde algumas pessoas se benzeram, o que era prova suficiente de que sabiam quem ele era, mas nenhuma tentou vingar-se nele pelo mal que seus homens tinham feito. Poderiam ter desejado vingar-se, mas ele era alto, forte, e usava uma espada longa na cintura. Subiu a trilha para as ruínas e percebeu que três homens o tinham seguido. Parou para enfrentá-los, mas eles não fizeram nenhum movimento hostil, limitando-se a observá-lo a uma distância segura.

Era um bom lugar para um castelo, pensou Thomas. Sem dúvida, melhor do que Castillon d'Arbizon. A cidadela de Astarac estava construída num rochedo e só havia acesso a ela pela trilha estreita que ele subira para chegar à porta despedaçada. Atravessada a porta, o rochedo tinha sido originalmente encimado por um muro que circundava o pátio, embora isso agora fosse nada mais do que pilhas de pedras cobertas de musgo, que nunca chegavam acima da cintura de um homem. Um retângulo de paredes em pedaços com uma extensão semicircular no lado leste mostrava onde ficava a capela e Thomas, andando sobre as largas lajes sob as quais seus ancestrais estavam enterrados, viu que aquelas pedras tinham sido mexidas recentemente. Marcas de esfoladuras denunciavam os pontos em que foram forçadas. Pensou em tentar levantar uma das lajes, mas sabia que não tinha tempo nem as ferramentas, de modo que seguiu para o lado oeste do rochedo, onde se erguera a velha torre de menagem, agora uma torre em ruínas, oca para o vento e a chuva. Ele se voltou quando chegou à antiga torre e viu que seus três seguidores tinham perdido o interesse por ele quando saíra da capela. Será que estavam lá para proteger alguma coisa? O Graal? Aquele pensamento percorreu suas veias como um raio de fogo, mas depois ele o afastou. Não havia Graal nenhum, refletiu. Era a loucura de seu pai que o tocara com o seu sonho sem esperança.

Uma escada em frangalhos fora construída em um dos flancos da torre, e Thomas subiu-a até onde pôde, que era apenas até o ponto em que o primeiro andar, que já não existia, abrangera o poço oco. Ali havia um grande buraco na parede da torre, uma parede com mais de metro e meio de espessura, e Thomas conseguiu entrar naquele espaço. Olhou para o vale lá embaixo, seguindo a linha do córrego com os olhos, e tentou uma vez mais ter alguma sensação de que estava no seu ambiente. Tentou atrair os ecos de seus ancestrais, mas não havia nada. Ele se sentiu emocionado quando voltou a Hookton, para o pouco que restava dela, mas ali, nada. E a idéia de que Hookton, como aquele castelo, estava em ruínas fez com que ele se perguntasse se não haveria uma maldição sobre os Vexille. O pessoal do interior, ali, dizia que as *dragas*, as mulheres do diabo, deixavam flores por onde passavam, mas será que os Vexille deixavam ruínas? Afinal, talvez a Igreja tivesse razão. Talvez ele merecesse ser excomungado. Voltou-se para olhar para o oeste, na direção em que deveria seguir se quisesse voltar para casa.

E viu os homens a cavalo.

Eles estavam na crista oeste, lá ao norte dele, vindo, calculou, da direção de Berat. Era um bando enorme, e sem dúvida soldados, porque o que chamara a atenção de Thomas fora o brilho da luz refletindo-se em um elmo ou numa cota de malha.

Ele olhou fixamente, sem querer acreditar no que via, e então, recuperando o controle, saiu correndo. Desceu a escada, atravessou o pátio que continha uma grossa camada de ervas daninhas, saiu pela porta em ruínas onde passou a toda pelos três homens e desceu pela trilha. Atravessou a aldeia correndo e depois seguiu para o norte. Estava sem fôlego quando bateu com força na porta do lazareto. O irmão Clement a abriu e Thomas forçou a passagem por ele.

— Soldados — disse em curta explicação e entrou na choça, onde apanhou o arco, as flechas empacotadas, as capas e a cota de malha e as sacolas.

— Venha depressa — disse ele a Genevieve que, com uma concha, depositava com cuidado em pequenos jarros um pouco do mel do irmão Clement que acabara de ser colhido. — Não faça perguntas — disse a ela —, venha. Traga as selas.

Voltaram para fora, seguindo para o olival, mas Thomas, olhando em sua volta, viu soldados na estrada do vale ao norte do mosteiro de São

Sever. Os homens ainda estavam bem longe, mas se vissem duas pessoas saindo do mosteiro a cavalo, provavelmente iriam atrás delas, o que significava que agora não poderia haver uma fuga, só um esconderijo. Ele hesitou, raciocinando.

— O que foi? — perguntou Genevieve.

— Soldados. Provavelmente de Berat.

— Lá, também. — Ela estava olhando para o sul, na direção do castelo, e Thomas viu os aldeões seguindo depressa para o mosteiro para se refugiarem, e isso indicava, sem dúvida alguma, que havia homens armados se aproximando das casas deles.

Ele praguejou.

— Largue as selas — disse e, depois que ela as largou, puxou-a pelos fundos do mosteiro, seguindo o caminho dos leprosos para a igreja. Alguém começara a tocar o sino do mosteiro para avisar aos irmãos que estranhos armados tinham chegado ao vale deles.

E Thomas sabia o motivo. Sabia que, se fossem achados, os dois seriam queimados no fogo santo, e por isso correu para a parte dos leprosos na igreja e subiu a curta escada para a janela que dava para o altar. Empurrou o arco pela janela, mandou as flechas em seguida, e depois o resto da bagagem, e subiu com dificuldade. O espaço era apertado, mas ele se espremeu e passou, caindo nas lajes desajeitado e com dores.

— Venha! — insistiu ele com Genevieve. Havia gente entrando na igreja, entupindo a porta no final da nave.

Genevieve chiou de dor enquanto passava com dificuldade pela pequena janela. Ela pareceu ter medo da altura do pulo, mas Thomas estava embaixo e aparou-a.

— Por aqui.

Ele apanhou o arco e as sacolas e conduziu-a pelo lado do coro e depois para trás do altar lateral, onde a imagem de São Benedito olhava com tristeza para os aldeões amedrontados.

A porta para a alcova estava trancada, como Thomas esperava, mas ali eles ficariam escondidos e ele não achava que alguém os houvesse percebido esgueirando-se pelo coro em sombras. Ele ergueu a perna direita e bateu com o calcanhar no fecho da porta. O barulho foi enorme, uma batida de tambor ecoando na igreja, e a porta vibrou com violência, mas não se abriu. Tornou a bater, com mais força, e depois uma terceira vez, sendo recompensado por um ruído de madeira despedaçada enquanto a lingüeta da tranca arrancava a velha madeira do portal.

— Pise com cuidado — avisou ele e desceu a escada, conduzindo-a para a escuridão do ossário. Ele seguia tateando para o lado oeste, onde o nicho em forma de arco estava cheio de ossos só até a metade, e atirou seus pertences atrás da pilha. Depois ergueu Genevieve.

— Vá para os fundos — disse — e comece a cavar.

Ele sabia que não poderia subir sem derrubar dezenas de costelas, ossos de coxas e ossos de braços, por isso saiu pela cripta e derrubou pilhas de ossos. Crânios batiam, saltavam e rolavam, braços e pernas faziam barulho, e quando a cripta virou uma confusão de esqueletos espalhados, voltou para Genevieve, subiu com dificuldade e ajudou-a a abrir espaço entre os ossos antigos que estavam mais perto da parede. Ali, fizeram um buraco, afastando as caixas torácicas, os pelves e omoplatas, cavando ainda mais fundo até que, finalmente, arranjaram um esconderijo profundo, escuro, entre os mortos.

E ali, na escuridão, envolvidos pelos ossos, ficaram esperando.

E ouviram a porta arrombada ranger nas dobradiças. Viram a pequena luz tremeluzente de uma lanterna projetar sombras grotescas no teto abobadado.

E ouviram as passadas, envoltas em malha, dos homens que tinham ido procurá-los, para pegá-los e matá-los.

S IR HENRI COURTOIS recebeu ordens de levar 33 besteiros e 42 soldados para Castillon d'Arbizon, onde deveria sitiar o castelo. Sir Henri aceitou as ordens de mau humor.

— Posso fazer o sítio — disse ele a Joscelyn —, mas não posso capturar o castelo. Só com essa pequena força, não.

— Os ingleses conseguiram — disse Joscelyn, mordaz.

— A guarnição de seu tio estava dormindo — disse Sir Henri —, mas Sir Guillaume d'Evecque não agirá com tanta condescendência. Ele tem fama, uma boa fama.

Sir Henri conhecia quem estava no comando em Castillon d'Arbizon porque Robbie lhe contara, e também dissera quantos homens estavam sob o comando de Sir Guillaume.

Com o dedo, Joscelyn cutucou com força o peito do homem mais velho.

— Eu não quero mais nenhum arqueiro fazendo surtidas no meu território. Faça com que eles parem. E dê isto aos bastardos. — Estendeu para Sir Henri um pergaminho selado. — Isto dá a eles dois dias para deixarem o castelo — explicou Joscelyn, frívolo —, e se concordarem com as condições do documento, pode deixá-los partir.

Sir Henri pegou o pergaminho, mas fez uma pausa antes de colocá-lo na bolsa.

— E o resgate? — perguntou.

Joscelyn fitou-o com olhos arregalados, mas a honra mandava que Sir Guillaume recebesse um terço do dinheiro que havia resgatado o novo conde, e a pergunta de Sir Henri era portanto pertinente. E Joscelyn a respondeu, mas com poucas palavras.

— O resgate está aí — disse ele, fazendo com a cabeça um gesto em direção ao pergaminho —, todo aí.

— Está aqui?— perguntou Sir Henri, perplexo, porque era evidente que a mensagem não continha moeda nenhuma.

— Vá! — vociferou Joscelyn.

Sir Henri partiu no mesmo dia em que Guy Vexille levou seus homens para Astarac. Joscelyn ficou contente por ver o Arlequim pelas costas, porque Vexille era uma presença incômoda, mesmo apesar de seus soldados serem um acréscimo muito bem recebido às forças do conde. Vexille levara 48 soldados, todos bem montados, bem couraçados e bem armados, e surpreendera Joscelyn ao não exigir um único *écu* como pagamento.

— Tenho recursos próprios — dissera ele, com frieza.

— Quarenta e oito soldados? — Pensou Joscelyn em voz alta. — É preciso dinheiro para isso.

— Eles eram uma família herege, excelência — afirmara o velho capelão de seu tio, como se aquilo explicasse a riqueza do Arlequim. Mas Vexille chegara com uma carta de Louis Bessières, cardeal-arcebispo de Livorno, e aquilo provava que ele nada tinha de herege. Não que Joscelyn fosse se importar se Vexille adorasse ídolos de madeira todas as noites e sacrificasse virgens chorosas a cada amanhecer. Ele estava muito mais preocupado com o fato de que em certa época os Vexille tinham sido os senhores de Astarac. Ele confrontara Vexille com aquilo, incapaz de esconder o medo de que o cavaleiro vestido de preto tivesse ido reivindicar as terras de seus ancestrais.

O Arlequim simplesmente aparentara fastio.

— Astarac é feudo de vossa excelência há cem anos — dissera ele. — Por isso, como poderia eu defender essa honra?

— Então, por que está aqui? — perguntara Joscelyn.

— Eu agora luto pela Igreja — dissera Vexille — e a minha tarefa é caçar um fugitivo que deve ser submetido à justiça. E quando ele for encontrado, excelência, sairemos de seus domínios.

Ele se voltou porque uma espada acabara de ser sacada, o som da lâmina arranhando o gargalo da bainha, produzindo um volume anormal no grande salão.

Robbie Douglas acabara de entrar no aposento. Ele agora apontava a arma desembainhada para Vexille.

— Você esteve na Escócia — disse em tom ameaçador.

Vexille olhou para o jovem de alto a baixo e pareceu não se preocupar com a espada.

— Visitei muitos países — disse ele com frieza —, inclusive a Escócia.

— Você matou meu irmão.

— Não! — Joscelyn colocara-se entre os dois. — Você fez um juramento, Robbie.

— Fiz o juramento de matar esse bastado! — disse Robbie.

— Não — repetiu Joscelyn, e segurou a espada de Robbie e forçou-a para baixo. Na verdade, Joscelyn não teria ficado perturbado se Robbie tivesse morrido, mas se Guy Vexille morresse, seus soldados de capa preta iriam vingar-se em Joscelyn e seus homens. — Você poderá matá-lo depois que ele terminar o que veio fazer aqui. Eu prometo.

Vexille sorriu diante da promessa. Ele e seus homens partiram na manhã seguinte e Joscelyn ficou contente por livrar-se deles. Não era só Guy Vexille que ele achava desagradável, mas também seus companheiros, em especial aquele que não levava lança ou escudo. O nome dele era Charles, um homem de uma feiúra impressionante, que parecia ter sido tirado de alguma sarjeta escura, escovado, recebido uma faca e liberado para espalhar o terror. Charles chefiava um bando menor, só dele, de doze soldados, que seguiram todos com Vexille quando ele partiu para o sul, em direção a Astarac.

Assim, Sir Henri foi livrar o país da petulante guarnição inglesa em Castillon d'Arbizon, e Vexille estava caçando o seu herege em Astarac, o que deixava Joscelyn livre para desfrutar a herança em Berat. Robbie Douglas era um de seus muitos companheiros, e durante os dias seguintes eles simplesmente se divertiram. Havia dinheiro a gastar em roupas, armas, cavalos, vinho, mulheres, tudo que despertasse o desejo de Joscelyn, mas certas coisas não podiam ser adquiridas em Berat, e por isso um artesão foi convocado para ir ao castelo. O serviço costumeiro do homem era fazer santos de gesso que eram vendidos para igrejas, conventos e mosteiros, mas a sua tarefa no castelo foi fazer moldes do corpo de Joscelyn. Ele envolveu os braços do conde em musselina com graxa, cobriu-os com gesso e depois fez o mesmo com as pernas e o tronco. Um alfaiate também tinha sido chamado e tomou medidas do corpo do conde, que eram anotadas por um escrevente. Tantos centímetros do ombro ao osso ilíaco, do ilíaco até o joelho, do ombro ao cotovelo, e quando as medidas acabaram de ser tomadas, foram copiadas num pergaminho e seladas numa grande caixa na qual os moldes de gesso estavam embalados em pó de serragem, e a caixa, sob a guarda de quatro soldados, foi despachada para Milão, onde Antonio Givani, o melhor armeiro da cristandade, recebeu a ordem de fazer uma armadura completa.

— Que seja uma obra-prima — ditou Joscelyn para o escrevente que redigia a carta —, a inveja de todos os outros cavaleiros — e ele enviou um generoso pagamento em genovinas, com a promessa de muitas mais se a armadura chegasse antes da primavera.

Ele pagara o seu resgate a Robbie nas mesmas moedas, mas na noite em que os soldados partiram para Turim, Robbie cometeu a loucura de admirar um conjunto de dados de marfim que Joscelyn comprara na cidade.

— Gostou deles? — perguntou Joscelyn. — Eu aposto eles com você. Quem tirar o número mais alto fica com eles.

Robbie negou com a cabeça.

— Fiz um juramento de que não jogaria — explicou.

Joscelyn pensou que aquilo era a coisa mais engraçada que ouvira há meses.

— As mulheres fazem juramentos — disse ele —, e os monges têm de fazer, mas os guerreiros só fazem juramentos de irmandades para combate.

Robbie enrubesceu.

— Eu prometi a um padre — revelou.

— Ah, meu doce Jesus! — Joscelyn reclinou-se na cadeira. — Você não tem coragem de se arriscar, é isso? Foi por isso que os escoceses perderam para os ingleses?

A raiva de Robbie ferveu, mas ele teve o bom senso de contê-la e não disse nada.

— O risco — disse Joscelyn, animado — é o destino do soldado. Se um homem não aceita o risco, não pode ser soldado.

— Eu sou soldado — disse Robbie peremptoriamente.

— Então prove, meu amigo — disse Joscelyn, rolando os dados pela mesa.

E assim Robbie jogou e perdeu. E perdeu na noite seguinte. E na seguinte. E na quarta noite, apostou o dinheiro que deveria ser enviado para a Inglaterra a fim de pagar o seu resgate, e também o perdeu. No dia seguinte, Joscelyn recebeu a notícia de que os artilheiros italianos, que seu tio chamara de Toulouse, tinham chegado ao castelo com a sua máquina, e Joscelyn os pagou com o dinheiro que ganhara de Robbie.

— Qual é o mais rápido que vocês podem ir para Castillon d'Arbizon? — perguntou ele aos italianos.

— Amanhã, excelência?

— A coisa está pronta? – perguntou Joscelyn, caminhando em torno da carroça na qual estava amarrado o canhão, que tinha a forma de um frasco com gargalo estreito e corpo bulboso.

— Está pronta — confirmou o italiano, que se chamava Gioberti.

— Vocês têm pólvora?

Gioberti fez um gesto para a segunda carroça, carregada de barris até uma altura perigosamente grande.

— E projéteis? Balas?

— Dardos, excelência — corrigiu-o Gioberti e apontou para mais outra carroça. — Temos mais do que o suficiente.

— Então, vamos todos! — disse Joscelyn, entusiasmado.

Ele estava fascinado pelo canhão, uma coisa que o que tinha de feia tinha de impressionante. Tinha 2,70m de comprimento, 90cm de largura na culatra bulbosa, e um aspecto de algo agachado, mau. A aparência era diabólica, uma coisa anormal, e Joscelyn ficou tentado a pedir uma demonstração bem ali, no pátio do castelo, mas percebeu que tal demonstração tomaria um tempo precioso. Era melhor observar o aparelho em ação contra os loucos teimosos em Castillon d'Arbizon.

Sir Henri Courtois já estava começando o cerco. Quando chegou à cidade, deixou os besteiros e soldados do lado de fora da porta oeste e seguiu para o castelo a cavalo, tendo apenas um jovem padre como companhia. Anunciou-se às sentinelas postadas no muro, e quando Sir Guillaume viu que eram apenas um soldado e um padre que queriam entrar, deu a permissão para que as portas fossem abertas.

Sir Guillaume recebeu os dois homens no pátio, onde Sir Henri desmontou e identificou-se. Sir Guillaume retribuiu a cortesia e os dois se analisaram. Cada qual reconheceu o outro como um soldado igual a ele.

— Venho a mando do conde de Berat — disse Sir Henri formalmente.

— O senhor trouxe o dinheiro? — perguntou Sir Guillaume.

— Trouxe o que me mandaram trazer e duvido que isso o deixe contente — disse Sir Henri e correu um demorado olhar profissional pelos arqueiros e soldados que tinham ido ver os visitantes. Bastardos fortes, pensou ele, antes de tornar a olhar para Sir Guillaume.

— Eu estou cansado — disse ele. — Cavalguei o dia inteiro. O senhor tem um pouco de vinho neste lugar?

— O Berat está com falta de vinho, não é? — perguntou Sir Guillaume.

— Ele está com falta de senso — disse Sir Henri —, mas não de vinho.

Sir Guillaume sorriu.

— Vamos entrar — disse ele, e conduziu o convidado pela escada para o salão superior e, tendo em vista que aquela conversa iria afetar o destino de toda a guarnição, permitiu que os homens que não estivessem de guarda os acompanhassem e ouvissem.

Sir Guillaume e Sir Henri sentaram-se às duas cabeceiras de uma mesa comprida. O padre, que estava ali como sinal de que Sir Henri não tinha más intenções, também se sentou, enquanto os soldados e os arqueiros ficaram em pé encostados na parede. O fogo da lareira foi reavivado, vinho e comida servidos, e enquanto isso estava sendo feito, Sir Henri desprendeu o escudo do pescoço, desafivelou o peitoral e o costal e colocou-os todos no chão. Espreguiçou-se e agradeceu com um gesto da cabeça o vinho, que bebeu todo. Por fim, tirou da bolsa o pergaminho selado e empurrou-o para a outra ponta da mesa.

Sir Guillaume tirou o selo com a faca, desdobrou e leu o documento. Fez aquilo devagar, porque não sabia ler muito bem, e depois de ler o documento duas vezes, olhou irritado para Sir Henri.

— Que diabo significa isso?

— Eu não vi o texto — confessou Sir Henri. — Permite?

Ele estendeu a mão para o pergaminho e os homens da guarnição que assistiam fizeram um barulho grave de ameaça, percebendo a fúria de Sir Guillaume.

Sir Henri não sabia ler, por isso deu o pergaminho ao padre, que voltou o documento para uma das altas janelas estreitas. O padre era muito jovem e estava nervoso. Ele leu, olhou para Sir Guillaume com suas cicatrizes horríveis, e ficou mais nervoso ainda.

— Diga-nos o que ele diz — pediu Sir Henri. — Ninguém vai matá-lo.

— Ele diz duas coisas — declarou o padre. — Que Sir Guillaume e seus homens têm dois dias para deixarem Castillon d'Arbizon sem serem molestados.

— A outra coisa — vociferou Sir Guillaume.

O padre franziu o cenho.

— Trata-se de uma ordem de pagamento emitida por um homem chamado Robert Douglas — explicou ele a Sir Henri —, e se Sir Guillaume apresentá-la a Jacques Fournier, receberá seis mil, seiscentos e sessenta florins.

O padre colocou o documento em cima da mesa como se o pergaminho estivesse lambuzado de veneno.

— Em nome de Cristo — perguntou Sir Guillaume —, quem é Jacques Fournier?

— Um ourives de Berat — explicou Sir Henri — e duvido que Jacques tenha todo esse dinheiro no porão dele.

— Foi o Robbie quem providenciou isso? — perguntou Sir Guillaume, irritado.

— O Robbie agora jurou vassalagem ao lorde de Berat — disse Sir Henri. Ele assistira à curta cerimônia em que Robbie fizera o seu juramento, vira os beijos trocados e percebera a expressão de triunfo no rosto de Joscelyn. — Isso é coisa de sua excelência.

— Ele pensa que nós somos bobos?

— Ele pensa que vocês não terão coragem de mostrar a cara em Berat — disse Sir Henri.

— Tapeado! Jesus Cristo! Eu fui tapeado! — Sir Guillaume olhou com ar feroz para os visitantes. — É isso que é considerado honra em Berat? — perguntou ele e, quando Sir Henri não respondeu, deu um murro na mesa. — Eu poderia prender os dois!

Os homens em torno das paredes soltaram um grunhido de concordância.

— Poderia — concordou Sir Henri, equânime —, e eu não o culparia. Mas o conde não vai pagar resgate por mim, e não há dúvida de que não vai pagar o resgate *dele*. — Ele fez um gesto com a cabeça para o padre tímido. — Seremos apenas mais duas bocas para alimentar.

— Ou mais dois corpos para enterrar — retorquiu Sir Guillaume.

Sir Henri deu de ombros. Ele sabia que a oferta de dinheiro dos porões do ourives era desonrosa, mas não tinha sido idéia sua.

— Pois pode dizer ao seu senhor — declarou Sir Guillaume — que deixaremos este castelo quando tivermos seis mil, seiscentos e sessenta florins. E cada semana que vocês nos fizerem esperar, o preço subirá outros cem.

Seus homens murmuraram a aprovação. Sir Henri não pareceu surpreso com a decisão.

— Estou aqui — disse ele a Sir Guillaume — para garantir que vocês não saiam. A menos que queiram ir embora hoje ou amanhã.

— Nós vamos ficar — disse Sir Guillaume.

Não era uma decisão em que ele tivesse pensado, e poderia ter feito uma escolha diferente se tivesse tido tempo para raciocinar, mas ser tapeado em matéria de dinheiro era um meio certo de provocar a sua disposição para a luta.

— Nós vamos ficar, droga!

Sir Henri sacudiu a cabeça.

— Neste caso, eu também fico. — Ele empurrou o pergaminho para o outro lado da mesa. — Vou mandar uma mensagem ao meu senhor e dizer a ele que seria sensato o jovem Douglas pagar as moedas e que, se o fizer, isso irá poupar dinheiro e vidas.

Sir Guillaume pegou o pergaminho e enfiou-o no gibão.

— Você vai ficar? — perguntou ele. — Onde?

Sir Henri olhou para os homens encostados na parede. Não eram homens que ele pudesse surpreender com uma escalada repentina. Além do mais, os homens de Sir Henri eram, em sua maioria, as forças do antigo conde, e tinham ficado preguiçosos, não eram adversários para aquela guarnição.

— Você pode controlar o castelo — disse ele a Sir Guillaume — mas não tem homens suficientes para guarnecer as duas portas da cidade. Está deixando isso a cargo dos guardas e dos vigias. Por isso, tomo a posição deles. Vocês sempre poderão lutar para forçar a passagem, é claro, mas vou colocar besteiros nas torres das portas e soldados embaixo dos arcos.

— Já enfrentou arqueiros ingleses? — perguntou Sir Guillaume, ameaçador.

Sir Henri confirmou com um gesto da cabeça.

— Em Flandres — disse ele —, e não gostei. Mas quantos arqueiros você poderia perder numa briga de rua?

Sir Guillaume reconheceu o bom senso daquele argumento. Se mandasse seus arqueiros atacarem as portas da cidade, eles ficariam lutando muito perto do inimigo, atirando de jardins, pátios e janelas, e os besteiros de Sir Henri estariam agachados atrás de seus paveses ou de janelas das casas e algumas de suas setas deveriam acertar o alvo. Em poucos minutos, Sir Guillaume poderia perder quatro ou cinco arqueiros, e isso iria enfraquecê-lo gravemente.

— Pode ficar com as portas da cidade — concordou ele.

Sir Henri serviu-se de mais vinho.

— Tenho quarenta e dois soldados — revelou ele — e trinta e três bestas, e todos os criados e mulheres e escreventes de costume. Eles vão precisar de abrigo. O inverno está chegando.

— Pois que congelem — sugeriu Sir Guillaume.

— Poderíamos fazer isso — concordou Sir Henri —, mas proponho que nos deixe usar as casas entre a porta oeste e a igreja de São Callic, e garanto que não iremos usar nenhum prédio a leste de Wheelwright's Alley ou ao sul da Steep Street.

— Você conhece a cidade? — perguntou Sir Guillaume.

— Eu já fui castelão aqui. Faz muito tempo.

— Então, conhece a porta do moinho? — Sir Guillaume estava se referindo à pequena porta no muro da cidade que levava ao moinho de azenha, a porta que Thomas e Genevieve tinham usado para fugir.

— Conheço — disse Sir Henri —, mas ela fica muito perto do castelo, e se eu puser homens para vigiá-la, seus arqueiros poderão espetá-los atirando do alto da torre. — Ele fez uma pausa para beber o vinho. — Se você quiser que eu o sitie, poderei fazê-lo. Eu aproximo meus homens do castelo e deixo os besteiros treinarem suas sentinelas. Mas você sabe, e eu também, que vamos apenas matar homens e vocês continuarão aqui dentro. Presumo que vocês tenham comida, não?

— Mais do que suficiente.

Sir Henri sacudiu a cabeça.

— Então, vou impedir que seus cavaleiros saiam pelas duas grandes portas. Você ainda poderá fazer homens se esgueirarem pela porta do moinho, mas desde que eles não me atrapalhem, não vou perceber. Vocês têm redes no moinho de azenha?

— Temos.

— Não vou mexer nelas — sugeriu Sir Henri. — Vou dizer aos meus homens que o moinho está fora da área de ação deles.

Sir Guillaume pensou no caso, tamborilando os dedos na beira da mesa. Ouvia-se um contínuo murmúrio dos homens encostados na parede enquanto a conversa em francês era traduzida para o inglês.

— Você pode ficar com as casas entre a porta oeste e a igreja de São Callic — concordou Sir Guillaume por um instante —, mas, e as tabernas?

— Coisas essenciais — reconheceu Sir Henri.

— Meus homens gostam da Os Três Grous.

— É uma boa casa — disse Sir Henri.

— E por isso seus homens ficam longe dela — exigiu Sir Guillaume.

— Concordo, mas eles podem usar a O Urso e o Açougueiro?

— Concordo — disse Sir Henri —, mas também seria melhor insistirmos que ninguém pode levar espadas ou arcos para nenhuma das duas.

— Só facas — disse Sir Henri —, o que é sensato. — Nenhum dos dois queria soldados bêbados fazendo saques malucos durante a noite. — E se surgir qualquer problema — acrescentou Sir Henri —, venho falar com você. — Ele fez uma pausa, franzindo o cenho enquanto tentava lembrar-se de alguma coisa. — Você esteve em Flandres, não esteve? Com o conde de Coutances?

— Estive em Flandres — confirmou Sir Guillaume — com aquele bastardo esparavonado e sem caráter. — O conde, seu senhor feudal, virara-se traiçoeiramente contra ele e tomara sua terra.

— São todos uns bastardos — disse Sir Henri. — Mas o antigo conde de Berat não era mau. Ele era sovina, é claro, e passou a vida metido com livros. Livros! Para que servem eles? Ele conhecia todos os livros da cristandade, isso mesmo, e tinha lido a maioria duas vezes, mas não tinha o senso de uma galinha! Sabe o que ele estava fazendo em Astarac?

— Procurando o Santo Graal? — perguntou Sir Guillaume.

— Exatamente — disse Sir Henri e os dois riram. — O seu amigo está lá, agora — acrescentour Sir Henri.

— Robbie Douglas? — perguntou Sir Guillaume com frieza. Ele agora não gostava nada de Robbie.

— Não, ele está em Berat. Falo do arqueiro e a herege dele.

— Thomas? — Sir Guillaume não conseguiu esconder a surpresa. — Em Astarac? Eu disse a ele que voltasse para casa.

— Pois não voltou — revelou Sir Henri. — Ele está em Astarac. Por que ele não queimou a garota?

— Ele está apaixonado.

— Pela herege? Então ele gosta de mulheres inteligentes, não é? Em breve não terá nem uma nem outra.

— Não?

— Chegaram uns patifes de Paris. Tinham um pequeno exército. Foram atrás dele, o que quer dizer que em breve haverá fogueiras no mercado de Berat. Sabe o que um padre me contou, certa vez? Que as mulheres queimam com uma chama mais brilhante do que os homens. Que estranho. — Sir Henri empurrou a cadeira para trás e levantou-se. — Quer dizer que estamos de acordo?

— Estamos — disse Sir Guillaume e inclinou-se por cima da mesa para apertar a mão do outro.

Sir Henri apanhou suas peças de armadura e o escudo e fez um gesto para que o padre o acompanhasse para o pátio, onde ele olhou para o céu.

— Parece que vai chover.

— Proteja sua armadura — aconselhou Sir Guillaume, sabendo que o conselho era desnecessário.

— E acenda algumas fogueiras, hein? Este é o outono mais frio de que me lembro por aqui.

Sir Henri foi embora. As portas fecharam-se com força e Sir Guillaume subiu com dificuldade para o alto da torre de menagem do castelo. Mas não estava olhando para ver para onde o seu amável inimigo estava indo, mas para o leste, em direção a Astarac, que não dava para ver dali, e pensando no que poderia fazer para ajudar Thomas.

Nada, pensou ele, nada. E sem dúvida, concluiu, o bastardo que viera de Paris era Guy Vexille, o homem chamado Arlequim, que certa vez causara em Sir Guillaume três ferimentos. Três ferimentos que precisavam de vingança, mas naquele momento Sir Guillaume nada podia fazer. Porque estava sitiado e Thomas, achava ele, estava condenado.

CHARLES BESSIÈRES E MEIA DÚZIA de seus homens foram para o ossário embaixo da igreja da abadia, à procura de butim. Um deles levava uma vela acesa e, à luz incerta, eles começaram a derrubar os ossos compactos, evidentemente esperando descobrir um tesouro, apesar de tudo o que os ossos revelavam fosse mais ossos, mas um deles descobriu um pequeno quarto na extremidade oeste da cripta e soltou um grito de triunfo porque ele continha o grande baú reforçado com ferro. Um dos homens forçou o fecho do baú com a espada e Bessières apanhou a pátena de prata e o castiçal.

— Só isso? — perguntou ele, decepcionado.

Um outro de seus homens encontrou a caixa do graal, mas nenhum deles sabia ler, e mesmo se soubessem não teriam entendido a inscrição em latim. Quando viram que a caixa estava vazia, jogaram-na de volta e ela caiu por entre os ossos espalhados. Charles Bessières apanhou o saco de couro que se dizia conter a cinta de Santa Inês. Praguejou quando descobriu que o saco continha nada mais do que um pedaço de linho bordado, mas o saco era de tamanho suficiente para guardar a prata saqueada.

— Eles esconderam o tesouro deles — disse Bessières.

— Ou eles são pobres — sugeriu um de seus homens.

— Eles são uns porcarias de monges! É claro que são ricos.

Bessières pendurou na cintura o saco com a prata.

— Vão procurar o maldito abade deles — ordenou a dois dos homens — e vamos bater no bastardo até ele dizer a verdade.

— Vocês não vão fazer nada disso. — Uma voz nova falou, e os homens que estavam na câmara do tesouro voltaram-se para ver que Guy Vexille descera para o ossário. Ele segurava uma lanterna e a luz tinha um reflexo escuro na armadura laqueada de preto. Ele ergueu bem a lanterna e olhou para os ossos derrubados. — Vocês não têm respeito pelos mortos?

— Vão buscar o abade. — Charles Bessières não ligou para a pergunta de Vexille e, em vez disso, dirigiu-se aos seus homens. — Tragam-no aqui.

— Já mandei buscar o abade — disse Vexille —, e vocês não vão bater nele até ele contar a verdade.

— Você não manda em mim — Bessières empertigou-se.

— Mas mando na minha espada — disse Vexille com calma — e, se você me trair, vou abrir sua barriga e derramar suas entranhas fedorentas para alimentar os vermes. Você está aqui apenas como observador de seu irmão, nada mais, mas se quiser fazer algo de útil, vá até o lazareto e reviste-o à procura do inglês. Mas não o mate! Traga-o à minha presença. E reponha essa prata onde a encontrou.

Ele fez um gesto com a cabeça em direção ao pescoço do castiçal que aparecia no saco de couro na cintura de Bessières.

Vexille estava sozinho e enfrentando sete homens, mas sua confiança era tal, que nenhum deles pensou em opor-se a ele. Até Charles Bessières, que temia poucos homens, colocou humildemente a prata no chão.

— Mas não vou embora deste vale de mãos abanando — grunhiu ele a título de desafio de despedida.

— Espero, Bessières — disse Vexille —, que saiamos deste vale com o maior tesouro da cristandade em nosso poder. Agora, retirem-se.

Vexille fez um ar afetado quando os homens se retiraram. Colocou a lanterna no chão e começou a colocar os ossos de volta para suas alcovas, mas parou quando soaram passos na escada. Ele se voltou e ficou olhando Planchard, alto e de batina branca, descer para o ossário.

— Peço desculpas por isso — disse Vexille, indicando os ossos. — Eles receberam ordens para manter a abadia intocada.

Planchard não disse nada sobre a profanação; apenas fez o sinal-da-cruz e abaixou-se para apanhar o saco de prata.

— Isto é tido como o nosso tesouro — explicou —, mas nunca fomos uma casa rica. Ainda assim, podem roubar à vontade esses pobres.

— Eu não vim aqui para roubar — disse Vexille.

— Então, por que está aqui? — perguntou Planchard.

Vexille não ligou para a pergunta.

— Meu nome — disse, em vez de responder — é Guy Vexille, conde de Astarac.

— Foi o que seus homens me disseram — disse Planchard — quando me chamaram à sua presença. — Ele disse as últimas palavras com calma, como a indicar que não se ofendera com tal indignidade. — Mas acho que o teria reconhecido de qualquer maneira.

— Teria? — Vexille parecia surpreso.

— O seu primo esteve aqui. Um jovem inglês.

O abade levou a prata de volta para a arca, e depois salvou a tira de linho, que beijou com reverência.

— Vocês dois — continuou ele — se parecem muito.

— Só que ele é filho bastardo — disse Vexille, irritado —, e um herege.

— E você não é nem uma coisa, nem outra? — perguntou Planchard, com calma.

— Sirvo ao cadeal-arcebispo Bessières — respondeu Vexille — e sua eminência me mandou até aqui para procurar meu primo. O senhor sabe onde ele está?

— Não — disse Planchard. Ele sentou-se no banco e de um bolso na batina branca tirou um pequeno colar de contas para rezar.

— Mas ele esteve aqui?

— É claro que esteve aqui ontem à noite — respondeu Planchard —, mas onde está ele agora? — O abade deu de ombros. — Eu o aconselhei a ir embora. Sabia que haveria homens à procura dele, ainda que apenas pelo prazer de vê-lo queimar, de modo que aconselhei-o a se esconder. Creio que ele deve ter ido para a floresta, e sua busca vai ser difícil.

— O seu dever — disse Vexille, ríspido —, era entregá-lo à Igreja.

— Sempre tentei cumprir com o meu dever para com a Igreja — disse Planchard — e às vezes fracassei, mas sem dúvida Deus irá me castigar por essas falhas.

— Por que ele esteve aqui? — perguntou Vexille.

— Acho que vossa excelência sabe — replicou Planchard e havia, talvez, um tom de zombaria nas duas palavras de tratamento.

— O Graal — disse Vexille. Planchard não respondeu. Apenas contava as contas referentes às orações, passando-as entre o polegar e o indicador, enquanto olhava para o jovem alto que vestia uma armadura. — O Graal esteve aqui — continuou Vexille.

— Esteve? — perguntou Planchard.

— Ele foi trazido para cá — insistiu Vexille.

— Nada sei sobre isso — disse Planchard.

— Creio que sabe — retorquiu Vexille. — Ele foi trazido para cá antes da queda de Montségur, trazido para cá para resguardá-lo. Mas aí os cruzados franceses vieram a Astarac e o Graal foi levado embora outra vez.

Planchard sorriu.

— Tudo isso aconteceu antes de eu nascer. Como iria saber?

— Sete homens levaram o Graal embora — afirmou Vexille.

— Os sete senhores negros — disse Planchard, sorrindo. — Já ouvi essa história.

— Dois deles eram Vexille — prosseguiu Guy Vexille —, e quatro eram cavaleiros que tinham lutado pelos cátaros.

— Sete homens fugindo das forças da França e dos cruzados da Igreja — disse Planchard, pensativo — para uma cristandade que os odiava. Duvido que tenham sobrevivido.

— E o sétimo homem — Vexille fez que não ouviu as palavras de Planchard — era lorde de Mouthoumet.

— Que sempre foi um feudo insignificante — disse Planchard, como que desprezando o fato —, praticamente incapaz de sustentar dois cavaleiros com seus pastos nas montanhas.

— O lorde de Mouthoumet — continuou Vexille — era um herege.

Ele se voltou de repente, porque lá bem do fundo do ossário ouvira-se um barulho. Parecia um pouco com um espirro abafado e foi seguido de barulho de ossos. Ele ergueu a lanterna e voltou para o ponto em que os arcos tinham sido profanados.

— Aqui há ratos — disse Planchard. — Os esgotos da abadia atravessam o fundo da cripta e achamos que uma parte da alvenaria caiu. Muitas vezes se ouvem barulhos estranhos aqui embaixo. Alguns dos irmãos mais supersticiosos acreditam que são feitos por fantasmas.

Vexille estava em pé em meio aos ossos, a lanterna mantida no alto, o ouvido atento. Não ouviu nada mais e voltou para perto do abade.

— O lorde de Mouthoumet — disse ele — era um dos sete. E o nome dele era Planchard. — Vexille fez uma pausa. — Excelência — acrescentou, zombeteiro.

Planchard sorriu.

— Ele era meu avô. Não seguiu com os outros, mas foi para Toulouse e colocou-se sob a misericórdia da Igreja. Teve sorte, acho eu, de não ser queimado, mas foi reconciliado com a verdadeira fé, muito embora isso lhe custasse o feudo, o título e o que era tido como a fortuna. Morreu num mosteiro. A história era contada em nossa família, claro que era, mas nunca vimos o Graal e posso assegurá-lo de que nada sei sobre ele.

— Mas no entanto está aqui — Guy Vexille acusou o abade com rispidez.

— É verdade — reconheceu Planchard. — E estou aqui de propósito. Primeiro, entrei para esta casa ainda jovem e vim para cá porque as histórias sobre os senhores pretos me intrigavam. Supunha-se que um deles tinha ficado com o Graal, e que fez que os outros jurassem protegê-lo, mas meu pai alegava nunca ter visto o cálice. Na verdade, ele achava que o cálice não existia, mas que fora apenas inventado para atormentar a Igreja. Os cruzados tinham destruído os cátaros e a vingança dos senhores negros era fazer com que eles pensassem que haviam destruído o Graal junto com a heresia. Isso, acho eu, é obra do diabo.

— E o senhor veio para cá — perguntou Vexille, em tom de zombaria — porque não acreditava que o Graal existisse?

— Não, eu vim porque se algum dia os descendentes dos senhores negros fossem procurar o Graal, ele viriam até aqui, disso eu sabia, e queria ver o que iria acontecer. Mas essa curiosidade morreu há muito tempo. Deus me deu muitos anos, Ele teve o prazer de me fazer abade, me envolveu em Sua misericórdia. E o Graal? Confesso que procurei por lembranças dele quando aqui cheguei pela primeira vez, e o meu abade me repreendeu por isso, mas Deus me fez recuperar o bom senso. Agora acho que meu avô estava certo e que isso é uma história inventada para provocar a Igreja e um mistério para deixar os homens alucinados.

— Ele existiu — afirmou Vexille.

— Neste caso, rogo a Deus que eu possa encontrá-lo — disse Planchard. — E quando achar, eu o esconderei no mais profundo dos oceanos para que ninguém mais venha a morrer ao procurar por ele. Mas o que é que você faria com o Graal, Guy Vexille?

— Eu iria usá-lo — respondeu Vexille.

— Para quê?

— Para limpar o mundo do pecado.

— Seria um trabalho notável — disse Planchard —, mas nem Cristo conseguiu realizá-lo.

— Você pára de eliminar ervas daninhas entre os vinhedos só porque elas sempre voltam a nascer? — perguntou Vexille.

— Não, é claro que não.

— Pois então a obra de Cristo tem de continuar — disse Vexille.

O abade ficou olhando para o soldado por algum tempo.

— Você é o instrumento de Cristo? Ou o instrumento do cardeal Bessières?

Vexille fez uma careta.

— O cardeal é como a Igreja, Planchard. Cruel, corrupto e maligno.

Planchard não o contradisse.

— E daí?

— E daí, é preciso haver uma nova Igreja. Uma Igreja limpa, uma Igreja sem pecado, uma Igreja cheia de homens honestos que vivam no temor a Deus. O Graal vai fazer isso.

Planchard sorriu.

— Estou certo de que o cardeal não aprovaria.

— O cardeal mandou o irmão dele até aqui — disse Vexille —, e sem dúvida o irmão tem ordens de me matar depois que eu tiver sido útil.

— E qual é a sua utilidade?

— Encontrar o Graal. E, para fazer isso, primeiro tenho de encontrar o meu primo.

— Acha que ele sabe onde o Graal está?

— Acho que o pai dele possuía o Graal — respondeu Guy Vexille — e acho que o filho tem informações sobre isso.

— Ele pensa o mesmo a seu respeito — disse Planchard. — E acho que vocês dois são como cegos, cada um pensando que o outro pode ver.

Vexille riu daquilo.

— O Thomas é um bobo — afirmou. — Ele trouxe homens até a Gasconha para quê? Para procurar o Graal? Ou para me procurar? Mas ele fracassou e agora é um fugitivo. Uma boa parte de seus homens jurou vassalagem ao conde de Berat e o resto está encurralado em Castillon d'Arbizon, e quanto tempo vão durar? Dois meses? Ele fracassou, Planchard, fracassou. Ele pode ser cego, mas eu enxergo. E vou pegá-lo e vou arrancar o que ele sabe. Mas o que é que você sabe?

— Eu lhe disse. Nada.

Vexille voltou até o quarto e olhou para o abade.

— Eu poderia torturá-lo, meu velho.

— Poderia — concordou Planchard, em tom suave —, e sem dúvida eu berraria para ser poupado do tormento. Mas você não vai encontrar mais verdade naqueles gritos do que eu já lhe disse aqui por vontade própria. — Ele guardou as contas e levantou-se. — E eu lhe imploro, em nome de Cristo, que poupe esta comunidade. Ela nada sabe sobre o Graal, não pode lhe dizer nada, e não pode lhe dar nada.

— E não pouparei nada — retrucou Vexille — a serviço de Deus. Nada.

Ele sacou a espada. Planchard olhou, com aparência inexpressiva, e nem mesmo se encolheu quando a espada foi apontada para ele.

— Jure sobre isto — pediu Vexille —, que você nada sabe a respeito do Graal.

— Eu lhe disse tudo o que sei — respondeu Planchard e, em vez de tocar a espada, ergueu o crucifixo de madeira que lhe pendia do pescoço e o beijou. — Não vou jurar sobre a sua espada, mas juro sobre a cruz do meu querido Senhor que nada sei a respeito do Graal.

— Mas a sua família ainda nos traiu — disse Vexille.

— Traiu vocês?

— O seu avô foi um dos sete. Ele se retratou.

— E por isso ele traiu você? Por abrir-se para a verdadeira fé? — Planchard franziu o cenho. — Você está me dizendo que mantém a heresia cátara, Guy Vexille?

— Viemos trazer a luz ao mundo — declarou Vexille — e purgá-lo da sujeira da Igreja. Eu mantive a fé, Planchard.

— Então você é o único homem que o fez — disse Planchard —, e é uma fé herética.

— Eles crucificaram Cristo por heresia — disse Vexille —, de modo que ser chamado de herege é estar com Ele.

E empurrou a espada à frente, enfiando-a na base da garganta de Planchard. O homem idoso, o que foi impressionante, pareceu não ter qualquer reação, mas apenas apertou o crucifixo nas mãos enquanto o sangue jorrava de sua garganta para transformar a batina branca em vermelha. Ele demorou muito para morrer, mas acabou desabando e Vexille retirou a espada e limpou a lâmina na barra da batina do abade. Embainhou a espada e apanhou a lanterna.

Correu os olhos pelo ossário, mas não viu nada que o preocupasse e subiu a escada. A porta se fechou, cortando toda a luz. E Thomas e Genevieve, escondidos no escuro, aguardaram.

ELES ESPERARAM A NOITE TODA. A Thomas parecia que ele não tinha dormido nem um pouco, mas devia ter cochilado, porque acordou quando Genevieve espirrou. O ferimento estava doendo, mas ela nada disse sobre isso, apenas esperava e cochilava.

Não tiveram a menor idéia de quando a manhã chegou, porque estava escuro como breu no ossário. Durante a noite toda, nada ouviram. Nenhum passo, nenhum grito, nenhuma oração cantada, apenas o silêncio da tumba. E ainda assim esperaram, até que Thomas não agüentou esperar mais e esgueirou-se para fora do buraco em que estavam, passou pelos ossos e desceu para o chão. Genevieve ficou onde estava enquanto Thomas tateava pelos ossos espalhados e chegava até a escada. Subiu rastejando, aguçou o

O HEREGE

ouvido por um certo tempo quando chegou lá em cima, não ouviu nada e, assim, empurrou a porta quebrada para abri-la.

A igreja da abadia estava vazia. Ele percebeu que amanhecera porque a luz vinha do leste, mas era difícil dizer a que altura estava o sol, porque a luz tinha contornos suaves, era difusa, e Thomas calculou que havia um nevoeiro matutino.

Ele desceu de volta para o ossário. Deu um pontapé em alguma coisa de madeira ao atravessar o chão e curvou-se e encontrou a caixa vazia do Graal. Por um instante, sentiu-se tentado a recolocá-la no baú, mas depois decidiu ficar com ela. Achou que caberia na medida em sua sacola.

— Genevieve! — chamou ele, baixinho. — Venha.

Ela empurrou as sacolas deles, o arco de Thomas e as flechas, a cota de malha e os casacos para o outro lado da pilha de ossos, e depois seguiu atrás, encolhendo-se com a dor no ombro. Thomas teve de ajudá-la a vestir a cota de malha e machucou-a quando ergueu-lhe o braço. Ele vestiu a cota, colocou as capas nos ombros de ambos e encordoou o arco para que pudesse levá-lo às costas. Afivelou a espada no lugar, colocou a caixa na sacola, que estava pendurada no seu cinto, e depois, carregando os feixes de flechas, voltou-se para a escada e viu, porque uma claridade mínima penetrava, vindo da porta aberta, a batina branca no quarto do tesouro. Fez um gesto para que Genevieve ficasse onde estava e esgueirou-se pela cripta. Ratos fugiram enquanto ele se aproximou do arco baixo e ali parou, os olhos arregalados. Planchard estava morto.

— O que foi? — perguntou Genevieve.

— O bastardo o matou — disse Thomas, perplexo.

— Quem?

— O abade! — Ele falou num sussurro e, embora estivesse excomungado, fez o sinal-da-cruz. — Ele o matou!

Ele ouvira o final da conversa entre Vexille e Planchard e ficara intrigado pelo fato de o abade ter parado de falar, e igualmente intrigado por ter ouvido apenas um par de pés subindo a escada, mas nunca imaginara aquilo. Nunca.

— Ele era um bom homem — comentou.

— E se ele está morto — disse Genevieve —, vão pôr a culpa em nós. Por isso, ande logo. Vem!

Thomas detestava deixar o corpo ensangüentado na cripta, mas sabia que não tinha opção. E Genevieve estava certa, eles iriam ser acusados. Planchard morrera porque seu avô retratara uma heresia, mas ninguém iria acreditar nisso, em especial quando dois hereges condenados estavam ali para ser acusados.

Ele conduziu Genevieve escada acima. A igreja ainda estava vazia, mas agora Thomas pensou que ouvia vozes do lado de fora da porta oeste aberta. Havia nevoeiro lá fora, e um pouco dele entrava pela nave e se espalhava suavemente pelas lajotas. Ele pensou em voltar para o ossário e se esconder de novo, e então imaginou se seu primo não iria fazer uma busca mais detalhada em todo o mosteiro naquele dia, e isso o fez decidir-se a seguir em frente.

— Por aqui.

Ele pegou na mão de Genevieve e levou-a para o lado sul da igreja, onde uma porta dava para a clausura interna. Era a porta que os monges usavam quando iam rezar, uma devoção que evidentemente lhes fora negada naquela manhã.

Thomas empurrou a porta, encolhendo-se quando as dobradiças rangeram, e deu uma espiada. A princípio, achou que a clausura, tal como a igreja, estava vazia: depois, viu um grupo de homens de capa preta lá do outro lado. Eles estavam de pé ao lado de uma porta, obviamente ouvindo o que dizia alguém do lado de dentro, e nenhum deles voltou-se para olhar enquanto Thomas e Genevieve corriam sob a arcada que estava na sombra e escolhiam uma porta ao acaso. A porta abria para um corredor e, lá no fim, eles se viram na cozinha do mosteiro, onde dois monges mexiam um enorme caldeirão que estava no fogo. Um deles viu Genevieve e pareceu que ia protestar contra a presença de uma mulher, mas Thomas chiou para que ele ficasse calado.

— Onde estão os outros monges? — perguntou Thomas.

— Nas suas celas — respondeu o cozinheiro, assustado, e depois ficou olhando enquanto os dois atravessavam a cozinha correndo, passavam pela mesa com cutelos, colheres e terrinas, e pelos ganchos em que estavam penduradas duas carcaças de cabras, antes de desaparecer pela porta do outro lado, que dava para o olival, onde Thomas abandonara os cavalos. Os cavalos tinham desaparecido.

A porta do lazareto estava aberta. Thomas olhou para ela e voltou-se para oeste, mas Genevieve deu um puxão na sua capa, apontou através do nevoeiro e Thomas viu um cavaleiro de capa preta do outro lado das árvores. Será que o homem fazia parte de um cordão de isolamento? Será que Vexille colocara homens por todo o mosteiro? Parecia provável, e parecia ainda mais provável que o cavaleiro iria voltar-se e vê-los, ou que os dois monges que estavam na cozinha pudessem dar o alarme, mas então Genevieve tornou a puxar a capa dele e conduziu-o pelo olival e para dentro do lazareto.

Estava vazio. Todos os homens tinham medo de leprosos e Thomas achou que Vexille devia tê-los levado para longe a fim de que seus homens pudessem revistar as choças.

— Nós não podemos nos esconder aqui — sussurrou para Genevieve. — Eles vão revistar outra vez.

— Não vamos nos esconder — disse ela e entrou na choça maior e voltou com duas túnicas cinza. Então, Thomas compreendeu. Ele ajudou a colocar uma túnica em Genevieve, puxando o capuz por cima de seus cabelos dourados, vestiu a outra e depois pegou duas matracas entre as poucas que tinham sido deixadas em cima da mesa. Genevieve, enquanto isso, colocara os feixes de flechas e o arco de Thomas num trenó que os leprosos usavam para recolher lenha. Thomas empilhou um pouco de lenha por cima das armas e passou a corda em forma de laço pelos ombros.

— Agora, vamos — disse Genevieve.

Thomas puxou o trenó, que deslizou com facilidade no terreno úmido. Genevieve seguia em frente e, uma vez fora da porta, voltou-se para o norte e oeste, na esperança de evitar o cavaleiro. O nevoeiro foi aliado deles, uma capa cinza na qual as capas deles se fundiam. Uma língua de bosque saía da serra e Genevieve caminhou em direção a ela, sem tocar a matraca, mas apenas observando. Ela chiou uma vez e Thomas ficou imóvel. Ouviram-se patas de um cavalo; ele as ouviu afastando-se e continuou puxando. As árvores à frente deles eram altas formas escuras no vapor. Eles estavam seguindo uma trilha que os leprosos usavam quando iam colher cogumelos nos bosques. As árvores ficaram mais perto, e então uma vez mais ouviu-se o som surdo de patas e Genevieve tocou a matraca, avisando.

Mas o cavaleiro não desistiu. Veio por trás deles e Thomas tocou a sua matraca enquanto se voltava. Manteve a cabeça baixa, para que o rosto não fosse visto sob o capuz da túnica. Ele viu as pernas do cavalo, mas não quem o montava.

— Piedade, meu bom senhor — disse ele —, piedade.

Genevieve estendeu as mãos como se à procura de esmola, e as cicatrizes em sua pele deixadas pelo padre Roubert tinham um aspecto grotesco. Thomas fez o mesmo, revelando as suas cicatrizes, a pele branca e estriada.

— Esmolas — disse ele — de sua bondade, senhor, esmolas.

O cavaleiro que não viam olhou para eles, que caíram de joelhos. O bafo do cavalo saía como grandes nuvens de nevoeiro mais espesso.

— Tenha piedade de nós. — Genevieve falou na língua local, usando uma voz rouca. — Pelo amor de Deus, tenha piedade.

O homem ficou ali, montado, e Thomas não tinha coragem de olhar para cima. Sentiu o medo abjeto de um homem indefeso à mercê de um cavaleiro usando cota de malha, mas também sabia que o homem estava pressionado pela indecisão. Sem dúvida, ele recebera ordens de procurar duas pessoas fugindo do mosteiro, e acabara de encontrar um casal do tipo descrito, mas pareciam ser leprosos, e o medo que ele sentia da lepra opunha-se ao dever. Então, de repente, ouviram-se mais matracas e Thomas arriscou um olhar para trás e viu um grupo de vultos envoltos em cinza vindo da floresta, tocando matracas e pedindo esmolas. A visão de mais leprosos, vindo juntar-se aos dois primeiros, foi demais para o cavaleiro. Ele cuspiu para eles, e puxou as rédeas para fazer meia-volta. Thomas e Genevieve ficaram esperando, ainda de joelhos, até que o homem quase ficasse envolvido pelo nevoeiro e depois correram para as árvores, onde finalmente puderam jogar fora as matracas, despir as túnicas cinza fedorentas e recuperar o arco e os feixes de flechas. Os outros leprosos, expulsos de seu refúgio no mosteiro, limitavam-se a olhar para eles. Thomas pegou um punhado de moedas entre aquelas que Sir Guillaume lhe dera e deixou-as na grama.

— Vocês não nos viram — disse-lhes e Genevieve repetiu as palavras na língua local.

Eles caminharam para oeste, subindo e com isso saindo do nevoeiro, mantendo-se entre as árvores até não haver mais bosque, só um declive rochoso que subia para a serra. Eles subiram com dificuldade, tentando ficar atrás de pedras ou em ravinas, enquanto que atrás deles o nevoeiro se desfazia no vale. O telhado da igreja da abadia apareceu primeiro, depois os outros telhados, e quando a manhã estava pela metade, todo o mosteiro estava visível, mas Thomas e Genevieve já estavam na crista, seguindo para o sul. Se eles tivessem continuado em direção ao oeste, iriam descer para o vale do rio Gers, onde eram muitas as aldeias, enquanto que para o sul ficava uma região mais vazia, mais selvagem, e foi para lá que seguiram.

Ao meio-dia, pararam para descansar.

— Não temos comida — revelou Thomas.

— Então, ficamos com fome — disse Genevieve. Ela sorriu para ele. — E para onde estamos indo?

— Para Castillon d'Arbizon — respondeu Thomas —, se for possível.

— Voltar para lá! — Ela estava surpresa. — Mas eles nos expulsaram; por que iriam nos aceitar de volta?

— Porque precisam de nós — respondeu Thomas.

Ele não sabia disso, pelo menos não tinha certeza, mas ouvira Vexille conversando com Planchard e ficara sabendo que uma parte da guarnição passara para o lado do conde de Berat, e calculou que Robbie devia ter liderado aquele grupo. Ele não conseguia imaginar Sir Guillaume rompendo sua vassalagem ao conde de Northampton, mas Robbie não tinha vassalagem alguma fora da Escócia. Pelo que Thomas presumia, os homens deixados em Castillon d'Arbizon eram os seus, os homens que ele recrutara fora de Calais, os ingleses. Por isso, iria para lá e, se encontrasse o castelo arrasado e a guarnição morta, seguiria em frente, sempre para oeste, até chegar às possessões inglesas.

Primeiro, porém, eles seguiriam para o sul, pois era lá que os grandes bosques estendiam-se em camadas pelas cristas que saíam das montanhas. Ele apanhou a bagagem e, ao fazê-lo, a caixa do graal, que tinha sido enfiada na sua sacola de arqueiro por cima das pontas de flechas sobressalentes, pedra de afiar e cordas, caiu. Ele tornou a sentar-se e apanhou a caixa.

— O que foi? — perguntou Genevieve.

— Planchard acreditava que esta era a caixa que continha o Graal — explicou ele —, ou talvez a caixa que supostamente fazia com que os homens pensassem que tinha contido o Graal.

Ele olhou para a inscrição que esmaecia. Agora que podia ver a caixa de forma adequada, à luz do sol, percebeu que as letras tinham sido vermelhas e que onde a tinta saíra com o manuseio ainda havia uma leve impressão na madeira. Havia outra leve impressão no interior da caixa, um círculo de poeira que tinha penetrado na madeira à força, como se alguma coisa tivesse descansado ali por muito tempo. As duas dobradiças de ferro estavam enferrujadas e frágeis, e a madeira, tão seca que não pesava quase nada.

— É autêntica? — perguntou Genevieve.

— É autêntica — disse Thomas —, mas se alguma vez conteve o Graal, eu não sei.

E ele pensou quantas vezes tinha dito aquelas três últimas palavras todas as vezes em que falava sobre o Graal.

No entanto ele agora sabia mais. Sabia que sete homens tinham fugido de Astarac no século anterior, quando as forças da França, usando a cruz dos cruzados, incendiaram o sul do país para acabar com a heresia. Os homens haviam fugido, dizendo que levavam um tesouro, e tinham jurado defendê-lo, e agora, tantos anos mais tarde, só Guy Vexille mantivera a fé distorcida. E será que o pai de Thomas possuíra realmente o Graal? Era por isso que Guy Vexille tinha ido a Hookton e atravessara a aldeia assassinando pessoas, tal como assassinara Planchard? Os descendentes dos senhores negros estavam sendo expurgados por traírem a confiança, e Thomas sabia exatamente o que lhe aconteceria se seu primo o pegasse.

— É uma forma estranha para um Graal — disse Genevieve.

A caixa era rasa e quadrada, não alta como se algum dia um cálice com pé tivesse sido guardado nela.

— Quem sabe a aparência que o Graal tem? — perguntou Thomas. Colocou a caixa no embornal e os dois seguiram para o sul.

Thomas estava sempre olhando para trás e, por volta do meio da tarde, ele viu homens de capa preta saídos do mosteiro e subindo para a crista. Eram seis deles, e Thomas calculou que iriam usar a crista como posto de observação. Guy Vexille devia ter voltado a dar uma busca no mosteiro sem encontrar coisa alguma, de modo que agora estava espalhando mais a sua rede.

Eles se apressaram. Quando o anoitecer se aproximava, avistaram as pedras amontoadas onde Genevieve fora ferida; os bosques, agora, não estavam longe, mas Thomas continuava a olhar para trás, esperando que os doze cavaleiros aparecessem a qualquer momento. Em vez disso, mais homens apareceram ao leste, outros doze subindo pela trilha que levava para o outro lado da crista, e Thomas e Genevieve atravessaram correndo o gramado e desapareceram por entre as árvores momentos antes de os novos cavaleiros aparecerem no pico.

Os dois deitaram-se na vegetação rasteira, recuperando o fôlego. Os doze novos homens a cavalo ficaram expostos, esperando, e pouco depois apareceram os primeiros cavaleiros como uma fila de batedores. Tinham vasculhado a parte aberta da crista, na esperança de obrigarem Thomas e Genevieve a sair para campo aberto. Thomas percebeu que seu primo previra exatamente o que ele iria fazer, previra que ele tentaria chegar a Castillon d'Arbizon, ou pelo menos seguisse para o oeste, em direção a outras guarnições inglesas, e agora seus homens vasculhavam toda a área a oeste de Astarac. E mesmo enquanto Thomas observava, seu primo apareceu, liderando outros vinte homens que se juntaram aos outros na crista gramada. Havia, agora, mais de quarenta soldados no planalto, todos vestindo cotas de malha e armadura, todos com capas pretas, todos com espadas compridas.

— O que vamos fazer? — Genevieve fez a pergunta bem baixinho.

— Nos esconder — respondeu Thomas.

Rastejaram para trás, tentando não fazer ruído algum, e quando chegaram bem fundo em meio às árvores, Thomas conduziu-a para o leste. Ele ia voltar para Astarac, porque duvidava que Guy esperasse por isso, e quando eles chegaram à beira do planalto e viram o vale abrir-se à sua frente, Thomas avançou furtivamente para o norte outra vez, para ver o que seus perseguidores estavam fazendo.

Metade deles tinha seguido para o oeste, a fim de bloquear as trilhas que atravessavam o vale vizinho, mas o resto, liderado por Vexille, cavalgava em direção ao bosque. Eles voltariam a ser batedores, esperando fazer com que Thomas e Genevieve saíssem em direção aos outros soldados e, agora que os cavaleiros estavam mais perto, Thomas pôde ver que alguns levavam bestas.

— Por enquanto, estamos seguros — disse Thomas a Genevieve quando voltou para o seu lado na ravina rochosa onde ela se protegia. Ele calculava que tinha se infiltrado no cordão de isolamento do primo, que se expandia, e que quanto mais longe fosse, maior ficaria o cordão e mais fácil seria escapulir por entre as brechas. Mas isso teria de esperar até que amanhecesse, porque o sol já mergulhava em direção às nuvens do oeste, dando-lhes um toque de rosa. Thomas prestou atenção ao som do bosque, mas nada ouviu de alarmante, apenas o esfregar de garras em cascas de árvores, a batida das asas de um pombo e o suspirar do vento. Os cavaleiros de capa preta tinham seguido para o oeste, mas no leste, lá embaixo, no vale, o trabalho deles era visível. Ainda havia soldados lá, e aqueles homens tinham incendiado o lazareto, e a fumaça manchava todo o céu acima do mosteiro, e também tinham incendiado o que restava da aldeia, imaginando que as chamas fariam aparecer quem estivesse escondido nos chalés. Mais homens estavam nas ruínas do castelo, e Thomas ficou imaginando o que eles faziam lá, mas estava longe demais para ver.

— Precisamos comer — disse ele a Genevieve.

— Não temos nada — disse ela.

— Então, vamos procurar cogumelos — sugeriu Thomas — e castanhas. E precisamos de água.

Encontraram um filete de água ao sul e mataram a sede encostando o rosto numa rocha pela qual a água descia, e depois Thomas fez uma cama de gravetos na ravina do filete de água e, quando se convenceu de que eles ali ficariam bem escondidos, deixou Genevieve e foi procurar comida. Levou o arco e tinha meia dúzia de flechas no cinto, não apenas para uma defesa, mas na esperança de avistar uma corça ou um porco. Encontrou alguns cogumelos no mofo das folhas, mas eram pequenos e tinham veios pretos, e não tinha certeza de que fossem, ou não, venenosos. Avançou mais, procurando castanhas ou caça, sempre rastejando, sempre de ouvido atento, e sempre mantendo a beira da crista à vista. Ouviu um barulho e voltou-se rápido e pensou ter visto um veado, mas as sombras se alongavam e ele não podia ter certeza; mesmo assim, colocou uma flecha na corda e rastejou para onde avistara o movimento furtivo. Era a estação do acasalamento, e os machos deviam estar no bosque, procurando por outros para enfrentar em combate. Ele sabia que não teria coragem de acender uma fogueira para assar a carne, mas já comera fígado cru antes, e aquilo seria um banquete naquela noite. Então viu a armação do veado e deslocou-se para o lado, meio agachado, tentando ver o corpo do macho. Exatamente naquele momento a besta disparou e a seta passou chiando por ele para espetar-se numa árvore. O veado fugiu dando saltos longos enquanto Thomas se voltou, puxando para trás a corda do arco, e viu os homens sacando as espadas.

Ele caíra numa armadilha.

E estava preso.

# Terceira Parte
## *A Escuridão*

a REVISTA DO MOSTEIRO não revelara coisa alguma, exceto o corpo do abade Planchard, e Guy Vexille, ao ser informado da morte do velho, acusou em voz alta seu primo, que estava desaparecido. Ordenou uma busca em todos os prédios, mandou que incendiassem a aldeia e o lazareto para que se tivesse certeza de que nenhum fugitivo ficara escondido ali, e depois, relutantemente convencido de que sua presa fugira, enviou cavaleiros para procurar por todos os bosques vizinhos. A descoberta de duas túnicas de leprosos e duas matracas de madeira jogadas fora no bosque a oeste deu a idéia do que acontecera. Vexille acareou os cavaleiros que tinham estado vigiando aquele lado do mosteiro. Os dois juraram não ter visto nada. Não acreditou neles, mas de pouco adiantava chamá-los à fala, por isso optou por mandar cavaleiros para revirar todas a trilhas que levassem em direção às possessões inglesas na Gasconha. Mas quando mandou que Charles Bessières acrescentasse seus homens à busca, Bessières recusou-se. Alegou que os cavalos estavam mancando e seus homens, cansados.

— Não recebo ordens suas — disse Bessières, ríspido. — Estou aqui a serviço do meu irmão.

— E seu irmão quer que o inglês seja encontrado — insistiu Vexille.

— Pois então, procure-o, excelência — disse Bessières, fazendo com que a última palavra parecesse um insulto.

Vexille seguiu para oeste com todos os seus homens, sabendo que provavelmente Bessières queria ficar para saquear a aldeia e o mosteiro.

E foi exatamente isso que Bessières fez, embora achasse muito pouca coisa. Ele mandou seis de seus homens revirarem os pertences patéticos que os aldeões tinham salvado nas novas chamas, e descobriram alguns jarros e panelas que poderiam ser vendidos por alguns *sous*, mas o que realmente queriam eram as moedas que os aldeões deviam ter escondido quando viram homens armados chegando. Todo mundo sabia que os camponeses juntavam pequenas quantias em dinheiro e as enterravam quando surgiam atacantes vestindo cotas de malha, e por isso os homens de Bessières torturavam os servos para obrigá-los a revelar os esconderijos e, ao fazê-lo, descobriram algo muito mais estranho. Um dos homens de Charles falava a língua do sul da França e estava serrando os dedos de um prisioneiro quando o homem revelou que o antigo conde estivera cavando nas ruínas do castelo e descobrira uma velha parede embaixo da capela, mas morrera antes de poder cavar mais. Isso interessou a Bessières, porque o homem dera a entender que havia alguma coisa do outro lado da parede, algo que deixara o velho conde agitado e que o abade, que Deus salvasse sua alma, quisera que ficasse escondido, Por isso, assim que Vexille desapareceu indo para oeste, Bessières conduziu seus homens para a velha fortaleza.

Foi necessário menos de uma hora para soltar as lajotas e revelar a cripta, e em mais outra hora Bessières tinha tirado do lugar os velhos caixões e visto que eles já haviam sido saqueados. Mandaram buscar o homem da aldeia, que mostrou onde o conde tinha cavado, e Bessières ordenou que os homens pusessem a parede a descoberto. Fez com que trabalhassem depressa, querendo terminar o serviço antes que Guy Vexille voltasse e o acusasse de profanar os túmulos da família dele. Mas a parede era muito sólida, e o reboco, muito bem-feito, e só depois que um dos homens de Charles foi buscar o maior martelo de ferreiro que havia no butim tirado da aldeia incendiada, o serviço realmente avançou. O martelo batia com violência nas pedras, lascando-as e desajolando-as, até que finalmente conseguiram colocar uma haste de ferro entre os blocos inferiores, e a parede desmoronou.

E lá dentro, sobre um pilar de pedra, havia uma caixa.

Era uma caixa de madeira, talvez grande bastante para conter a cabeça de um homem, e até Charles Bessières sentiu uma onda de agitação ao vê-la. O Graal, pensou ele, o Graal, e imaginou-se indo para o norte com o troféu que daria o papado a seu irmão.

— Saia da frente — disse ele, ríspido, para um homem que estendia a mão para o tesouro, e depois curvou-se para entrar no espaço baixo e tirou a caixa de madeira do pedestal.

O cofre tinha sido feito de forma engenhosa, porque parecia não ter tampa. Em um dos lados — Bessières presumiu que fosse a parte de cima — estava incrustada uma cruz de prata que perdera o brilho ao longo dos anos, mas não havia nada escrito na caixa e nenhum indício sobre o que poderia estar dentro dela. Bessières sacudiu-a e alguma coisa chocalhou. Ele então parou. Estava pensando que talvez o Graal verdadeiro estivesse em suas mãos, mas se a caixa mostrasse conter uma outra coisa qualquer, aquela poderia ser uma boa ocasião para tirar o falso Graal da aljava que estava presa no seu cinto e fingir que o tinha descoberto embaixo do altar destruído de Astarac.

— Abra — disse um de seus homens.

— Cale a boca — retrucou Bessières, querendo refletir mais um pouco. O inglês ainda estava solto, mas provavelmente seria apanhado. E supondo-se que ele estivesse com o Graal e, com isso, o que estava na sua cintura fosse revelado como falso? Bessières estava diante do mesmo dilema que o intrigara no ossário, quando tivera uma simples chance de matar Vexille. Se apresentasse o Graal na hora errada, não haveria vida fácil no palácio papal de Avignon. Por isso achou que era melhor esperar a captura do inglês e, assim, ter a certeza de que haveria apenas um Graal para ser levado para Paris. Mas e se aquela caixa contivesse o tesouro?

Ele a levou para cima, para a luz do dia. Sacou a faca e começou a fazer entalhes nas junções bem-feitas da caixa. Um dos homens ofereceu-se para usar o martelo de ferreiro para fazer a caixa em pedaços, mas Bessières amaldiçoou-o por ser maluco.

— Quer quebrar o que tem dentro? — perguntou ele.

Empurrou o homem para o lado e continuou a trabalhar com a faca até que, por fim, conseguiu separar um dos lados.

O conteúdo estava envolto em tecido de lã branco. Bessières tirou-o, tendo a ousadia de esperar que se tratasse do grande troféu. Seus homens amontoaram-se em volta, na expectativa, enquanto Bessières desenrolava o velho e puído pano.

E achou ossos.

Um crânio, alguns ossos dos pés, uma omoplata e três costelas. Bessières olhou para eles com os olhos arregalados e depois praguejou. Seus homens começaram a rir e Bessières, na raiva, deu um pontapé tão forte no crânio, que ele voou para dentro da cripta, rolou alguns passos e depois ficou parado.

Ele cegara a faca, que era boa, para encontrar os poucos ossos que restavam do famoso homem que curava anjos, São Sever.

E o Graal continuava escondido.

Os COREDORS TINHAM FICADO intrigados com a atividade em torno de Astarac. Sempre que homens armados saqueavam uma cidade ou aldeia, havia fugitivos que eram presas fáceis para bandidos desesperados e famintos, e Destral, que chefiava perto de cem *coredors*, assistira à devastação de Astarac, observou as pessoas fugindo dos soldados e viu para onde tinham ido.

A maioria dos *coredors* também era de fugitivos, embora não todos. Alguns eram apenas homens sem sorte, outros haviam sido dispensados das guerras e um pequeno grupo se recusara a aceitar os lugares que lhes tinham sido indicados para que fossem servos pertencentes a um senhor. No verão, eles atacavam os rebanhos levados para as pastagens elevadas e emboscavam viajantes descuidados nos passos das montanhas, mas no inverno eram obrigados a ir para terreno mais baixo, à procura de vítimas e abrigo. Homens entravam e saíam do bando, trazendo e levando consigo suas mulheres. Alguns dos homens morriam de doença, outros pegavam seus butins e iam embora, para levar uma vida mais honesta, enquanto que uns poucos morriam em brigas por mulheres ou apostas, embora muito poucos morressem em lutas com gente de fora do grupo. O antigo conde de Berat tolerara o bando de Destral, desde que eles não causassem nenhum dano de importância, calculando que era um desperdício de dinheiro contratar soldados para vasculhar montanhas partidas em ravinas e cheias de cavernas. Em vez disso, colocara guarnições onde quer que houvesse riquezas para atrair os *coredors* e providenciava para que as carroças que levavam o seu tributo fiscal das cidades fossem bem protegidas. Mercadores, quando viajavam longe das estradas principais, tomavam o cuidado de seguir em comboio com soldados contratados por eles próprios, e as sobras eram apanhadas pelos *coredors*, que às vezes tinham de brigar por elas, porque os soldados de estrada invadiam seu território.

Um soldado de estrada era quase um *coredor*, só que os soldados de estrada eram mais bem organizados. Eram soldados sem emprego, armados e experientes, e às vezes ocupavam uma cidade e a saqueavam, guarneciam-na, ficavam com ela até secá-la, e depois voltavam a viajar. Poucos senhores estavam dispostos a combatê-los, porque os soldados de estrada eram bem treinados e formavam pequenos exércitos perversos que lutavam com o fanatismo de homens que nada tinham a perder. A rapinagem parava sempre que começava uma guerra e os senhores ofereciam dinheiro em troca de soldados. Então, os soldados de estrada faziam um novo juramento, iam para a guerra e lutavam até que se fizesse uma trégua, e depois, não sabendo fazer outra coisa a não ser matar, voltavam para as faixas solitárias do interior e procuravam uma cidade para saquear.

Destral odiava os soldados de estrada. Odiava todos os soldados, porque eles eram os inimigos naturais dos *coredors* e, embora normalmente os evitasse, deixava que seus homens os atacassem se tivessem uma grande vantagem numérica. Os soldados eram uma boa fonte de armas, armaduras e cavalos, e por isso, ao anoitecer em que a fumaça da aldeia e do lazareto em chamas manchava o céu acima de Astarac, deixou que um de seus subchefes liderasse um ataque contra meia dúzia de soldados de capa preta que tinham se desgarrado um pouco para o interior da floresta. O ataque foi um erro. Os cavaleiros não estavam sozinhos, havia outros logo depois da floresta, e de repente a obscuridade sob as árvores foi tomada pelo barulho forte de tropel de cavalos e do arranhar de espadas saindo das bainhas.

Destral não sabia o que se passava na beira da floresta. Ele estava muito lá dentro, em meio às árvores, num lugar em que um rochedo de calcário erguia-se dos carvalhos e um pequeno curso de água caía das alturas. Duas cavernas ofereciam abrigo, e era ali que Destral planejava passar o inverno, a uma altura suficiente para dar proteção, mas perto bastante dos vales, para que seus homens pudessem atacar as aldeias e as fazendas, e era para lá que os dois fugitivos de Astarac tinham sido levados. Eles tinham sido capturados na beira da crista e escoltados para a clareira em frente às cavernas onde Destral preparara fogueiras, apesar de só ir acendê-las quando tivesse a certeza de que os soldados tinham sido dominados. Agora, à luz do crepúsculo, viu que seus homens tinham lhe trazido um troféu maior do que ele nem mesmo ousaria sonhar, porque um dos dois prisioneiros era um arqueiro inglês e o outro era uma mulher, e as mulheres sempre eram escassas entre os *coredors*. Ela teria sua utilidade, mas o inglês iria ter um valor maior: poderia ser vendido. E também possuía uma sacola de dinheiro, uma espada e uma cota de malha, o que significava que sua captura, para Destral, era um triunfo tornado ainda mais doce porque aquele era o mesmo homem que havia matado uma dúzia de seus homens com flechas. Os *coredors* revistaram o embornal de Thomas e roubaram a pederneira e o aço, mas jogaram fora as pontas de flechas sobressalentes e a caixa vazia, que consideraram um objeto sem valor algum. Tiraram-lhe todas as flechas e deram o arco para Destral, que tentou armá-lo e ficou com raiva quando, apesar de sua força, não conseguiu puxar a corda mais do que alguns centímetros.

— Cortem os dedos dele — disse ele, ríspido, jogando o arco no chão — e ponham ela nua.

Aí, Philin interveio. Um homem e uma mulher tinham agarrado Genevieve e estavam tirando o manto de malha por cima da cabeça dela, não dando importância aos gritos de dor, e Thomas tentava livrar-se dos dois homens que lhe seguravam os braços, quando Philin gritou, mandando que todos parassem.

— Parar? — Destral voltou-se para Philin, sem acreditar na impugnação. — Ficou maluco? — acusou. — Você quer que a gente não faça nada com ele?

— Pedi a ele que entrasse para o nosso grupo — disse Philin, nervoso. — Porque ele deixou que meu filho vivesse.

Thomas não compreendia nada da conversa, que estava sendo na língua local, mas estava claro que Philin implorava pela sua vida, e estava igualmente claro que Destral, cujo apelido vinha do grande machado que trazia pendurado no ombro, não estava nada disposto a acatar o pedido.

— Você quer que ele se junte a nós? — vociferou Destral. — Por quê? Porque ele poupou a vida do seu filho? Jesus Cristo, você é um bastardo fraco. É um pedaço de merda vestido de lírio.

Ele tirou o machado do ombro, enrolou no pulso a corda que estava amarrada ao cabo e avançou para Philin, que era alto.

— Eu o deixei liderar homens e você está com a metade deles morta! Aquele homem e aquela mulher fizeram isso, e você gostaria que ele se juntasse a nós? Se não fosse a recompensa, eu mataria ele agora. Cortaria a barriga dele e o enforcaria nas próprias tripas podres. Mas em vez disso ele vai perder um dedo por cada um dos meus homens que ele matou. — Ele cuspiu na direção de Thomas e apontou o machado para Genevieve. — Depois, ele vai poder vê-la aquecer minha cama.

— Pedi a ele que se juntasse a nós — repetiu Philin, teimoso. O filho dele, a perna numa tala e com muletas toscas feitas com pedaços de tronco de carvalho, sob os ombros, atravessou para ficar ao lado do pai.

— Vai querer lutar por ele? — perguntou Destral.

Ele não era tão alto quanto Philin, mas tinha ombros largos e a força de um selvagem atarracado. O rosto era achatado, com um nariz quebrado, e tinha olhos parecidos com os de um mastim; olhos que quase brilhavam com a idéia de violência. A barba era emaranhada, retesada com saliva seca e pedaços de comida. Ele balançou o machado e a cabeça da arma cintilou à luz que morria.

— Lute comigo — disse ele a Philin, em tom provocante.

— Quero apenas que ele viva — disse Philin, sem querer sacar uma espada contra o seu líder com olhar de louco, mas os outros *coredors* tinham sentido cheiro de sangue, muito sangue, e estavam formando um círculo tosco e instigando Destral. Eles riam e gritavam, querendo a luta, e Philin recuou até não poder mais.

— Luta! — gritavam os homens. — Luta!

As mulheres deles também berravam, mandando que Philin fosse homem e enfrentasse o machado. Os que estavam mais perto de Philin empurraram-no com força à frente, a ponto de ele ter de pular para o lado para evitar chocar-se com Destral que, zombeteiro, esbofeteou-o e puxou-lhe a barba a título de insulto.

— Lute comigo — desafiou Destral —, ou então corte você mesmo os dedos do inglês.

Thomas ainda não sabia o que estava sendo dito, mas a expressão infeliz no rosto de Philin indicou que não era nada bom.

— Vamos! — insistiu Destral. — Decepe os dedos dele! Ou você faz isso, Philin, ou vou cortar os *seus* dedos.

Galdric, o filho de Philin, sacou a sua faca e empurrou-a na direção do pai.

— Corte — disse o garoto, e quando o pai não quis aceitar a faca, olhou para Destral. — Eu corto! — ofereceu-se o menino.

— Seu pai vai cortar — disse Destral, divertido —, e vai cortar com isso.

Ele desenrolou a tira que estava no seu pulso e ofereceu o machado a Philin.

E Philin, horrorizado demais para desobedecer, apanhou a arma e caminhou em direção a Thomas.

— Eu sinto muito — disse ele em francês.

— Por quê?

— Porque não tenho escolha. — Philin parecia arrasado, um homem humilhado, e sabia que os outros *coredors* estavam se deliciando com a sua humilhação. — Coloque as mãos na árvore — disse e depois repetiu a ordem na língua dele. Os homens que seguravam Thomas forçaram os braços dele para cima até que as duas mãos retorcidas ficassem achatadas contra o tronco da árvore. Eles seguraram Thomas pelos antebraços enquanto Philin se aproximou. — Sinto muito — repetiu Philin. — Você tem que perder os dedos.

Thomas o observou. Viu o quanto estava nervoso. Percebeu que o golpe do machado, quando fosse desferido, deveria cortá-lo à altura do pulso, em vez de atingir os dedos.

— Corte rápido — disse ele.

— Não! — gritou Genevieve e o casal que a segurava soltou uma gargalhada.

— Rápido — disse Thomas e Philin ergueu o machado para trás. Fez uma pausa, lambeu os lábios, lançou um último olhar angustiado para os olhos de Thomas, e golpeou.

Thomas havia deixado que os homens o forçassem contra a árvore; não tentou livrar-se deles até o machado chegar. Só então usou sua enorme força para soltar-se deles. Os dois homens, perplexos diante da potência de um arqueiro treinado para usar o longo arco de teixo, foram deslocados enquanto Thomas agarrava o machado no ar e, com um grito de raiva, voltou-o contra o homem que segurava Genevieve. O primeiro golpe rachou o crânio do homem, a mulher, instintivamente, largou o outro braço de Genevieve e Thomas girou para trás para bater nos homens que estiveram segurando os seus braços contra a árvore. Ele soltava o seu grito de guerra, o grito de guerra da Inglaterra: "São Jorge! São Jorge!" e desferiu a pesada lâmina contra o homem que estava mais perto, justo no momento em que os cavalarianos chegaram do bosque.

Por uma fração de segundo, os *coredors* ficaram no dilema da necessidade de subjugar Thomas e do perigo representado pelos cavaleiros, e então decidiram que os homens a cavalo eram, de longe, o inimigo mais perigoso e fizeram o que todos os homens faziam por instinto quando diante de soldados a galope. Correram para o bosque e os cavaleiros de capa preta de Guy Vexille meteram-se entre eles, agitando espadas e matando com uma facilidade brutal. Destral, sem ligar para a ameaça deles, tinha corrido direto para Thomas e este enfiou a cabeça do machado na cara do atarracado, estraçalhando-lhe o cavalete do nariz e atirando-o para trás, e depois Thomas largou a arma pesadona, pegou o arco e a sacola de flechas e agarrou o pulso de Genevieve.

Os dois correram.

Havia segurança em meio às árvores. Os troncos e os galhos baixos impediam os cavaleiros de correrem à vontade no bosque, e a escuridão chegava depressa para toldar a visão deles, mas na clareira os cavaleiros giravam, cortavam, tornavam a girar, e os *coredors* que não conseguiram fugir para o bosque morriam como ovelhas atacadas por lobos.

Philin agora estava ao lado de Thomas, mas o filho, nas muletas incômodas, ainda estava na clareira e um cavaleiro viu o menino, voltou-se e alinhou a espada.

— Galdric! — gritou Philin, e começou a correr para salvar o menino, mas Thomas lhe deu um calço e colocou uma flecha no arco.

O cavalariano mantinha a espada baixa, com a intenção de enfiar a ponta no lombo de Galdric. Tocou o cavalo com as esporas e o animal acelerou no momento exato em que a flecha voou das sombras para cortar a garganta do homem. O cavalo girou para se afastar, o cavaleiro caindo da sela num rio de sangue. Thomas disparou uma segunda flecha que passou como um raio pelo menino para furar Destral no olho, e depois procurou pelo primo entre os cavaleiros, mas àquela altura já era tão pouca a claridade que ele não conseguiu distinguir nenhum rosto.

— Vem! — insistiu Genevieve. — Vem!

Mas Thomas, em vez de correr com ela, voltou rápido para a clareira. Apanhou a caixa vazia do Graal, procurou a sua sacola de dinheiro, pegou um feixe de flechas, e então ouviu o grito de alerta de Genevieve enquanto patas iam em direção a ele. Deu uma guinada para o lado, virou para trás e correu para o bosque. O cavaleiro que o perseguia, confundido pelas rápidas manobras de Thomas, tornou a avançar e depois desviou-se quando Thomas mergulhou sob um galho baixo. Outros *coredors* fugiam para as cavernas, mas Thomas não deu importância àquele refúgio e seguiu para o sul, ao lado do rochedo. Ele levava Genevieve pela mão enquanto Philin carregava Galdric nos ombros. Um pequeno grupo de cavaleiros mais valentes fez uma breve tentativa de persegui-los, mas os *coredors* sobreviventes estavam com suas bestas, e as setas vindo do escuro convenceram os cavaleiros a se contentarem com a modesta vitória. Eles tinham matado uns vinte bandidos, capturado outros tantos e, o que era melhor, levado doze das mulheres deles. E ao fazer aquilo, tinham perdido apenas um homem. Tiraram a flecha do pescoço dele, colocaram o corpo em cima do cavalo e, com os prisioneiros amarrados com tiras de pano, voltaram para o norte.

Enquanto isso Thomas corria. Ele ainda tinha seu casaco de cota de malha, o arco, uma sacola de flechas e uma caixa vazia, porém tudo o mais fora perdido. E ele estava correndo no escuro.

Para lugar nenhum.

O FRACASSO ERA DURO, e Guy Vexille sabia que tinha fracassado. Ele mandara cavalarianos para o bosque, a fim de afugentar quaisquer fugitivos e fazer com que saíssem para o campo aberto, e em vez disso eles tinham se envolvido numa briga sangrenta, desigual, com *coredors,* que deixara um de seus homens morto. O corpo foi levado para Astarac, onde, na manhã seguinte bem cedo, Guy Vexille enterrou o homem. Chovia. A chuva começara à meia-noite, um aguaceiro constante que inundou a cova, que tinha sido aberta raspando a terra entre as oliveiras. Os corpos dos *coredors* capturados, todos eles decapitados na noite anterior, jaziam abandonados à beira do olival, mas Vexille decidira que o seu homem tivesse uma sepultura. Tinham tirado tudo do corpo, exceto a camisa, e agora o homem foi rolado para dentro do buraco raso, onde a cabeça caiu para trás, na água da chuva, e expôs o ferimento no pescoço.

— Por que ele não estava usando o gorjal dele? — perguntou Vexille a um dos homens que tinham atacado os *coredors*. O gorjal era uma peça de metal que cobria a garganta, e Vexille lembrou-se de que o morto se orgulhava da peça de armadura que recolhera em algum campo de batalha já esquecido.

— Estava.

— Então, foi um golpe de sorte com uma espada? — perguntou Vexille.

Ele estava curioso. Todo conhecimento era útil, e poucas informações eram tão úteis quanto as que ajudassem um homem a viver no caos da batalha.

— Não foi espada — respondeu o homem. — Ele foi atingido por uma flecha.

— De besta?

— Flecha comprida — disse o homem. — Atravessou direto o gorjal. Deve ter batido nele de frente. — O homem fez o sinal-da-cruz, rezando para que não tivesse um destino igual. — O arqueiro escapou — continuou ele. — Correu para a floresta.

E foi então que Vexille percebeu que Thomas devia estar entre os *coredors*. Era possível que um dos bandidos estivesse usando um arco de caça, mas não provável. Ele quis saber onde estava a flecha, mas ela tinha sido jogada fora, ninguém sabia onde, de modo que no nevoeiro matutino Vexille liderou seus homens para a crista e depois para o sul, até a clareira onde corpos ainda jaziam. A chuva caía forte, pingando dos caparazões dos cavalos e penetrando sob a armadura dos homens, de modo que o metal e o couro irritavam peles geladas. Os homens de Vexille resmungavam, mas ele parecia insensível à chuva. Ao chegar à clareira, ele olhou para os corpos espalhados e viu o que estava procurando. Um homem atarracado, barbudo, tinha uma flecha no olho e Vexille desmontou para olhar a haste, que era de freixo, comprida, provida de penas de ganso. Vexille puxou, soltando-a do cérebro do morto. Ela tinha uma ponta comprida, semelhante a uma agulha, e aquilo indicava que era inglesa. Depois ele olhou para as penas.

— Vocês sabiam — disse aos homens — que os ingleses só usam penas de uma única asa de ganso?

Ele alisou as penas molhadas, que eram presas com corda e com uma cola que tinha um tom esverdeado.

— Da asa direita — disse ele — ou da esquerda, pouco importa, mas não se misturam penas das duas asas na mesma flecha.

De repente, num acesso de frustração, ele quebrou a flecha. Que porcaria! Era uma flecha inglesa, e isso significava que Thomas estivera ali, tão pertinho, e agora fugira. Mas para onde?

Um de seus homens sugeriu que seguissem para o oeste, para vasculhar o vale do Gers, mas Vexille reagiu com rispidez à sugestão.

— Ele não é bobo. A esta altura, deve estar a quilômetros de distância. Quilômetros.

Ou talvez estivesse a apenas poucos metros, olhando por entre as árvores ou dos cimos rochosos do penhasco, e Vexille olhou para o bosque e tentou colocar-se no lugar de Thomas. Será que ele fugiria de volta para a Inglaterra? Mas por que, para início de conversa, ele tinha ido até ali? Thomas fora excomungado, expulso pelos companheiros, mandado para a selva, mas em vez de fugir para a Inglaterra, seguira para o leste, para Astarac. Agora não havia coisa alguma em Astarac. Ela tinha sido arrasada e, portanto, para onde iria o Thomas? Guy Vexille procurou nas cavernas, mas elas estavam vazias. Thomas desaparecera.

Vexille voltou para o mosteiro. Estava na hora de ir embora, e ele foi até lá para reunir o resto de seus homens. Charles Bessières também tinha reunido seus poucos soldados, que montavam cavalos carregados de butim.

— E aonde você vai? — perguntou-lhe Vexille.

— Aonde vossa excelência for — disse Bessières com uma mesura sarcástica —, para ajudá-lo a encontrar o inglês. E onde vamos procurar?

Ele fez a pergunta em tom mordaz, sabendo que Guy Vexille não tinha uma resposta pronta.

Vexille não disse nada. A chuva ainda caía sem parar, transformando as estradas em atoleiros. Na estrada para o norte, que chegaria até Toulouse, surgira um grupo de viajantes. Estavam todos a pé, trinta ou quarenta, e pareciam estar indo procurar abrigo e ajuda no mosteiro. Pareciam fugitivos, porque empurravam quatro carrocinhas de mão cheias de baús e pacotes. Três idosos, fracos demais para se esforçarem pela lama em excesso, seguiam nas carrocinhas. Alguns dos homens de Bessières, na esperança de mais um saque fácil, dirigiam seus cavalos em direção a eles, e Guy Vexille os impediu. As pessoas, ao verem a armadura envernizada de Vexille e o *yale* empinado em seu escudo, ajoelharam-se na lama.

— Para onde estão indo? — perguntou Vexille.

— Para o mosteiro, excelência — respondeu um dos homens, arrancando o chapéu e curvando a cabeça.

— E de onde vocês são?

O homem disse que vinham do vale do Garonne, a dois dias de viagem para o leste, e outras perguntas revelaram que eram quatro artesãos e suas famílias: um carpinteiro, um seleiro, um construtor de carroças e um pedreiro, todos da mesma cidade.

— Há algum problema lá? — quis saber Vexille.

Ele duvidava que aquilo tivesse alguma coisa a ver com ele, porque com toda certeza Thomas não teria seguido para o leste, mas tudo o que era estranho o interessava.

— Tem uma peste, excelência — disse o homem. — Tem gente morrendo.

— Sempre há uma peste — disse Vexille, a título de encerrar o assunto.

— Como essa, não, excelência — disse o homem, com humildade.

Ele declarou que centenas, talvez milhares, estavam morrendo e aquelas famílias, ao primeiro ataque da epidemia, decidiram fugir. Outras estavam fazendo o mesmo, disse o homem, mas a maioria seguira para o norte, para Toulouse, enquanto que aquelas quatro famílias, todas amigas, resolveram seguir para as montanhhas do sul à procura de um lugar seguro.

— Vocês deviam ter ficado — disse Vexille — e se refugiado numa igreja.

— A igreja está cheia com os mortos, excelência — explicou o homem e Vexille voltou-se e se afastou, impaciente. Uma doença qualquer no vale do Garonne não era de sua conta, e se as pessoas do povo entravam em pânico, não era nada fora do comum. Dirigiu-se com rispidez aos homens de Bessières, mandando que deixassem os fugitivos em paz. Bessières retrucou no mesmo tom, dizendo que eles estavam perdendo tempo.

— O seu inglês fugiu — disse ele, zombando.

Vexille ouviu o tom, mas não deu importância. Em vez disso, fez uma pausa e então fez a Charles Bessières a cortesia de levá-lo a sério.

— Você tem razão — disse —, mas fugiu para onde?

Bessières foi surpreendido com o tom delicado. Inclinou-se no arção anterior da sela e olhou para o mosteiro enquanto pensava numa resposta.

— Ele esteve aqui — disse, afinal —, foi embora, e por isso é de se presumir que tenha encontrado o que queria?

Vexille abanou a cabeça.

— Ele fugiu de nós, por isso é que foi embora.

— Então, por que não o vimos? — Bessières fez a pergunta em tom beligerante. A chuva pingava da larga aba de seu morrião, uma peça de armadura que ele adotara para manter a cabeça seca. — Mas ele foi embora e levou seja lá o que tenha encontrado. E para onde você iria, se fosse ele?

— Para casa.

— É muito longe — disse Bessières. — E a mulher dele está ferida. Se eu fosse ele, iria procurar amigos, e depressa.

Vexille fitou de olhos arregalados o implacável Charles Bessières e ficou imaginando qual seria o motivo de ele estar sendo tão prestativo assim, o que não era comum.

— Amigos — repetiu Vexille.

— Castillon d'Arbizon — revelou Charles Bessières.

— Eles o expulsaram! — protestou Vexille.

— Isso foi naquela ocasião — disse Bessières —, mas que opções ele tem agora? — Na verdade, Charles Bessières não fazia idéia se Thomas iria para Castillon d'Arbizon, mas aquela era a solução mais óbvia, e Charles concluíra que precisava encontrar o inglês rápido. Só então, quando tivesse certeza de que nenhum Graal verdadeiro tinha sido encontrado, ele poderia revelar o cálice falso. — Mas se ele não foi procurar os amigos — acrescentou —, sem dúvida deve estar indo para o oeste, em direção às outras guarnições inglesas.

— Neste caso, vamos interceptá-lo — disse Vexille.

Ele não estava convencido de que Thomas iria para Castillon d'Arbizon, mas sem dúvida seu primo iria para o oeste, e agora Vexille tinha uma nova preocupação, provocada por Bessières, de que Thomas encontrara o que procurava.

O Graal podia estar perdido e a pista estava fria, mas a caçada tinha de continuar.

Foram todos para o oeste.

No escuro, a chuva caía como uma vingança do céu. Uma tempestade que se chocava com as árvores e pingava para o chão do bosque e ensopava os fugitivos e fazia aumentar o já grande desânimo. Numa curta passagem de inesperada violência, os *coredors* tinham se dissolvido, com o líder morto e o acampamento de inverno destruído. Agora, na escuridão impenetrável da noite de outono, eles estavam perdidos, desprotegidos e amedrontados.

Thomas e Genevieve estavam entre eles. Genevieve passou grande parte da noite com o corpo dobrado, tentando conter a dor do ombro esquerdo que piorara quando os *coredors* tentaram, e não conseguiram, tirar a sua cota de malha, mas quando a primeira tênue e úmida luz mostrou uma trilha por entre as árvores, ela se levantou e seguiu Thomas em direção ao oeste. Pelo menos vinte *coredors* foram atrás, inclusive Philin, que ainda levava o filho nos ombros.

— Para onde você vai? — perguntou Philin a Thomas.

— Para Castillon d'Arbizon — respondeu Thomas. — E você, para onde vai?

Philin não ligou para a pergunta, dando alguns passos em silêncio, e depois franziu o cenho.

— Desculpe — disse ele.

— Desculpar o quê?

— Eu ia decepar os seus dedos.

— Você não tinha muita escolha, tinha?

— Eu podia ter enfrentado Destral.

Thomas abanou a cabeça.

— Não se pode lutar com homens daquele tipo. Eles adoram lutar, se sustentam com isso. Ele o teria massacrado e eu ainda teria perdido os dedos.

— Mas sinto muito.

Eles tinham conseguido atravessar a parte mais alta da crista e agora viam a chuva cinza açoitando todo o vale em frente, e na crista seguinte e no vale depois dela. Thomas queria olhar para o panorama à sua frente antes de eles descerem a encosta, e por isso mandou que todos descansassem, e Philin colocou o filho no chão. Thomas voltou-se para o homem alto.

— O que foi que seu filho lhe disse quando lhe ofereceu a faca?

Philin franziu o cenho como se não quisesse responder, mas depois deu de ombros.

— Ele me disse para decepar os seus dedos.

Thomas bateu com força na cabeça de Galdric, fazendo com que a cabeça do menino ressoasse e provocando um grito de dor. Thomas bateu nele uma segunda vez, com força bastante para fazer com que sua própria mão doesse.

— Diga a ele — recomendou Thomas — para procurar briga com gente do tamanho dele.

Galdric começou a chorar, Philin não disse nada e Thomas tornou a olhar para o vale à frente. Não viu nenhum cavalariano por lá, ninguém a cavalo nas estradas ou soldados em cotas de malha patrulhando as pastagens molhadas, e por isso liderou o grupo morro abaixo.

— Eu soube — Philin falava num tom nervoso, o filho de volta aos ombros — que os homens do conde de Berat estão sitiando Castillon d'Arbizon.

— Ouvi falar a mesma coisa — disse Thomas, lacônico.

— Você acha que é seguro ir até lá?

— Talvez não seja — respondeu Thomas —, mas no castelo há comida, calor e amigos.

— Você podia seguir mais para o oeste — sugeriu Philin.

— Vim aqui à procura de uma coisa — disse Thomas — e não achei.

Ele fora atrás de seu primo, e Guy Vexille estava perto; Thomas sabia que não podia dar meia-volta e correr para Astarac e enfrentá-lo, porque os soldados montados de Vexille detinham todas as vantagens em campo aberto, mas havia uma pequena chance em Castillon d'Arbizon. Uma chance, pelo menos, se Sir Guillaume estivesse no comando e se os amigos de Thomas fossem os homens que formavam a encolhida guarnição. E pelo menos ele estaria de volta entre arqueiros, e enquanto os tivesse do seu lado, acreditava poder oferecer ao primo uma luta inesquecível.

A chuva continuava a cair forte enquanto eles atravessavam o vale do Gers, e ficou ainda pior enquanto subiam a crista seguinte, passando por espessos bosques de castanheiras. Alguns dos *coredors* ficaram para trás, mas a maioria acompanhou o ritmo rápido de Thomas.

— Por que eles estão me seguindo? — perguntou Thomas a Philin.

— Por que você está me seguindo?

— Também precisamos de comida e calor — disse Philin.

Como um cachorro que perdera o dono, ele se juntara a Thomas e Genevieve, e os outros *coredors* o seguiam, e por isso Thomas fez uma parada no alto da crista e olhou fixo para eles. Eram um bando de homens magros, esfarrapados, famintos e derrotados, com umas poucas mulheres enlameadas e crianças miseráveis.

— Vocês podem vir comigo — disse ele e esperou enquanto Philin traduzia —, mas se chegarmos a Castillon d'Arbizon, vocês vão se tornar soldados. Soldados de verdade! Vão ter de lutar. Lutar como se deve lutar. Não esconder-se nos bosques e sair correndo quando a situação fica difícil. Se entrarmos no castelo, vocês terão de ajudar a defendê-lo, e se não puderem enfrentar isso, vão embora agora.

Ele ficou observando-os enquanto Philin traduzia: a maioria parecia encabulada, mas ninguém foi embora. Ou eram valentes, pensou Thomas, ou estavam tão desesperados que não conseguiam pensar em outra alternativa que não acompanhá-lo.

Ele continuou a andar até o vale seguinte. Genevieve, os cabelos grudados no crânio, acompanhava-lhe o ritmo.

— Como é que vamos entrar no castelo? — perguntou ela.

— Tal como entramos antes. Atravessando o açude e subindo até o muro.

— Eles não vão vigiar essa área?

Thomas abanou a cabeça.

316

O HEREGE

— É muito perto das defesas. Se colocarem homens naquela encosta, eles serão acertados pelos arqueiros. Um atrás do porcaria do outro.

O que não significava que os sitiantes não pudessem ter ocupado o moinho, mas ele enfrentaria esse problema quando chegasse a Castillon d'Arbizon.

— E depois que estivermos lá dentro? — perguntou ela. — O que vai acontecer?

— Não sei — respondeu Thomas, sincero.

Ela tocou na mão dele como que para indicar que não estava criticando, mas apenas curiosa.

— Acho — disse ela — que você parece um lobo que está sendo caçado e que está voltando para a sua toca.

— É verdade — confirmou Thomas.

— E os caçadores vão saber que você está lá. Eles vão encurralar você.

— Também é verdade.

— Então, por quê? — perguntou ela.

Ele ficou algum tempo sem responder, depois deu de ombros e tentou contar a verdade.

— Porque eu apanhei — disse ele —, porque eles mataram Planchard, porque eu não tenho porcaria nenhuma a ganhar, porque se eu ficar naquelas defesas com um arco, poderei matar alguns deles. E é claro que vou matar. Vou matar Joscelyn; vou matar meu primo. — Ele deu um tapa na vara de teixo, que estava desarmada para proteger a corda da chuva. — Vou matar os dois. Eu sou um arqueiro, e um arqueiro danado de bom, e prefiro ser isso a ser um fugitivo.

— E o Robbie? Você vai matar o Robbie?

— Talvez — disse Thomas, sem vontade de pensar no problema.

— Então o lobo vai matar os cães? — perguntou ela. — E depois morrer?

— É provável — disse Thomas. — Mas vou estar entre amigos. — Aquilo era importante. Homens que ele tinha levado para a Gasconha estavam sitiados e, se o aceitassem de volta, ficaria com eles até o fim. — E você não precisa ir — acrescentou para Genevieve.

317
A ESCURIDÃO

— Seu bobo! — disse ela, com uma raiva igual à dele. — Quando eu ia morrer, você chegou. Acha que vou abandonar você agora? Além do mais, lembre-se do que vi à luz do relâmpago.

Escuridão e um ponto de luz. Thomas deu um sorriso sinistro.

— Acha que nós vamos ganhar? — perguntou ele. — Talvez. O que sei é que agora estou do lado de Deus, seja lá o que a Igreja possa pensar. Os meus inimigos mataram o Planchard, e isso significa que estão fazendo o trabalho do diabo.

Eles ainda estavam descendo o morro, indo em direção ao fim das árvores e aos primeiros vinhedos, e Thomas fez uma pausa para examinar o ambiente que tinha pela frente. Os *coredors* chegaram dispersos trás dele, caindo exaustos no chão molhado da floresta. Sete levavam bestas, o resto levava armas de tipos diversos ou arma nenhuma. Uma mulher, ruiva e de nariz arrebitado, levava uma cimitarra, uma espada de lâmina larga e curva, e parecia que sabia manejá-la.

— Por que estamos parando? — perguntou Philin, embora ficasse grato pela interrupção porque seu filho era uma carga pesada.

— Para procurar pelos caçadores — respondeu Thomas, e ficou olhando muito tempo para os vinhedos, campinas e pequenos bosques. Um curso de água brilhava entre duas pastagens. Não se via ninguém. Não havia servos cavando valas ou conduzindo porcos para as castanheiras, e isso era preocupante. Por que os servos ficariam em casa? Só porque havia homens armados por lá, e Thomas procurou por eles.

— Lá — disse Genevieve, apontando, e ao norte, ao lado de uma curva do rio que brilhava, Thomas viu um cavaleiro na sombra de um salgueiro.

Com que então os caçadores estavam à sua espera, e assim que ele saísse do meio das árvores iriam cercá-lo, abater seus companheiros e levá-lo à presença do primo.

Estava na hora de se esconder de novo.

JOSCELYN ADORAVA O CANHÃO. Era uma coisa de uma beleza feia; um pedaço sólido, bulboso, trovejante de uma máquina mortífera de difícil manuseio. Ele queria mais. Com uma dúzia daqueles aparelhos, achava que poderia ser o mais importante senhor da Gasconha.

Foram necessários cinco dias para arrastar o canhão até Castillon d'Arbizon, onde Joscelyn descobriu que o cerco, se é que se podia chamá-lo assim, não estava tendo resultado algum. Sir Henri alegava ter imobilizado a guarnição ao engaiolá-la no castelo, mas não fizera tentativa alguma de atacar. Não construíra escadas para escaladas, nem posicionara seus besteiros perto o bastante para atingir os arqueiros ingleses que estivessem nas defesas.

— Andou dormindo, não é? — perguntou Joscelyn com rispidez.

— Não, excelência.

— Eles deram dinheiro a vocês, não deram? — perguntou Joscelyn.

— Talvez o tenham subornado?

Sir Henri empertigou-se diante daquela afronta à sua honra, mas Joscelyn fez que não percebeu. Em vez disso, mandou que os besteiros avançassem até a metade da rua principal e procurassem janelas ou muros de onde pudessem atirar nos homens que estavam nas defesas do castelo, e cinco dos besteiros estavam mortos e outros seis ficaram feridos pelas compridas flechas inglesas antes do fim do dia, mas Joscelyn estava contente.

— Eu os deixei preocupados — alegou ele —, e amanhã vamos começar a matá-los.

Signor Gioberti, o mestre-artilheiro, decidiu colocar o seu canhão logo depois da porta oeste da cidade. Ali havia um conveniente trecho de pedras planas, e sobre elas ele colocou as duas imensas traves de madeira que sustentavam a armação, também de madeira, que embalava a arma em forma de vaso. O local ficava uns bons vinte metros fora do alcance dos arqueiros ingleses, de modo que seus homens estavam a salvo e, o que era ainda melhor, a arcada da porta, a dez passos atrás do canhão, proporcionava abrigo contra as intermitentes pancadas de chuva, de modo que os homens podiam misturar a pólvora em segurança.

Levaram a manhã toda para colocar no lugar o canhão e sua armação, que teve de ser erguida da carroça por um guindaste que os homens de Gioberti construíram com resistentes pedaços de carvalho. Os rolos embaixo da armação tinham sido engraxados com gordura de porco, e Gioberti colocou um tonel da gordura branca ao lado do canhão para que os rolos pudessem ser mantidos lubrificados, já que a armação dava um coice sempre que o canhão era disparado.

Os projéteis do canhão eram levados numa carroça em separado, e cada um deles precisava de dois homens para erguê-lo de seu leito. Os mísseis eram setas de ferro com 1,20m de comprimento; alguns tinham a forma de flechas, com palhetas de metal curtas e grossas, enquanto que o restante eram barras comuns, cada uma da grossura do braço de um homem. A pólvora vinha em barris, mas precisava ser mexida, porque o salitre, que era pesado e que constituía cerca de dois terços da mistura, descia para o fundo dos tonéis, enquanto que o enxofre e o carvão, que eram mais leves, subiam para a superfície. A mexida era feita com uma comprida colher de pau, e quando o Signor Gioberti se deu por satisfeito, mandou que fossem colocadas oito conchas cheias no interior escuro do canhão.

Aquela culatra, onde aconteceria a explosão, era contida pela grande protuberância em forma de pote da traseira do canhão. Aquela bulbosa peça de ferro era pintada, de um lado, com a imagem de Santo Elói, o santo padroeiro do metal, e, do outro, com São Maurício, o padroeiro dos soldados, enquanto que abaixo dos santos estava o nome do canhão, Cuspidor do Inferno.

— Ele tem três anos de idade, senhor — disse Gioberti a Joscelyn — e se comporta tão bem quanto uma mulher que apanhou como devia.

— Se comporta tão bem?

— Já vi alguns racharem, senhor. — Gioberti apontou para a culatra bulbosa e explicou que alguns canhões faziam-se em pedaços quando eram disparados, espalhando pedaços de metal aquecido para dizimar a equipe. — Mas o Cuspidor do Inferno? Ele é tão firme quanto um sino. E foram fundidores de sinos de Milão, senhor, que o fizeram. É difícil fundi-los direito, muito difícil.

— Você sabe fazer isso? — perguntou Joscelyn, imaginando uma fundição de canhões em Berat.

— Eu não, senhor. Mas o senhor pode contratar homens competentes. Ou procurar fundidores de sinos. Eles sabem como fazer, e há um meio de ter certeza de que eles vão trabalhar direito.

— Como é? — perguntou Joscelyn, ansioso.

— O senhor manda os fabricantes do canhão ficarem ao lado da culatra quando o primeiro tiro for disparado, senhor. Isso faz eles se concentrarem no trabalho! — Gioberti riu entre os dentes. — Mandei os fundidores do Cuspidor do Inferno ficarem ao lado dele, e eles nem se encolheram. O que prova que ele foi bem construído, excelência, bem construído.

Uma mecha, feita de linho embebido numa mistura de óleo e pólvora e protegido por uma bainha de linha costurada, era colocada com uma das pontas na pólvora e a outra passando pelo estreito gargalo do canhão onde o projétil seria colocado. Alguns artilheiros, disse Gioberti, preferiam um buraco feito na grande culatra, mas ele era de opinião de que um buraco assim dissipava parte da potência do canhão, e preferia acender a mecha pela boca do canhão. O tubo de linho branco era mantido no lugar com um punhado de marga molhada enfiada no gargalo estreito, e só quando a marga secasse ligeiramente, Gioberti permitia que dois de seus homens levassem uma das setas em forma de flecha, que era erguida para a boca em forma de sino e cuidadosamente empurrada para trás, de modo que sua longa extensão preta se apoiava no gargalo estreito do canhão. Agora, era levada mais marga, recém-misturada com água do rio e com areia e barro que eram transportados na terceira carroça, e a marga era colocada em toda a volta do projétil, para fazer uma vedação perfeita.

— Isso contém a explosão, senhor — disse Gioberti e explicou que sem a marga para vedar o cano, grande parte da força explosiva da pólvora seria desperdiçada, porque passaria pelo projétil.

— Sem a marga — disse ele —, ele apenas cospe a seta. Sem força nenhuma.

— Você me deixa acender a mecha? — perguntou Joscelyn, ansioso como uma criança com um brinquedo novo.

— E deve acender, excelência — disse Gioberti —, mas ainda não. A marga tem que secar bem.

Aquilo demorou quase três horas, mas então, quando o sol mergulhava por trás da cidade e iluminava a face leste do castelo, Gioberti declarou que estava tudo pronto. Os barris de pólvora foram cuidadosamente guardados numa casa próxima, onde nenhuma faísca poderia atingi-los, os artilheiros tinham se protegido para a eventualidade de a culatra explodir, e o sapé em frente ao canhão de ambos os lados da rua tinha sido molhado por dois homens usando baldes. O canhão tinha sido calçado para cima, o que o fez ficar apontando para o alto do arco da entrada do castelo, mas o dardo, disse o italiano, deveria cair ligeiramente enquanto voava e, assim, atingir bem o centro da porta. Ele mandou que um de seus homens levasse um tição da lareira da taberna O Urso e o Açougueiro, e quando lhe deram o fogo e ele se certificou de que tudo o que tinha de ser feito estava feito, fez uma mesura para Joscelyn e ofereceu a madeira acesa. Um padre disse uma oração de bênção e depois correu para o beco ao lado da taberna.

— Basta encostar o fogo na mecha, excelência — disse Gioberti —, e depois vossa excelência e eu podemos ir para a defesa da porta e ficar assistindo.

Joscelyn olhou para a grossa ponta de flecha preta que se projetava do barril para encher a boca que se alargava para cima, depois para a mecha abaixo dela, e encostou o fogo ao estojo de linho e a pólvora lá dentro começou a chiar.

— Recue, excelência, por favor — disse Gioberti.

Um pequeno fio de fumaça saía do estojo de linho, que enrugou e ficou preto enquanto encolhia em direção ao gargalo. Joscelyn queria ver o fogo desaparecer no pescoço do canhão, mas o Signor Gioberti teve a coragem de puxar a manga da camisa de sua excelência na pressa, e Joscelyn seguiu docilmente o italiano para a defesa da porta, de onde ele olhou para o castelo. No alto da torre de menagem, a bandeira do conde de Northampton agitava-se ao vento fraco, mas não por muito mais tempo, pensou Joscelyn.

E então, o mundo estremeceu. O barulho foi tamanho, que Joscelyn pensou que estava no coração de uma trovoada, uma trovoada que aplicou um golpe palpável em seus tímpanos, tão repentino e tão forte, que involuntariamente ele deu um salto. E toda a rua à frente, todo o espaço entre os muros e o sapé molhado, encheram-se de fumaça, na qual pedaços brilhantes de carvão e estilhaços de marga, todos deixando uma cauda de fogo como se fossem cometas, descreveram um arco e caíram. A porta da cidade estremeceu e o barulho da explosão ecoou no castelo para abafar o ranger da pesada estrutura do Cuspidor do Inferno dando o coice sobre os rolos lubrificados. Cachorros começaram a uivar nas casas trancadas e mil pássaros assustados levantaram vôo.

— Meu doce Deus! — disse Joscelyn, pasmo, os ouvidos tinindo por causa do ribombar que ainda rolava pelo vale. — Meu querido Cristo!

A fumaça cinza-esbranquiçada saiu da rua e com ela veio um fedor tão grande, tão podre, que Joscelyn quase ficou sufocado. Depois, através dos restos da fumaça fedorenta, ele viu que uma das abas da porta do castelo estava torta.

— Repita — ordenou ele, ouvindo a própria voz abafada porque seus ouvidos estavam cheios de ecos.

— Amanhã, excelência — disse Gioberti. — A marga demora a secar. Nós vamos carregar hoje à noite e disparar ao nascer do dia.

Na manhã seguinte, o canhão disparou três tiros, todos eles barras sólidas de ferro enferrujado que conseguiram arrancar a porta do castelo das dobradiças. Começou a chover e os pingos chiavam e viravam vapor quando atingiam o metal do Cuspidor do Inferno. Os moradores da cidade agachavam-se em suas casas, encolhendo-se todas as vezes em que o estrondo do canhão sacudia os postigos e fazia tilintar as panelas na cozinha. Os defensores do castelo tinham desaparecido das ameias, e isso animou os besteiros, que se aproximaram ainda mais.

A porta fora destruída, apesar de Joscelyn ainda não conseguir ver o pátio do castelo, porque ele ficava mais elevado do que o canhão, mas presumiu que a guarnição soubesse que um assalto seria desfechado pela porta e, sem dúvida, estava preparando defesas.

— O segredo disso — declarou ele ao meio-dia — é não dar tempo a eles.

A ESCURIDÃO

— Eles tiveram tempo — assinalou Sir Henri Courtois. — Tiveram a manhã inteira.

Joscelyn fez que não ouviu Sir Henri, que ele achava não passar de um velho tímido que perdera o apetite pelo combate.

— Nós atacamos hoje à noite — decretou Joscelyn. — O signor Gioberti vai disparar uma barra de ferro no pátio e iremos atrás enquanto o barulho ainda os mantém agachados.

Ele escolheu quarenta soldados, os melhores de que dispunha, e mandou que estivessem prontos ao anoitecer e, para garantir que os defensores não recebessem nenhum aviso do ataque, mandou seus homens fazerem buracos nos muros das casas, para que os atacantes pudessem aproximar-se através dos prédios da cidade. Ao passar pelas paredes, esgueirando-se de casa em casa, os atacantes poderiam chegar a menos de trinta passos da porta sem serem vistos e, assim que o canhão disparasse, eles saltariam do esconderijo e atacariam a arcada da porta do castelo. Sir Henri ofereceu-se para liderar o ataque, mas Joscelyn recusou.

— O ataque precisa de gente jovem — disse ele —, homens destemidos. — Ele olhou para Robbie. — Você vem?

— Claro, excelência.

— Primeiro, vamos mandar doze besteiros — decretou Joscelyn. — Eles podem disparar uma rajada para o pátio e depois sair da nossa frente.

E também atrair, era o que ele esperava, as flechas de quaisquer arqueiros ingleses que pudessem estar esperando.

Com um pedaço de carvão, Sir Henri desenhou numa mesa da cozinha um diagrama para mostrar a Joscelyn o que havia no pátio. As estrebarias, disse ele, ficavam à direita e deviam ser evitadas, porque não levavam a parte alguma.

— À sua frente, excelência — disse ele —, há duas portas. A da esquerda leva às masmorras e, uma vez lá embaixo, não existe outra saída. A da direita fica no alto de doze degraus, e leva aos salões e às ameias.

— Então, é essa que nós queremos?

— É, excelência.

Sir Henri hesitou. Queria avisar a Joscelyn que Sir Guillaume era um soldado experiente e que estaria preparado. O sítio propriamente dito estava apenas no começo, o canhão estava funcionando há menos de um dia, e era nessa fase que uma guarnição ficava alerta ao máximo. Sir Guillaume estaria esperando, mas Sir Henri sabia que qualquer aviso iria apenas provocar o escárnio de recusa de Joscelyn, e por isso não disse nada.

Joscelyn mandou que seu escudeiro preparasse a armadura e dirigiu a Sir Henri um olhar indiferente.

— Quando o castelo for tomado — disse ele —, você será castelão outra vez.

— Como vossa excelência quiser — disse Sir Henri, aceitando com calma o rebaixamento de posto.

Os atacantes reuniram-se na igreja de São Callic, onde foi rezada uma missa e dada a bênção aos homens que vestiam cotas de malha, e depois passaram em fila pelas toscas portas abertas nas paredes das casas, subindo o morro, dirigindo-se às escondidas para uma oficina de carpinteiro de carros que dava para a praça que ficava em frente ao castelo. Ali eles se agacharam, armas preparadas. Homens colocavam elmos, faziam suas orações silenciosas e esperavam. A maioria levava escudos, mas alguns preferiam não levar, alegando que assim podiam deslocar-se mais depressa. Dois estavam com machados imensos, armas que provocavam terror num espaço pequeno. Eles tocavam seus talismãs, rezavam mais e esperavam, impacientes, pelo rugir do enorme canhão. Ninguém dava uma espiada pela porta, porque Joscelyn estava de olho neles e dera ordens estritas para que se mantivessem escondidos até que o canhão disparasse.

— Ainda há uma recompensa por cada arqueiro capturado vivo — lembrou Joscelyn —, mas também vou pagá-la por arqueiros mortos.

— Mantenham os escudos erguidos — interveio Robbie, pensando nas compridas flechas inglesas.

— Eles vão ficar tontos — disse Joscelyn — e encolhidos por causa do barulho. Vamos só entrar lá e matar todos eles.

Deus queira que seja verdade, pensou Robbie e sentiu uma pontada de culpa por estar lutando contra Sir Guillaume, de quem gostava. Mas ele jurara a nova vassalagem e estava convencido de que lutava por Deus, pela Escócia e pela verdadeira fé.

— Cinco moedas de ouro para cada um — disse Joscelyn —, para os primeiros cinco homens que subirem a escada e entrarem na torre de menagem.

Que diabo, por que o canhão não disparava? Ele estava suando. Era um dia frio, mas ele estava com calor porque o casaco de couro ensebado sob a armadura era grosso. Aquela armadura era a melhor do que a que qualquer um dos atacantes possuía, mas também era a mais pesada, e Joscelyn sabia que seria uma tarefa muito árdua acompanhar o ritmo dos homens que vestiam cotas de malha mais leves. Pouco importava. Ele participaria da luta onde ela estivesse mais acirrada, e deliciava-se com a idéia de abater arqueiros que gritavam e se desesperavam.

— E nada de prisioneiros — disse ele, querendo que o seu dia fosse coroado pela morte.

— Sir Guillaume? — sugeriu Robbie. — Podemos prendê-lo?

— Ele tem propriedades? — perguntou Joscelyn.

— Não — admitiu Robbie.

— Então, que resgate ele pode prometer?

— Nenhum.

— Pois então, nada de prisioneiros! — bradou Joscelyn para os atacantes. — Matem todos!

— Mas não as mulheres — sugeriu um deles.

— As mulheres, não — concordou Joscelyn e lamentou que a beguina de cabelos dourados não estivesse no castelo. Ora, haveria outras mulheres. Sempre havia outras mulheres.

As sombras se alongavam. Chovera a manhã toda, mas desde então o céu ficara limpo e o sol estava baixo, muito baixo, e Joscelyn sabia que o signor Gioberti estava esperando até que os últimos raios brilhantes atravessassem a porta, para ofuscar os defensores. Então viriam o barulho, a fumaça fedorenta, o terrível choque de ferro contra o muro do pátio e, enquanto os defensores ainda estivessem tontos pelo tumulto, os homens de armadura surgiriam numa fúria impiedosa pela porta.

— Deus está conosco — disse Joscelyn não porque acreditasse, mas porque sabia que um sentimento daqueles era esperado por parte dele. — Hoje à noite, vamos festejar com a comida e as mulheres deles.

Ele falava demais porque estava nervoso, mas não percebeu. Aquilo não era como um torneio, onde o derrotado poderia ir embora andando, por mais escoriado e cortado que estivesse. Aquilo era a área de recreio da morte e, apesar de estar extremamente confiante, também estava apreensivo. Que os defensores estejam dormindo ou comendo, pensou ele, mas que não estejam preparados.

E justo naquele momento o mundo encheu-se de estrondo, ferro cauterizado a fogo passou gritando pela porta, fumaça ergueu-se da rua e a espera, graças a Cristo, acabou.

Eles atacaram.

**S**IR GUILLAUME, assim que o canhão apareceu em Castillon d'Arbizon, começou a preparar a guarnição para um ataque. Deu ordens para que dez arqueiros ficassem no pátio o tempo todo, cinco de cada lado, para que as flechas fizessem uma diagonal em direção ao espaço aberto onde os dardos do canhão tinham demolido a porta principal. O muro do castelo, que estava ileso, protegia-os de qualquer besteiro que estivesse na cidade. Depois, na manhã em que o canhão demoliu a porta, Sir Guillaume derrubou a maior parte das paredes da estrebaria, mas deixou as vigas que sustentavam os telhados, para que os arqueiros tivessem um lugar para proteger as cordas dos arcos quando chovesse. Os cavalos foram conduzidos pelos degraus que levavam ao salão inferior, que passou a ser a nova estrebaria para eles.

A madeira da parede da estrebaria, os estábulos e as lâminas da porta principal que tinham sido estraçalhadas foram usados para fazer uma barricada que ia de um lado a outro do pátio. Não era da altura que Sir Guillaume gostaria que fosse, mas não havia madeira suficiente para torná-la pesada o bastante para resistir a um assalto determinado. Qualquer tipo de obstáculo iria reduzir o ritmo de um homem de armadura e dar aos arqueiros tempo para colocar outra flecha nas cordas. Os primeiros dardos de ferro disparados pelo canhão foram acrescentados à barricada, e depois um barril de azeite de oliva rançoso foi trazido da galeria subterrânea. Com aquilo, Sir Guillaume estava pronto.

Ele desconfiava que Joscelyn iria atacar o mais cedo, e não o mais tarde, possível. Sir Guillaume passara tempo suficiente em companhia do novo conde de Berat para perceber que Joscelyn era um homem impaciente, ansioso demais pela vitória, e Sir Guillaume também entendia que o ataque viria no crepúsculo ou ao amanhecer. Por isso, quando o primeiro dia inteiro de disparos de canhão derrubou a porta e rachou o bastião que ficava a um dos lados da arcada, fez com que a guarnição ficasse de armadura e pronta muito antes do crepúsculo.

No meio da tarde ele tivera a certeza de que o ataque viria muito em breve porque, no longo intervalo entre os tiros do canhão, ele se acocorara na parte da defesa da porta que não tinha sido atingida e ouvira os estranhos sons de martelos e estilhaçamento, e concluíra que o inimigo estava abrindo uma passagem pelas paredes das casas, para que, sem ser vistos, pudessem aproximar-se do espaço aberto em frente ao castelo. E quando a noite chegou e o canhão não disparou, Sir Guillaume percebeu que o canhão devia estar esperando até que os atacantes estivessem prontos. Ele se agachou ao lado da porta e ouviu o retinir de armaduras vindo das casas do outro lado da praça, e quando deu uma espiada pelo arco, viu que mais homens que o de hábito tinham se reunido na defesa acima da porta oeste, para observar o castelo. Era como se tivessem tocado uma trombeta, pensou ele, zombeteiro, para anunciar suas intenções. Encolheu-se depressa um segundo antes de um quadrelo de besta bater no arco em que ele estivera espreitando.

Ele voltou para junto dos soldados.

— Eles estão vindo — disse ele e enfiou o antebraço esquerdo nas alças de couro do escudo, que exibia a desbotada insígnia dos três falcões.

Havia um alívio naquela informação. Sir Guillaume detestava ser sitiado, e detestara a calma ameaça dos primeiros dias em que Sir Henri cumprira o combinado porque, muito embora fosse um período em segurança, ainda havia a frustração de estar engaiolado num castelo. Agora, ele poderia matar alguns dos sitiantes e, para um soldado como Sir Guillaume, aquilo era muito mais satisfatório. Quando o canhão chegou à cidade, Sir Guillaume ficou imaginando se Joscelyn iria propor condições, mas depois, quando o canhão disparou pela primeira vez para deslocar as portas pesadas, ele percebeu que Joscelyn, de sangue quente, descuidado e sovina, não queria nada, a não ser a morte.

Por isso, agora ele iria dar morte a ele.

— Quando o canhão disparar — disse Sir Guillaume, instruindo seus homens — é quando eles vão atacar. — E ele acocorou-se ao lado da porta, do lado da barricada que correspondia ao inimigo, e esperou que estivesse certo. Ficou aguardando, vendo a luz do sol rastejar pelas pedras do piso do pátio. Ele tinha dezoito arqueiros em condições, e todos estavam atrás da barricada, enquanto dezesseis soldados esperavam junto a Sir Guillaume. Os demais tinham desertado, com a exceção de seis, que estavam doentes. A cidade estava em silêncio, a não ser um cachorro que latia e que de repente soltou um ganido ao levar uma pancada para que se calasse. Rechaçá-los aqui, pensou Sir Guillaume, e depois? Ele não tinha dúvidas de que iria rechaçá-los, mas ainda estava com uma enorme inferioridade numérica e uma guarnição longe de qualquer ajuda. Talvez, se os sitiantes fossem bem derrotados ali, Joscelyn discutisse condições. Sem dúvida, Sir Henri aceitaria uma rendição honrosa, pensou Sir Guillaume, mas será que Sir Henri tinha alguma influência sobre o destemperado Joscelyn?

E então o canhão disparou, o estrondo parecendo sacudir o castelo, e uma barra de ferro passou pela porta para arrancar um grande pedaço de pedra e poeira branca do muro da torre ao lado dos degraus que levavam à torre de menagem. Sir Guillaume retesou-se, os ouvidos tinindo com o eco do terrível estrondo, e depois ouviu as ovações e o barulho de botas pesadas nas pedras da praça lá fora e tirou a tampa, que já estava solta, do barril de azeite e derrubou-o com um pontapé, de modo que o líquido esverdeado derramou-se pelas pedras ao lado da porta. Naquele momento, ele ouviu uma voz, do lado de fora, berrando.

— Nada de prisioneiros! — A voz do homem era distorcida por um elmo com a viseira fechada. — Nada de prisioneiros!

— Arqueiros! — bradou Sir Guillaume, embora duvidasse de que precisassem ser alertados.

Na ausência de Thomas, os arqueiros eram liderados por Jake, que não apreciava muito a responsabilidade, mas gostava de Sir Guillaume e queria lutar bem por ele. Jake não disse nada aos seus arqueiros; eles não precisavam de ordem alguma. Em vez disso, esperaram com as cordas puxadas pela metade, flechas furadoras nas cordas, e então a porta encheu-se com um grupo de besteiros, e atrás deles estavam os soldados, já soltando seus gritos de guerra, e Jake, como fora ordenado, esperou um instante até que os primeiros homens escorregaram no azeite de oliva, e só então berrou:

— Atirem!

Dezoito flechas penetraram no caos. Os primeiros atacantes que passaram pela porta estavam se estatelando no chão, os homens que vinham atrás tropeçavam neles e as flechas furaram a confusão. O assalto ainda estava a dez passos de distância da barricada, e no entanto já estava contido, porque a estreita entrada do castelo estava bloqueada pelos moribundos e pelos mortos. Sir Guillaume ficou em um dos lados, espada desembainhada, ainda sem fazer nada, apenas deixando que os arqueiros terminassem o serviço. Ficou impressionado com a rapidez com que eles colocavam outra flecha na corda, e ficou vendo a segunda e a terceira saraivada furar malha e cortar carne. Um besteiro saiu rastejando do emaranhado e bravamente tentou erguer sua arma, mas Sir Guillaume deu dois passos e arriou a espada com força na nuca do homem, que estava desprotegida. Os outros besteiros, evidentemente enviados na fila da frente para disparar uma rajada contra seus arqueiros, estavam mortos ou morrendo. Os soldados de Joscelyn estavam misturados a eles, flechas projetando-se de cotas de malha e escudos, e na porta o bolo de homens não conseguia avançar. Jake agora dirigiu as flechas contra eles, uma saraivada após outra, e Sir Guillaume gesticulou para que seus homens avançassem.

— Eles não querem prisioneiros — gritou —, estão ouvindo? Nada de prisioneiros!

Sir Guillaume atacava pelo lado esquerdo do pátio, de modo que Jake levou seus arqueiros para a direita e atirava só pela porta contra os poucos homens que restavam sob o arco. E depois de uns poucos segundos, todas as flechas pararam, porque uma quantidade muito grande de

332
O HEREGE

atacantes estava morta e os que viviam estavam encurralados pelo súbito assalto de Sir Guillaume vindo do canto do pátio.

Foi um massacre. Os atacantes, já quase derrotados pelas flechas, tinham presumido que quaisquer defensores viessem por trás da barricada, e em vez disso os soldados chegaram pelo flanco. Os homens de Sir Guillaume, informados de que o inimigo quisera a morte de todos, não estavam dispostos a conceder misericórdia. "Bastardo." John Faircloth golpeou um soldado caído, enfiando a espada num rasgão da cota de malha do homem. "Bastardo" — repetiu ele, cortando a garganta de um besteiro. Um borgonhês usava um machado, esmagando elmos e crânios com um golpe eficiente atrás do outro, salpicando a pedra coberta de azeite com miolos e sangue. Um inimigo ergueu-se da pilha rosnando, um homem grande, forte e útil, que pisou em cadáveres para levar a luta até a guarnição, mas Sir Guillaume aparou o golpe da espada do homem no escudo e enfiou a sua espada na garganta dele. O homem olhou para Sir Guillaume, os olhos arregalados, os lábios tentando formar um palavrão, mas nada havia na boca, exceto um torrão de sangue, espesso como banha de porco; então, ele oscilou e caiu, e Sir Guillaume já tinha passado por ele para matar outro soldado. E agora os arqueiros, largando os arcos, tinham ido participar do massacre, usando machados, espadas ou facas para despachar os feridos. Gritos de pedidos de misericórdia ecoavam no pátio, ouviam-se berros, e os poucos atacantes que não estavam feridos e se achavam na retaguarda do assalto, ouviram os gritos triunfantes ingleses. "São Jorge! São Jorge!" Eles fugiram. Um homem, estonteado por um golpe de espada no elmo, fugiu na direção errada e John Faircloth recebeu-o com um golpe de espada que cortou os anéis de ferro da malha para abrir-lhe a barriga.

— Bastardo — disse Faircloth, puxando a espada para soltá-la.

— Saiam da porta! — disse Sir Guillaume. — Puxem eles daí!

Ele não queria que seus homens fossem atingidos pelos besteiros que estavam do lado de fora do castelo enquanto saqueavam os corpos, tirando-lhes a armadura e as armas, e eles arrastaram os corpos para o lado do pátio. Pelo que Sir Guillaume podia ver, não havia nenhum inimigo ferido. Tinha sido o inimigo que gritara que não deveria haver prisioneiros, e a guarnição obedecera. E agora, o ataque terminara.

Mas o perigo não passara. Ainda havia dois corpos na arcada. Sir Guillaume sabia que os besteiros que estavam mais abaixo, na cidade, podiam ver a porta, e por isso, usando o escudo para proteger o corpo, curvou-se e esgueirou-se até o arco e arrastou o primeiro cadáver para o pátio. Não havia sinal de Joscelyn, o que era uma pena. Sir Guillaume sonhara em prender o conde uma segunda vez, e aí teria dobrado o resgate de Joscelyn, tornado a dobrá-lo e depois dobrado uma terceira vez. Bastardo, pensou Sir Guillaume, e uma seta de besta atingiu alto no seu escudo, fazendo com que a borda superior batesse no elmo de Sir Guillaume. Ele agachou-se mais, agarrou o calcanhar do último homem e puxou. O homem se mexeu e tentou reagir, e Sir Guillaume bateu com a pontuda borda inferior do escudo na virilha do homem e ele prendeu a respiração e depois parou de resistir.

Era Robbie. Assim que Sir Guillaume o colocou no pátio e ficou a salvo dos besteiros que estavam na cidade, ele viu que Robbie não tinha sido ferido. Ficara atordoado, provavelmente por uma flecha que atingira a borda inferior do elmo e deixara uma profunda mossa na borda espessa, que batera na cabeça de Robbie e o jogara para trás. Uns três centímetros mais embaixo, e teria havido um escocês morto. O que havia era um escocês muito confuso que se contorceu à procura de sua espada quando percebeu onde estava.

— Onde está o meu dinheiro? — grunhiu Sir Guillaume, ameaçando Robbie com a própria espada do escocês.

— Oh, Jesus — gemeu Robbie.

— Ele de nada lhe adianta. Se quiser misericórdia, filho, me peça. Peça a eles! — Sir Guillaume apontou para os arqueiros e soldados que tiravam dos mortos e feridos as armas, as armaduras e as roupas. O vesgo Jake sorria porque um dos inimigos mortos estava usando um anel de rubi. Jake decepou o dedo e agora erguia a jóia, triunfante. Sam, o orgulhoso novo proprietário de uma bela cota de malha feita na Alemanha, foi olhar para Robbie. Cuspiu para dar sua opinião sobre o escocês.

Robbie, com lágrimas nos olhos por causa da humilhação, olhou para os mortos, que estavam com as camisetas bordadas de sangue. Quarenta atacantes tinham atravessado a praça do lado de fora do castelo e mais da metade estava morta. Ele ergueu os olhos para Sir Guillaume.

— Sou seu prisioneiro — disse ele e ficou imaginando como iria pagar um resgate para lorde Outhwaite na Inglaterra e outro a Sir Guillaume.

— Você não é meu prisioneiro porcaria nenhuma — disse Sir Guillaume num inglês imperfeito e voltou para o francês. — Ouvi o grito lá fora. Nada de prisioneiros. E você deve se lembrar de que quando fazemos prisioneiros, não recebemos resgates. Recebemos apenas pedaços de pergaminho. É isso que significa honra na Escócia?

Robbie ergueu os olhos para o rosto selvagem, caolho, e estremeceu.

— Pois então me mate — disse ele, cansado. — Me mate e vá para o inferno.

— O seu amigo não ia gostar — replicou Sir Guillaume e viu a dúvida na expressão de Robbie. — Seu amigo Thomas — explicou. — Ele gosta de você. Não ia querer você morto. Ele sente ternura por você, porque ele é o maldito de um bobo. Por isso, vou deixar você viver. Levante-se. — Sir Guillaume cutucou Robbie para que se pusesse de pé. — Agora, vá procurar o Joscelyn e diga àquele bastardo esparavonado que ele pode nos pagar o que você nos deve, e depois vamos embora. Entendeu? Ele dá o dinheiro, e vocês ficam olhando a gente ir embora.

Robbie quis pedir de volta a espada que pertencia ao seu tio e escondia uma valiosa relíquia de Santo André no punho, mas sabia que seria negado e então, ainda zonzo, voltou para o arco, seguido dos gritos de zombaria dos arqueiros. Sir Guillaume berrou para os besteiros que estavam na cidade que o homem que estava saindo era um deles.

— Talvez mesmo assim eles atirem em você — disse ele a Robbie, e empurrou-o para o crepúsculo.

Nenhum dos besteiros atirou em Robbie que, com a cabeça doendo e a virilha latejando, desceu a rua aos tropeções. Os sobreviventes do ataque estavam reunidos ao lado do canhão que ainda expelia fumaça; alguns tinham flechas nos braços ou nas pernas. Joscelyn estava lá, de cabeça descoberta; os cabelos haviam sido pressionados pelo forro do elmo e o rosto redondo estava meloso de suor e vermelho de raiva. Ele estivera entre os últimos a se comprimirem na porta, vira o caos à sua frente e aí fora derrubado por uma flechada no peitoral. Ficara atordoado com a força do golpe, como se tivesse sido escoiceado por um cavalo, e a placa estava com um amassado que brilhava. Ele se levantara com dificuldade só para ser atingindo por uma segunda flecha que, como a primeira, não conseguira furar a grossa placa. Mas fora jogado para trás outra vez, depois o pânico dos sobreviventes o envolvera e ele fugira com eles, aos tropeções.

— Eles soltaram você? — Ele saudou Robbie que, pelo que viu, estava com uma escoriação escura na testa.

— Eles me mandaram com uma mensagem, excelência — disse Robbie. — Se receberem o dinheiro — continuou — irão embora sem lutar mais.

— O dinheiro é seu! — disse Joscelyn com rispidez. — Por isso, pague você. Você tem esse dinheiro?

— Não, excelência.

— Pois então nós matamos todos eles. Vamos matar todos! — Joscelyn voltou-se para o signor Gioberti. — Quando tempo vai levar para você derrubar a arcada inteira?

Gioberti refletiu por um segundo. Ele era um homem baixo, estava quase com cinqüenta anos, e tinha um rosto com rugas profundas.

— Uma semana, excelência — calculou ele. Um de seus dardos atingira o lado do arco e arrancara pedras que dariam para encher um caixão de pedreiro, o que indicava que o castelo estava mal conservado. — Talvez dez dias — disse, emendando a resposta — e em outros dez dias posso derrubar metade da cortina.

— Vamos esmagá-los, reduzi-los a ruínas — disse Joscelyn, ríspido. — E depois matar todos. — Ele se voltou para o escudeiro. — O meu jantar está pronto?

— Está, excelência.

Joscelyn jantou sozinho. Tinha pensado que comeria no salão do castelo naquela noite e ouviria os gritos dos arqueiros ao terem os dedos decepados, mas o destino decidira o contrário. Por isso ele agora iria esperar, reduzir o castelo a pedaços, e depois vingar-se.

E, na manhã seguinte, Guy Vexille e Charles Bessières chegaram a Castillon d'Arbizon com mais de cinqüenta homens. Parecia que Vexille não conseguira encontrar o seu herege mas, por motivos pelos quais Joscelyn não se interessava e não entendia, acreditava que o homem e sua beguina estariam indo para o castelo sitiado.

— Você pega eles — disse Joscelyn — e o homem é de vocês. Mas a mulher é minha.

— Ela pertence à Igreja — disse Vexille.

— Primeiro, ela é minha — insistiu Joscelyn. — A Igreja pode brincar com ela depois, e dali para a frente, o diabo pode ficar com ela.

O canhão disparou e a entrada do castelo tremeu.

THOMAS E SEUS COMPANHEIROS passaram uma noite chuvosa sob as árvores. Pela manhã, três dos *coredors* haviam desaparecido com suas mulheres, mas quatorze homens tinham ficado, com oito mulheres, seis crianças e, o que era de uma utilidade enorme, sete bestas. Eram todas bestas antigas, com alavancas de perna de cabrito para puxar a corda, o que significava que eram menos potentes do que as bestas com haste de aço que usavam cabos com manivelas para esticar a corda, mas num combate o tipo antigo podia ser recarregado com facilidade, e a curtas distâncias era mortal.

Os cavaleiros tinham se retirado do vale. Thomas levou a maior parte da manhã para se convencer disso, mas em dado momento viu um pastor de porcos levando seus animais para o bosque e, pouco depois, a estrada que levava para o sul pela margem do rio ficou movimentada de repente, com pessoas que pareciam fugitivos, porque levavam cargas enormes e empurravam carros de mão com pilhas de bens. Ele calculou que os cavaleiros tinham ficado com tédio de tanto esperar por ele e optado por atacar uma cidade ou aldeia próxima, mas a visão das pessoas garantiu-lhe que não havia soldados por perto, e por isso eles continuaram seguindo para o oeste.

No dia seguinte, enquanto tomavam uma estrada alta para o sul que os mantinha afastados dos vales e estradas principais, ele ouviu o canhão ao longe. A princípio, pensou que se tratasse de um tipo estranho de trovoada, um estalo abrupto sem o ronco que ia diminuindo, mas não havia nuvens escuras no oeste, e então aconteceu outra vez, e ao meio-dia uma terceira vez, e ele percebeu que era um canhão. Ele já tinha visto canhões antes, mas eram raros, e teve medo do que o estranho aparelho poderia fazer aos seus amigos que estavam no castelo. Se ainda fossem seus amigos.

Ele apressou-se, seguindo para o norte, agora, em direção a Castillon d'Arbizon, mas obrigado a tomar cuidado toda vez que chegava a um vale aberto ou a um lugar em que cavaleiros pudessem estar de emboscada. Naquela noite, ele abateu um cabrito-montês e cada um comeu um pedaço do fígado cru, porque não tinham coragem de acender uma fogueira. Ao crepúsculo, enquanto levava o cabrito para o acampamento, ele vira a fumaça a noroeste e sabia que ela saíra do canhão, o que significava que Thomas estava perto, tão perto que ficou de vigia até altas horas e depois acordou Philin e fez com que ele servisse de sentinela.

De manhã estava chovendo. Os *coredors* sentiam-se desestimulados e com fome e Thomas tentava animá-los com a promessa de que calor e comida não estavam muito longe. Mas o inimigo também estava por perto, e ele avançava com cautela. Não arriscava deixar o arco encordoado, porque a chuva iria enfraquecer a corda. Ele se sentia nu sem uma flecha na corda. O barulho do canhão, disparando a cada três ou quatro horas, ficava mais alto, e no início da tarde Thomas conseguia ouvir o ruído nítido dos projéteis batendo em pedra. Mas então, quando chegou a uma elevação e a chuva finalmente parou, ele viu que a bandeira do conde de Northampton ainda estava hasteada, descolorida e molhada, no mastro alto da torre de menagem, e aquilo o estimulou. Não significava segurança, mas prometia uma guarnição inglesa para lutar a seu lado.

Eles agora estavam perto, perigosamente perto. A chuva podia ter parado, mas o terreno estava escorregadio e Thomas caiu duas vezes ao descer desajeitado a íngreme encosta coberta de bosques que levava ao rio que serpenteava em torno do rochedo do castelo. Ele planejara aproximar-se do castelo tal como fugira dele, atravessando o açude ao lado do moinho, mas quando chegou ao sopé do morro, onde as árvores erguiam-se perto do açude de azenha, viu que seus temores se justificavam e que o inimigo previra o que ele iria fazer, porque um besteiro estava de pé na porta do moinho. O homem, usando um casaco de cota de malha, estava embaixo de um pequeno alpendre coberto de sapé que o escondia de quaisquer arqueiros que estivessem na defesa do castelo, mas quando Thomas olhou para cima do morro, não viu arqueiro nenhum lá. Sem dúvida os sitiantes tinham bestas na cidade e iriam disparar contra quem se expusesse.

— Mate ele. — Genevieve estava agachada ao lado de Thomas e vira o besteiro solitário do outro lado do rio.

— E avisar os outros?

— Que outros?

— Ele não está sozinho ali — disse Thomas. Ele imaginava que o moleiro e sua família deviam ter ido embora, porque o ladrão tinha sido arriado e a grande roda de água estava imóvel, mas os sitiantes não iriam colocar apenas um homem para proteger o difícil caminho que atravessava o alto do açude. Era provável que houvesse uns doze homens lá. Ele podia acertar o primeiro, isso não era problema, mas os outros iriam atirar contra ele da porta e das duas janelas que davam para o rio, e ele não teria chance de atravessar o açude. Ele ficou muito tempo olhando, raciocinando, e então voltou para perto de Philin e dos *coredors*, que estavam escondidos num ponto mais acima, na encosta.

— Preciso de pederneira e aço — disse ele a Philin.

Os *coredors* viajavam com freqüência e precisavam fazer fogueiras todas as noites, de modo que várias das mulheres tinham pederneiras e aço, mas uma delas também tinha uma bolsa de couro cheia de pólvora feita com bufa-de-lobo. Thomas agradeceu a ela, prometeu uma recompensa em troca da valiosa pólvora, e depois seguiu rio abaixo até ficar escondido da sentinela que estava em pé sob o alpendre do moinho. Ele e Genevieve revistaram a vegetação rasteira à procura de pequenos gravetos e de folhas de castanheira recém-caídas. Ele precisava de fio torcido, e por isso arrancou um fio da camisa que Genevieve usava por baixo do casaco de cota de malha, empilhou uns gravetos numa pedra lisa, salpicou generosamente com pólvora e deu o aço e a pederneira a Genevieve.

— Não acenda ainda — disse. Ele não queria fumaça saindo das árvores quase nuas para alertar os homens ao outro lado do rio.

Pegou os pedaços de gravetos mais grossos e amarrou-os na ponta de uma flecha de ponta grossa. Demorou, mas depois de um certo tempo tinha um grosso feixe de gravetos que ele iria proteger com as grandes folhas de castanheira. Uma flecha incendiária tinha que estar queimando bem, mas a velocidade do vôo podia extinguir as chamas, e as folhas ajudariam a evitar isso. Ele molhou as folhas numa poça, colocou-as por cima dos gravetos secos, amarrou o fio e agitou a flecha para ter certeza de que o graveto aglomerado estava seguro.

— Acenda agora — disse ele a Genevieve.

Ela deu uma batida forte com a pederneira e a pólvora de bufa-de-lobo acendeu instantaneamente, depois os gravetos pegaram fogo e jorrou uma breve e brilhante chama. Thomas deixou o fogo aumentar, encostou a flecha nele, deixou que ela pegasse fogo e segurou-a por um instante, de modo que todos os gravetos estivessem queimando. A haste de freixo escureceu enquanto Thomas se esgueirava morro abaixo até poder ver o telhado de sapé do moinho.

Ele puxou. O fogo chamuscou-lhe a mão esquerda, e por isso ele não pôde puxar o arco até o limite máximo, mas a distância era curta. Rezou para que ninguém estivesse olhando pelas janelas do moinho, fez outra prece a São Sebastião para que a flecha voasse como devia e soltou.

A flecha de ponta grossa voou. Descreveu um arco a partir do bosque, deixando um rastro de fumaça, e atingiu o sapé na metade do telhado. O barulho devia ter alertado os homens que estavam dentro do moinho, mas naquele momento o canhão disparou lá na cidade e era provável que aquele barulho muito maior os tivesse distraído.

Com os pés, ele apagou a pequena fogueira que Genevieve fizera e depois conduziu a jovem de volta rio acima e fez um sinal para que Philin e os homens com as bestas para que se esgueirassem e descessem para a beira do bosque. Agora, ele aguardou.

O sapé do moinho estava molhado. Tinha chovido forte e a palha estava musguenta e escura de tanta umidade. Thomas viu um fio de fumaça saindo do ponto em que a flecha se cravara no telhado sujo e irregular, mas não se viam chamas. O besteiro ainda estava na porta, bocejando. O rio fora inchado pela chuva e despejava-se pelo açude como um córrego caudaloso, verde-branco, que cobriria os tornozelos quando eles tentassem atravessar. Thomas olhou de novo para o telhado do moinho e pensou que a fumaça estava morrendo. Ele teria de fazer tudo de novo, e continuar fazendo até que fosse descoberto ou que o fogo pegasse. E justamente quando estava se decidindo a levar Genevieve de volta rio abaixo para procurar novos gravetos, o telhado emitiu de repente uma onda de fumaça. A onda engrossou depressa, subindo como uma pequena nuvem de chuva, e uma chama surgiu no sapé e Thomas teve de mandar que os *coredors* que começaram a ovacionar se calassem. O fogo espalhou-se com uma rapidez extraordinária. A flecha devia ter levado os gravetos para dentro da camada mais seca que estava por baixo da palha escura e molhada, e as chamas agora irromperam pela camada externa escura e coberta de musgo. Em questão de segundos, metade do telhado estava em chamas e Thomas viu que aquele era um incêndio que jamais seria apagado. Iria atingir as vigas, o telhado iria desabar, e então as grandes peças de madeira do moinho iriam queimar até que não restasse coisa alguma, exceto uma concha de pedra enegrecida pela fumaça.

E então os homens saíram correndo pela porta.

— Agora — disse Thomas e a sua primeira flecha de ponta grossa cortou o ar em direção ao outro lado do rio e atirou um homem para trás, pela porta, e os *coredors* disparavam suas bestas, que emitiam um estalido quando as cordas eram soltas. As setas bateram em pedra, atingiram um homem na perna, e a segunda e a terceira flechas de Thomas estavam seguindo seu caminho antes que as bestas voltassem a atirar. Um dos homens do moinho conseguiu fugir aos tropeções por trás do prédio em chamas, sem dúvida indo alertar os outros sitiantes. Thomas percebeu que o tempo era curto, mas outros homens saíram do moinho e ele tornou a disparar, viu que tinha atravessado a garganta de uma mulher com a flecha, não teve tempo de se lamentar, puxou a corda e soltou de novo. Então, a porta ficou vazia e ele puxou um dos besteiros para longe da margem do rio e disse aos outros que continuassem a atirar em quem aparecesse na porta.

— Atravesse agora! — bradou para Philin.

Thomas e o besteiro foram os primeiros a atravessar o açude. A soleira de pedra era mais ou menos da largura do pé de um homem e estava escorregadia, mas eles avançaram de lado, a água cobrindo com violência seus pés. Philin, com o filho nos ombros, atravessou à frente dos outros *coredors* enquanto Thomas, chegando finalmente à margem do lado da cidade, mandava uma flecha para o interior do moinho iluminado pelas chamas. A mulher que ele acertara olhava para ele com olhos arregalados, mortos. Uma seta de besta veio do bosque que ficava entre o moinho e o muro da cidade lá em cima e o quadrelo errou Thomas por pouco, indo mergulhar no açude de azenha, mas depois uma flecha de penas brancas desceu chiando da defesa da torre de menagem e penetrou nas árvores onde o besteiro estava escondido. Não houve mais setas.

Uma mulher escorregou no açude e gritou ao cair pela face dele na agitada água branca.

— Deixe ela! — gritou Philin.

— Subam a trilha! — berrou Thomas. — Vamos, vamos!

Ele mandou um dos *coredors* subir na frente, porque o homem estava armado com um machado; Thomas dissera-lhe que arrombasse a pequena porta que havia no muro no alto do morro. Ele voltou-se para os besteiros que estavam na beira do rio e cuja pontaria agora estava perturbada pelas pessoas que subiam com dificuldade pela margem do lado da cidade.

— Vamos! — gritou-lhes e, embora nenhum deles falasse inglês, entenderam perfeitamente o que ele queria dizer. Então ouviu-se um grande estrondo vindo do moinho quando uma parte do telhado desabou e um jato de centelhas e chamas subiu das travessas de sustentação dos pisos e dos caibros.

E naquele intante, o último defensor do moinho saiu correndo pela porta. Era um homem alto, vestindo couro e não cota de malha, e os cabelos soltavam fumaça devido ao fogo e o rosto, feio como nenhum outro que Thomas já vira, estava imóvel num ricto de ódio. O homem saltou a barreira dos mortos e moribundos e por um segundo Thomas pensou que o homem estivesse indo atacá-lo. Mas então ele contorceu-se para o outro lado, numa tentativa de fugir, e Thomas puxou a corda, soltou e a flecha penetrou entre as omoplatas do homem e atirou-o à frente. O homem ferido estivera levando um cinto que tinha uma espada, uma faca e um quadrelo de besta pendurados, e o cinto escorregou para longe nas folhas molhadas. Thomas achou que quaisquer mísseis de reserva seriam sempre uma coisa muito boa, e por isso correu para apanhar o cinto, e o homem, que estivera agonizando, agarrou-lhe o tornozelo.

— Bastardo — disse o homem em francês. — Bastardo!

Thomas deu um pontapé no rosto dele, quebrando-lhe os dentes, depois pisou com o calcanhar para quebrar mais. O moribundo afrouxou a pressão e Thomas tornou a chutá-lo, só para mantê-lo quieto.

— Subam o morro! — gritou ele.

Ele viu que Genevieve atravessara o açude sem problemas e jogou para ela o cinto com as suas armas e seu estojo de quadrelo e foi atrás dela pela trilha que subia para a pequena porta atrás da igreja de São Sardo. Será que o inimigo a estava vigiando? Mas se estivesse, aquele inimigo estava encrencado, porque agora havia mais arqueiros na torre do castelo, e estavam atirando para a cidade lá embaixo. Eles se levantavam, atiravam, agachavam-se outra vez, e Thomas ouvia o som das setas de bestas batendo na pedra do castelo.

A trilha era íngreme e estava molhada. Thomas ficava sempre olhando para a sua esquerda, à procura do inimigo, mas nenhum deles apareceu na encosta. Ele se apressou, escorregou, viu o muro muito perto à sua frente e continuou subindo. Genevieve já estava junto à porta, voltada para procurar por ele. Thomas avançou com a ajuda das mãos pelos poucos metros que faltavam e atravessou correndo a porta estraçalhada, seguindo Genevieve pelo beco escuro e saindo para a praça. Uma seta de besta bateu nas pedras do piso, ricocheteou e alguém gritou, e ele viu soldados na rua principal, percebeu uma seta passar por ele chiando no exato momento em que ele viu que metade do arco da porta tinha sido destruída, que uma pilha de escombros quase escondia a entrada do castelo, que uma pilha de cadáveres nus jazia na praça sob a cortina do castelo e que quadrelos disparados por bestas resvalavam nas pedras. Então, pulou os escombros, caiu fora da parte do arco que restava e achou-se em segurança no pátio, onde seus pés voaram de debaixo dele porque as pedras estavam escorregadias. Ele deslizou uma pouca distância e depois bateu contra uma barricada de madeira atravessada no pátio.

E Sir Guillaume, caolho, com cara de mau, sorria para ele.

— Demorou bastante para chegar, hein? — disse o francês.

— Que diabo! — disse Thomas. Os *coredors* estavam todos lá, exceto a mulher que caíra do açude. Genevieve estava a salvo. — Pensei que você precisasse de ajuda.

— Acha que pode nos ajudar? — disse Sir Guillaume. Ele colocou Thomas em pé e envolveu o amigo num abraço. — Pensei que você tinha morrido — disse ele e então, constrangido pela demonstração de sentimento, fez com a cabeça um gesto em direção dos *coredors* e seus filhos. — Quem são eles?

— Bandidos — disse Thomas —, bandidos famintos.

— Há comida no salão superior — disse Sir Guillaume, e então Jake e Sam apareceram, sorrindo, e escoltaram Thomas e Genevieve pela escada para onde os *coredors* olharam com olhos arregalados para o queijo e para a carne em salmoura.

— Comam — disse Sir Guillaume.

Thomas lembrou-se dos cadáveres nus na praça da cidade. Eram homens dele? Sir Guillaume abanou a cabeça.

— Os bastardos nos atacaram — disse ele — e os bastardos morreram. Por isso, nós os despimos e os atiramos por cima do muro. Os ratos agora estão comendo eles. São uns bastardos grandes.

— Os ratos?

— Tão grandes, que parecem gatos. E o que foi que aconteceu a vocês?

Thomas contou enquanto comia. Falou da ida ao mosteiro, da morte de Planchard, da luta no bosque, e da lenta viagem de volta para Castillon d'Arbizon.

— Eu sabia que o Robbie não estava aqui — explicou —, e por isso calculei que só restavam os meus amigos.

— É bom morrer entre amigos — disse Sir Guillaume. Ele ergueu os olhos para as altas janelas estreitas do salão, avaliando o avanço do dia pelo ângulo da luz. — O canhão só vai disparar daqui a mais umas duas horas.

— Eles estão derrubando o arco da porta?

— É o que parece que estão fazendo — disse Sir Guillaume —, e talvez queiram derrubar toda a cortina? Isso tornaria mais fácil eles entrarem no pátio. Mas vão levar um mês. — Ele olhou para os *coredors*. — Você me trouxe mais bocas para alimentar.

Thomas abanou a cabeça.

— Todos eles vão lutar, inclusive as mulheres. E as crianças podem recolher as setas de besta.

Havia setas em quantidade espalhadas em torno do castelo e, depois de endireitadas as alhetas, serviriam muito bem para as bestas manejadas pelos *coredors*.

— Mas a primeira coisa a fazer — continuou Thomas — é nos livrarmos daquele maldito canhão.

Sir Guillaume sorriu.

— Pensa que não pensei nisso? Acha que só ficamos sentados jogando dados? Mas como fazer isso? Uma surtida? Se eu levar doze homens pela rua, metade vai ser espetada por querelos antes de chegarmos até a taberna. Não é possível, Thomas.

— Gravetos — disse Thomas.

— Gravetos — repetiu Sir Guillaume, com voz monótona.

— Gravetos e cordão — disse Thomas. — Faça flechas incendiárias. Eles não estão estocando a maldita da pólvora a céu aberto, estão? Ela está numa casa. E casas pegam fogo. Por isso, tocamos fogo na cidade inteira. Em toda ela. Duvido que as nossas flechas possam atingir as casas próximas ao canhão, mas se tivermos um vento leste, o fogo vai se espalhar bem depressa. De qualquer maneira, isso vai reduzir o ritmo deles.

Sir Guillaume olhou fixo para ele.

— Você não é tão louco quanto parece, é?

Naquele momento, um arquejo fez com que os dois se voltassem. Genevieve, sentada perto deles, estivera mexendo no estojo de querelos que Thomas pegara no moinho. A tampa, que se encaixava perfeitamente no estojo de couro redondo, tinha sido selada com cera e isso a deixara intrigada e então ela raspara a cera, erguera a tampa e encontrara uma coisa no interior, algo que tinha sido cuidadosamente envolto em linho e acolchoado com serragem. Ela sacudira a serragem e depois desembrulhara o linho.

E agora, todos os que estavam na sala olharam-na com admiração respeitosa.

Porque ela encontrara o Graal.

JOSCELYN CHEGOU À CONCLUSÃO de que detestava Guy Vexille. Detestava o ar de competência do homem, o ligeiro desdém que sempre parecia estar em sua fisionomia e que, sem que nenhuma palavra fosse dita, parecia condenar tudo o que Joscelyn fazia. Ele também tinha ódio da piedade e do autocontrole do homem. O que Joscelyn teria gostado mais do que qualquer outra coisa era mandar Vexille embora, mas seus homens eram um acréscimo valioso à força sitiante. Quando o assalto chegasse, quando houvesse uma carga através dos escombros da porta do castelo, os soldados de capa preta de Vexille bem poderiam significar a diferença entre derrota e vitória. Por isso, Joscelyn suportava a presença dele.

Robbie também. Vexille matara seu irmão, e Robbie jurara vingarse, mas àquela altura estava tão confuso, que não sabia mais o que significavam seus juramentos. Ele jurara fazer uma peregrinação, mas no entanto ali estava ele, ainda em Castillon d'Arbizon; jurara matar Guy Vexille, e no entanto o homem estava vivo; jurara vassalagem a Joscelyn, e agora reconhecia que Joscelyn era um bobo desmiolado, valente como um porco, mas sem qualquer traço de religião ou honra. O único homem ao qual ele jamais fizera um juramento era Thomas, e no entanto era Thomas o homem a quem ele desejava felicidades na tragédia que se desenrolava.

E pelo menos Thomas estava vivo. Ele conseguira atravessar o açude, apesar da guarda que Guy Vexille colocara no moinho. Vexille tinha ido a

Castillon d'Arbizon, descobrira que a travessia do rio estava desprotegida, e colocara o mal-humorado e obstinado Charles Bessières no comando no moinho. Bessières aceitara a ordem porque ela o mantinha longe de Vexille e de Joscelyn, mas ele fracassara e Robbie ficara perplexo diante da satisfação que sentira ao perceber que Thomas fora mais esperto do que eles, que estava vivo e voltara para o castelo. Ele viu Thomas atravessar a praça correndo, o ar sussurrando com setas de bestas, e quase soltou vivas quando viu o amigo atingir a segurança do castelo.

Robbie vira Genevieve também, e não sabia o que pensar sobre aquilo. Em Genevieve ele via algo que desejava tanto que parecia um sofrimento. Mas não arriscava admiti-lo, porque Joscelyn iria apenas rir dele. Se Robbie tivesse escolha, e seus juramentos significavam que não tinha, teria ido até o castelo e implorado o perdão de Thomas, e sem dúvida teria morrido lá.

Porque Thomas, embora estivesse vivo, estava encurralado. Guy Vexille, amaldiçoando o fato de Charles Bessières fracassar numa tarefa tão fácil assim, colocara homens nos bosques do outro lado do rio, de modo que agora não havia como fugir atravessando o açude. A única maneira de sair do castelo era seguir pela rua principal e passar pela porta oeste da cidade, ou seguir para o norte, até a pequena porta ao lado da igreja de São Callic, que dava para os alagadiços onde os moradores da cidade deixavam o gado pastar, e Joscelyn e Vexille, juntos, tinham mais de cem soldados esperando exatamente por aquela tentativa. Besteiros foram colocados em todos os pontos estratégicos na cidade, e enquanto isso o canhão iria morder e martelar e solapar os bastiões da porta do castelo até que, em dado momento, houvesse um caminho acidentado que passasse pelas ruínas e penetrasse no coração do castelo. Então, o massacre poderia começar e Robbie teria de ver seus amigos morrerem.

Metade da porta do castelo já fora derrubada, e o Signor Gioberti agora realinhara seu bulboso canhão para que seus mísseis atingissem o lado direito do arco. O italiano calculava que levaria uma semana para derrubar a porta toda, e aconselhara a Joscelyn que seria melhor gastar ainda mais um tempo com alargar a brecha derrubando as partes da cortina de ambos os lados do arco destruído, para que os atacantes não fossem afunilados para um espaço estrito que os arqueiros pudessem encher de morte enfeitada de penas.

— Paveses — dissera Joscelyn, e ordenara que os dois carpinteiros da cidade fizessem mais unidades dos escudos grandes de salgueiro que iriam proteger os besteiros enquanto eles corressem para a brecha. Os besteiros poderiam, então, atirar nos arqueiros lá no alto enquanto os soldados passavam por eles.

— Uma semana — disse Joscelyn ao italiano —, você tem uma semana para derrubar a porta, e depois nós vamos atacar.

Ele queria tudo acabado depressa, porque o cerco estava saindo mais caro e mais complicado do que jamais imaginara. Não era só a luta que era difícil, mas ele tinha de pagar carroceiros para que levassem feno e aveia para todos os cavalos dos soldados, e precisava mandar homens para vasculhar à procura de alimentos escassos num distrito que já tinha sido saqueado pelo inimigo, e cada dia trazia novos problemas imprevistos que corroíam a confiança de Joscelyn. Ele só queria atacar e liquidar aquele maldito assunto.

Mas os defensores atacaram primeiro. Ao amanhecer, no dia seguinte à chegada de Thomas a Castillon d'Arbizon, quando soprava um gelado vento nordeste sob um céu de chumbo, flechas incendiárias saíram das defesas da torre para mergulhar no sapé da cidade. Uma flecha atrás da outra deixava o rastro de fumaça, e os sitiantes despertaram para o perigo quando os moradores da cidade gritavam pedindo podões e água. Os homens usavam os podões, que tinham cabo comprido, para puxar os sapés dos telhados, porém mais flechas chegavam e em questão de minutos três casas estavam em chamas e o vento empurrava as chamas em direção à porta, onde o canhão já estava carregado e a marga estava secando.

— A pólvora! A pólvora! — berrava o Signor Gioberti, e seus homens começaram a tirar os preciosos barris da casa próxima ao canhão, e a fumaça avançou por cima deles e pessoas amedrontadas meteram-se na frente deles, fazendo com que um homem escorregasse e derramasse um barril inteiro de pólvora não misturada no meio da estrada. Joscelyn saiu da casa que requisitara para seu uso e gritou para que seus homens fossem buscar água, enquanto Guy Vexille ordenava que alguns prédios fossem derrubados para fazer um aceiro, mas os moradores da cidade atrapalharam a ação dos soldados e agora os incêndios bramiam. Mais uma dúzia de casas estava em chamas e os sapés tinham-se tornado fornalhas que se espalhavam de um telhado para o outro. Pássaros em pânico voavam dentro da fumaça e ratos, às dezenas, fugiam do sapé e pelas portas dos porões. Muitos dos besteiros sitiantes tinham feito ninhos de águia dentro dos telhados, de onde podiam atirar através de buracos que atravessavam o sapé, e agora desciam dos sótãos de gatinhas. Porcos guinchavam enquanto eram torrados vivos, e quando as primeiras centelhas que voavam iam parar em cima dos telhados perto do canhão, o céu se abriu.

Um estrondo de trovão rasgou o céu e a chuva desabou. Caiu com tanta força, que acabou com a vista do castelo que se tinha da porta da cidade. Transformou a rua num córrego, encharcou os barris de pólvora e apagou os incêndios. Fumaça ainda subia com força, mas a chuva chiou sobre brasas que brilhavam. Pelas sarjetas corria uma água preta e os incêndios morreram.

Galat Lorret, o cônsul mais antigo, foi procurar Joscelyn e quis saber onde os moradores da cidade deveriam se abrigar. Mais de um terço das casas tinha perdido os telhados e as outras estavam lotadas de soldados acantonados.

— Vossa excelência tem de arranjar alimentos para nós — disse ele a Joscelyn —, e precisamos de tendas.

Lorret tremia, talvez de medo ou então por ter ficado com febre. Mas Joscelyn não teve piedade do homem. Na verdade, ficou com tanta raiva por ter sido aconselhado por um homem do povo, que agrediu Lorret, depois tornou a agredi-lo, empurrando-o de volta para a rua com uma chuva de golpes e pontapés.

— Vocês podem passar fome! — berrou Joscelyn para o cônsul. — Passar fome e tremer. Bastardo!

Ele deu um murro tão violento no velho, que o queixo de Lorret quebrou. O cônsul ficou caído na sarjeta molhada, a túnica oficial ensopando-se com a água escurecida pela cinza. Uma jovem saiu da casa atrás dele que não tinha sido afetada; ela estava com os olhos vidrados e o rosto vermelho. Vomitou de repente, despejando o conteúdo de seu estômago na sarjeta ao lado de Lorret.

— Saia daí! — gritou Joscelyn para ela. — Ponha a sua sujeira em outro lugar!

Então, Joscelyn viu que Guy Vexille, Robbie Douglas e uma dúzia de soldados olhavam boquiabertos para o castelo. Só olhavam. A chuva estava diminuindo e a fumaça se dissipava e era possível ver-se a parte da frente do castelo, danificada, e Joscelyn voltou-se para ver o que estavam olhando. Viu a armadura pendurada nas ameias da torre de menagem, as cotas de malha tiradas dos mortos dele e penduradas ali a título de insulto, e viu os escudos capturados, inclusive o coração vermelho de Douglas, de Robbie, pendurados de cabeça para baixo em meio aos mantos, mas Guy Vexille não estava olhando fixo para aqueles troféus. Ele olhava para a defesa mais baixa, para o parapeito semidestruído acima da porta do castelo, e ali, sob a chuva, havia ouro.

Robbie Douglas expôs-se aos arqueiros do castelo ao caminhar pela rua para ver o objeto dourado com maior nitidez. Nenhuma flecha foi em sua direção. O castelo parecia deserto, silencioso. Ele andou quase até a praça até poder ver o objeto com clareza e olhou, sem acreditar, e então, lágrimas nos olhos, caiu de joelhos.

— O Graal — disse e, de repente, outros homens juntaram-se a ele e estavam se ajoelhando nas pedras do pavimento.

— O quê? — perguntou Joscelyn.

Guy Vexille tirou o chapéu e ajoelhou-se. Olhou para cima e a ele pareceu que o precioso cálice brilhava.

Porque em meio à fumaça e à destruição, brilhante como a verdade, estava o Graal.

O CANHÃO NÃO TORNOU a disparar naquele dia. Joscelyn não estava contente com isso. O novo conde de Berat não se importava com o fato de os defensores terem um cálice, eles podiam ter a cruz autêntica inteira, a cauda da baleia de Jonas, os cueiros do menino Jesus, a coroa de espinhos e as próprias portas nacaradas, e teria muito prazer em mandar soterrar tudo sob a alvenaria estraçalhada do castelo, mas os padres e os sitiantes ajoelharam-se diante dele e Guy Vexille fez o mesmo, e aquela submissão por parte de um homem que ele temia fez com que Joscelyn fizesse uma pausa.

— Temos de falar com eles — disse Vexille.

— Eles são hereges — disseram os padres. — E o Graal tem de ser resgatado deles.

— O que é que devo fazer? — perguntou Joscelyn. — Apenas pedir?

— Vossa excelência tem de negociá-lo — disse Guy Vexille.

— Negociá-lo! — Joscelyn empertigou-se ao ouvir aquilo. O Graal? Se aquela coisa existia, e todos à sua volta acreditavam que existia, e se realmente estivesse ali, em seu domínio, haveria a oportunidade de se ganhar dinheiro com ele. O cálice precisaria ir para Berat, é claro, onde gente boba como seu falecido tio pagaria muito para vê-lo. Grandes potes na porta do castelo, pensou ele, e filas de peregrinos atirando dinheiro para terem permissão de ver o Graal. Ele concluiu que havia possibilidade de lucro naquele ouro, e era evidente que a guarnição queria conversar, porque, depois de exibir o cálice, ela não disparou mais flechas.

— Vou conversar com eles — disse Vexille.

— Por que você? — perguntou Joscelyn.

— Então vá, excelência — disse Vexille, atencioso.

Mas Joscelyn não queria enfrentar os homens que o tinham mantido preso. Da próxima vez em que os visse, queria que estivessem mortos, por isso fez um sinal mandando que Vexille fosse.

— Mas você não vai oferecer nada a eles! — avisou. — A menos que eu concorde.

— Não vou fazer acordo nenhum — disse Vexille — sem a sua permissão.

Foram dadas ordens para que os besteiros não atirassem, e Guy Vexille, de cabeça descoberta e sem quaisquer armas, caminhou pela rua principal, passando pelos escombros fumegantes das casas. Um homem estava sentado no beco e Vexille notou que o rosto dele estava suando e marcado por caroços escuros, e a roupa estava manchada de vômito. Guy detestava ver coisas assim. Ele era um homem exigente, escrupulosamente limpo, e o fedor e as doenças da humanidade o repugnavam: eram provas de um mundo pecaminoso, que tinha esquecido Deus. E então Guy viu seu primo entrar na defesa danificada e levar o Graal.

Um instante depois, Thomas atravessou os escombros que enchiam a porta. Tal como Guy, ele não usava espada, nem estava com o Graal. Vestia a sua cota de malha, que agora estava enferrujando, puída na bainha e com uma camada de poeira. Usava uma barba curta, porque havia muito que perdera a navalha, e ela lhe dava, pensou Guy, uma aparência sombria e desesperada.

— Thomas — saudou-o Guy e depois fez uma pequena mesura —, meu primo.

Thomas olhou para além de Vexille e viu três padres que observavam de um ponto na metade da rua.

— Os últimos padres que vieram aqui me excomungaram — disse ele.

— O que a Igreja faz — disse Guy —, eu posso desfazer. Onde foi que você o encontrou?

Por um instante parecia que Thomas não iria responder, mas depois ele deu de ombros.

— Sob o trovão — disse ele — e no coração do relâmpago.

Guy Vexille sorriu diante da evasiva.

— Nem mesmo sei — disse ele — se você está com o Graal. Não será um truque? Você coloca um cálice de ouro em cima do muro e nós apenas fazemos uma suposição. Vamos supor que estejamos errados. Me prove, Thomas.

— Não posso.

— Então me mostre — implorou Guy. Ele falou com humildade.

— Por que iria mostrar?

— Porque o Reino do Céu depende dele.

Thomas pareceu desdenhar daquela resposta, e então olhou com uma expressão de curiosidade para o primo.

— Primeiro, me diga uma coisa — disse ele.

— Se eu puder.

— Quem era o homem alto, cheio de cicatrizes, que matei no moinho?

Guy Vexille franziu o cenho, porque a pergunta parecia muito estranha, mas não conseguiu identificar qualquer armadilha nela, e queria fazer a vontade de Thomas, e por isso respondeu.

— O nome dele era Charles Bessières — disse ele, cauteloso —, e era irmão do cardeal Bessières. Por que pergunta?

— Porque lutava bem — mentiu Thomas.

— É só isso?

— Ele lutava bem, e quase me tirou o Graal — Thomas enfeitou a mentira. — Eu só queria saber quem era.

Ele deu de ombros e tentou pensar no motivo pelo qual um irmão do cardeal Bessières deveria estar carregando o Graal.

— Ele não era um homem digno de possuir o Graal — disse Guy Vexille. — Pelo amor de Deus, Thomas, me mostre ele.

Thomas hesitou, depois voltou-se e ergueu a mão. Sir Guillaume, vestido dos pés à cabeça com uma armadura capturada e uma espada desembainhada, veio do castelo com Genevieve. Ela levava o Graal e um odre de vinho amarrado ao cinto.

— Não chegue muito perto dele — avisou Thomas a ela, e depois voltou a olhar para Guy. — Você se lembra de Sir Guillaume d'Evecque? Mais um que jurou matar você?

— Estamos nos encontrando em meio a uma trégua — lembrou Guy e fez um cumprimento com a cabeça para Sir Guillaume, cuja única resposta foi cuspir nas pedras do chão. Guy fez que não percebeu o gesto, preferindo olhar para o cálice que estava nas mãos da jovem.

Era um objeto de beleza etérea, mágica. Uma coisa delicada como um trabalho de renda. Uma coisa tão diversa da cidade que fedia a fumaça, com seus cadáveres comidos pelos ratos, que Guy não teve dúvida alguma de que aquele era o Graal. Era o objeto mais procurado da cristandade, a chave do céu, e Guy quase caiu de joelhos em reverência.

Genevieve tirou a tampa cheia de pérolas e virou o cálice de pé dourado nas mãos de Thomas. Um grosso cálice de vidro verde caiu da filigrana dourada e Thomas segurou-o com respeito.

— Este é o Graal, Guy — disse ele. — Aquela parte de ouro foi feita apenas para guardá-lo, mas ele é isto aqui.

Guy olhou o cálice com ansiedade, mas não se arriscou a fazer um único movimento em direção a ele. Sir Guillaume queria apenas a mínima desculpa para erguer a espada e investir com ela, e Guy não tinha dúvidas de que havia arqueiros observando-o por trás das frestas da alta torre. Ele não disse nada quando Thomas apanhou o odre no cinto de Genevieve e despejou um pouco de vinho no cálice.

— Está vendo? — disse Thomas e Guy viu que o verde escurecera com o vinho, mas que agora ele também tinha um brilho dourado que não estivera ali antes. Thomas deixou o odre de vinho cair no chão e então, com os olhos nos olhos do primo, ergueu o cálice e bebeu todo o vinho.

— *Hic est enim sanguis meus* — disse Thomas, irritado.

Eram as palavras de Cristo: "Este é o meu sangue." Depois, ele entregou o cálice a Genevieve e ela se afastou, seguida de Sir Guillaume.

— Um herege bebe do Graal — disse Thomas —, e o pior está por vir.

— Pior? — perguntou Guy, delicado.

— Nós vamos colocar o cálice no arco da porta — disse Thomas. — E quando o seu canhão derrubar o que resta dos bastiões, o Graal será esmagado. O que vocês vão conseguir será um pedaço de ouro retorcido e alguns cacos de vidro.

Guy Vexille sorriu.

— Não é possível quebrar o Graal, Thomas.

— Pois então arrisque a testar essa crença — disse Thomas, irritado, e afastou-se.

— Thomas! Thomas, eu imploro — bradou Guy. — Escute aqui.

Thomas queria continuar andando mas, relutante, voltou, porque o tom de voz de seu primo fora de súplica. Tinha sido a voz de um homem derrotado, e o que Thomas teria a perder se ouvisse mais? Ele fizera a ameaça. Se o ataque continuasse, o Graal seria quebrado. Agora, achava ele, devia deixar o primo fazer a oferta que quisesse, embora Thomas não pretendesse fazer com que fosse fácil.

— Por que eu iria dar ouvidos — perguntou ele — ao homem que matou meu pai? Que matou minha mulher?

— Ouça um filho de Deus — disse Guy.

Thomas quase soltou uma gargalhada, mas ficou.

Guy respirou fundo, formando o que queria dizer. Ergueu os olhos para o céu, onde nuvens baixas ameaçavam mais chuva.

— O mundo está tomado pelo mal — disse ele — e a Igreja é corrupta, e o diabo faz o seu trabalho sem ser perturbado. Se tivermos o Graal, poderemos mudar isso. A Igreja poderá ser purgada, uma nova cruzada pode eliminar o pecado do mundo. Ele trará o Reino do Céu para a terra. — Enquanto falava, Guy estivera olhando para o céu, mas agora olhou para Thomas. — Isso é tudo o que quero, Thomas.

— Então meu pai teve de morrer por causa disso?

Guy sacudiu a cabeça.

— Quem dera que não fosse necessário, mas ele estava escondendo o Graal. Ele era um inimigo de Deus.

Naquele momento, Thomas teve ódio de Guy, um ódio maior do que nunca, apesar de seu primo estar falando em voz baixa e apresentando argumentos sensatos, a voz cheia de emoção.

— Diga o que quer agora — disse Thomas.

— A sua amizade — declarou Guy.

— Amizade!

— O conde de Berat é mau — disse Guy. — Ele é arrogante e cruel, um bobo, um homem que ignora Deus. Se você levar seus homens para fora do castelo, eu me voltarei contra ele. Quando a noite chegar, Thomas, você e eu já seremos os senhores deste lugar, e amanhã iremos para Berat e revelar o Graal e convidar todos os homens de Deus a nos procurarem.

Guy fez uma pausa, observando o rosto sério de Thomas, à procura de qualquer reação às suas palavras.

355

A Escuridão

— Marche para o norte comigo — continuou ele. — Paris será a próxima. Nós vamos nos livrar daquele tolo rei de Valois. Vamos dominar o mundo, Thomas, e abri-lo para o amor a Deus. Pense nisso, Thomas! Toda a graça e toda a beleza de Deus derramadas sobre o mundo. Não haverá mais tristeza, não haverá mais pecado, só a harmonia de Deus num mundo de paz.

Thomas fingiu pensar no assunto, e depois franziu o cenho.

— Eu ataco o Joscelyn com você — disse ele —, mas vou querer falar com o abade Planchard antes de marchar para o norte.

— Com o abade Planchard? — Guy não conseguiu disfarçar a surpresa. — Por quê?

— Porque ele é um homem bom — respondeu Thomas — e confio na opinião dele.

Guy fez um sinal afirmativo com a cabeça.

— Neste caso, vou mandar buscá-lo. Posso estar com ele aqui amanhã de manhã.

Thomas sentiu tanta raiva, que poderia ter atacado Guy com os punhos, mas se conteve.

— Você poderá estar com ele aqui amanhã? — perguntou.

— Se ele quiser vir.

— Ele não tem muita opção, tem? — disse Thomas, a fúria agora na voz. — Ele está morto, primo, e você o matou. Eu estava lá, no ossário, escondido. Ouvi vocês!

Guy ficou perplexo, depois enfurecido, mas não tinha coisa alguma a dizer.

— Você mente como uma criança — disse Thomas, com desprezo. — Você mente sobre a morte de um homem bom? Então, mente sobre tudo.

Thomas voltou-se e se afastou.

— Thomas! — bradou Guy enquanto ele seguia.

Thomas se voltou e disse:

— Você quer o Graal, primo? Pois lute por ele. Quem sabe só você e eu? Você e sua espada contra mim e minha arma?

— Sua arma? — perguntou Guy.

— O Graal — respondeu Thomas, breve e ríspido, e, sem ligar para as súplicas do primo, caminhou de volta para o castelo.

— E O QUE FOI QUE ELE OFERECEU? — perguntou Sir Guillaume.

— Todos os reinos da terra — respondeu Thomas.

Sir Guillaume fungou, desconfiado.

— Estou sentindo o cheiro de algo santo nesta resposta.

Thomas sorriu.

— O diabo levou Cristo para o deserto e ofereceu-lhe todos os reinos da terra se ele desistisse de sua missão.

— Ele devia ter aceitado — disse Sir Guillaume —, e nos poupado uma pilha de encrencas. Quer dizer que não podemos ir embora?

— A não ser que abramos o caminho a força.

— E o dinheiro do resgate? — perguntou Sir Guillaume, esperançoso.

— Eu me esqueci de perguntar sobre ele.

— Grande porcaria de ajuda que você é — retorquiu Sir Guillaume em inglês, e depois voltou para o francês e pareceu mais alegre. — Mas pelo menos nós temos o Graal, não é? Isso é formidável!

— Será que temos? — perguntou Genevieve.

Os dois homens se voltaram para ela. Estavam no salão superior, agora sem móvel algum, porque a mesa e os bancos tinham sido levados para baixo para reforçar a barricada no pátio. Tudo o que restava era o grande baú com tiras de ferro que continha o dinheiro da guarnição, e havia dinheiro bastante depois de uma temporada de surtidas. Genevieve estava sentada em cima do baú; estava com o Graal de ouro com o cálice verde, mas também segurava a caixa que Thomas trouxera do mosteiro de São Sever, e agora tirou o cálice do seu ninho de ouro e colocou-o na caixa. A tampa não fechava, porque o cálice era grande demais. A caixa, fosse qual fosse a finalidade para a qual tivesse sido feita, não tinha sido feita para aquele Graal.

— Será que temos o Graal? — perguntou ela e Thomas e Sir Guillaume olharam-na com os olhos arregalados enquanto ela mostrava que o cálice não cabia na caixa.

— É claro que este é o Graal — disse Sir Guillaume, encerrando a discussão.

Thomas aproximou-se de Genevieve e apanhou o cálice. Virou-o nas mãos.

— Se o meu pai tinha mesmo o Graal — perguntou ele —, como é que o Graal foi parar nas mãos do irmão do cardeal Bessières?

— Quem? — perguntou Sir Guillaume.

Thomas olhou para o vidro verde, olhos arregalados. Ele ouvira dizer que o Graal que havia na catedral de Gênova era feito de vidro verde, e ninguém acreditava que ele fosse verdadeiro. Será que aquele era o mesmo Graal? Ou outra imitação de vidro verde?

— O homem de quem o tirei — disse ele — era irmão do cardeal Bessières, e se ele já estivesse com o Graal, o que é que estava fazendo em Castillon d'Arbizon? Ele o teria levado para Paris, ou para Avignon.

— Meu doce Jesus Cristo — disse Sir Guillaume. — Você está dizendo que este não é o verdadeiro?

— Só há uma maneira de descobrir — disse Thomas e levantou o cálice bem alto. Viu as pequeninas pintas de ouro no vidro e achou que era uma beleza, uma coisa requintada, uma coisa antiga, mas será que era autêntica? E então ele ergueu a mão mais ainda, segurou o cálice por mais um segundo e depois deixou-o cair nas tábuas do piso.

Onde o vidro verde partiu-se em mil fragmentos.

— Meu doce Jesus Cristo — disse Sir Guillaume —, meu doce Jesus maldita porcaria de Cristo.

**F**OI NA MANHÃ SEGUINTE ao incêndio que destruíra uma parte tão grande de Castillon d'Arbizon que as primeiras pessoas morreram. Algumas morreram durante a noite, outros ao amanhecer, e os padres estavam ocupados levando as hóstias consagradas a casas nas quais iriam dar a extrema-unção. Os gritos das famílias enlutadas foram de um volume suficiente para acordar Joscelyn, que mandou, ríspido, que seu escudeiro fosse acabar com o maldito barulho, mas o escudeiro, que dormia em cima de palha a um canto do quarto de Joscelyn, estava tremendo e suando, e o rosto aparecera com caroços escuros de mal aspecto que fizeram com que Joscelyn fizesse uma careta.

— Saia daqui! — gritou para o escudeiro e, quando o rapaz não se mexeu, empurrou-o a pontapés em direção à porta. — Fora! Fora! Oh, Jesus! Você se cagou! Saia daqui!

Joscelyn se vestiu, pôs calções e um casaco de couro sobre a camisa de linho.

— Você não está doente, está? — disse ele à garota que dormira com ele.

— Não, excelência.

— Então me traga *bacon* e pão e vinho quente.

— Vinho quente?

— Você é uma criada, não é? Por isso me sirva, e depois limpe essa maldita sujeira.

Ele apontou para a cama do escudeiro, e depois calçou as botas e ficou imaginando por que não tinha sido acordado pelo canhão que costumava disparar ao cantar do galo. A marga no barril do canhão secava da noite para o dia e o Signor Gioberti era de opinião de que o tiro do amanhecer causava mais danos, mas no entanto aquele tiro ainda não tinha sido disparado. Joscelyn entrou na sala de visitas da casa, berrando pelo artilheiro.

— Ele está doente. — Foi Guy Vexille quem respondeu. Ele estava sentado a um canto da sala, afiando uma faca e evidentemente esperando por Joscelyn. — Há uma epidemia.

Joscelyn afivelou o cinto da espada.

— O Gioberti está doente?

Guy Vexille embainhou a faca.

— Ele está vomitando, excelência, e suando. Tem inchações nas axilas e na virilha.

— Os homens dele sabem disparar a maldita coisa, não sabem?

— A maioria também está doente.

Joscelyn olhou fixo para Vexille, tentando compreender o que estava ouvindo.

— Os artilheiros estão doentes?

— A metade parece estar doente — disse Vexille, levantando-se. Ele tinha se lavado, vestira roupas pretas limpas e passara óleo dos compridos cabelos pretos, fazendo com que ficassem lisos sobre o seu estreito crânio. — Ouvi dizer que havia uma epidemia — disse ele —, mas não acreditei. Eu me enganei; que Deus me perdoe.

— Uma epidemia? — agora Joscelyn estava assustado.

— Deus nos castiga — disse Vexille, com calma — deixando o diabo à solta, e não podíamos esperar um sinal mais claro do céu. Temos de assaltar o castelo hoje, excelência, apanhar o Graal e, assim, acabar com a peste.

— Peste? — perguntou Joscelyn e ouviu uma tímida batida na porta e teve a esperança de que fosse a criada trazendo-lhe comida.

— Entre, porcaria — gritou ele, mas em vez da jovem estava o padre Medous, que parecia amedrontado e nervoso.

O padre caiu de joelhos diante de Joscelyn.

— Há gente morrendo, excelência — disse ele.

— Em nome de Deus, o que é que o senhor espera que eu faça? — perguntou Joscelyn.

— Tome o castelo — disse Vexille.

Joscelyn não ligou para ele, olhando para o padre.

— Morrendo? — perguntou ele, desesperado.

— Galat Lorret morreu; a mulher dele está doente. A minha governanta pegou a doença. — Mais lágrimas rolaram pelo rosto de Medous. — Está no ar, excelência, uma epidemia. — Ele olhou fixo para o rosto impassível, redondo, de Joscelyn, esperando que seu senhor pudesse ajudar. — Está no ar — repetiu — e precisamos de médicos. Vossa excelência pode mandar que eles venham de Berat.

Joscelyn passou pelo padre ajoelhado, agachou-se para sair para a rua e viu dois de seus soldados sentados na porta da taberna com os rostos inchados e cobertos de suor. Eles o olharam com apatia e ele se afastou, ouvindo os lamentos e os gritos de mães que viam seus filhos suarem e morrerem. Fumaça do incêndio do dia anterior deslocava-se, tênue, pela manhã molhada e tudo parecia coberto de fuligem. Joscelyn estremeceu, e então viu Sir Henri Courtois, ainda saudável, vindo da igreja de São Callic. Quase correu e abraçou o homem idoso de tanto alívio.

— O senhor sabe o que está acontecendo? — perguntou Joscelyn.

— Há uma epidemia, excelência.

— Ela está no ar, não está? — perguntou Joscelyn, apoderando-se do que o padre Medous lhe dissera.

— Não sei — disse Sir Henri, com ar de cansado —, mas o que sei é que uns vinte de nossos homens estão doentes com ela, e três já morreram. Robbie Douglas está doente. Ele estava perguntando por vossa excelência. Ele implora que vossa excelência arranje um médico para ele.

Joscelyn fez que não ouviu o pedido e cheirou o ar. Sentiu o cheiro dos restos dos incêndios, o fedor de vômito, fezes e urina. Eram os cheiros de qualquer cidade, os cheiros do dia-a-dia, mas de algum modo agora pareciam mais sinistros.

— O que vamos fazer? — perguntou, desesperado.

— Os doentes precisam de ajuda — disse Sir Henri. — Precisam de médicos. — E de coveiros, pensou ele, mas não o disse em voz alta.

— Está no ar — repetiu Joscelyn uma vez mais.

O fedor agora estava nojento, sitiando-o, ameaçando-o, e ele teve um tremor de pânico. Ele sabia enfrentar um homem, enfrentar até um exército, mas não aquele silente e insidioso mau cheiro.

— Vamos embora — decidiu ele. — Todos os que não tiverem pegado a doença irão embora agora. Agora!

— Ir embora? — Sir Henri ficara confuso com a decisão.

— Nós vamos embora! — disse Joscelyn, decidido. — Deixem os doentes aqui. Mande os homens se aprontarem e selarem os cavalos.

— Mas o Robbie Douglas quer falar com vossa excelência — disse Sir Henri.

Joscelyn era o senhor de Robbie e, por isso, tinha o dever de cuidar dele, mas não estava com disposição para visitar os doentes. Os doentes podiam muito bem cuidar de si mesmos, e ele iria salvar tantos homens quanto fosse possível daquele horror.

Partiram em uma hora. Uma torrente de cavaleiros saiu a galope da cidade, fugindo da epidemia e indo para a segurança do imponente castelo de Berat. Quase todos os besteiros de Joscelyn, abandonados pelos cavaleiros e soldados, foram atrás, e muitos dos moradores da cidade também saíam à procura de proteção contra a epidemia. Um bom número dos homens de Vexille também desapareceu, como aconteceu com os poucos artilheiros que não tinham sido atingidos pela peste. Eles abandonaram o Cuspidor do Inferno, roubaram cavalos de homens doentes e foram embora. Dos homens saudáveis de Joscelyn, só Sir Henri Courtois ficou. Ele era um homem de meia-idade, perdera o medo da morte, e homens que o serviram durante muitos anos estavam morrendo em agonia. Ele não sabia o que podia fazer por eles, mas o que pudesse, iria fazer.

Guy Vexille foi até a igreja de São Callic e mandou sair as mulheres que rezavam para a imagem do santo e para a estátua da Virgem Maria. Ele queria ficar a sós com Deus e, embora acreditasse que a igreja era um local onde se praticava uma fé corrupta, ela ainda era uma casa de oração. Portanto ajoelhou-se ao lado do altar e olhou para o corpo alquebrado de Cristo que estava pendurado acima do altar. O sangue pintado saía, grosso, dos horríveis ferimentos e Guy olhou fixo para aquele sangue, ignorando uma aranha que tecia uma teia entre o corte feito pela lança no lado do Salvador e a mão esquerda estendida.

— Vós estais nos castigando — disse em voz alta —, nos flagelando, mas se fizermos a vossa vontade, ireis poupar-nos. — Mas, qual era a vontade de Deus? Aquele era o dilema, e ele oscilou para trás e para frente sobre os joelhos, ansioso pela resposta. — Dizei-me — pediu ele ao homem pendurado na cruz —, dizei-me o que tenho de fazer.

Mas ele já sabia o que devia fazer: tinha de pegar o Graal e liberar o poder dele; mas tinha a esperança de que no mal iluminado interior da igreja, debaixo da pintura que retratava Deus entronizado nas nuvens, chegasse uma mensagem. E ela chegou, embora não como ele quisera. Ele esperava por uma voz na escuridão, uma ordem divina que lhe desse garantia de sucesso, mas em vez disso ouviu passos na nave, e quando se voltou para olhar viu que seus homens, os que restavam e não estavam doentes, tinham ido rezar com ele. Chegaram um a um quando souberam que ele estava junto ao altar e ajoelharam-se atrás dele, e Guy percebeu que homens assim tão bons não podiam ser derrotados. Estava na hora de pegar o Graal.

Mandou meia dúzia de homens percorrerem a cidade com ordens de procurar cada soldado, cada besteiro e cada cavaleiro que ainda pudesse andar.

— Eles devem se armar — disse — e nos encontraremos daqui a uma hora ao lado do canhão.

Ele se dirigiu aos seus aposentos, surdo para os gritos dos doentes e suas famílias. Sua criada tinha sido contaminada pela doença, mas um dos filhos da família em cuja casa Guy tinha o quarto ainda estava em condições e Guy mandou que ele ajudasse seus preparativos.

Primeiro, ele vestiu calções de couro e um gibão de couro. As duas peças tinham sido feitas para se ajustar no corpo, e por isso Vexille teve de ficar imóvel enquanto o desajeitado garoto amarrava os laços nas costas do gibão. Depois, o menino pegou punhados de gordura de porco e besuntou o couro para que ficasse bem engraxado e deixasse que a armadura se deslocasse com facilidade. Vexille usava um casaco curto de malha sobre o gibão que proporcionava uma proteção extra para o peito, a barriga e a virilha, e o casaco também teve de ser engraxado. Depois, peça por peça, a armadura preta foi montada com fivelas. Primeiro foram os quatro coxotes, as placas arredondadas que protegiam as coxas, e abaixo deles o menino afivelou as grevas, que iam do joelho ao tornozelo. Os joelhos de Vexille eram protegidos por joelheiras, e os pés, por polainas de aço presas às botas, que eram afiveladas às grevas. Uma curta saia de couro, na qual pesadas placas de aço quadradas estavam pregada com rebites, era presa à cintura, e quando tudo aquilo ficou ajustado, Vexille ergueu o gorjal, colocando-o no lugar em torno do pescoço, e esperou enquanto o garoto amarrava as duas fivelas atrás. Depois, o garoto grunhiu ao passar o peitoral e o costal por cima da cabeça de Vexille. As duas pesadas peças foram unidas por curtas tiras de couro que se apoiavam nos ombros dele e as placas eram presas por mais tiras dos lados. Em seguida, vieram os retrobraços, que protegiam os bíceps, e os acambraços, que envolviam os antebraços, as ombreiras para cobrir os ombros, e mais duas proteções para os cotovelos. Ele flexionava os braços enquanto o menino trabalhava, certificando-se de que as tiras não estavam apertadas a ponto de impedi-lo de brandir uma espada. As manoplas eram de couro tachonado com placas de aço que se sobrepunham e por isso pareciam escamas; depois, veio o cinto da espada, com a pesada bainha contendo a valiosa espada feita em Colônia.

A espada tinha uma vara de comprimento, era mais comprida do que o braço de um homem, e a lâmina ilusoriamente estreita, dando a idéia de que a espada poderia ser frágil, mas ela possuía um reforço resistente que endurecia o aço comprido e a transformava numa arma mortal para estocadas. A maioria dos homens levava espadas que cortavam, que perdiam o fio ao atacar armaduras, mas Vexille era um mestre com a lâmina de estocadas. A arte estava em procurar uma junção na armadura e enfiar a lâmina por ela. O punho era coberto com madeira de bordo, e o botão do punho e o guarda-mão eram de aço. Não tinha decoração alguma, nenhuma folha de ouro, nenhuma inscrição na lâmina, nenhuma incrustação de prata. Era simplesmente uma ferramenta de trabalho, uma arma para matar, um objeto adequado para o dever sagrado daquele dia.

— Excelência! — disse o menino, nervoso, oferecendo a Vexille o grande elmo de torneio com as estreitas fendas para os olhos.

— Esse, não — disse Vexille. — Vou usar o bacinete e a coifa de armas.

Ele apontou para o que queria. O grande elmo de torneio proporcionava uma visão muito restrita, e Vexille aprendera a não confiar nele numa batalha, porque impedia que ele visse inimigos que estivessem nos flancos. Era um risco enfrentar arqueiros sem qualquer viseira, mas pelo menos ele poderia vê-los, e agora ele enfiou a coifa de armas, feita de malha, sobre a cabeça, para que ela lhe protegesse a nuca e as orelhas, e depois tirou o bacinete do menino. Era um elmo simples, sem aba e sem protetor do rosto para limitar a visão.

— Vá cuidar de sua família — disse ele ao menino e apanhou o escudo, que tinha as tábuas de salgueiro cobertas de couro fervido e endurecido, no qual estava pintado o *yale* dos Vexille carregando o Graal. Ele não tinha talismã nem amuleto. Poucos homens seguiam para uma batalha sem uma precaução daquelas, fosse o lenço de uma dama ou uma jóia benta por um padre, mas Guy Vexille tinha apenas um talismã, que era o Graal.

E agora ele ia buscá-lo.

UM DOS *COREDORS* foi o primeiro a cair doente no castelo, e até o fim da noite havia mais de vinte homens e mulheres vomitando, suando e tremendo. Jake foi um deles. O arqueiro vesgo arrastou-se até um canto do pátio, apoiou o arco ao seu lado, colocou um punhado de flechas no colo, e ali sofreu. Thomas tentou convencê-lo a subir para o segundo andar, mas Jake se recusou.

— Vou ficar aqui — insistiu ele. — Vou morrer ao ar livre.

— Você não vai morrer — disse Thomas. — O céu não vai aceitá-lo, e o diabo não precisa de concorrentes.

A brincadeira inofensiva não provocou um sorriso no rosto de Jake, que estava descorado por pequenos caroços vermelhos que escureciam com rapidez, ficando com a cor de escoriações. Ele arriara os calções porque não conseguia controlar o intestino e o máximo que deixaria Thomas fazer por ele era trazer-lhe uma cama de palha das ruínas das estrebarias.

O filho de Philin também pegara a doença. O rosto mostrava pontos rosados e ele tremia. A doença parecia ter saído do nada, mas Thomas presumia que tivesse sido trazida no vento leste que insuflara as chamas na cidade antes que a chuva acabasse com os incêndios. O abade Planchard o avisara que aquilo ia acontecer, uma epidemia vinda da Lombardia, e ali estava ela, e Thomas estava desorientado.

— Temos de achar um padre — disse Philin.

— Um médico — disse Thomas, embora não soubesse de nenhum e ignorasse como um médico poderia entrar no castelo, ainda que fosse encontrado.

— Um padre — insistiu Philin. — Se uma criança for tocada por uma hóstia consagrada, a hóstia irá curá-la. Ela cura tudo. Deixe eu ir buscar um padre.

Foi então que Thomas percebeu que o canhão não havia disparado e que nenhum besteiro entediado mandara um quadrelo contra as pedras do castelo, e por isso deixou que Philin saísse pela porta destruída à procura do padre Medous ou dos outros padres da cidade. Ele não esperava tornar a ver o homem alto, mas Philin voltou em meia hora para dizer que a cidade estava atingida com a mesma intensidade que o castelo e que o padre Medous estava ungindo os doentes e não tinha tempo para ir à guarnição inimiga.

— Tinha uma mulher morta na rua — disse Philin a Thomas —, ali deitada com os dentes cerrados.

— O padre Medous lhe deu uma hóstia?

Philin mostrou-lhe um grosso pedaço de pão e subiu a escada para levá-lo ao filho, que estava no salão superior, com a maioria dos doentes. Uma mulher chorava porque o marido não podia receber a extrema-unção e por isso, a fim de consolá-la e dar esperança aos doentes, Genevieve levou o cálice de ouro pelas camas de palha e encostou-o nas mãos dos doentes e disse que ele faria um milagre.

— Precisamos de um maldito milagre — disse Sir Guillaume a Thomas. — Que diabo é isso?

Os dois tinham ido para a torre do castelo, de onde, sem serem ameaçados por nenhuma besta, olharam para o canhão abandonado.

— Houve uma peste na Itália — disse Thomas — e deve ter vindo para cá.

— Jesus Cristo — disse Sir Guillaume. — Que tipo de peste?

— Só Deus sabe — respondeu Thomas. — Uma peste violenta.

Por um instante, ele foi assaltado pelo medo de que a epidemia fosse um castigo por quebrar o Graal de vidro verde, mas depois lembrou-se de que Planchard o avisara da doença muito antes de ele encontrar o cálice. Observou um homem, envolto num lençol ensangüentado, entrar na rua principal cambaleando e cair ao chão. O homem ficou imóvel, parecendo que já estava em sua mortalha.

— Em nome de Deus, o que é que está acontecendo? — perguntou Sir Guillaume, fazendo o sinal-da-cruz. — Você já viu algo parecido?

— É a ira de Deus — disse Thomas — castigando a gente.

— Por quê?

— Por estarmos vivos — disse Thomas, com amargor. Ele ouvia lamentações vindo da cidade, e viu pessoas fugindo da epidemia. Estavam com seus pertences e carrinhos de mão ou carroças puxadas à mão, e passaram pelo canhão, saíram pela porta, atravessaram a ponte e seguiram para o oeste.

— Reze para nevar — disse Sir Guillaume. — Muitas vezes observei que a neve acaba com a doença. Não sei por que.

— Aqui não neva — disse Thomas.

Genevieve juntou-se a eles, ainda segurando o cálice de ouro.

— Já alimentei a lareira — disse ela. — Parece que ajuda.

— Ajuda?

— Os doentes — disse ela. — Eles gostam do calor. É uma fogueira enorme.

Ela apontou para a fumaça que saía do respiradouro que ficava do lado da torre de menagem. Thomas envolveu-a com um braço e examinou o rosto dela à procura de quaisquer sinais de pontos avermelhados, mas a pele pálida estava limpa. Ficaram observando as pessoas atravessarem a ponte e tomarem a estrada para oeste e, enquanto olhavam, viram Joscelyn liderando uma torrente de soldados montados em direção ao norte. O novo conde de Berat não olhou para trás, apenas cavalgou como se o diabo em pessoa estivesse no seu encalço.

E talvez estivesse, pensou Thomas e procurou qualquer sinal de seu primo entre os cavaleiros que desapareciam, mas não o viu. Quem sabe Guy estava morrendo?

— O sítio acabou? — refletiu Sir Guillaume em voz alta.

— Se o meu primo estiver vivo, não — disse Thomas.

— Quantos arqueiros você tem?

— Doze em condições de puxar uma corda — disse Thomas. — Soldados?

— Quinze.

Sir Guillaume fez uma careta. O único consolo era que nenhum membro da guarnição estava tentado a fugir, porque todos se achavam isolados, longe de quaisquer tropas amigas. Alguns dos *coredors* tinham ido embora quando souberam por Philin que nenhum dos sitiantes estava vigiando o castelo, mas Thomas não lamentava a perda deles.

— Então, o que vamos fazer? — perguntou Sir Guillaume.

— Ficar aqui até que os nossos doentes se recuperem — respondeu Thomas. — Ou até eles morrerem — acrescentou. — Aí, iremos embora.

Ele não podia deixar homens como Jake sofrendo sozinhos. O mínimo que podia fazer era ficar e fazer companhia a eles na passagem para o céu ou para inferno.

Então, viu que a passagem para o outro mundo poderia vir mais cedo do que esperava, porque soldados estavam se reunindo no início da rua. Eles portavam espadas, machados e escudos, e o seu aspecto significava apenas uma coisa.

— Eles querem o Graal — disse.

— Jesus Cristo, dê a eles — disse Sir Guillaume, com fervor. — Entregue todos os pedaços.

— Você acha que isso irá satisfazê-los?

— Não — admitiu Sir Guillaume.

Thomas debruçou-se no parapeito ameado.

— Arqueiros! — gritou, e depois correu para vestir sua cota de malha, amarrar a espada na cintura e apanhar o arco e a sacola de flechas.

Porque o cerco não acabara.

TRINTA E TRÊS CAVALEIROS e soldados avançavam pela rua. Os doze que iam na frente, entre os quais estava Guy Vexille, levavam paveses que deviam ter protegido os besteiros, mas só restavam seis daqueles arqueiros, e Guy mandara que eles o seguissem, mantendo-se uns bons dez passos atrás, e por isso os imensos escudos de besteiros, cada um mais alto do que um homem, serviam para proteger seus soldados.

Eles se deslocavam devagar, arrastando os pés para se manter juntos e atrás dos grossos e pesados paveses que estavam sendo empurrados pelas pedras do pavimento, para que nenhuma flecha pudesse voar por baixo e espetar o tornozelo de um homem. Guy Vexille esperava pelo ruído surdo das flechas ao atingirem a madeira, depois percebeu que Thomas perdera todos os seus arqueiros ou, o que era mais provável, estava à espera do momento em que os paveses fossem abaixados.

Eles subiram por uma cidade dos moribundos e dos mortos, uma cidade que fedia a fumaça e a excrementos. Um homem jazia morto num lençol sujo; eles afastaram o corpo dele a pontapés e seguiram em frente. Os homens da segunda formação mantinham os escudos no alto, protegendo as três formações de flechas disparadas da alta torre de menagem do castelo, mas nenhum projétil chegou. Guy ficou imaginando se todos no castelo tinham morrido, e imaginou-se andando pelos salões vazios como um cavaleiro de antigamente, um homem que procurara o Graal e que cumprira o seu destino, e estremeceu de puro êxtase ao pensar em reivindicar a posse da relíquia; e então o grupo de homens atravessava o espaço aberto em frente ao castelo e Guy lembrou a eles que deviam manter-se juntos e ficar com os paveses se sobrepondo enquanto passavam com dificuldade por cima do monte de escombros provocados pelo Cuspidor do Inferno.

— Cristo é nosso companheiro — disse a eles. — Deus está conosco. Não podemos perder.

Os únicos sons eram os choros de mulheres e crianças na cidade, o esfregar de paveses e o estalar de pés protegidos por armaduras. Guy Vexille afastou um dos paveses para o lado e viu de relance uma barricada improvisada que atravessava o pátio, mas também notou arqueiros agrupados no alto dos degraus que levavam à torre de menagem, e um deles puxou a corda de seu arco e Guy, ligeiro, fechou a brecha entre os dois escudos. A flecha bateu no pavês e empurrou-o para trás e Guy ficou impressionado com a força da flecha, e ainda mais impressionado quando ergueu os olhos e viu um palmo de flecha de ponta de agulha aparecendo do outro lado do pavês que tinha o dobro da grossura de um escudo normal. Mais flechas atingiram o alvo, o barulho delas parecendo um tamborilar irregular, e os pesados paveses eram sacudidos pelo impacto. Um homem praguejou, ferido na face por uma flecha que furara as camadas de madeira, mas Guy manteve o controle de seus homens.

— Mantenham-se juntos — disse ele —, andem devagar. Depois que passarmos da porta, chegaremos a uma barricada. Podemos derrubá-la. Depois, o grupo da frente ataca a escada. Fiquem com os paveses até chegarmos aos arqueiros.

O pavês dele bateu numa pedra e ele ergueu o grande cabo de madeira para passar o escudo por cima do pequeno obstáculo e uma flecha imediatamente bateu no escombro, errando o seu pé por questão de centímetros.

— Mantenham-se firmes — disse aos seus homens —, mantenham-se firmes. Deus está conosco.

O pavês foi jogado para trás, atingido no alto por duas flechas, mas Guy forçou-o para a posição ereta, deu outro passo, agora subindo porque estava passando pelos escombros na porta destruída. Eles deslocavam os grandes escudos em pequenos arrancos, forçando-os contra a força da batida das flechas. Parecia não haver arqueiros das defesas da torre de menagem, porque nenhuma flecha desceu do céu, só da frente, onde eram aparadas pelos grandes escudos.

— Fiquem bem juntos — avisou Guy a seus homens —, fiquem juntos e confiem em Deus.

E então, do ponto em que tinham ficado escondidos atrás da cortina que restava à direita da porta, os soldados de Sir Guillaume gritaram e atacaram.

Sir Guillaume vira a maneira pela qual os atacantes se escondiam atrás dos paveses e concluíra que os grandes escudos iriam impedir-lhes a visão, e por isso derrubara uma das pontas da barricada e levara dez homens para o canto do pátio por trás da cortina, local onde ficava o monte de estrume dos estábulos, e agora, quando os homens de Guy apareceram passando pelo arco, Sir Guillaume atacou. Foi a mesma tática que ele usara com aquela finalidade contra o ataque de Joscelyn, só que dessa vez o plano era atacar, matar e ferir, e recuar de imediato. Ele transmitira essa idéia aos seus homens repetidas vezes. Desmanchem a parede de paveses, dissera ele, e depois deixem os arqueiros fazerem o resto do massacre enquanto voltam para a abertura na barricada, e por um instante pareceu que tudo funcionava. A arremetida supreendeu realmente os atacantes, que recuaram em confusão. Um soldado inglês, um homem desvairado que gostava mais de uma briga do que de qualquer outra coisa, rachou um crânio com um machado enquanto Sir Guillaume enfiava a espada na virilha de outro homem, e os homens que seguravam os paveses voltaram-se instintivamente na direção da ameaça, o que significou que os escudos giraram com eles e abriram o lado esquerdo deles para os arqueiros que estavam no alto dos degraus.

— Agora! — bradou Thomas e as flechas voaram.

Guy não previra isso, mas estava preparado. Na sua retaguarda estava um homem chamado Fulk, um normando, que era fiel como um cão e feroz como uma águia.

— Detenha-os, Fulk! — gritou Vexille. — Linha da frente, comigo!

Uma flecha resvalara em um de seus protetores de braço, ferindo um homem que estava atrás, e dois da linha de frente cambaleavam com flechas enfiadas nas cotas de malha, mas os demais seguiram Guy Vexille enquanto ele fechava a parede de paveses e seguia em direção à abertura na extremidade da barricada. Os homens de Sir Guillaume deviam ter recuado, mas agora estavam trancados na batalha, entregues à emoção e ao terror do combate corpo-a-corpo; aparavam golpes com os escudos, tentando achar fendas na armadura do inimigo. Guy não ligou para eles e passou pela barricada, e então, com o pesado pavês ainda protegendo-o, avançou para os degraus. Cinco homens foram com ele; os demais estavam atacando os poucos homens de Sir Guillaume, que agora estavam em séria inferioridade numérica. Os arqueiros tinham-se voltado contra os seis homens que subiam os degraus e estavam desperdiçando suas flechas nos enormes escudos, e então os seis besteiros, sem serem percebidos naquela confusão, apareceram na porta e dispararam uma rajada que penetrou nos arqueiros ingleses. Três caíram instantaneamente; um outro viu-se segurando um arco quebrado que fora estilhaçado por um quadrelo.

E Guy, gritando que Deus estava com ele, desfez-se do pavês e atacou escada acima.

— Para trás! — gritou Thomas. — Para trás!

Havia três soldados esperando para defender a escada, mas primeiro seus arqueiros precisavam passar pela porta, e Guy encurralara um dos homens, enredando-lhe as pernas com a espada a ponto de fazer com que ele caísse, e depois fazendo-o berrar quando a comprida lâmina penetrou na virilha. Sangue caiu em cascata pelos degraus. Thomas empurrou a vara do arco contra o peito de Guy, jogando-o para trás, e então Sam agarrou Thomas e arrastou-o de volta para a porta. Depois disso, foi uma subida com a ajuda das mãos pela escada, sempre girando para a direita, passando pelos três soldados que aguardavam no alto.

— Detenham eles! — disse Thomas aos três. — Sam! Lá para o alto! Rápido!

Thomas ficou na escada. Sam e os outros sete arqueiros que restavam iriam saber o que fazer quando chegassem às ameias da torre de menagem, enquanto que para Thomas o mais importante era deter os homens de Guy que subiam os degraus que levavam ao salão do primeiro andar.

Os atacantes tinham de entrar com o pilar central da escada à sua direita, e isso iria restringir a ação dos braços que levavam a espada, enquanto que os homens de Thomas, que lutavam para baixo, teriam mais espaço para brandir suas armas, só que o primeiro homem de Guy a chegar em cima era canhoto e levava um machado de cabo curto e lâmina larga que meteu no pé de um soldado e o derrubou num estrondo de escudo, espada e cota de malha. O machado tornou a arriar, ouviu-se um grito curto e então Thomas soltou uma flecha a uma distância de três passos e o homem do machado caiu para trás, a flecha enfiada na garganta. Seguiu-se uma seta de besta, chiando pela curva da parede, e Thomas viu que Genevieve recolhera quatro dos arcos dos *coredors* e estava à espera de outro alvo.

Sir Guillaume se encontrava agora numa situação desesperadora. Estava em inferioridade numérica e encurralado. Gritou para que seus homens unissem os escudos e se apoiassem no canto do pátio, onde o monte de estrume o atrapalhava. Então homens de Guy entraram num ataque rápido e os escudos subiram para enfrentar espadas e machados. Os homens de Sir Guillaume empurraram os escudos à frente, para jogar o inimigo para trás, e golpeavam barrigas ou peitos com as espadas, mas um dos inimigos, um grandalhão exibindo o símbolo de um touro no gibão, tinha uma maça, uma grande bola de ferro num cabo comprido, que usou para bater no escudo de um inglês até que o escudo virou lascas de salgueiro mantidas juntas pela capa de couro, e o homem que segurava o escudo estava com um antebraço esmagado. Mesmo assim, o inglês tentou bater com o escudo partido na cara do atacante, até que outro francês enfiou-lhe a espada na barriga e ele caiu de joelhos. Sir Guillaume agarrou a maça, puxou-a para si e o inimigo veio agarrado nela, tropeçando na sua vítima. Sir Guillaume atingiu-o no rosto com o punho da espada, o guarda-mão enterrando-se num olho, mas o homem continuou lutando, com sangue e gosma na face, e mais dois inimigos vinham chegando por trás dele, forçando a passagem pela pequena fila de defensores. Um inglês estava de joelhos, sendo martelado no elmo por duas espadas, depois inclinou-se à frente e vomitou e um dos franceses enfiou a espada por trás da costal, na fresta entre placa e elmo, e o inglês gritou ao ter a espinha aberta. O homem com a maça, agora caolho, tentava ficar em pé e Sir Guillaume deu-lhe um pontapé na cara, deu outro, e mesmo assim ele não se mantinha deitado, de modo que Sir Guillaume enfiou a espada no peito do homem, rasgando cota de malha, mas então um francês arremeteu com a espada contra o peito de Sir Guillaume e o golpe atirou-o para trás, no monte de estrume.

— Eles são homens mortos! — gritou Fulk. — Eles são homens mortos!

E naquele exato momento, a primeira saraivada de flechas saiu das ameias da torre de menagem.

As flechas bateram nas costas dos soldados de Fulk. Alguns usa-vam peças de armaduras e as flechas, vindo a um ângulo muito inclinado, resvalavam nas peças, mas as pontas furadoras penetravam na cota de malha e no couro e de repente quatro dos atacantes estavam mortos e três feri-dos, e então os arqueiros voltaram seus arcos para os besteiros que esta-vam na porta. Sir Guillaume, ileso, conseguiu ficar em pé. Seu escudo estava aberto ao meio e ele o jogou fora, e então o homem que tinha o touro no gibão levantou-se, ficando de joelhos, e se atracou com ele, os braços en-volvendo-lhe a cintura, tentando puxá-lo para baixo. Sir Guillaume usou as duas mãos para martelar com o pesado castão do punho da espada no elmo do homem, mas mesmo assim ainda foi derrubado, caindo com um estrondo, e largou a espada quando o grandalhão tentou estrangulá-lo. Sir Guillaume tateou com a mão esquerda para procurar a parte de baixo do peitoral do homem, com a direita sacou a faca e golpeou para cima, na barriga do grandalhão. Sentiu a faca atravessar couro, depois furar pele e músculo e mexeu na lâmina, rasgando as entranhas do homem enquanto o rosto vermelho de suor, ensangüentado e caolho rosnava para ele.

Mais flechas voaram, batendo com um barulho enjoativo nos ho-mens de Fulk que restavam.

— Aqui! — Guy Vexille estava na porta no alto da escada. — Fulk! Aqui! Deixe eles! Aqui!

Fulk repetiu a ordem com a sua voz tonitruante. Até onde ele con-seguia ver, só três dos defensores estavam vivos no canto do pátio, mas se ele ficasse para eliminá-los, os arqueiros na torre iriam matar todos os seus homens. Fulk estava com uma flecha na coxa, mas não sentiu dor enquanto subia de gatinhas os degraus e entrava pela grande porta onde, finalmente, ficou a salvo das flechas. Guy agora estava apenas com quinze homens. Os outros estavam mortos ou, então, ainda se achavam no pátio, feridos. Um dos homens, já atingido por duas flechas, tentou rastejar pelos degraus e mais duas flechas bateram nas suas costas, fazendo com que ele caísse. Ele se contorceu, a boca abriu e fechou em espasmos até que uma última flecha quebrou-lhe a espinha. Um arqueiro que Guy não percebera antes, um homem que estivera deitado numa cama de palha, cambaleou alguns passos pelo pátio e usou uma faca para cortar a garganta de um soldado ferido, mas uma seta de besta chispou da porta para atingir o arqueiro e jogá-lo em cima do corpo de sua vítima. O arqueiro vomitou, agitou-se por uns segundos e depois ficou imóvel.

Sir Guillaume estava desamparado. Só lhe restavam dois homens, nem de longe suficientes para atacar a porta, e o próprio Sir Guillaume estava machucado, sangrando e sentindo-se estranha e subitamente fraco. Seu estômago cresceu e ele teve ânsia de vômito, mas não expeliu nada, e depois voltou cambaleando para o muro. John Faircloth estava deitado no monte de estrume, sangrando pela barriga, incapaz de falar enquanto morria. Sir Guillaume quis dizer alguma coisa que servisse como consolo para o inglês moribundo, mas uma onda de náusea o dominou. Tornou a fazer esforço para vomitar e sua armadura parecia curiosamente pesada. Tudo o que ele queria fazer era deitar-se e descansar.

— Meu rosto — disse ele para um dos dois sobreviventes, um borgonhês —, olhe para o meu rosto. — O homem obedeceu e encolheu-se ao ver as manchas vermelhas. — Oh, meu doce Jesus — disse Sir Guillaume —, meu doce maldito Jesus. — E deixou-se cair ao lado do muro e estendeu a mão para pegar sua espada, como se a arma que ele tanto conhecia lhe desse consolo.

— Escudos — disse Guy para seus homens. — Dois de vocês com escudos, mantenham eles bem no alto, subam as escadas, e iremos por trás e cortaremos as pernas deles.

Aquela era a melhor maneira de tomar uma escada, cortar os vulneráveis tornozelos dos defensores, mas quando tentaram fazê-lo descobriram que os dois soldados que restavam estavam usando lanças encurtadas que Sir Guillaume colocara no patamar para defender os degraus, e investiam com as lanças contra os escudos, fazendo os homens recuarem. Uma flecha e uma seta de besta atingiram um homem no elmo, de modo que o sangue escorreu por baixo da borda, para cobrir-lhe o rosto. Ele caiu para trás e Guy puxou-o escada abaixo e colocou-o ao lado do cadáver do homem do machado que ele arrastara para fora do poço da escada.

— Nós precisamos de bestas — disse Fulk. O rosto inexpressivo estava escoriado e havia sangue na barba. Ele foi para a porta e berrou para que os besteiros corressem para a escada. — Venham depressa! — berrou ele e cuspiu um dente ensangüentado. — É seguro! Os arqueiros estão mortos — mentiu —, e por isso, andem logo!

Os besteiros tentaram, mas Sam e seus arqueiros estavam nas ameias à espera deles e quatro dos seis foram atingidos por flechas. Uma besta armada saiu batendo nas pedras, bateu na barricada e desarmou a lingüeta, fazendo com que a seta penetrasse num cadáver. Um besteiro tentou voltar correndo para o arco e foi lançado sobre os escombros por uma flecha, mas dois dos besteiros conseguiram chegar ilesos aos degraus.

— Eles são poucos — disse Guy a seus homens — e Deus está conosco. Precisamos de apenas uma tentativa, só uma, e o Graal será nosso. A sua recompensa será a glória ou o céu. A glória, ou o céu.

Ele estava com a melhor armadura, e por isso decidiu que iria liderar o ataque seguinte com Fulk ao seu lado. Os dois besteiros seguiriam imediatamente atrás deles, prontos para disparar contra os besteiros que aguardavam atrás da curva da escada. Assim que a escada fosse tomada, Guy iria controlar a base da torre de menagem. Com sorte, pensou ele, o Graal estaria no aposento em que eles entrassem, porém se estivesse mais um andar acima teriam de repetir tudo, mas Guy tinha certeza de que iriam encontrar o troféu e, quando ele fosse encontrado, Guy iria pôr fogo no castelo. Os pisos de madeira iriam pegar fogo logo, e as chamas e a fumaça iriam matar os arqueiros postados nas ameias e Guy seria o vencedor. Ele poderia ir embora, o Graal seria dele e o mundo seria mudado.

Só uma última tentativa.

Guy pegou um pequeno escudo de um dos soldados. Era praticamente do tamanho de uma travessa, feito apenas para desviar golpes de espada numa refrega, e ele começou o ataque empurrando-o pela curva, na esperança de atrair as flechas e depois subir correndo enquanto os arqueiros lá em cima ficavam com as cordas vazias. Mas os arqueiros não foram atraídos pelo estratagema, e por isso Guy fez com a cabeça um sinal para Fulk, que havia partido e arrancado a ponta e a outra extremidade da flecha que tinha as penas e que estava enterrada na sua coxa, deixando a haste encurtada espetada de um lado ao outro do músculo.

— Estou pronto — disse Fulk.

— Então, vamos — disse Guy e os dois homens agacharam-se atrás de seus escudos e subiram a escada circular, pisando no sangue dos companheiros, e fizeram a curva e Guy retesou-se à espera da batida de uma flecha. Não veio flecha alguma, e ele deu uma espiada por cima do escudo e só viu degraus vazios pela frente e percebeu que Deus lhe dera a vitória.

— Pelo Graal — disse ele a Fulk e os dois homens se apressaram. Só faltavam doze degraus e os besteiros estavam atrás deles. Então Guy sentiu o cheiro de queimado. Não deu importância. A escada fez uma curva e ele viu o saguão abrir-se lá em cima e lançou o seu grito de guerra, e então veio o fogo.

Tinha sido idéia de Genevieve. Ela dera sua besta a Philin e subira para o salão onde ficavam os doentes. Pegara um peitoral capturado no assalto de Joscelyn e despejara na sua forma abaulada que parecia uma bacia vazia um balde cheio de brasas em fogo tiradas da lareira. Uma das mulheres dos *coredors* ajudou-a, juntando brasas fumegantes e cinzas numa grande panela de cozinha, e elas levaram o fogo para o andar de baixo, o peitoral queimando as mãos de Genevieve, e quando os dois primeiros homens apareceram, elas atiraram os pedaços em chamas pela escada. A cinza foi o que mais danos causou. Poeira quente, ela espalhou-se pelo ar e um pouco entrou nos olhos do besteiro que estava atrás de Fulk. Ele

A ESCURIDÃO

encolheu-se, afastando-se, a arma largada enquanto tirava com as mãos os pedaços que estavam no rosto. A besta bateu no degrau e disparou sozinha e a seta penetrou no tornozelo de Fulk. Este caiu em cima de brasas espalhadas e engatinhou para trás para livrar-se da dor enquanto Guy ficou sozinho na escada, a cinza deixando-o quase cego. Ergueu o escudo como se aquilo fosse proteger os olhos, e o escudo foi atingido com tanta força por uma flecha, que o atirou para trás. A flecha penetrara quase até a metade no escudo. Uma seta de besta bateu na parede. Guy cambaleou, tentando recuperar o equilíbrio, tentando enxergar através das lágrimas provocadas pela cinza e a espessa fumaça, e naquele momento Thomas liderou seus homens num ataque. Thomas levava uma das lanças encurtadas com que deu uma estocada em Guy, fazendo-o rolar a escada toda, enquanto o soldado que estava com Thomas golpeou o pescoço de Fulk com uma espada segura pelas duas mãos.

Os homens de Vexille que estavam ao pé da escada deviam ter contido o ataque, mas foram colhidos de surpresa pela visão de Guy descendo aos tropeções, pelos gritos de Fulk, e pelo fedor de fogo e de carne queimada, e recuaram para fora da porta quando o inimigo saiu da fumaça aos berros. Thomas liderou apenas cinco homens, mas eles eram suficientes para deixar em pânico o pequeno bando de Guy. Eles agarraram seu chefe e fugiram de volta para o ar fresco do pátio. Thomas foi atrás, golpeando com a lança para a frente, e atingiu Guy direto no peitoral, atirando-o de costas pelos degraus externos para estatelar-se nas pedras do piso do pátio. Então vieram as flechas das ameias, mergulhando em cotas de malha e couraças. Os atacantes não podiam subir os degraus de novo, porque Thomas estava lá e a porta estava cheia de homens armados e de fumaça, e por isso fugiram. Correram para a cidade, e as flechas foram atrás deles pela arcada e atiraram dois deles em cima dos escombros. E então Thomas gritou para que os arqueiros parassem de atirar.

— Descansem as cordas! — berrou ele. — Está me ouvindo, Sam? Descansem as cordas! Descansem as cordas!

Ele deixou cair a lança encurtada e estendeu a mão. Genevieve entregou-lhe o arco e Thomas tirou uma flecha de ponta grossa da sacola e olhou para o pé dos degraus onde seu primo, abandonado por seus homens, esforçava-se para ficar de pé na sua pesada armadura preta.

— Você e eu — desafiou Thomas —, sua arma contra a minha.

Guy olhou para a esquerda e para a direita e não viu ajuda nenhuma. O pátio fedia a vômito, fezes e sangue. Estava cheio de corpos. Ele recuou, indo para a brecha na ponta da barricada e Thomas foi atrás, descendo os degraus e ficando a doze passos do inimigo.

— Perdeu o apetite pelo combate? — perguntou Thomas.

Guy investiu contra ele, esperando chegar dentro do raio de ação de sua longa espada, mas a flecha de ponta grossa atingiu-o bem no peitoral e ele foi brutalmente contido por ela, imobilizado pela força do grande arco, e Thomas já estava com outra flecha na corda.

— Tente outra vez — desafiou Thomas.

Guy recuou. Passou pela barricada, passou por Sir Guillaume e por seus dois homens que nada fizeram para interferir. Os arqueiros de Thomas tinham descido das ameias e estavam nos degraus, olhando.

— Sua armadura é boa? — perguntou Thomas a Guy. — Ela tem de ser. Veja bem, eu estou disparando flechas de ponta grossa. Elas não vão furar sua armadura.

Ele tornou a disparar e a flecha bateu nas placas sobre a virilha de Guy e fez com que ele se dobrasse e jogou-o para trás, em cima dos escombros. Thomas estava com outra flecha pronta.

— E o que é que você vai fazer agora? — perguntou Thomas. — Não estou indefeso como Planchard. Como Eleanor. Como o meu pai. Por isso, venha me matar.

Guy se pôs de pé e recuou sobre os escombros. Ele sabia que tinha homens na cidade e que se pudesse chegar até eles estaria a salvo, mas não se atrevia a virar de costas. Sabia que receberia uma flechada se o fizesse, e o orgulho de um homem não permitia um ferimento pelas costas. Morria-se de frente para o inimigo. Ele agora estava do lado de fora do castelo, recuando devagar pelo espaço aberto, e rezou para que um de seus homens tivesse a idéia de pegar uma besta e eliminar Thomas, mas este ainda avançava em sua direção, sorrindo, e o sorriso era de um homem que conseguira a sua doce vingança.

— Esta aqui é uma furadora — disse Thomas —, e vai atingir você no peito. Quer levantar o escudo?

— Thomas — disse Guy e ergueu o pequeno escudo antes que pudesse dizer mais alguma coisa, porque tinha visto Thomas armar o grande arco, a corda foi solta e a flecha, com a ponta de carvalho pesado atrás da lâmina que parecia uma agulha, atravessou o escudo, atravessou o peitoral, a cota de malha e o couro, para se alojar contra uma das costelas de Guy. O impacto empurrou-o três passos para trás, mas ele conseguiu manter o equilíbrio, embora o escudo agora estivesse pregado em seu peito e Thomas estivesse com outra flecha encaixada.

— Desta vez, na barriga — disse Thomas.

— Sou seu primo — disse Guy e deu um puxão no escudo, soltando-o, arrancando a flecha do peito, mas agiu tarde demais e a flecha furou-lhe o estômago, atravessando o aço da placa e a malha de ferro e o couro engraxado, e aquela flecha penetrou fundo.

— A primeira foi pelo meu pai — disse Thomas —, essa outra foi pela minha mulher, e esta aqui é pelo Planchard.

Ele tornou a atirar e a flecha furou o gorjal de Guy e o atirou para trás, sobre as pedras do pavimento. Ele ainda segurava a espada e tentou erguê-la quando Thomas se aproximou. Também tentou falar, mas a garganta estava cheia de sangue. Abanou a cabeça, querendo saber por que a vista estava ficando turva, e sentiu Thomas ajoelhar-se em cima do braço que segurava a espada e sentiu o gorjal furado sendo erguido e tentou protestar, mas só cuspiu sangue, e então Thomas enfiou a adaga por baixo do gorjal e enterrou-a fundo na garganta de Guy.

— E esta é por mim — disse Thomas.

Sam e meia dúzia de arqueiros juntaram-se a ele ao lado do corpo.

— O Jake morreu — informou Sam.

— Eu sei.

— Metade da porcaria do mundo está morta — disse Sam.

Talvez o mundo estivesse acabando, pensou Thomas. Talvez as terríveis profecias do Livro da Revelação estivessem se tornando realidade. Os quatro terríveis cavaleiros estavam em ação. O cavaleiro do cavalo branco era a vingança de Deus contra um mundo mau, o cavalo vermelho levava a guerra, o cavalo preto era montado pela fome, enquanto o cavalo pálido, o pior, trazia a peste e a morte. E talvez a única coisa que poderia fazer com que os cavaleiros fossem embora era o Graal, mas ele não tinha o Graal. Por isso, os cavaleiros andariam à vontade. Thomas se levantou, apanhou seu arco e olhou a rua.

Os homens de Guy sobreviventes não iam ficar para combater os arqueiros. Fugiram como os homens de Joscelyn, indo à procura de um lugar em que nenhuma peste enchesse as ruas, e Thomas percorreu furtivamente uma cidade de moribundos e mortos, uma cidade de fumaça e imundície, um lugar de choros. Ele estava com uma flecha na corda, mas ninguém o desafiou. Uma mulher gritou pedindo ajuda, uma criança chorava numa porta, e então Thomas viu um soldado, ainda com a cota de malha. Armou o arco pela metade e então viu que o homem não portava arma nenhuma, só um balde dágua. Era um homem mais velho, de cabelos grisalhos.

— Você deve ser o Thomas — disse o homem.

— Sou.

— Eu sou Sir Henri Courtois. — Ele apontou para uma casa perto dali. — O seu amigo está lá. Está doente.

Robbie estava deitado numa cama emporcalhada. Ele tremia de febre e o rosto estava escuro e inchado. Não reconheceu Thomas.

— Seu pobre bastardo — disse Thomas. Ele entregou o arco a Sam.

— E leve aquilo também, Sam — disse ele, apontando para o pergaminho que estava num banquinho ao lado da cama, e depois ergueu Robbie nos braços e levou-o de volta para o morro. — Você deve morrer entre amigos — disse ele ao homem inconsciente.

O cerco, finalmente, acabara.

SIR GUILLAUME MORREU. Muitos morreram. Gente demais para enterrar, e por isso Thomas mandou levar os corpos para uma cova nos campos do outro lado do rio e cobriu-os de gravetos e pôs fogo na pilha, embora não houvesse combustível suficiente para queimar os corpos, que foram deixados semitorrados para apodrecer.

Moradores voltaram para a cidade. Eles tinham procurado refúgio em lugares que foram atacados com tanta gravidade quanto Castillon d'Arbizon. Disseram que a peste estava em toda parte. Berat era uma cidade de mortos, embora ninguém soubesse se Joscelyn ainda vivia e Thomas não se preocupou em saber. O inverno trouxe a geada e no Natal um frade levou a notícia de que a epidemia agora estava no norte.

— Ela está por toda parte — disse o frade —, está todo mundo morrendo.

Mas nem todo mundo morreu. O filho de Philin, Galdric, recuperou-se, mas logo depois do Natal seu pai pegou a doença e morreu em três dias de agonia.

Robbie sobreviveu. Parecera que ele iria morrer, porque havia noites em que ele parecia que não respirava, mas sobreviveu e recuperou-se lentamente. Genevieve cuidava dele, alimentando-o quando estava fraco e lavando-o quando ficava sujo, e quando ele tentava se desculpar, ela o fazia calar.

— Fale com o Thomas — disse ela.

Robbie, ainda fraco, foi procurar Thomas e achou que o arqueiro parecia mais velho e mais ameaçador. Robbie não sabia o que dizer, mas Thomas sabia.

— Me diga uma coisa — disse ele. — Quando você fez o que fez, achava que estava fazendo o que era certo?

— Achava — respondeu Robbie.

— Neste caso, não fez nada de errado — disse Thomas, categórico — e não se fala mais nisso.

— Eu não devia ter levado aquilo — disse Robbie, apontando para o pergaminho no colo de Thomas, os escritos sobre o Graal deixados pelo pai de Thomas.

— Eu o peguei de volta — disse Thomas — e agora estou usando-o para ensinar Genevieve a ler. Ele não serve para outra coisa.

Robbie olhou para a lareira.

— Desculpe — disse ele.

Thomas fez que não ouviu o pedido de desculpas.

— E o que vamos fazer agora é esperar até que todos fiquem bons e depois voltar para casa.

Estavam prontos para partir no dia de São Benedito. Onze homens voltariam para a Inglaterra, e Galdric, que agora estava órfão de pai e mãe, viajaria como criado de Thomas. Eles iriam voltar para casa ricos, porque a maior parte do dinheiro obtido com os saques ainda estava intacto, mas o que iriam encontrar na Inglaterra, Thomas não sabia.

Ele passou a última noite em Castillon d'Arbizon ouvindo enquanto Genevieve tropeçava nas palavras do pergaminho que pertencera ao pai dele. Thomas decidira queimá-lo depois daquela noite, porque ele não o levara a lugar nenhum. Ele estava fazendo Genevieve ler latim, porque eram poucos os trechos em inglês ou francês no documento, e embora ela não compreendesse as palavras, aquilo lhe dava prática para decifrar as letras.

— "*Virga tua et baculus tuus ipsa consolobuntur me*" — leu ela devagar, e Thomas fez um sinal positivo com a cabeça e sabia que as palavras *calix meus inebrians* não estavam muito longe, e achou que o cálice realmente o deixara embriagado, embriagado e alucinado, e tudo isso sem resultado algum. Planchard estivera certo. A busca deixava os homens loucos.

— "*Pono coram me mensam*" — leu Genevieve — "*ex adverso hostium meorum.*"

— Não é *pono* — disse Thomas —, mas *pones. Pones coram me mensam ex adverso hostium meorum.* — Ele sabia aquilo de cor, e agora traduziu para ela. "Preparas uma mesa para mim na presença de meus inimigos."

Ela franziu o cenho, um longo e pálido dedo em cima da escrita.

— Não — insistiu ela —, aqui diz *pono*. — Ela ergueu o manuscrito para provar.

A luz da lareira tremeluzia sobre as palavras que diziam, mesmo, "*pono coram me mensam ex adverso hostium meorum*". O pai dele escrevera aquilo, e Thomas devia ter olhado para a frase dezenas de vezes, e no entanto nunca percebera o engano. Sua familiaridade com o latim levara-o a passar por cima das palavras, vendo-as na sua mente e não no pergaminho. *Pono*. "Eu preparo uma mesa." Não "tu preparas", mas "eu preparo", e Thomas olhou para a palavra com os olhos arregalados e viu que não se tratava de um erro.

E percebeu que tinha encontrado o Graal.

## Epílogo

## O Graal

As ONDAS DA ARREBENTAÇÃO empurravam o cascalho para cima, chiavam ficando brancas e arrastavam de volta. Sem parar, o tempo todo, o mar cinza-verde batendo na costa da Inglaterra.

Choveu um pouco, encharcando o capim novo onde ovelhas brincavam e lebrões dançavam ao lado das cercas vivas onde cresciam anêmonas e alsinas.

A peste chegara à Inglaterra. Thomas e seus três companheiros tinham cavalgado por aldeias vazias e ouvido vacas gritando em agonia porque não havia ninguém para tirar o leite de seus úberes inchados. Em algumas aldeias, arqueiros aguardavam em ruas fechadas com barricadas, para mandar voltar todos os estranhos e Thomas, obediente, contornara aqueles lugares. Eles tinham visto fossos abertos para receber os mortos; fossos cheios pela metade com cadáveres que não haviam recebido a extrema-unção. Os fossos eram cercados por flores, porque era primavera.

Em Dorchester havia um morto na rua e ninguém para enterrá-lo. Algumas casas tinham sido fechadas com pregos e pintadas com uma cruz vermelha, para indicar que as pessoas lá dentro estavam doentes e deveriam ser deixadas ali para morrer ou se recuperar. Fora da cidade, os campos estavam incultos, sementes ficavam em celeiros de fazendeiros mortos, e ainda assim havia cotovias por cima do capim e os martins-pescadores mergulhando pelos rios e tarambolas voletando debaixo das nuvens.

Sir Giles Marriott, o antigo senhor do solar, morrera antes da peste atacar, e sua sepultura estava na igreja da aldeia, mas se algum aldeão sobrevivente viu Thomas passar, não o saudou. Os aldeões estavam se protegendo da ira de Deus e Thomas, Genevieve, Robbie e Galdric seguiram pela alameda até chegarem embaixo de Lipp Hill, e lá na frente estava o mar, e o cascalho, e o vale onde outrora se erguera Hookton. Ela fora incendiada por Sir Guillaume e Guy Vexille, na época em que os dois eram aliados, e agora não havia nada, a não ser espinhos entrelaçados por cima dos volumosos restos dos chalés, e aveleiras, cardos e urtigas crescendo nas paredes da igreja enegrecidas de tão chamuscadas e sem telhado.

Thomas estava na Inglaterra há duas semanas. Ele fora procurar o conde de Northampton, e se ajoelhara diante de seu senhor, que primeiro mandara criados examinarem Thomas para certificar-se de que não era portador de nenhum sinal da peste, e Thomas pagara ao seu senhor um terço do dinheiro que eles tinham levado de Castillon d'Arbizon, e depois dera a ele o cálice de ouro.

— Ele foi feito para o Graal, excelência — disse ele —, mas o Graal desapareceu.

O conde admirou o cálice, virando-o e erguendo-o para que pudesse ficar à luz, e ficou impressionado com a beleza da peça.

— Desapareceu? — perguntou ele.

— Os monges de São Sever — mentiu Thomas — acreditam que ele foi levado para o céu por um anjo cuja asa foi reparada lá. Ele desapareceu, excelência.

E o conde ficou satisfeito, porque era possuidor de uma grande relíquia, ainda que não fosse o Graal, e Thomas, com a promessa de voltar, foi embora com seus companheiros. Agora, ele voltava à aldeia de sua infância, o lugar em que aprendera a dominar o arco, e à igreja onde seu pai, o louco padre Ralph, havia pregado para as gaivotas e escondido o seu grande segredo.

O segredo ainda estava lá. Escondido no capim e nas urtigas que cresciam entre as lajotas da velha igreja, um objeto que fora jogado fora por não ter valor nenhum. Era uma tigela de barro que o padre Ralph usava para colocar as hóstias da missa. Ele colocava a tigela sobre o altar, cobria-a com um pano de linho e levava-a para casa quando a missa acabava.

"Eu preparo a mesa", escrevera ele, e o altar era a mesa e a tigela era o objeto com o qual ele a preparava, e Thomas a manuseara uma centena de vezes e não ligara para ela, e da última vez em que estivera em Hookton, ele a tirara das ruínas e depois, fazendo pouco caso dela, ele a atirara de novo em meio às ervas daninhas.

Agora ele tornou a achá-la entre as urtigas e levou-a para Genevieve, que a colocou na caixa de madeira e fechou a tampa, e o encaixe do objeto foi tão perfeito, que a caixa nem mesmo fazia barulho quando era sacudida. A base da tigela combinava com o leve círculo descorado na pintura antiga do interior da caixa. Uma fora feita para a outra.

— O que vamos fazer? — perguntou Genevieve.

Robbie e Galdric estavam do lado de fora da igreja, explorando as saliências e os blocos que revelavam onde tinham existido os antigos chalés. Nenhum dos dois sabia o motivo pelo qual Thomas voltara a Hookton. Galdric não ligava, e Robbie, mais quieto agora, contentava-se com ficar com Thomas até que todos seguissem para o norte, a fim de pagar a lorde Outhwaite o resgate que iria liberar Robbie para voltar para a Escócia. Se Outhwaite estivesse vivo.

— O que vamos fazer? — tornou a perguntar Genevieve, a voz um sussurro.

— O que o Planchard me aconselhou — respondeu Thomas, mas primeiro apanhou um odre de vinho na sua sacola, despejou um pouco de vinho na tigela e fez Genevieve beber nela, e depois pegou a tigela e também bebeu. Sorriu para ela. — Isso nos livra da excomunhão — disse ele, porque tinham bebido da tigela que aparara o sangue de Cristo que caíra da cruz.

— Isso é mesmo o Graal? — quis saber Genevieve.

Thomas levou a tigela para fora. Deu a mão a Genevieve enquanto seguiam para o mar e, quando chegaram ao cascalho dentro da curva acentuada onde o riacho Lipp fazia uma curva pela praia no lugar em que os barcos de pesca tinham sido puxados quando Hookton ainda tinha moradores, ele sorriu para ela e depois atirou a tigela com a força que lhe foi possível. Jogou-a para o outro lado do rio, para a curva lá do outro lado, e a tigela caiu com força em cima das pedras, pulou, deslizou alguns centímetros e parou.

Os dois vadearam o rio, subiram na margem e encontraram a tigela sem um arranhão.

— O que vamos fazer? — perguntou Genevieve mais uma vez.

Thomas achava que a tigela só iria provocar loucura. Homens lutariam por ela, mentiriam por ela, trairiam por ela e morreriam por ela. A Igreja ganharia dinheiro com ela. Ela não provocaria nada, a não ser o mal, achava ele, porque despertava o horror no coração dos homens, e por isso ele iria fazer o que Planchard dissera que faria.

— "Jogue-o no mais profundo dos mares" — citou ele o velho abade — "lá entre os monstros, e não conte a ninguém."

Genevieve tocou na tigela uma última vez, beijou-a e devolveu-a a Thomas, que aninhou-a nos braços por um instante. Era apenas uma tigela de barro de camponês, de cor amarela-marrom, grossa, e áspera ao toque, não era perfeitamente redonda, com uma pequena mossa em um dos lados onde o oleiro danificara o barro que ainda não fora para o forno. Valia uma ninharia, talvez nada, e no entanto era o mais valioso tesouro da cristandade. Ele beijou-a uma vez e depois recuou o forte braço de arqueiro, correu até a beira do mar que sugava a água e impulsionou-a o mais longe e com o máximo de força que podia. Soltou-a e ela descreveu um arco por um instante acima das ondas cinza, pareceu voar um segundo a mais, como se relutando em liberar a humanidade, e depois a tigela desapareceu.

Apenas um levantar de espuma branca, instantaneamente fechada, e Thomas segurou a mão de Genevieve e voltou-se, afastando-se.

Ele era um arqueiro, e a loucura terminara. Ele estava livre.

# Nota Histórica

eU DEIXEI QUE UM EXCESSO de ratos aparecesse aqui e ali em *O Herege*, apesar de estar convencido de que provavelmente eles estejam inocentes quanto a espalhar a peste. Há debates entre os historiadores médicos sobre se a Morte Negra (assim chamada por causa da cor dos bubões, ou inchaços, que desfiguravam os doentes) era uma peste bubônica, que teria sido espalhada por pulgas de ratos, ou alguma forma de antrax, que teria vindo do gado vacum. Felizmente para mim, Thomas e seus companheiros não precisaram fazer este diagnóstico. A explicação medieval para a peste era o pecado da humanidade somado a uma infeliz conjunção astrológica do planeta Saturno, sempre uma influência maléfica. Ela causou pânico e perplexidade, porque era uma doença desconhecida que não tinha cura. Espalhou-se pelo norte a partir da Itália, matando suas vítimas em três ou quatro dias e poupando misteriosamente outras pessoas. Essa foi a primeira aparição da peste na Europa. Tinha havido outras pandemias, é claro, mas nada nessa escala, e ela continuaria suas devastações, a intervalos, por outros quatrocentos anos. As vítimas não a chamavam de Morte Negra; este nome só seria usado a partir da década de 1800. Elas apenas a conheciam como "a peste".

Ela matou pelo menos um terço da população européia. Algumas comunidades sofreram uma mortalidade de mais de 50%, mas o número geral de um terço parece correto. Atingiu áreas rurais e cidades com a mesma intensidade, e aldeias inteiras desapareceram. Algumas delas ainda podem ser detectadas, como ressaltos e fossos em áreas agrícolas, enquanto que em outros lugares existem igrejas solitárias, erguidas em campos sem nenhuma finalidade aparente. São as igrejas da peste, tudo o que resta das antigas aldeias.

Só as primeiras e as últimas páginas de *O Herege* são baseadas na história verdadeira. A peste aconteceu, como aconteceram o cerco e a captura de Calais, mas tudo o que se passou entre esses fatos é ficção. Não existe uma cidade chamada Berat, nem uma bastide chamada Castillon d'Arbizon. Existe uma Astarac, mas seja o que for que tenha sido construído lá está, agora, sob as águas de um grande reservatório. O combate que dá início ao livro, a captura de Nieulay e sua torre, aconteceu de fato, mas a vitória não deu vantagem alguma aos franceses, porque eles não conseguiram atravessar o rio Ham e enfrentar o principal exército inglês. Por isso, os franceses recuaram, Calais caiu e o porto continuou em mãos inglesas por mais três séculos. A história dos seis burgueses de Calais sendo condenados à morte e depois perdoados, é bem conhecida e a estátua dos seis, feita por Rodin, em frente à prefeitura, comemora o acontecimento.

As dificuldades de Thomas com a língua na Gasconha são bem verdadeiras. A aristocracia de lá, tal como na Inglaterra, usava o francês, mas a gente do povo tinha uma variedade de línguas locais, principalmente o occitano, do qual se originou o languedoc moderno. Languedoc significa simplesmente "a língua de oc", porque *oc* é a palavra que corresponde ao "sim", e está intimamente relacionada com o catalão, a língua falada no norte da Espanha, logo do outro lado dos Pireneus. Os franceses, conquistando o território que ficava ao sul, tentaram eliminar a língua, mas ela ainda é falada e agora desfruta de uma espécie de renascimento.

E quanto ao Graal? Desconfio que ele desapareceu há muito tempo. Alguns dizem que era o cálice que Cristo usou na Última Ceia, e outros dizem que era a tigela usada para aparar o sangue dele provocado pelo "doloroso golpe", o ferimento com uma lança, feito em um de seus lados durante a crucificação. Fosse lá o que fosse, nunca foi achado, embora persistam rumores e haja quem diga que ele está escondido na Escócia. Apesar de tudo, foi a mais valiosa relíquia da cristandade medieval, talvez por ser tão misterioso, ou então porque, quando os contos do rei Artur receberam sua forma definitiva, todos os antigos contos celtas sobre caldeirões mágicos foram confundidos com o Graal. Ele também tem sido um fio de ouro que une séculos de histórias, e continuará assim, motivo pelo qual talvez seja melhor que permaneça sem ser descoberto.

Este livro foi composto na tipografia Stone
Serif, em corpo 9,5/16, e impresso em papel
off-white no Sistema Digital Instant Duplex
da Divisão Gráfica da Distribuidora Record.